KB038284

응급!
사랑으로 치료하는 방법

단글

응급! 사랑으로 치료하는 방법 2

초판 1쇄 인쇄 2017년 12월 11일
초판 1쇄 발행 2017년 12월 19일

지은이 강규원
발행인 오영배
기획 박성인
책임편집 김수현
디자인 권지연
제작 조하늬

펴낸곳 (주)삼양출판사 · 단글
주소 서울시 강북구 도봉로 173
대표 전화 02-980-2112 **팩스** / 02-983-0660
편집부 전화 02-980-2116 **팩스** / 02-983-8201
블로그 blog.naver.com/dan_gul
출판등록 1999년 3월 11일 제9-00046호

ISBN 979-11-283-9267-2 (04810) / 979-11-283-9265-8 (세트)

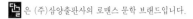 은 (주)삼양출판사의 로맨스 문학 브랜드입니다.

응급!
사랑으로
치료하는
방법 vol.2

강규원 장편소설

단글

┤ 차 례 ├

치료 방법 9.
남편처럼 뒷바라지해 주기

이번에는 둘째 큰아버지가 전화를 주었다. 전화번호만 보고도 통화 내용이 뭔지 알 것 같아 다정은 전화를 받기 싫었지만, 그래도 어쩔 수 없이 통화 버튼을 눌렀다.

"안녕하세요."

─잘 지냈지?

"……네, 뭐."

책상 앞에 앉아 있던 다정은 펜을 내려놓고 몸을 일으켰다. 둘째 백부와는 전화 연락을 거의 하지 않았다. 명절이나 제삿날은 대부분 제일 어른인 첫째 큰아버지가 주도했기 때문이었다.

그렇기에 전화 통화는 물론 얼굴을 직접 본 것도 꽤 오래전이었다. 바쁜 전공의 특성상 명절과 제사 때 시간을 비우기가 어려웠던 다정이 잠깐 짬을 내어 내려가면, 둘째 큰아버지 가족은 아직 도착하지 않았거나 혹은 이미 돌아가서 없기 일쑤였다. 그 탓에 다정은 둘째 큰아버지가 멀게 느껴졌다.

─그래…….

다정도 서먹해 하지만 백부의 입장에서도 조카가 어렵기는 마찬가지였다.

막내가 젊은 나이에 급사한 후 남겨진 조카는 안타까웠으나 시기가 시기다 보니 친자식도 아닌 조카에게 신경을 쓸 수는 없었다. 전 재산이나 다름없는 돈을 사기당한 후 재기하기도 바빴던 터라 조카가 얼마나 힘든지 헤아릴 여력이 없었다.

쌍방이 전부 불편한 전화였음에도 통화는 계속 이어졌다.

─다정이 네 엄마, 서울에 올라갔다던데.

역시 그 이야기가 나올 줄 알았다. 다정이 바로 대답했다.

"뭐라고 말하셔도 됐어요."

─죽을 사람 불쌍하니까…….

"아버지 49재 때, 그러셨잖아요. 다시는 엄마 볼 생각하지 말라고."

전화기 너머로 둘째 큰아버지가 움찔 떠는 게 느껴졌다. 다정의 엄마가 이미 따로 가정을 이루고 아이를 낳아 키우고 있다는 사실을 알려 준 쪽이 바로 둘째 백부였다. 엄마를 향한 미련을 떼어 내라고 엄하게 말한 거지만 막내 조카에게 잔인한 처사가 아니었을까. 곧, 쩔쩔매는 백부의 목소리가 흘러나왔다.

─그야, 그때는 화가 많이 났어서…… 아직까지도 마음에 담아 두었다면 미안하다.

사과를 받을 생각은 없었다. 오히려 그 말 덕분에 마음을 굳게 먹었으니 말이다.

"아니에요. 담아 둔 게 아니고, 저한테 엄마는 남이나 마찬가지라고 생각해서요. 굳이 만나고 싶지 않아요."

─그래, 네 마음은 알겠다.

둘째 큰아버지는 단호한 조카의 태도에 어쩔 수 없이 전화를 끊었다. 까맣게 꺼지는 휴대폰 화면을 보던 다정은 한숨이 절로 나왔다.

엄마는 참 낯도 두껍다. 장례식장에서 둘째 큰아버지에게 박대당했던 일을 잊은 건지 염치도 없이 부탁을 하다니. 또 백부들도 참 무르다. 막냇동생을 버리고 떠난 여자가 뭐가 불쌍하다고 그 부탁을 또 들어주고 있나.

마음이 복잡해진 다정이 다시 책상 앞에 앉아 책을 들여다보기 무섭게 초인종이 울렸다. 조금만 집중하려고 하면 무슨 일이 생긴다. 귀찮은 얼굴로 그녀가 인터폰 화면을 확인했다.

"이 사람이 왜 또 오고……."

익숙한 얼굴 푸른 화면에 비추어졌다. 그녀가 미간을 구기고 현관문을 열었다.

"오늘 출근 안 했어요?"

"점심시간이잖아요."

그제야 다정은 시간을 확인했다. 정말 열두 시가 조금 넘어 있었다.

"선생님! 점심 먹었어요?"

일요일에 정신을 쏙 빼놨던 도태인은 월요일에도 어김없이 안다정을 괴롭혔다.

"……아뇨."

떨떠름하게 부정한 다정은 그럴 줄 알았다는 듯 웃는 남자를 물끄러미 바라보다가 물었다.

"신입이 이래도 돼요?"

"내가 그냥 신입이겠어요?"

얄밉지만 현실적인 소리였다. 도태인은 재단 이사장의 손자. 그것도 평범한 재단이 아니라 대기업 산하의 의료 재단이었다. 이사장은 큰 회사의 총수이기도 했으니, 그는 '그냥' 신입이 아니라 재단 이사들도 쉽게 손을 뻗치지 못할 신입 사원이었다.

그런 사람이 왜 이렇게 아무 생각이 없어 보이는지.

태인이 싱글벙글 웃으면서 손에 들고 있는 종이봉투를 들어보였다. 음식 냄새가 틈 사이로 물씬 풍겼다. 이건…….

"카레?"

"인도 커리 전문점이 있더라고요. 아까 오전에 미리 주문을 좀 했죠."

"아, 네……."

다정은 병원 근처에 있는 가게를 떠올리고 끄덕였다. 그가 익숙하게 집 안으로 걸음을 옮겼다. 그녀는 꼭 자기 집처럼 행동하는 그를 기가 막힌다는 듯 보다가 이내 모든 것을 포기했다.

"나 없다고 밥 굶고 있을까 봐."

"알아서 잘 먹거든요."

지지 않고 말했으나 사실 아무것도 안 먹었다. 이제 슬슬 점심에 짜장면이나 시켜 먹을까, 고민할 시간이기는 했지만 말이다.

태인은 한 시간, 짧은 점심시간을 그녀에게 전부 할애했다. 사실 그가 조금 늦게 사무실에 들어간다고 해서 누가 쓴소리를 할 리는 없었다. 같이 일하는 동료 직원들, 특히 여직원들은 그에게 무한한 호감을 가지고 있었고, 직위가 높은 상사들은 이 신입 사원의 눈치나 살폈다. 혹여 승진에 누라도 될까 봐.

"뭐 하고 있었어요?"

"책 좀 보고 있었어요."

"아, 전문의 시험 때문에?"

숟가락을 든 그녀가 대답 대신 고개만 주억거렸다. 이때다 싶어서 그가 말했다.

"본격적으로 시험 공부하게 되면 내가 이렇게 뒷바라지해 줄 게요. 밥도 챙기고 빨래도……."

"왜요?"

하지만 안다정이 누구인가. 다정은 도태인의 핑크빛 꿈을 차갑게 잘라 냈다. 애초부터 그에게 바라는 건 하나도 없다는 양, 그녀는 전혀 아무것도 기대하지 않았다. 그가 시무룩하게 대답했다.

"왜긴, 그래야 공부에만 전념하지. 다들 가족들이 서포트 해 준대요."

다정은 태인을 물끄러미 쳐다보았다. 그가 무슨 생각을 하는 건지 통 알 수가 없었다. 안다정에게 가족의 도움 같은 건 필요 없었다. 학부 시절부터 인턴, 전공의 시절까지 힘겨운 시간을 스스로 버텨 냈었다. 전문의 시험도 하던 대로 하면 그만이었다.

"됐습니다. 알아서 할게요."

"진짜 잘할 수 있는데!"

그의 눈이 반짝거렸지만 그녀는 고개를 저었다.

"……별로 필요 없거든요."

물론 가족의 도움이 있으면 편하다는 것쯤은 오래전부터 알고 있었다. 예과 때는 특별히 도움이 필요한지는 몰랐다. 문제는 아버지가 마지막으로 남겼던 방 두 칸짜리 전셋집을 주인이 재개발을 이유로 집을 비워 달라 요구했을 때부터였다. 그때가 딱 본과 1학년 때였다.

가난한 고학생에게 의과 대학 본과 수업은 벅차기 그지없었다. 학교에서 일부 지원되는 장학금이 아니었으면 휴학하지 않고 계속 다닐 엄두도 내지 못했을 것이다.

가족의 도움 같은 건 사치였다. 오전 일찍 시작되는 강의에 졸린 눈을 비비며 달려갔을 때, 그녀는 부모가 태워 주는 고급 자동차에서 내린 동기를 발견하고 모르는 척을 했다.

매주 보는 시험에 지친 채 의과 대학 건물을 나왔을 적, 동기의 이름을 대며 도시락을 전해 달라던 학부모의 부탁에 바쁜 척 그 자리를 벗어났었다.

인턴 시절, 같은 기수 인턴이 부모가 보내 준 건강식품을 내키지 않는 표정으로 먹으려다가 쓴 게 싫다는 이유로 다정에게 몰래몰래 준 적도 많았다. 하다못해 며칠 전에도 다른 전공의의 잘못을 뒤집어쓸 뻔하지 않았던가.

자기 연민은 마음을 좀먹는다. 그녀의 안색이 어두워졌다. 그가 그녀를 물끄러미 보다가 빙그레 웃으며 입을 열었다.

"아니에요. 인터넷에 찾아보니까 레지던트 때부터 막 뒷바라지해 주던데."

"누가요?"

"아내가."

순간, 다정의 자기 연민은 단숨에 자취를 감추었다. 그들 사이에 잠시 침묵이 흘렀다. 안다정은 싱글벙글 웃고 있는 도태인의 멱살을 붙잡고 네가 내 아내냐고 묻고 싶었지만 참았다. 실없는 남자에게 그녀가 떨떠름한 목소리로 대꾸해 주었다.

"그거야…… 미래를 보고…… 아내니까."

부분 부분 그녀의 말이 끊기는 이유는 기가 막혀서 그런 것이다. 그러든지 말든지 태인은 자신만의 논리를 내세웠다.

"우리 안다정 선생님은 독신주의잖아요?"

"그래서요?"

"그러니까 아내…… 가 아니라, 남편이 없으니까 내가 해 주면 딱 맞잖아요."

다정은 할 말을 잃었다. 동기 중에는 없지만, 가끔 뒤늦게 전공의 과정을 밟는 의사들 중에 기혼자가 있기는 했다. 남자 의사라면 아내가, 여자 의사라면 남편이 기꺼이 뒷바라지를 하는 것도 알고는 있었으나 그건 대개 미래를 위한 투자와 비슷했다. 아직까지 의사는 고소득 직종이니 말이다.

하지만 도태인은 안다정에게 투자할 필요가 없었다. 그들은 혼인 관계도 아니었고, 미래를 약속한 사이도 아니었으니까!

"그렇죠?"

"그렇긴 뭐가 그렇다고……."

말이 통하지 않으니 이길 자신이 없다. 다정이 황당한 듯 태인을 쳐다보았으나, 그는 그녀의 말을 들을 생각이 없는 모양이었다.

"오늘부터 뒷바라지를 시작하겠습니다."

"누구 마음대로요? 그쪽이 내 남편도 아닌데 왜!"

당황한 다정이 꽥 소리를 질렀다. 하마터면 들고 있던 숟가락을 바닥으로 떨어뜨릴 뻔했다. 그녀가 손에 힘을 주고 얼굴을 구기자, 턱을 괸 채로 태인이 씩 웃었다.

"먹고 싶은 거 있으면 전화만 하세요."

"됐거든요."

"거절할 필요 없어요. 남편은 아니지만, 남편 역할은 해 줄 수 있으니까."

슬프게도 안다정은 기가 차서 말이 나오지 않았다. 반면, 도태인은 또 혼자만의 망상에 빠져서 즐거워하고 있었다.

*　　*　　*

드디어…… 는 아니고 결국 찾아온 목요일, 다정은 휴가에서 복귀하게 되었다. 특별히 어디를 다녀온 것도 아닌데 기운이 쭉쭉 빠졌다. 대체로 도태인 때문에 정신력이 바닥을 치는 탓이었다.

"휴가 잘 다녀오셨어요?"

채린의 미소가 왠지 능글맞게 보였다. 자신이 휴가 내내 연인과 보냈다고 해서 남들도 연인과의 휴가를 갖는 줄 알겠지만 개뿔.

"집에 있었다니까. 신 선생, 어제 당직이었는데 안 피곤해?"

"피곤하죠. 저 이제 들어가요."

전혀 피곤해 보이지 않는 모습의 채린이 가방을 어깨에 고쳐 메고 의국을 나갔다. 진료를 위해 다정이 마스크를 꺼내 한쪽 귀에만 걸고 나갈 무렵이었다. 뒤에서 찬형이 불렀다.

"야, 안다정."

"왜?"

"내가 일주일치 식권 줄게."

다정이 눈을 가늘게 떴다. 아무 이유 없이 식권을 건넬 김찬형이 아니었다. 분명 뭔가 있을 것이다.

"무슨 꿍꿍이야?"

"대신 부탁 좀 하자."

본의 아니게 휴가 기간에 한 끼 식사로 66만 원이라는 대출혈을 한 다정은 내심 솔깃했다. 그래도 돌다리는 두드려 보고 건너야 하는 법. 그녀는 미끼를 바로 물지 않았다.

"들어 보고."

찬형이 고개를 끄덕였다. 마스크를 다시 손에 든 다정이 출입문을 등지고 섰다. 마른침을 삼킨 뒤, 찬형이 말을 꺼냈다.

"이미진 선생하고 친하지?"

"안 친한데?"

"……그래?"

덩치는 곰 같은 동기가 단숨에 시무룩해졌다. 대체 어디를 봐서 안다정이 이미진과 친하다는 착각을 한 건지 다정으로서는 신기할 따름이었다.

박기성 환자를 떠나보낸 뒤 다정은 미진과 특별히 마주칠 일이 없었다. 응급실을 거쳐 내과에 입원하는 환자는 많았지만 이미진을 포함한 다른 전공의들이 로테이션을 돌며 응급실 콜을 받았다. 그러니까 김찬형이 이미진을 만난 만큼, 안다정도 그녀를 만난 셈이랄까?

"그럼 누구한테 부탁하지?"

찬형이 기운 빠진 목소리로 중얼거렸다. 믿었던 안다정이 사실은 썩은 동아줄이라니. 절망에 빠진 동기를 위해 다정이 웬일로 관심을 보여 주었다.

"무슨 일인데? 들어나 보자."

"언제 오프인지 물어봐서 시간 맞으면 자리 좀 만들어 달라고…… 부탁하려 했지."

"어휴, 답답해."

미적거리는 찬형의 태도에 다정이 인상을 찡그렸다. 다정은 직접 물어보는 것도 아니고 다른 사람을 통해 고작 스케줄을 물어보려는 찬형의 계획이 답답했다.

"야, 그냥 다이렉트로 말하면 안 돼? 가서 말하자. 오랫동안 짝사랑했다고."

"그러다가 단번에 거절당하면? 안 돼. 나 소심하다고."

지금 꼴을 보아하니 소심하긴 소심하다. 거절당하지도 않았는데 벌써부터 거절당한 양 찬형은 우울해 보였다. 다정이 들으라는 듯 한숨을 크게 내뱉었다.

"사내새끼가 뭐 그렇게 예민해?"

찬형이 미간을 찌푸렸다. 하긴, 안다정이 이 섬세하고 연약한 마음을 알 리가 없지. 연애와는 담을 쌓고 살아온 동기를 1년 차 때부터 봐 온 찬형은 다정에게 대꾸할 힘도 나지 않았다. 떡 벌어진 찬형의 어깨가 축 늘어졌다.

그런 동기의 마음을 알 리 없는 다정은 조언이랍시고 계속 말을 이었다.

"싫다, 싫다 말해도 맨날 찾아오는 남자도 있는데. 그 정도 배짱은 가지고 덤벼라."

찬형이 다정을 물끄러미 쳐다보았다. 싫다고 말해도 매일 찾아오는 남자. 이제는 낯이 익은 얼굴이 단숨에 떠올랐다. 그가 고개를 갸웃거렸다.

"······그거 좀 자랑으로 들린다?"

"자랑? 미쳤어?"

다정이 꽥 소리쳤다. 강한 부정은 강한 긍정이라는 말도 있지 않은가? 찬형이 다정을 의심스럽게 응시했다.

"안다정. 너 그······ 도태인 씨한테 대하는 태도가 좀 달라졌어."

"달라지긴 뭐가 달라져?"

"전에는 근처에도 못 오게 했잖아. 근데 며칠 전에는 아예 의국에 들여놓고."

다정의 미간이 움찔했다. 찬형의 말마따나, 안다정과 도태인의 관계는 점차 변화해 왔다. 환자분류소 앞에서 자신을 불러내던 그에게 성가심을 느꼈던 예전과 달리, 휴일에 공연을 보질 않나, 툭하면 같이 식사를 하질 않나······.

다정의 표정을 관찰하던 찬형이 슬그머니 떠보았다.

"안 치프, 너 지금도 좀 좋게 말하고 있는 걸 보니······ 혹시 그 사람하고 사귀냐?"

그 미친 사람하고?

"재수 없게 무슨 소……."

얼굴을 잔뜩 구긴 다정이 이를 갈면서 바로 부정하려던 때였다.

"왜? 이사장 손자라며? 잘 물어서 스태프까지 되면 좋겠네."

동기인 민석이 들어오면서 다정의 말을 도중에 잘랐다. 동기임에도 민석과는 대단히 친하지 않았지만 그럭저럭 잘 지내 온 사이였다. 그런데 뜬금없이 민석이 먼저 시비를 걸었다.

"그러면 다음 센터장은 안다정 아니겠어?"

"오늘 따라 둘 다 왜 이래? 돌았냐?"

다정이 험하게 받아쳤다. 찬형도 민석도 아침을 잘못 처먹었는지 헛소리나 뱉고 있었다.

오히려 찬형의 오해는 괜찮았다. 문제는 민석의 말이었다. 민석이 비아냥거리듯 언급한 '다음 센터장'은 아마 응급의료 센터장, 즉 응급의학과 과장을 의미하는 것이리라.

약자로서 오래 살아온 다정은 감정을 참고 숨길 줄 알았다. 분노를 꾹 내리누르고 그녀가 민석을 차갑게 흘겨보았다. 그때였다.

"저번 징계위에도 이사장 지시 있었다며?"

악몽처럼 남은 징계 위원회를 들먹이자 다정의 미간이 좁아졌다. 이내 찬형이 놀란 듯 민석과 다정을 번갈아 보았다.

"진짜?"

"장민석, 누가 그래?"

다정의 목소리가 딱딱하게 흘러나왔다. 이사장 지시가 없던 것은 아니었기에 부정하지는 않았다. 다만, 이사장의 지시가 '안다정의 잘못을 덮으라'는 소리는 결코 아니었다.

민석은 부정하지 않는 다정을 훑어보고는 코웃음을 치며 한마디 덧붙였다.

"여자라 좋겠네."

다정은 말없이 민석을 빤히 쳐다보았다. 그 시선이 불편했는지 민석은 구석에 처박아 두었던 논문을 들고 의국을 쌩하니 나갔다. 한겨울의 시베리아 벌판 같은 의국 분위기에 찬형이 어쩔 줄 몰라서 되는 대로 지껄였다.

"저기, 민석이 기분이 안 좋은가 본데? 괜히 싸우지 마."

"안 싸워."

말 한두 마디에 발끈해서 싸울 안다정이 아니긴 했다. 다정의 눈동자가 무겁게 가라앉아 있었다. 모욕받은 기분…… 까지는 아니었다. 일단 스스로가 떳떳했기에 침묵하는 일이 가능했다.

"저기……."

다정에게 찬형이 호기심 어린 눈빛을 내보였다. 동기의 눈빛만으로도 묻고 싶은 게 뭔지 다정은 알 것 같아 허탈해졌다.

"진짜야?"

"뭐가 알고 싶은 건데?"

다정은 목소리가 평소와 다르지 않도록 애를 썼다. 찬형이 힐끔 다정의 눈치를 보다가 조심스럽게 묻기 시작했다.

"이사장이면 그때 그 할아버지지?"

"응."

"그, 그…… 도태인 씨 할아버지."

태인의 이름이 나오자 평상심을 유지하려던 다정의 노력이 와르르 무너졌다. 결국 남들은 그렇게밖에 보지 않는 걸까? 안다정이 도태인을 이용해서 위기에서 벗어난 걸로만 보이는 걸까?

"그래. 도태인 씨가 부탁했어. 억울한 안다정 좀 도와 달라고."

사실대로 말하는 다정의 목소리가 싸늘했다. 도태인이 이사장에게 도와 달라 부탁한 것은 안다정의 사주가 아니었다. 잠깐, 마음의 약한 부분이 태인에게 기대자고 속삭였지만 다정은 꾹 참았다. 잘못한 것이 없는데 그에게 도움을 구하는 것도 이상했으니까.

징계 위원회가 싱겁게 끝난 그날, 솔직하게 털어놓은 태인은 혹여 다정이 화를 낼까 눈치를 볼 정도였다. 그녀는 왜 끼어들었느냐 화를 내지는 않았다. 그 나름대로 신경을 써서 도와준 건 고마운 일이라고 생각했다.

물론, 이 모든 건 안다정이 결백하기 때문에 가능한 일이었다. 다정은 아직까지 미심쩍어 하는 찬형에게 쓴웃음을 지어 주었다.

"내가 징계받았으면 했나 봐?"

"무슨 소리야? 네가 잘못한 게 어디 있다고!"

당황한 찬형이 받아치기 무섭게 입을 쩍 벌렸다.

"아……."

찬형은 자신과 민석이 마치 다정을 부정을 저지른 사람으로 보고 있었다는 사실을 뒤늦게 깨달았다. 서로를 가장 잘 이해해 줄 수 있는 동기. 팔이 안으로 굽듯, 웬만해서는 편을 들어줄 수밖에 없는 친밀한 사이인데 편견에 갇혀 이사장이 꼭 다정의 잘못을 덮어 준 것처럼 매도할 뻔했다.

"안 치프야…… 미안하게 됐어."

하지만 다정은 이미 마음을 닫아 버렸다. 마음이 상했다기보다는 자존심이 깎여 나갔다. 무슨 일이 있어도 든든하게 서로의 편을 들어 줄 동기들마저 편견에 갇혀 다정을 의심했다는 점이 기가 막혔다.

"먼저 나간다."

등 뒤로 찬형의 미안한 시선이 느껴졌지만 다정은 절대 돌아보지 않았다. 마음의 문이 닫히듯, 의국 출입문도 닫혔다.

응급실에는 여러 증상을 호소하는 환자가 내원했다. 주머니에 찔러 넣어 놓았던 마스크를 끼려다가 다정은 신경외과 전공의를 발견했다. 그는 고개를 갸웃거리면서 혼잣말을 중얼거리고 있었다.

"이상한데."

"주 선생님."

웬만해서는 보기 힘든 신경외과 3년 차 전공의였다. 신경외과 지원율이 바닥인 데다, 워낙 수술실에 들어가는 일이 많은 사람들이라 다정은 오랜만에 주한경 선생을 보고 아는 척을 했다.

"웬일이에요? 오전에는 보통 1년 차 보내시더니?"

"NS(Neurosurgery, 신경외과) 콜이 한꺼번에 셋이나 와서요. 그것도 다 초응급."

한경이 초조한 표정으로 빠르게 대답했다. 막 날씨가 풀리는 3월도 아니고, 초응급으로 콜이 셋이나 들어오다니, 정신이 없을 법도 했다. 그때 CT 촬영실 안쪽에서 한경을 부르는 소리가 들렸다.

"주한경 선생님! CT방 자리 났어요!"

고개만 꾸벅 숙이고 한경이 후다닥 달려갔다. 다정은 그의 뒷모습을 바라보다가 어째 오늘은 신경외과 관련 환자가 많을 것 같다는 생각을 했다.

종종 그런 날이 있었다. 어느 날은 심장 질환 환자들이 우르르 몰려와서 내과고 흉부외과고 수도 없이 콜을 해야 하는 날이 있고, 어느 날은 정형외과 콜만 잔뜩 하는 날이, 또 어느 날은 피곤에 찌든 신경외과 전공의들을 시도 때도 없이 불러내야 하는 때가 있었다.

"안 선생님! 구급차 콜 왔어요."

"네."

구급차에서 연락이 온 거면 경미한 환자는 아닐 것이다. 다정은 한숨을 푹 내쉬고 마음을 다잡았다. 이내 스트레처(Stretcher,

이동식 침대)에 의식 잃은 환자가 실려 들어왔다.

"어떻게 되신 건가요?"

"길에서 쓰러지셨다고 신고받았습니다. 멘탈(Mental, 의식)이 없고, 쓰러지면서 머리를 부딪친 것 같아요."

구급대원이 환자의 머리 부근을 가리켰다. 설명이 이루어지는 동안 환자의 상태를 객관적으로 살피기 위해 모니터가 붙었다. 머리라면 또 신경외과에 콜을 해야 할 듯했다.

"셀프(자가 호흡) 있는데 새츄레이션(Oxygen saturation, 산소 포화도) 85, 86입니다."

입 안과 턱 등에 구토의 흔적이 남아 있었다. 토사물이 기도를 막지는 않아 자가 호흡은 가능했다.

"선생님, BP(Blood pressure, 혈압)가 198에 120인데요."

"페르디핀(Perdipine, 혈압 강하제) 10미리만요."

정상 수치보다 상당히 높은 혈압을 떨어뜨리기 위해 다정은 간호사에게 혈압 강하제 처방을 내렸다. 환자는 70대 중반의 남자로 높은 혈압이 여러 가지 질환과 관련이 있을 것이다.

"연세가 많으신 분이라……."

다정이 잠시 말을 골랐다. 나이가 많고 혈압이 높다 하나 다른 검사에서도 뚜렷한 이상은 보이지 않았다. 오히려 의식을 잃은 이유가 가장 큰 증상일지도 모르겠다. 고혈압에 의식 불명, 게다가 머리를 부딪쳤다고 했으니 의심되는 질환은 하나.

"헤모리지(Cerebral hemorrhage, 뇌출혈) 같은데 브레인 CT

(Computed tomography, 컴퓨터 단층 촬영) 찍어야겠다. 지금 자리 있으려나?'

뇌출혈 환자면 빠릿빠릿하게 움직여야 했다. 다정은 후배들을 시키기보다 스스로 행동했다. 그녀가 CT 촬영실에 확인차 연락을 했다.

"브레인 CT 자리 있어요? 급해요."

─네, 잠시만요. 아이 촬영 곧 끝나니 오세요.

'아이?'

아이가 머리 CT를 찍을 일이 얼마나 있나. 외상을 입은 아이인가 싶어서 다정은 안타까운 기분으로 전화를 끊었다. 곧 그녀는 환자가 누워 있는 침대와 함께 CT 촬영실로 이동했다.

다정은 판독실 앞에 서 있던 주한경을 또 발견했다. 아무래도 한경은 머리 CT를 촬영하는 아이 때문에 응급실에 내려온 모양이었다.

"선생님, 여기 계셨……."

"안 선생님, 잠깐 저 좀."

"네?"

한경은 다정의 말을 도중에 끊고 소곤거리며 그녀를 구석으로 이끌었다. 다정은 인턴에게 눈짓을 주고 한경을 따라갔다. 주변에 사람이 없는 것을 확인한 후, 한경이 조심스럽게 입을 열었다.

"아이가 실려 왔는데……."

한경의 눈이 불안한 듯 이리저리 흔들렸다. 그가 환아의 상태부터 설명했다.

"이게 SAH(Subarachnoid hemorrhage, 지주막하 출혈)긴 한데 거의⋯⋯ 소생 가능성은 없거든요. BP(혈압)도 오락가락해서 해 줄 수 있는 것도 없고."

"아이가요? 몇 살인데요?"

"네 살이요."

다정이 눈가를 찡그렸다. 겨우 네 살밖에 되지 않은 아이가 소생할 가능성이 없다니, 안타까운 일이었다. 그러나 한경의 말은 끝나지 않았다.

"보호자 말로는 아이가 뒤로 넘어져서 머리를 찧었다는데⋯⋯."

그렇다면 외상성일 가능성이 높았다. 선천적으로 뇌동맥류가 있는 등의 문제를 가지고 있지 않았는데 어린 뇌혈관이 터질 일은 거의 없었으니까.

한경이 고개를 잔뜩 기울이고 다정에게 작은 목소리로 말했다.

"아이 몸에 오래된 흉터랑 멍이 많아요. 신고해야 할 것 같아서요. 왜, 무릎 꿇고 막대로 맞은 것처럼 무릎 위쪽에도 일자로 멍들었고."

일그러져 있던 다정의 눈이 동그랗게 커졌다. 그제야 다정은 한경이 왜 이렇게 조심스레 말하는지 알 것 같았다. 그녀도 그를 따라 작은 목소리로 소곤거렸다.

"ER(Emergency room, 응급실)에서 누가 콜 했어요?"

"장민석 선생님이요."

하필 그놈! 오늘만큼은 민석을 꼴도 보기 싫었지만…… 어쩔 수는 없었다. 그녀가 짐짓 아무렇지도 않은 듯 태연하게 물었다.

"장 선생은 뭐래요?"

"시끄러워지기 싫다고 하셨어요. 애들이다 보니 놀다가 넘어지고 그런 거 아니냐고요."

아이 상태를 보고도 그런 말이 나오나 싶었지만 다정도 민석이 이해되지 않는 건 아니었다. 4년 차, 그것도 거의 끝물이었다. 마치 군대 말년 병장처럼 몸을 사려야 하는 시기이기도 했다. 며칠 남지 않은 근무 시간이 조용히 지나가기만을 바라는 때, 괜히 신고했다가 무슨 일이라도 뒤집어쓸까 걱정이 될 수도 있었다.

"보호자한테 이유 물어봤어요?"

"아뇨, 아직."

"잘하셨어요. 경찰에는 제가 신고할게요."

CT 촬영실을 나온 다정은 대기하고 있는 젊은 부부를 흘긋 곁눈질했다. 죽어 가는 아이의 보호자인 모양이었다.

아이 엄마는 불안에 떨면서 엄지손톱을 물어뜯고 있었다. 아빠로 보이는 남자는 뭐가 그리 마음에 안 드는지 인상을 찌푸리고 발로 벽을 쿵쿵 차고 있었다.

"애새끼가 아침부터……."

"조용히 해, 오빠."

여자가 다정을 경계하며 남자에게 주의를 주었다. 남자가 다정을 보고 흠칫 놀라 고개를 돌렸다.

보통 부모의 모습이 아니었다. 응급실에서 4년을 보낸 다정은 단숨에 아이 부모를 의심하기 시작했다. 부모는 아이가 아프면 안절부절못하며 호들갑을 떠는 게 보통이었다. 특히 소생 가능성이 거의 없는 경우라면 울다 지쳐 기절하는 부모들도 있기 마련인데, 그들의 태도는 어딘가 이상했다.

대화를 듣지 못한 척 너스 스테이션으로 간 다정은 바로 경찰에 아동 학대 의심 환자가 있다고 신고했다. 마침 스테이션에 있던 3년 차 우선미 간호사가 씁쓸하게 중얼거렸다.

"반년에 한 번씩은 있는 느낌이네요."

"몰라서 그렇지, 더 있을지도요."

다정의 말에 선미가 한숨을 푹 내쉬었다. 소아 병동 다음으로 어린아이 환자를 많이 볼 수 있는 곳이 바로 응급실이었다. 그중 아동 학대 의심 환자가 몇이나 되고, 또 몇을 놓쳤을까.

그때 다정이 환자를 맡겼던 인턴이 다정을 보고 후다닥 달려왔다.

"보호자랑 연락됐어?"

"네, 지금 오신대요."

다정은 대답 대신 고개만 끄덕였다. 이제 CT 판독 결과가 나오기 전까지 다른 환자를 진료해야 했다. 잠깐도 쉬지 못하고 다정은 움직였다.

얼마 뒤, 다정이 담당한 환자의 촬영 결과가 나왔다. 예상대로 뇌출혈이었다. 넘어져 머리를 부딪쳤다고 해서 외상성인가 했는데 그보다는 고혈압성 뇌출혈이 아닐까 싶었다. 수술적 치료가 필요해 보이니, 이제 더 이상 응급실에서 해 줄 만한 특별한 치료는 없었다.

CT 촬영실 근처에서 다정이 초조한 표정의 한경을 보고 목소리를 낮추었다.

"참, 제가 신고했어요."

"아…… 네, 감사합니다."

한경이 머쓱한 듯 웃어 보였다. 그럴 만도 했다. 4년 차 안다정에게 할 일을 미룬 셈이었으니 말이다. 그러나 다정은 별로 신경쓰지 않고 으스대지도 않았다.

"지금 ER에 NS 선생님 몇 분 계세요? 또 헤모리지 환자 있어서요."

"저만 남았을 걸요?"

한경은 담당 환아 처치를 하기 위해 남아 있었다. 처치랄 것도 없지만. 다정이 한숨을 뱉었다.

"아, 그러면 콜 해야겠다. 알았습니다."

"어휴, 오늘 왜 이렇게 우리한테 ER 콜이 많이 오나……."

농담처럼 한경이 혼잣말을 했다. 뭐 그런 날이 있는 거다. 오늘은 신경외과의 날인가 보다.

다정이 몸을 돌리기 무섭게 평소보다 살짝 흥분한 간호사의 목소리가 들렸다.

"안다정 선생님!"

아동 학대 신고는 신중해야 하고, 또 신고자의 신원을 비밀로 보장해야 하기 때문에 경찰들이 사복 차림으로 너스 스테이션에서 다정을 기다렸다. 다정이 서둘러 스테이션으로 달려갔다. 형사 둘이 다정을 보고 눈치껏 인사했다.

"안녕하세요. 아이는?"

담당 형사는 생각보다 인자한 인상이었다. 형사들이 간단히 아이 상태에 대해 묻자 다정이 담담하게 대답을 이어 나갔다.

"아까 전화로 말씀드렸듯 외상이 심해서……."

그때, 다정의 입을 막는 소리가 들렸다.

"CPR(Cardiopulmonary resuscitation, 심폐 소생술)이요!"

익숙한 목소리였다. 아까 전까지 대화를 나누었던 주한경 선생의 목소리였다. CT 촬영실 쪽을 돌아본 다정이 다급하게 나오는 신경외과 3년 차 전공의, 주한경을 응시했다. 축 늘어진 아이가 베드에 실려 나오더니 그쪽으로 의료진이 몰려갔다. 경찰과의 대화 때문에 다정은 바로 움직이지 못했다.

'CPR이라니…….'

"지주막하 출혈이 왔는데, 그것 외에도 몸 이곳저곳에 학대가 의심되는 상처가 있어서요."

"피해 아동은 어디에?"

"지금 심폐 소생술 중이에요. 저기."

다정이 소란스러운 쪽을 가리키자 형사들이 미간을 찌푸렸다. 초응급상황이 올 정도로 아이가 학대를 당했나, 걱정이 되어서였다.

"일단 알겠습니다."

두 형사가 너스 스테이션을 돌아 나갔다. 갑자기 심정지가 온 아이 때문에 당황한 부모는 다행히 다정과 형사들과 대화하는 모습을 보지 못했다.

다정이 혼자 남자 기다렸다는 듯 2년 차 후배가 다가와 소곤거렸다.

"선생님, NS(신경외과) 교수님 내려오셔서 헤모리지(뇌출혈) 환자 바로 응급 수술 들어가신다는데 수술방 자리가 없습니다."

아동 학대 의심 환자 때문에 인턴에게 일을 잠시 맡겨 두었던 다정이 자신보다 키가 훌쩍 큰 2년 차 후배를 올려다보았다. 수술실 자리가 없어서 인턴이 전공의에게 부탁한 모양이었다. 사실, 아무 상관없는 2년 차 전공의에게 일을 떠맡길 필요는 없었지만 다정은 엄하게 말했다.

"그건 고 선생이 만들어야지. 보호자한테 설명드리고 빨리 만들어 봐. 헤모리지면 양보해 주겠지. 고 선생 능력을 보여 줘."

"……네."

응급의학과 전공의라면 4년 차의 도움을 받지 않고도 수술실 자리 정도는 빼 와야 하는 법. 다정의 말에 고 선생이 후다닥 수술실 구걸을 위해 멀어져 갔다. 이는 안다정이 2년 차 전공의일 때 4년 차인 치프한테 당한 일이기도 했다.

'나도 참 못됐다.'

다정이 몸을 돌렸다.

어린 환자의 심장 박동을 되살린 뒤, 민석이 이마에 맺힌 땀을 닦으며 차트 확인을 위해 너스 스테이션으로 들어왔다. 마침 그곳에 있던 다정이 차가운 목소리로 민석 쪽은 쳐다도 보지 않은 채 물었다.

"돌아왔어?"

"돌아오기는 했는데 하이팍식 브레인 대미지(Hypoxic brain damage, 저산소성 뇌 손상)야. CT 결과도 너무 안 좋았고. 브레인 데스(Brain death, 뇌사) 오겠지."

이미 뇌 전체에 피가 가득 차 있었고 뇌 손상도 심각했다. 아이 부모들은 바로 병원에 데려왔다고 했지만, 아무래도 시간이 지난 다음 내원한 게 의심되었다. 게다가 심정지 상황까지. 아이는 생의 끈을 놓으려 했으나 현대 의학이 억지로 붙잡아 놓은 것과 다름없었다.

차트 확인을 마친 민석이 떨떠름하게 다정에게 말을 붙였다.

"왜 신고했어?"

"넌 왜 신고 안 했어?"

다정의 되물음이 꼭 자신을 탓하는 것 같아 민석의 기분이 순식간에 팍 상했다. 반쯤은 다정도 빈정거리기는 했다. 민석이 울화가 뻗친 듯 대답했다.

"난 시끄러워지면 안 되거든."

장민석만 4년 차가 아니었다. 안다정도 4년 차 끝물인데 장민석 혼자 유세를 부린다. 뿐만 아니라 목숨이 오가는 응급실에 시끄러워져서 좋을 사람은 아무도 없었다. 다정의 시선이 불편해서 민석이 고개를 홱 돌리고 얄밉게 덧붙였다.

"누구처럼 이사장 빽도 없어서."

"넌 그때 내가 잘못했다고 생각하는 거야?"

민석은 다정의 잘못이 없음을 부정하지는 않았다. 저번의 그 사건은 병원 시스템이 어떻게 굴러가는지 아는 사람이라면 아무도 안다정의 탓을 하지 않을 상황이었다. 하지만 민석은 쓸데없는 아집을 부렸다.

"보호자가 지랄 떨면 네가 말해. 네가 신고했다고."

그 말만 남기고 민석은 다정을 홱 지나쳤다. 너스 스테이션을 지키고 있던 간호사들이 기가 막혀서 민석과 다정을 번갈아 보았다.

얼마 지나지 않아 아이 엄마가 씩씩거리면서 다정을 찾아왔다.

"선생님이 우리가 유주 학대했다고 신고하셨어요?"

아이의 보호자로 남은 쪽은 아이 엄마였다. 아이의 아빠는 경찰 조사를 위해 병원을 나섰고 소생 가능성이 없는 아이의 옆에는 엄마만 남아 있었다. 신고자 신원은 비밀인데 어디서 주워들었는지 아이 엄마는 다정을 노려보았다.

다정이 냉정하게 대꾸했다.

"죄송합니다만 그게 원칙이라서요."

"어, 어떻게 부모가 애를 학대했다고…… 아무것도 모르면서 경찰에 신고를 하세요?"

다정은 의사로서의 의무를 다한 것뿐이었다. 전혀 거리낄 일이 아니라 다정은 당당했다. 도리어 아이 엄마가 발을 동동 굴렀다.

"빨리 취소하세요!"

아이 엄마의 날카로운 목소리에 의료진은 물론 환자와 보호자들도 다정을 흘끔거렸다.

다정은 이 상황이 매우 불쾌했다. 예전에도 자신이 저지르지 않은 의료 사고 때문에 환자에게서 미심쩍은 눈길을 받은 적이 있었고, 그게 상처로 남아 버린 탓이었다.

환자와 보호자들은 의사를 불신하는 경향이 있었다. 작은 흠만 보여도 전문적인 지식을 가진 의사를 천하의 돌팔이 취급했다. 지금도 마찬가지였다. 속사정도 모르면서 환자와 보호자들이 다정을 꺼림칙하게 응시하는 바람에 다정은 화가 치밀었다. 그녀가 목소리를 잔뜩 낮추고 말했다.

"네 살 된 아이의 허벅지, 엉덩이, 거기다 손도 안 닿을 등에도 오래된 흉터나 멍 자국이 많더군요."

"유, 유주가 워낙 잘 넘어져서 그래요."

보호자는 딸이 뒤로 넘어져서 뇌진탕인 줄 알고 병원에 왔다고 진술했다. 그러나 얼마나 큰 충격이 가해졌는지 뇌의 큰 혈관이 터져 머리 안은 피바다였다. 신경외과 주한경 선생이 지금 상황으로는 머리를 열 수 없다고 고개를 저을 정도였다.

"그렇군요. 오늘도 넘어져서 내원하셨죠?"

다정의 매서운 말에 아이 엄마가 어깨를 움츠렸다. 거짓말이라는 걸 알고 있다는 다정의 눈빛이 무척이나 날카로워서 아이 엄마는 어깨를 펼 수가 없었다.

"사람의 두개골은 웬만한 충격에도 버틸 수 있을 만큼 단단합니다. 그 단단함을 뚫고 외상성 출혈이 생길 정도면, 정말 세게 넘어졌나 봐요."

환자와 보호자가 의사를 불신하듯, 의사도 환자와 보호자의 말을 전부 믿지 않았다. 의사가 믿는 건 오로지 눈에 보이는 객관적인 증상뿐이었다.

키가 아무리 크다 한들, 아이는 아이였다. 그 높이에서 뒤로 벌렁 넘어진 충격에 저만한 뇌출혈이 생길 리가 없었다. 네 살이면 넘어지기 전에 팔을 이용할 만한 나이다. 그러나 세게 넘어졌을 텐데도 아이의 팔에는 방금 생긴 상처가 하나도 발견되지 않았다. 아이의 팔에는 오래된 멍 자국 정도만이 있었다. 다정은 그 점을 지적했다.

"아니면 높은 데서 던져졌든지."

신경외과 전공의도 아동 학대를 의심했다. 다정 역시 아이 상태를 간단히 보았을 뿐인데 바로 아동 학대라는 생각이 들었다.

두 전공의의 의견이 하나로 모일 정도로 명백한 학대 흔적을 보호자는 외면하고 있었다.

"부모 마음이 어떤지는 아세요?"

글쎄, 안다정은 부모가 아니라서 잘 모르겠다. 하지만 적어도 4년 동안 응급실에 내원하는 부모들을 봐 온 결과, 아이의 부모는 평범한 부모와는 달랐다.

"유주는 저렇게 됐지, 우리는 학대범으로 몰렸지, 이 상황에 남편은 경찰서에 있고……."

"조사 후에 경찰이 판단할 겁니다."

더 이상 아이 엄마와 설전을 할 시간은 없었다. 다정이 차갑게 말하고 돌아서자 아이 엄마가 간절하게 다정의 소매를 붙잡고 물었다.

"우리 유주…… 괜찮을까요?"

이 순간, 다정은 처음으로 아이 엄마가 평범한 보호자처럼 느껴졌다. 지금까지 단 한 번도 아이 엄마는 아이의 상태를 묻지 않았다. 물을 겨를이 없었다는 게 맞을 것이다. 민석에게는 CT 촬영을 해야 한다는 말 외에 별다른 설명을 듣지 못했고, 신경외과 전공의는 현재 상태와 사실만을 알려 준 뒤 보호자들과 대화하기 싫다는 이유로 도망치듯 그 자리를 떠나 버렸다. 남편이 경찰과 함께 응급실을 나서자 홀로 남은 아이 엄마는 불안해졌다.

그러나 다정은 아이 엄마가 듣고 싶어 하는 말을 해 주지 않았다. 그러고 싶지 않았다.

"이대로라면 뇌사 판정이 날 것 같다고 들었는데, 담당 선생님이 말씀 안 드렸나요?"

아이 엄마가 멍한 표정을 지었다. 이미 알고 있지만 다시 한번 확인을 받자 암담해진 모양이었다.

"유감스럽네요."

스르르, 아이 엄마의 손이 다정의 소맷자락을 놓았다. 제 자식의 죽음을 물씬 느낀 아이 엄마가 말을 잃어버렸다.

"이제 겨우 네 살인데."

아이 엄마의 다리가 풀썩 꺾였지만 다정은 냉정하게 돌아섰다. 최소한 아이 엄마는 학대의 방관자였다.

오전부터 피곤했다. 휴가 직후라 더욱 그런지도 모르겠다. 아니, 신경 써야 할 일이 많아서 그런 걸까?

다정이 본 뇌출혈 환자는 성공적으로 수술이 끝났다. 하지만 네 살짜리 아이는 자가 호흡은커녕 혈압이 들쭉날쭉하고 맥박도 떨어지는 터라 중환자실에서 해 줄 수 있는 처치가 없었다.

"점심 먹으러 안 가?"

"아, 그래."

휴가 동안에 있었던 특이한 환자 케이스 리뷰를 따로 정리하던 다정은 찬형의 목소리에 자리에서 일어났다. 그녀의 뒤에 대고 찬형이 조심스럽게 말을 붙였다.

"민석이가 미안해하더라."

"나한테 직접 말은 못 하고?"

다정이 조소했다. 미안하면 직접 와서 사과해야 하는 법이다. 이렇게 동기를 내세워 알량한 자존심을 세우는 게 아니라. 다정은 민석이 미안해하든 말든, 그를 받아 줄 생각은 없었다. 그때 찬형이 우물쭈물거리다가 말했다.

"그게…… 민석이, 여친한테 차였나 봐. 네가 이해 좀 해 주라."

얼마나 대단한 이유인가 했다. 다정이 기가 막혀서 헛웃음을 뱉었다. 홱 고개를 돌린 그녀가 날 선 목소리를 냈다.

"그걸 왜 나한테 화풀이하는데?"

"스태프 되고 싶은데 군 복무하고 오면 시간도 많이 지나고, 남아 있어도 된다는 보장도 없잖아. 그렇다고 우리가 개원할 처지도 아니고…… 그래서 정리하자고 했나 보더라고."

이럴 때는 오지랖 넓은 김찬형이 짜증스럽다. 남의 구구절절한 사정 따위는 듣고 싶지 않은데. 장민석은 당사자인 안다정에게는 못할 말을 김찬형에게는 잘도 한다.

"설명은 됐어."

다정이 차갑게 대꾸하고 문고리를 잡았다. 찬형이 다급히 말했다.

"조금 있으면 스터디도 해야 하는데 괜히 싸우지 말자."

"밥 먹고 온다."

찬형에게 다정은 끝까지 알겠다는 말 하나 해 주지 않고 나가 버렸다.

얼마 전 아나필락시스 환자 사건은 안다정에게 꽤 충격이었다. 그럴 만도 했다. 노력의 힘을 믿고 열심히 살아온 자신이 보잘것없게 느껴진 일이었으니 말이다.

그 사건을 상기시키며 비아냥거리던 동기의 말 역시 충격적이었다. 적어도 동기라면, 그 일은 건드리지 말았어야 했다.

그런데 뭐? 연인한테 차였으니 이해를 해 주라고?

'그거야말로 장민석 사정이고.'

기분이 상한 채 다정은 응급실을 나섰다. 한여름답게 뜨거운 태양이 작열 중이었다. 숨이 턱턱 막히는 기온에 그녀가 눈살을 찌푸리며 비척비척 식당으로 향할 때였다.

"선생님!"

익숙한 목소리가 들리는 쪽으로 다정이 고개를 돌렸다. 환하게 웃으면서 태인이 그녀에게 다가오고 있었다. 더운 여름임에도 그는 정장 재킷까지 꼭꼭 입고 있었다. 저 남자는 더위를 안 타나 보다.

"보고 싶었어요."

어제도 이 얼굴을 본 것 같은데. 그녀가 그를 기막힌 시선으로 보다가 한숨을 내쉬었다. 그런데 신기하게도 그를 보자 바닥에 처박혔던 기분이 나아졌다. 도태인과 함께 있으면 자신도 모르게 정신없이 그에게 휘말리는 느낌이었다.

"어디 가요? 점심 먹으러?"

"네."

"어디로?"

"식당이요. 구내식당."

"구내식당?"

그녀는 대답 대신 고개만 끄덕였다. 이번 달, 괜히 허세를 부린 탓에 안다정은 긴축 재정이었다. 그녀의 뒤를 졸졸 따르며 그가 덧붙였다.

"거기 아직 업체 안 바꿨는데."

"바빠요. 10분 내로 먹고 들어가야 해서."

거지라는 말은 하고 싶지 않아서 그녀는 바쁘다는 핑계를 댔다. 그가 경악 어린 눈빛을 내비쳤다. 물론 안다정은 도태인의 앞에 서 있어서 눈빛을 읽지는 못했지만.

"점심을 10분 내로 먹는다고요? 그렇게 바빠요?"

"원래 응급실은 바빴어요."

응급실을 비울 수 없는 터라 의료진들은 교대로 끼니를 챙겼다. 일손이 부족할 만큼 환자가 밀려들어 오면 식사는 거의 불가능할 때도 많았다. 아프다는 사람을 언제까지고 방치할 수도 없기에 다정은 가끔 점심을 건너뛰거나 매점에서 파는 맛없는 빵 쪼가리를 씹곤 했다.

"맛있는 거 먹으러 가자고 하고 싶었는데."

태인이 어린애처럼 투덜거렸다. 걸음을 재촉하면서 그녀가 딱 잘라 말했다.

"이번 달은 병원 식당에서 먹어야 됩니다."

"왜요?"

'아…….'

다정이 난처한 표정을 겨우 숨겼다. 저도 모르게 튀어나온 말이었다. 이상하게 도태인과 함께 있으면 속 안에 꾹꾹 눌렀던 말까지 흘러나왔다.

"슬슬 보드 시험 준비도 해야 하고……."

"그거 내가 뒷바라지해 준다니까."

능글맞은 대꾸에 그녀가 흘끗 그를 곁눈질했다. 뒤가 아니라 어느새 옆에 선 그는 씩 웃으며 말을 이었다.

"남편처럼."

그놈의 남편 타령! 다정의 눈가가 일그러졌다. 결혼할 생각도 없는데 도태인이 자꾸 찝쩍거리니 미치겠다. 질색하는 그녀의 모습에도 그는 웃음을 잃지 않았다.

"그럼 오늘은 나도 구내식당을 가 볼까, 얼마나 맛이 없는지."

그녀와 함께 점심을 먹을 겸, 한 번도 먹어 본 적 없는 구내식당 음식을 체험해 볼 심산으로 태인은 다정을 따라갔다.

오늘의 메뉴는 맑은 감자국, 군데군데 조가 들어간 밥, 평범한 배추김치, 진한 맛의 장조림, 상추 겉절이와 연근볶음이었다. 살기 위해 먹는 음식이 뭔지 보여 주고 있었다.

오늘의 점심 메뉴를 받아 든 태인이 코끝을 찡그렸다.

"먹으면 건강…… 을 지킬 것 같기는 한데……."

"간을 약하게 해서 환자식으로도 나가니까요."

그렇게 대량으로 생산하는 음식인데 가격은 여전히 비쌌다. 어느 병원은 직원들에게 약간의 식권을 주기도 하고 직원들에게는 무료나 조금 저렴하게라도 제공한다는데 이놈의 병원은 꼬박꼬박 식권을 받아 갔다. 밥이 맛있기라도 하면 몰라, 맛도 더럽게 없으니 여기서 4년을 버틴 안다정은 이제 해탈의 경지에 올랐다.

태인과 마주 앉은 다정이 썩 먹히지 않는 국을 한 숟갈 떴다. 그녀와 반대로 그는 먹을 생각도 없어 보였다.

"아, 맛이 없다는 이유가 환자식과 합쳐져서 그렇구나."

"아니에요."

다정이 단호하게 부정했다.

"아무리 그래도 이건 너무 심해요. 혹시 업체 선정에 비리 있는 거 아니에요?"

실제로 선배고, 동기고, 후배들이고 간에 전부 식당 밥에 불만이 많았다. 농담 삼아 업체 비리가 있는 것이 틀림없다고 떠들곤 했지만, 혹여 윗선에 찍히기라도 할까 봐 노예나 다름없는 전공의들은 조용히 입을 다물어야만 했다.

그나마 다정은 조금 있으면 병원 근무에서 빠질 예정이기도 하고, 어쩌다보니 도태인과 가까운 사이가 되어서 농담처럼 4년간의 의혹을 던질 수 있었다.

그가 난처한 얼굴로 고개를 기울였다.

"그거야…… 난 아직 모르죠."

"한번 확인해 봐요. 어딜 봐서 이게 4500원짜리 밥이에요?"

사실 태인은 이 식사의 가격이 적절한지, 적절하지 않은지 바로 와 닿지는 않았다. 4500원짜리 구내식당 음식을 먹어 본 적이 없어서였다. 그래서 그는 현명하게 입을 다물었다.

"전에 닭튀김 나왔을 때 남자 딘트들이 환장을 해서 먹었는데, 자꾸 갖다 먹으니까 일부러 안 채워 주는 거 있죠? 그날 김찬형이 서럽다고 울어서 내가 치킨을 사 준 적이 있어요."

태인이 떨떠름하게 고개를 끄덕였다. 다정 또한 입맛이 뚝 떨어져서 숟가락을 내려놓고 투덜거렸다.

"재료 아끼려고 이러나, 했다니까요?"

"알았어요. 확인해 볼게요."

도태인에게는 핫라인이 있었다. 탯줄이라는 이름의 핫라인은 재단 이사장과 단번에 연결시켜 주었다.

"든든하네."

다시 숟가락을 든 그녀가 웬일로 빙그레 웃으며 그를 바라보았다. 갑작스러운 칭찬에 그가 의아한 표정을 지을 무렵이었다.

"다른 직원이라면 확실히 대답을 못 줄 것 같은데, 도태인 씨는 안 그러잖아요."

그녀의 미소는 아찔할 만큼 예뻤다. 도태인을 향한 안다정의 기본 표정은 무표정, 가끔은 미간을 찡그리고 있거나 얼굴을 구기고, 때때로는 난처해 하거나 부끄러워하는 표정이었다. 미소와 함께 칭찬하는 안다정의 모습은 보기 힘들었다.

"그런가……."

별 뜻 없이 하는 소리일 텐데 그는 왠지 머쓱해졌다. 이상하게 평소처럼 좋아 날뛸 수가 없었다.

"하여튼 병원 나가기 전까지는 식당 밥이 맛있었으면 좋겠네요. 한 번이라도."

다정의 말이 쓸쓸하게 들리는 건 착각일까.

태인은 본의 아니게 점심 식사를 빠르게 해치웠다. 안다정은 정말로 10분 만에 점심 식사를 끝마쳤고 어쩔 수 없이 그도 식당을 나서야만 했다. 직원들이 빠진 사무실에 홀로 남은 태인은 바로 할아버지에게 전화를 걸었다.

"접니다."

―오냐.

할아버지는 막냇손자의 전화를 즐겁게 받았다. 한 사람 몫을 하려는 태인이 기특하기도 했고 의료 재단의 책임자로 키우려는 야심도 있어서였다. 물론 도태인은 아무 생각이 없었다.

―웬일이야? 일은 잘하고 있어?

"네, 뭐 그럭저럭……."

태인이 대강 얼버무렸다. 눈썰미 좋은 할아버지는 손자의 말에 미심쩍음을 캐치하고 타일렀다.

―이왕 하는 거 열심히, 잘해야지. 바로바로 올려 줄 테니까 열심히 배우고.

"네……."

다정을 위해 입사했을 뿐인 태인은 승진에 대한 욕심이 별로 없어서 심드렁했다. 그는 그저 안다정과 가까운 곳에서 근무한다는 데 충분히 만족하고 있기도 했다. 하지만 그가 오늘 할아버지에게 전화를 한 이유는 따로 있었다.

"병원 구내식당 음식이 별론데 알고 계셨어요?"

―아니? 왜?

"한번 확인해 보시는 게 좋을 것 같습니다."

―병원 식당이랑 매점은 정열이 회사에 위탁했을 텐데?

백부의 이름에 태인이 눈살을 찌푸렸다. 설마 혈연을 믿고 대충대충 운영하는 게 아닐까?

물론 의혹일 뿐이었다. 태인은 말을 아끼기로 했다.

"글쎄요, 삼촌께서 하신다고 넘어가기에는 좀 심각하던데요."

두루뭉술한 소리였으나, 태인의 목소리에서 느껴지는 진심에 도 회장이 잠시 침묵했다. 식당에 대한 보고는 특별히 올라올 일이 없었다. 알아서 잘 운영되고 있으리라 믿었는데 둘째 놈이 속 시커먼 짓을 꾸미고 있을지 모른다는 의심이 들었다.

도 회장은 막냇손자의 말을 무시하지 않았다. 오히려 욕심이 없는 태인의 말은 귀담아 들을 가치가 있었다. 욕심도 없고 미련도 없는 태인이 백부인 정열을 깎아내리기 위해 고자질을 할 리가 없다고 생각했다.

얼마 지나지 않아 휴대폰 너머에서 무거운 목소리가 흘러나왔다.

─자체 감사팀 꾸리마.

"저하고는 상관없는 일로 해 주세요."

태인은 평소와 다름없이 가볍게 요청했다.

─왜?

일개 신입 사원의 위치에서 협력사와 담당자의 부정한 커넥션을 지적하는 건 어불성설이었다. 이 세상에 안다정 이외에 집착하는 게 없는 태인은 괜히 백부에게 경계를 받고 싶지도 않았다.

그런 마음을 그는 한 단어로 압축했다.

"귀찮아서요."

─이놈이!

귀청이 떨어질 정도로 할아버지가 큰소리를 쳤으나 태인은 눈도 깜짝이지 않았다. 전화기 저편에서 할아버지가 큼큼, 헛기침을 하고 말을 돌렸다.

─그런데 태인이 너, 구내식당에서 밥도 먹고 그래?

"저도 오늘 처음 갔어요."

─직원들하고?

도 회장은 내심 기대가 되었다. 다른 사람과의 지속적인 관계를 맺지 않던 태인이 드디어 정상적인 사회생활을 하나 싶어서였다. 그 기대를 막냇손자는 잔인하게 단숨에 깨 버렸지만 말이다.

"아뇨?"

—그러면? 설마 안 선생 불러냈어?

"불러냈다기보다는……."

그냥 따라다닌 건데.

그러나 할아버지는 태인의 말을 끝까지 들어 주지 않았다. 이내 할아버지의 타박이 이어졌다.

—응급실이 얼마나 바쁜데 그래? 그리고 너도, 제대로 일하려면 직원들하고도 친분이 쌓여야지.

어머니도 하지 않는 잔소리를 할아버지가 하고 있었다. 이미 구내식당 관련한 목적은 달성한 터라 태인은 전화가 귀찮아졌다. 대충 순응하는 척이나 해야겠다.

"네, 알았어요. 끊겠습니다."

네네, 건성으로 대답하고 나서 그는 미련 없이 전화를 끊었다.

태인은 남은 시간, 웹 사이트를 돌아다니면서 전문의 시험에 대한 정보를 수집했다. 다른 것보다 '합숙 스터디'라는 단어가 조금 거슬렸다.

혼자만의 계획을 열심히 세우고 있을 즈음, 점심 식사를 마치고 직원들이 우르르 돌아왔다. 태인의 옆자리에 앉는 직원이 슬쩍 그에게 말을 걸었다.

"태인 씨, 뭐 해요?"

"아, 별거 아닙니다."

안다정 뒷바라지를 위한 계획을 세우고 있다고 말할 수는 없는 노릇이라 그는 대충 얼버무렸다. 통 빈틈을 보이지 않는 남자를 복잡하게 쳐다보던 직원이 슬그머니 제안했다.

"우리 금요일에 술자리 있는데 참석…… 할 수 있어요?"

단번에 거절하려던 태인이 머뭇거렸다. 직원들과 적당히 맞장구를 쳐야 하는 걸까?

할아버지도 그렇지만 안다정도 같이 일하는 직원들과의 친분을 걱정했다. 할아버지야 뭐, 걱정을 하든 말든 상관없지만 안다정의 걱정은 좀 덜어 주고 싶었다. 불효자 도태인은 안다정에게 자신도 사회생활을 제대로 하고 있음을 보여 줘야겠다고 생각했다.

"딱히 회식은 아니지만 친한 여직원들끼리……."

"알겠습니다. 시간 내 볼게요."

더 이상 들을 것도 없이 태인이 승낙했다. 전혀 예상치 못한 긍정에 여직원이 눈을 휘둥그레 떴다.

"저, 정말요? 무르기 없기예요."

"네."

태인이 가볍게 대답하고 고개를 돌렸다. 금요일은 안다정도 당직이니까 잠깐 참석했다가 야식 배달이나 하면 되겠다.

＊　　＊　　＊

딸이 혼수상태로 병원에 누워 있기에 도주의 우려가 없다고 판단한 경찰은 아이 아빠를 불구속으로 수사하려는 듯했다. 문제는 그 아이 아빠가 난동을 피운다는 점이었다.

"누구야? 응? 너희들 중에 한 놈이 신고했을 거 아니야!"

아이 엄마는 신고자의 정체를 눈치껏 알아챘지만 남편에게 말하지는 않은 듯했다. 다행히 경찰에서 신고자의 신원을 철저하게 비밀로 보장했고, 저번 사건으로 응급실 보안 요원의 태도도 단호해졌다. 안다정은 피곤한 일에 휘말릴 필요는 없었다.

"그러게 조용히 있지."

민석이 들으라는 듯 불만을 표했다. 무표정한 다정과는 반대로 너스 스테이션에 있던 간호사들이 민석의 뒷모습을 노려보았다.

"장 선생님, 왜 저래요? 진짜……."

저번에도 그랬지만 이번에도 스테이션의 간호사들은 전부 안다정 치프의 편이었다. 민석의 뒷모습에 대고 흉을 보던 간호사들 틈에 찬형이 끼어들었다.

"결혼까지 약속한 여친한테 차여서 그렇대요. 선생님들이 조금만 이해해 줘요."

"그래도 말이야, 사람이 공사는 구분해야죠. 노총각 히스테리야, 뭐야?"

마침 그 자리에 있던 응급실 수간호사가 한마디 했다. 경력이 오래된 수간호사와 척지고 싶은 전공의는 아무도 없었고, 이 자리에 있는 사람들은 모두 수간호사의 의견에 동의하기도 했다. 찬형만이 쓸쓸하게 울먹거렸다.

"민석이랑 나랑 동갑인데, 노총각 히스테리라뇨! 수샘, 너무하시네."

"김 선생님은 아직도 학생 같아. 얼른 여자 친구 만드세요. 예쁜 이미진 선생님, 누가 채 가기 전에."

"으흑흑……."

불가능이나 다름없는 말에 찬형은 과장되게 우는 척을 했다. 찬형의 희생으로 그나마 너스 스테이션 분위기가 화기애애해졌다. 수간호사가 한숨을 섞어 말했다.

"이제 4년 차 선생님들 쭉 빠져나가면 한동안은 또 텅 빈 것 같겠네."

"에이, ER(응급실)이 언제부터 텅 빈 것 같다고요."

지금도 환자가 잔뜩 몰려 있지 않은가. 4년 동안 찬형은 물론 다정 역시 제발 응급실이 텅 빈 날이 오기만을 바라왔으나 단 하루도 응급실이 빈 적은 없었다. 어쩌다 손에 꼽을 만큼 덜 바쁜 날만이 있을 뿐이었다.

"사람 든 자리는 몰라도 난 자리는 표가 나는 거예요."

매년, 4년 차들이 응급실 진료에서 빠지는 9월과 우르르 의국을 빠져나가는 2월쯤이면 응급실 의료진들은 쓸쓸해 했다. 4년간 미운 정, 고운 정이 다 들었는데 헤어지려니 아쉽고 섭섭했다.

"4년 차 선생님들 다들 좋아서 병원에 남았으면 좋겠는데……."

하지만 남자 전공의들은 미뤄 둔 군 복무를 하러 떠나야 했고,

큰 꿈을 꾸지 않는 다정으로서는 전임의 생활이 썩 매력적이지 않았다. 분위기가 휙휙 변하는 너스 스테이션에서 다정은 차트 정리를 마치고 일어났다.

그 시간, 고운 양장 차림을 한 할머니가 접수처에 조심조심 다가와 물었다.

"우리 영감 처음 봐 주신 의사 선생님이 쬐깐한 여자 선생님이라는데…….."

"환자분 성함이 어떻게 되세요?"

"구적일."

"안다정 선생님이시네요. 잠시만요."

다정은 오랜만에 환자분류소에 있는 간호사에게 불려 나갔다.

"무슨 일이세요?"

"구적일 할아버지 보호자분이 뵙고 싶어 하세요."

또 도태인인가 싶었으나, 자신을 찾은 사람은 처음 보는 노인이었다. 허리가 구부정하게 굽었지만 얼굴은 곱게 화장했고, 화사한 색상의 양장과 화려한 모자를 쓴 멋쟁이 할머니였다.

"아이고, 선생님. 고맙습니다."

"네?"

다짜고짜 자신의 손을 잡고 고개를 숙이는 할머니를 보자 다정은 당황스러웠다. 그때 그 고혈압성 뇌출혈 환자는 진단이 내려지고 응급 수술을 한 이후에는 신경외과 병동에 입원한 터라 다정의 손을 떠난 환자이기도 했다. 이내 묻지도 않았는데 할머니가 속사정을 줄줄 털어놓았다.

"영감 없으면 못 살아. 자식들 다 시집, 장가보내 놓고 영감하고 둘이 남았는데 먼저 가면……."

상상만으로도 슬픈지 할머니가 눈물을 찍었다. 다행히 환자의 상태는 호전이 되었다고 전해 들었다. 하지만 손상된 부위에 따라 영구적인 장애가 남을 수도 있었다. 노인이라 그럴 확률이 높았다.

"영감밖에 없는데."

혼잣말을 하던 할머니가 다정의 손에 묵직한 비닐 봉투를 들려 주었다. 지역 농협 마크가 선명한 봉투를 받아 든 다정이 놀라 할머니에게 돌려주려 애를 썼다.

"아니에요. 제가 한 게 뭐가 있다고. 저 말고 신경외과 담당 선생님께 드리시는 게……."

"이미 드리고 왔지. 요즘 비가 안 와서 복숭아가 달아. 맛있게 잡숴요. 응?"

할머니는 완강했다. 특별한 게 아니라 복숭아라면 받아도 되지 않을까? 병원까지 무거운 봉투를 들고 왔을 할머니를 생각하면, 받는 편이 나았다. 그게 할머니의 마음을 편하게 만들어 줄 테니까.

"감사합니다."

반쯤은 강제로 받게 된 선물이었다. 다정은 보호자가 건네준 비닐 봉투를 든 채 몸집이 작고 구부정한 할머니의 뒷모습을 물

*끄*러미 지켜보았다.

남은 게 늙은 남편뿐이라는 말이 다정은 신기했다. 자신의 미래와는 완전히 대척점에 있는 노인이었다. 결혼할 생각도, 아이를 낳아 기를 생각도 전혀 없는 그녀와는 정반대의 삶을 살아온 할머니.

그때였다.

"선생님! 왜 나와 있어요?"

"어……."

타이밍 한 번 끝내준다. 잠깐 응급실 바깥쪽에 있는 동안, 태인이 이쪽을 지나갈 줄은 몰랐다. 그가 신이 나서 그녀에게 달려왔다.

"오늘 당직이죠?"

어째서인지 다정은 도태인을 보자 기분이 이상해졌다. 전에 그가 농담처럼 했던 말이 떠올랐다. 남편처럼 뒷바라지를 해 주겠다는 그 말 말이다.

"뭐 먹고 싶은 거 있으면 연락해요."

그 말이 아직도 유효한 모양인지 남편처럼 그는 안다정을 챙기고 있었다. 마치 그 할머니가 할아버지를 챙기듯이.

아마 안다정이 쓰러져서 입원이라도 한다면 도태인은 그 할머니처럼 주치의들을 찾아다니며 뇌물에 가까운 선물을 돌릴 것 같았다. 상상만으로도 얼굴이 괜히 벌게지는 느낌이라 그녀는 겨우 이성줄을 붙잡고 고개를 흔들었다.

"돼, 됐어요."

대충 거절한 그녀는 그를 똑바로 쳐다보기가 어째 불편해서 시선을 돌려 버렸다. 순간, 그의 얼굴이 슥 다가왔다. 그녀가 그를 힐끔 쳐다보고는 한 걸음 뒤로 물러났다. 그가 달콤한 목소리로 속삭였다.

"말 안 하면 아무거나 사 올 겁니다."

"마, 마음대로 하시죠!"

더는 말을 섞을 자신이 없어서 다정은 후다닥 도망치듯 응급실 안으로 들어갔다. 등 뒤로 태인의 시선이 진득하게 달라붙는 기분이었다.

아, 그러고 보니 태인의 뒤에 낯선 여자들이 몇 명 있던 것 같다. 척 보면 병동 일을 하는지, 사무직원인지 분위기를 보면 감이 잡히는데 그들은 후자였다. 그들은 다정을 신기한 듯, 혹은 못마땅한 듯 살피고 있었다.

'흠……'

자신의 착각일지 모른다는 생각으로 확인차 파티션 뒤에서 슬쩍 유리문 바깥을 본 다정은 태인에게 말을 걸기 바쁜 여자들을 보다가 몸을 돌렸다.

그런데 방금 전까지는 없던 신채린이 코앞에 서서 히죽거리고 있었다. 능글맞은 표정에 다정이 뒤로 한 걸음 물러났다.

"깜짝이야."

"웬 거예요?"

채린은 다정의 손에 들린 봉투를 보고 있었다. 다정이 담담하게 대답했다.

"아, 이거? 복숭아. 보호자가 고맙다고 줬어."

"하긴 태인이 오빠가 농협 마크 찍힌 비닐봉지에 복숭아를 담아서 줄 리가 없긴 하죠."

"신 선생, 또 이상한 상상하네."

눈가를 찡그리면서 다정이 한마디 했으나 채린은 주눅 들지 않았다. 도리어 채린은 감히 선배를 슬슬 긁어 댔다. 응급실 안쪽으로 들어가는 다정을 졸졸 쫓아오며 채린이 계속 말을 붙였다.

"기분 좀 이상하죠?"

"무슨 뜻이야?"

"맨날 선생님만 따라다니던 오빠가 다른 여자들하고 어디 가잖아요."

다정의 걸음이 우뚝 멈추었다. 정곡을 찔렀다 싶어서 채린이 히죽 웃을 무렵, 다정은 덤덤하게 대꾸했다.

"퇴근하나 보지. 퇴근 시간이잖아."

"흐응……."

채린의 시선을 모르는 척 다정은 걸음을 재촉했다. 사실, 도태인이 키스라도 할까 봐 당황했는데 생각해 보면 아무 사이도 아닌 자신에게 그가 키스를 할 리가 없었다. 혼자 김칫국을 마신 셈이었다. 얼굴이 뜨거워져서 그녀는 손부채질을 했다.

주변을 빠르게 훑어본 태인이 자신에게 회식 권유를 했던 직원에게 물었다.

"설마 멤버가 다섯이에요?"

"네…… 친한 직원들끼리만요."

"저랑 친한 분이 여기 아무도 안 계시는데?"

도태인은 아무렇지 않게 약점을 찔렀다. 하지만 팀 내에서 도태인과 친한 직원은 아무도 없었다. 직원들이 태인을 따돌리는 게 아니라, 태인이 다른 사람들과 거리를 두고 있었다.

몇몇은 태인의 그런 태도에 불만을 갖기도 했다. 태생부터 다르다 이거지, 하면서 못마땅해 하는 소수의 직원과 달리 대부분의 직원들, 특히 이 자리에 모인 여직원들은 태인에게 무한한 호감을 보였다.

"같이 일하는데 친해지자는 의미에서요……."

직원이 우물쭈물 대답했다. 따지자면 도태인이 그녀의 제안을 끝까지 귀담아 듣지 않은 게 문제였으나 아무도 지적하지는 않았다.

"네, 알겠습니다."

더 이상 대화를 하고 싶지 않아서 그는 그 직원에게 빙긋 웃어 주고 입을 다물었다.

저녁을 먹을 때만 해도 태인은 다른 사람들이 늦게 오겠거니 했는데, 칵테일 바로 자리를 옮겼는데도 더 이상 추가되는 인원은 없었다.

"단기간이라도 같이 일하게 되었으니까 친하게 지내요."

소수를 제외하고 사람들은 도태인에게 쉽게 호의를 내비쳤다. 이는 남자, 여자 가리지 않았다. 그는 타인의 호의를 익숙하게 받는 방법을 알았다.

훌륭한 외모에도 뻐기지 않는 성격의 도태인은 상상하지 못할 재력을 가졌음에도 겸손했고 차별 대우 없이 고루고루 사람들을 대했다.

사실, 이는 그가 남들에게 특별한 관심을 보이지 않아서 생긴 현상이었지만 아무도 눈치채지는 못했다.

"그래요."

여심을 흔드는 목소리로 부드럽게 대답한 그는 일정 선 이상의 기대를 하지 못하도록 말을 덧붙였다.

"직장 동료니까."

몇몇이 어깨를 흠칫거리거나 얼굴을 굳혔지만 태인은 모르는 척 고개를 돌렸다.

안주가 나오기를 기다리며 다른 직원들이 재잘재잘 떠드는 동안 태인은 멍하니 가게 안에 깔린 노래만 들었다. 오래된 가요를 요즘 가수가 편곡해 부른 곡이 흘러나오고 있었다. 전주만 듣고도 직원들은 바로 대화 주제를 바꾸었다.

"심수봉 노래는 다 좋은 것 같아. 이 노래가 나 태어났을 때 나온 건데도 하나도 안 촌스럽지?"

"정말? 그렇게 오래됐어? 이거 누가 리메이크한 건데?"

때마침 태인의 휴대폰이 반짝였다. 그는 테이블에 올려 두었던 휴대폰을 들었다. 할아버지를 제외하고는 특별히 연락 올 곳이 없는 휴대폰이 웬일인가 싶었다. 다른 사람들은 스마트폰 중독이니 뭐니, 휴대폰을 손에서 떼지 못하는데 도태인은 휴대폰을 손에 쥐는 일이 드물었다.

이내 감미로운 목소리가 스피커에서 흘러나오자 노래에 집중하는지 테이블 위가 조용해졌다.

그대 내 곁에 선 순간, 그 눈빛이 너무 좋아

휴대폰 화면을 내려다보던 태인이 예상치 못한 발신인에 눈을 크게 떴다. 놀랍게도 발신인은 안다정이었다.

어제는 울었지만, 오늘은 당신 때문에

야식 말하라고 했죠? 피자 두 판만 사다 줄 수 있어요?

내일은 행복할 거야

안다정다운 밋밋한 메시지에 그의 입가가 부드럽게 풀어졌다. 그는 한참 동안 그 짧은 메시지에서 시선을 떼지 못했다. 마음속 깊은 곳에서 우러난 미소가 그의 얼굴에서 가시지 않았다. 노래 듣는 척을 하던 직원들이 태인을 힐끔거리기 시작했다. 그때, 그가 자리에서 일어났다.

"태인 씨?"

"일이 생겨서 가 봐야 할 것 같아요."

"네에? 온 지 얼마 안 됐는데."

심지어 안주조차 나오지 않았다. 칵테일만 주르륵 테이블 위에 놓여 있을 뿐이었다. 하지만 태인에게는 상관없는 일이었다.

"테이블 계산은 하고 갈게요."

"아, 저……!"

자신을 붙잡으려는 목소리에도 태인은 미련 없이 몸을 돌렸다. 안다정의 피자 배달부가 되기 위해 그는 곧바로 움직였다. 머릿속으로 주변에서 가장 맛있다고 소문난 피자 가게를 생각하며 그가 칵테일 바를 나섰다. 정말 안다정 때문에 행복해진다.

그 시간, 다정은 휴대폰을 가운 주머니 깊숙이 찔러 넣고 얼굴을 붉혔다.

'미쳤지.'

왜 메시지를 보냈을까?

말을 안 하면 아무 음식이나 사 온다고 했으니까 보낸 것뿐이라고 그녀는 자신의 행동을 합리화했다. 그러니까 야식을 사 올 거라면 모두가 좋아하는 피자가 낫지 않은가? 괜히 과메기 같은 걸 사 와서 질색하는 일이 없도록 말이다.

작년, 다정이 3년 차일 때 치프로 있던 선배가 야식이랍시고 과메기를 사 와서 비린 것을 즐겨 먹지 않는 안다정은 손가락만 빨았던 경험이 있었다.

이미 보내 버린 메시지를 되돌릴 수는 없었다. 다정은 고개를 흔들어 상념을 털고 다시 진료를 보기 위해 몸을 돌렸다.

몇몇 환자에게 응급 처치를 하고 나서 다정은 눈물 바람이 된 환자와 마주했다.

"배가 너무 아파요."

구토하는 바람에 응급실 내원 때부터 수액을 맞고 있던 환자는 젊은 남성이었다. 정말 죽어 가는 목소리였다. 많은 환자가 대기 중에 있음에도 이 환자의 순번이 당겨진 데는 다 이유가 있었다.

환자가 부여잡고 있는 곳은 좌측 옆구리, 하얗게 질린 안색과 고통으로 일그러진 얼굴은……

'요로 결석?'

4년 차 안다정은 단번에 진단을 내렸다. 출산의 고통에 가깝다는 요로 결석 환자는 여름이 된 뒤로 매일 보고 있어 환자에게 문진만 해도 감이 왔다. 특히 여름에 땀을 많이 흘리는 사람들이 걸리는 질환이라 환자 수가 많았다.

"진통제부터 놔 드릴게요."

옆에 있던 간호사가 진통제를 링거에 추가했다. 고통으로 지친 환자가 힘없이 물었다.

"왜 이렇게 아파요? 맹장이에요?"

"……이제 검사할 겁니다."

요로 결석인 것 같았지만 진단은 검사에 기초하는 법이었다.

일단 활력 징후는 좋았다. 스스로 응급실에 걸어 들어와 그보다 급한 응급 환자가 지나가기를 기다린 뒤에도 남자는 의식이 있었고 혈압도 정상. 맥박은 고통 때문에 높아져 있었으나 정상 범위, 체온도 상승해 있었지만 정상 범위였다. 고열에 혼절까지 하는 심각한 수준은 아니었다. 그 수준이었으면 이미 마약성 진통제를 투여하고 벌써 의사들이 달라붙었을 테니까.

"소변 검사 하고 바로 엑스레이 찍을게요."

"무슨 병인데요? 암이에요?"

진통제를 맞아도 도통 통증이 줄어들지 않는다고 불만스러워했지만 사실 환자의 안색은 점점 나아지고 있었다. 겁에 질린 환자의 질문에 다정이 친절하게 대답했다.

"요로 결석 같은데, 진단은 촬영부터 하고요."

진통제 효과가 나타나는지 환자는 눈물을 닦고 엑스레이 촬영을 위해 안으로 들어갔다.

"엑스레이로 안 보이면 CT도 추가해야 합니다."

환자의 뒤에 대고 다정이 말을 더했다.

저녁, 피곤한 시간이라 그녀는 마른세수를 했다. 몇 명의 환자를 더 보고, 여기저기 뛰어다니느라 피로한 다정을 너스 스테이션에서 간호사가 불렀다.

"안다정 선생님!"

다정은 눈을 슬쩍 비비고 걸음을 재촉했다. 스테이션 데스크 위에 피자 두 판이 포장 박스에 싸인 채 겹쳐져 있었다. 그리고 옆에는 싱글벙글 웃고 있는 도태인이 서 있었고 말이다. 그녀가 그를 보고 의아한 표정을 내비쳤다.

"어?"

"선생님 메시지 받고 바로 사 왔어요."

"벌써요?"

아니, 아무리 그래도…… 이렇게 빨리 올 줄은 몰랐다.

당황한 다정이 태인을 올려다보며 눈을 깜박거렸다. 아까 그 분위기는 회식 분위기였는데 그는 평소와 다를 것 없는 모습이었다.

"술은 안 마셨어요?"

"네."

"거기 직원들하고 같이 간 것 같던데……."

다정이 마음에 걸렸던 말을 은근슬쩍 했다. 문제는 다정 본인도, 듣는 태인도 그게 떠보는 말이라는 걸 인식하지 못한 데 있었다.

"바에 갔는데 선생님이 딱 메시지를 보내서 나왔어요."

"이렇게까지 빠를 필요는 없었는데……."

피자 상자를 물끄러미 보던 다정이 퍼뜩 정신을 차렸다. 그러고 보니 그에게 감사 인사를 하지 않았다. 그냥 해 본 소리였는데도 도태인은 회식 자리를 박차고 단숨에 피자를 배달했다. 왜일까? 그녀의 가슴 한구석이 살랑살랑 흔들렸다.

"하여튼 고마워요. 잘 먹을게요."

"내가 그랬잖아요? 뒷바라지해 준다고."

순간, 다정이 움찔했다. 아까 복숭아 봉투를 건네던 할머니가 문득 떠올랐다. 그 할머니의 모습과 도태인이 겹쳐져서 그녀가 우물쭈물 말을 더듬었다.

"그, 그거야⋯⋯."

"남편처럼."

황당한 말을 덧붙인 그가 씩 웃었다. 항상 빈틈없었던 치프가 말을 더듬는 광경에, 서른씩이나 넘어서 소꿉놀이를 하듯 호칭하는 모습까지⋯⋯ 뒤에서 간호사들의 호기심 어린 눈빛이 다정에게 바늘처럼 꽂혔다. 그때, 누군가가 엑스레이 촬영실 앞에서 다정을 불렀다.

"안 선생님! 엑스레이 결과 나왔습니다."

"잠시만요."

그녀가 빠르게 대답하고 난처한 듯 태인을 바라보았다. 그러나 그는 웬일로 빙그레 웃으며 물러나 주었다.

"오늘은 이만 갈게요."

바쁜 응급실 의사를 자신의 이기심으로 붙잡을 수는 없는 노릇이었다. 그는 미련을 숨기고 응급실에서 나갔다. 그녀는 그의 뒷모습이 사라질 때까지 보다가 판독실로 후다닥 달려갔다.

이상하다. 매일매일 그를 붙잡고 진료 방해를 하지 말라 말했었다. 드디어 오늘, 태인과 만난 이래로 바랐던 일이 처음 일어났는데…… 왜 서운한지 모르겠다.

'일이 하기 싫어서 그런가.'

다정이 한숨을 내쉬고 필름을 보기 위해 안으로 들어갔다.

엑스레이로는 결석의 위치가 보이지 않았지만 혈뇨가 살짝 비치는 소변 검사로는 요로 결석이 분명했다. 결석의 위치와 크기를 확인하기 위해서 CT 검사가 필요했다. 다정은 바로 CT 촬영실에 전화를 걸었다.

"CT방에 자리 있어요?"

─네, 들어오세요.

다행히 오랫동안 대기해야 할 일은 일어나지 않았다. 환자는 금세 CT 촬영실에 들어가 촬영을 마칠 수 있었다.

CT 촬영 결과 역시 요로 결석이었다. 요관에 보이는 결석 크기는 직경 4밀리미터에 살짝 미치지 못했다. 크기가 크지 않아 수술적 치료가 아니라, 물을 많이 마셔서 소변으로 결석을 내보내는 것이 유효한 치료법이지만 환자가 워낙 아파해서 다정은 고민이 되었다. 그녀는 일단 환자의 상태를 물어보았다.

"통증은 괜찮으세요?"

"네."

한결 나아진 얼굴로 환자가 씩씩하게 고개를 끄덕였다. 굳이 다른 처치를 할 필요는 없어 보였다.

"결석 크기가 크지 않으니까 소변으로 배출하게 물 많이 드세요."

"네…… 근데 진통제 효과가 떨어지면 또 아픈가요?"

"나아지는 분도 계시고 아픈 분도 계셔서 뭐라고 딱 잘라 말씀드리기는 어려워요. 주기적으로 통증이 오니까요."

"안 아팠으면 좋겠네요."

환자가 다시 울상을 지었다. 다정이 해 줄 수 있는 건 그저 진통제를 처방해 주는 일뿐이었다.

진료를 마치고 나서 다정은 태인이 두고 간 피자 뒤처리를 위해 빠른 걸음으로 너스 스테이션에 도착했다. 벌써부터 흘끔흘끔 피자를 노리던 간호사가 웃으며 농담조로 말했다.

"선생님, 한 번만 눈 딱 감고 결혼해 버려요."

웬 결혼?

"……결혼이 '한 번만 눈 딱 감고' 하는 건가요?"

다정이 기가 막힌다는 듯 되물었다. 황당해하는 다정을 보며 간호사가 키득거렸다.

"아까 다 들었어요. 남편처럼 뒷바라지해 준다잖아요. 최고다, 진짜."

"잘생겼지, 키 크지, 집안 좋지, 일편단심이지! 신랑감으로는 백 점이잖아요."

"맞아, 나였으면 벌써 확 잡아서 결혼했어."

간호사들끼리 신이 나서 떠들었다.

도태인과의 결혼? 애초에 독신주의자인 안다정이 하필이면 그 변태와 결혼이라니!

난처한 입장에 놓인 다정은 할 말을 찾지 못해 머리를 긁적이다가 일단 줄행랑을 치기로 했다.

"의국에 갖다 놓을 테니까 드실 거면 드세요."

환자와 보호자들이 지나다니는 탁 트인 너스 스테이션에서 야식을 먹는 건 환자 보기 민망한 일이라 다정은 피자를 의국에 두기로 결정했다. 너스 스테이션을 도망치듯 빠져나온 그녀는 늘 주장하던 독신주의를 오늘은, 주장하지 못했다.

치료 방법 10.
기묘한 꿈꾸기

다정이 서 있는 곳은 별장 정원이었다. 내가 별장을 가지고 있었나…… 싶은 의문이 들어야 하는데, 이상하게도 이 별장이 자신의 것임을 그녀는 명백히 인지하고 있었다.

바닥에는 푸른 잔디가 벨벳처럼 깔렸고, 바람은 선선하게 불었다. 하늘이 맑고 높은 것을 보니 가을날이었다.

다정은 하나뿐인 길을 따라 걸었다. 바깥으로 난 테라스에는 4인용 테이블이 있었다. 테이블 위에 놓인 간식거리와 김이 모락모락 나는 찻잔은 익숙한 듯 익숙지 않았다.

"엄마."

그때, 누군가가 다정의 뒤에서 옷자락을 잡아당겼다. 어린아이의 목소리는 귀엽고 사랑스러웠지만 낯설었다. 그녀는 고개만 살짝 돌려 뒤를 돌아보았다. 일고여덟 살쯤 되었을까, 싶은 남자 아이가 환하게 웃으면서 자신에게 매달렸다.

"엄마아……."

"난 네 엄마 아닌데."

예쁘고 정이 가는 아이였지만 안다정은 독신주의자였고, 당연히 안다정의 인생에 아이가 있을 리는 없었다. 아이는 잠꼬대를 들은 양 눈가를 일그러뜨리더니 웃음을 터뜨렸다.

"엄마, 이상해."

"그러니까 난 네 엄마가……."

아니라는 말이 나오기도 전에 아이가 장난기 가득한 미소를 지으며 선수를 쳤다.

"엄마, 케이크 먹어도 돼?"

아이가 가리킨 쪽은 테이블 위였다. 혀가 마비될 만큼 달아 보이는 케이크를 아이는 반짝거리는 눈으로 응시하고 있었다.

뭐 아무럼 어떠냐 싶어서 다정은 고개를 끄덕였다. 아이는 신이 나서 테라스 울타리를 훌쩍 뛰어 넘었다. 가느다란 다리에서 무슨 힘이 그리 솟는지 신기할 따름이었다.

포크로 케이크를 크게 떠낸 아이가 먹기 직전에 다정에게 다시금 말을 붙였다.

"엄마도 먹을 거야?"

"안 먹어."

이제는 아이가 엄마라고 하든 말든 신경도 쓰이지 않았다. 아이는 다정을 보고 해맑게 웃어 보였다. 낯설지 않은 웃음이었다.

'누가 저렇게 웃었더라?'

기억이 날 듯 말 듯, 머릿속이 답답했다. 다정은 미간을 좁히고 아이가 케이크 한 조각을 싹 비우는 모습을 지켜보았다. 입술 끝에 하얀 크림이 묻어 있는 것도 모르고 아이는 그녀를 보고 싱글벙글 웃었다.

"또 먹어도 돼?"

"달지 않아?"

"맛있는데."

"그럼, 그러든지."

기묘하게도 다정은 아이와 스스럼없이 대화를 나누었다. 낯설었던 아이가 어느새 친근해졌다. 꼭 자신의 아이처럼 먹는 모습이 예쁘게 보이기까지 해서 다정은 눈을 비볐다. 케이크를 크게 한 입 먹은 아이는 입가에 온통 크림을 묻히고 있었다.

그녀가 한숨을 내쉬며 말했다.

"입에 다 묻었어."

"어디?"

혀로 날름날름 입술을 닦아 보았지만, 크림이 깨끗하게 닦이지는 않았다. 결국 다정이 테이블 위의 냅킨을 들고 아이의 입가를 손수 닦아 주었다.

"천천히 먹어."

"엄마가 케이크 많이 못 먹게 하니까."

"내가?"

"응. 한 조각 이상은 못 먹게 했잖아."

그랬었나? 다정이 고개를 갸웃거렸다. 아이는 이때다 싶어서 먹고 싶었던 케이크를 싹싹 비우려는 모양이었다.

"아빠도 엄마 말만 잘 들으라고 하고."

'아빠?'

다정이 아이를 다시 낯설게 응시했다. 아이는 불만 가득한 표정으로 입술을 불퉁 내밀고 포크를 깨작거렸다.

아이의 아빠라면, 엄마라고 불리는 자신의 남편일 것이다. 문제는 안다정이 독신주의자고, 남편이 있을 리 만무하다는 것쯤?

"네 아빠 어디 계셔?"

상황 판단을 위해서는 아이와 이야기를 하기보다 어른과 대화하는 편이 나았다. 다정이 단서를 발견한 탐정처럼 날카로운 눈빛을 내비쳤다.

"아빠? 안에 있잖아."

다정에게 낯설기 그지없는 이 상황이 아이에게는 평범한 일상인 듯, 아이의 어조가 평이했다.

다정은 더 이상 아이와 말을 섞지 않고 건물 출입문으로 걸음을 옮겼다. 나무 계단을 두 개 올라 현관문 손잡이를 잡기 무섭게 문이 벌컥 열렸다.

"어?"

누군가가 먼저 안쪽에서 문을 열고 나왔다. 다정은 자신의 눈앞에 서 있는 남자를 황당하게 바라보았다. 빙그레 미소를 지은 남자는 기가 막히게도 자신이 잘 아는 사람이었다.

"여기서 뭐 해요?"

"히익!"

아이가 지었던 해맑은 웃음이 누구와 닮았나 했더니, 그 남자아이는 도태인을 닮아 있었다.

안다정은 거기서 눈을 번쩍 떴다. 아직 기억은 생생했다.

"뭐야, 이 미친 꿈은?"

당직 때문에 지친 다정은 에어컨을 틀어 놓고 기분 좋게 잠들었었다. 저 꿈을 꾸기 전까지는 말이다. 너무 놀라고 황당해서일까? 아직도 그녀의 심장이 두근거렸다. 그녀가 일부러 소리 내어 중얼거렸다.

"미쳤나 봐……."

꿈의 잔상은 쉬이 사라지지 않았다. 그녀는 고개를 흔들면서 양손으로 뺨을 톡톡 쳤다. 잠은 깼는데 머릿속에 꿈에서 본 광경이 남아 미칠 노릇이었다.

"진짜 미쳤어."

다정은 계속 같은 말을 반복했다.

시간을 보니 벌써 오후 세 시였다. 오전 여덟 시까지 당직을 서고 자잘한 일을 처리한 뒤 열 시쯤에 들어와서 그대로 뻗었다. 따지고 보면 다섯 시간밖에 못 잔 셈인데, 꿈이 무척 기가 막혀서 다시 잠들 엄두가 나지 않았다.

'아, 너무 피곤해.'

양손으로 머리를 감싸 쥔 채 그녀는 고개를 수그렸다.

'왜 하필 도태인이…….'

꿈의 파편이 떠오르자 다정이 고개를 세차게 저었다. 이게 다 도태인 때문인 것 같다. '남편'처럼 뒷바라지를 해 주겠다고 하질 않나, 그 소리를 들은 간호사들이 도태인을 결혼 상대로 생각해 보라고 부추기질 않나…….

그래, 그래서 이런 말도 안 되는 꿈을 꾼 것이리라.

"미쳤어."

양쪽 무릎을 세우고 거기에 이마를 댄 다정은 한숨만 내쉬었다.

그때 휴대폰이 반짝거렸다. 메시지가 온 모양이었다. 항상 전화기를 확인하는 습관 때문에 그녀는 바로 휴대폰을 살폈다. 메시지 발신인은 안다정을 당황하게 만든 사람이었다.

    선생님, 나랑 저녁 먹을래요?

"안 먹어! 너하고는 안 먹어!"

태인의 메시지를 보자마자 다정은 발작하듯 휴대폰을 침대 위에 내던졌다. 그러고도 한참 동안 그녀는 씩씩거렸다.

물론 그녀도 이성적으로는 알고 있었다. 이 꿈을 꾼 건 자신의 무의식이고, 태인한테는 아무런 죄가 없다는 것쯤은 말이다. 그래도 너무 기가 막힐 땐 남 탓을 하고 싶어지는 법이다.

아, 도태인에게 너무 익숙해졌다. 그와 함께하는 시간이 아무렇지 않게 느껴지다니. 이러다 정말 그 꿈이 현실이라도 되면⋯⋯.

'악몽이다.'

기막힌 상상에 다정은 한 손으로 이마를 감싸고 앓는 소리만 뱉었다. 도태인은 안다정의 생활 방식을 뒤흔들고 있었다.

정말 이대로는 안 되겠다. 요즘 있었던 일을 떠올려 보면 하나같이 다 자신이 그의 페이스에 말려들었는데 이제는 정확히 선을 그을 때가 온 것 같았다.

문제는 선을 그을 수 있느냐, 그것이었지만 말이다.

다정이 답장을 하지 않자 여섯 시쯤 되어서 전화가 걸려 왔다. 누워서 느긋하게 저널을 읽던 다정은 태인의 이름이 뜬 화면을 보고 화들짝 놀라 휴대폰을 뒤집어 버렸다. 요란하게 울리던 벨소리가 쥐죽은 듯 조용해졌다.

"어, 어떡하지?"

전화를 받지 않은 안다정은 불안해하고 있었다. 갑자기 도태인이 의식되기 시작했다. 그 꿈 때문인지 그녀에게 있어서 그는 도태인이라는 '사람'이 아니라 '남자'로 인식되고 말았다. 그녀는 머리를 부여잡았다.

전화가 끊어졌겠다 싶을 때 슬쩍 휴대폰을 뒤집은 다정은 메시지를 보고 경악했다.

아직도 자요? 나 5분 있으면 집 앞인데.

"누구 집 앞?"

꽥 소리를 지르며 휴대폰을 든 다정이 벌떡 일어났다. 타이밍 좋게 초인종 소리가 들렸다. 5분은커녕, 1분 정도만 흐른 느낌이었다. 그녀는 저도 모르게 신음을 뱉으며 거울을 쳐다보았다. 캐미솔 차림에 머리는 산발로 묶여 있었다.

일단 다정은 손으로 머리를 대충 빗어서 최대한 단정하게 묶고 면 티셔츠를 찾아 입었다. 편하다는 이유로 혼자 있을 때나 입는, 늘어난 캐미솔 하나만 걸치고 도태인을 볼 자신이 없어서였다.

다시 한 번 초인종 소리가 들렸다. 깜짝 놀라 어깨를 들썩인 그녀가 후다닥 현관으로 달려 나갔다. 인터폰 화면을 확인하지도 않았지만 알 수 있었다. 예상대로 도태인이 미소를 띤 채 서 있었다.

"집에 있었네요?"

이상하게 다정은 태인을 똑바로 쳐다볼 수가 없었다. 그는 그녀가 무슨 꿈을 꾸었는지 모르는데, 그녀 혼자 부끄러워했다.

겨우 마음을 가다듬고 그녀가 아무렇지 않은 척 물었다.

"왜 왔어요?"

"주말이잖아요."

토요일이기는 했지만 안다정에게 평일과 주말이라는 개념은 별로 없었다. 4년 차 전공의인 그녀에게 휴일은 오프 날뿐이었으니까.

"여자 혼자 사는 집에 자꾸 찾아오지 마세요."

도태인과 일정한 선을 긋기 위해 다정이 싸늘하게 말했다. 태인은 아무 대꾸 없이 그녀를 가만히 응시했다.

훌쩍 가까워졌다고 생각했는데 자신만의 착각이었나 보다. 어제 저녁만 하더라도 분위기가 좋았는데. 퇴근 전에 무슨 일이라도 있었던 걸까? 그가 조심스럽게 입을 열었다.

"뭐 안 좋은 일 있어요?"

스토커 수준으로 안다정을 관찰해 온 그는 단숨에 그녀의 기분을 파악했다. 꼭 자신의 마음이 읽히는 것 같아 그녀가 머뭇거렸다. 솔직히 말하면 안 좋은 일이 아니라 부끄러운 일이었다. 도태인과의 사이에 아이가 있는 꿈이라니.

'왜 그런 꿈을 꿔서…….'

태인을 흘끔 쳐다본 다정이 눈썹을 난처하게 휘었다. 그쪽하고 결혼해서 애까지 있던 꿈을 꾸었다고는 목에 칼이 들어와도 말할 수 없었다.

그녀가 아무 대답을 하지 않자, 그가 겨우 미소를 입에 올리고 화제를 돌렸다.

"점심 언제 먹었어요?"

"당직 끝나고 아침만 먹었어요."

"그럼 저녁 먹으러 갈래요?"

"집에 있고 싶은데요."

또박또박 받아치긴 했으나 사실, 지금 다정은 태인이 불편했다. 그를 똑바로 바라볼 자신도 없었고 자꾸 얼굴이 뜨거워지는 느낌도 들었다.

평소보다 맥박이 빨라진 게 느껴질 정도라 그녀는 자신의 심장 박동이 그에게 들킬까 두려워졌다.

"먹고 싶은 거 있으면 사 올⋯⋯."

"그⋯⋯ 그만 좀 하시라구요."

짜증 섞인 다정의 말에 태인은 꼭 주인에게 야단맞은 강아지처럼 풀이 죽었다. 안다정의 마음이 또 약해졌다.

"그러니까 내 말은, 나한테만 이렇게 시간 쏟지 말고⋯⋯ 그쪽도 자기 할 일 많잖아요? 일도 일이고, 자기 계발도 할 테고, 친구⋯⋯."

뒤늦은 변명을 주절주절 늘어놓던 다정은 어제 태인이 다른 여직원들과 회식을 하러 갔던 걸 떠올렸다. 어쩜 이 남자는 여자들 사이에 위화감 없이 서 있나 몰라. 그녀가 헛기침을 하고 새침한 표정으로 말을 이었다.

"친구나 직장 동료하고 만나든가."

"친구 없는데."

그가 당당하게 받아쳤다. 친구가 없다는 대꾸가 나올 줄은 몰랐던 그녀는 할 말을 잃고 말았다.

　잠시 두 사람 사이에 정적이 흘렀다. 다행히 그녀가 먼저 입을 열었다.

　"그럼 병원 사람들이나 만나세요."

　"그래서 선생님 만나러 왔잖아요?"

　"나 말고, 어제……."

　거기까지 말한 다정이 겨우 이성을 되찾고 입을 다물었다. 그가 여자들 사이에 끼든, 남자들 사이에 끼든 자신과는 상관없는 일이었다. 그녀가 미간을 좁힌 채 시선을 떨구자 그는 마치 그녀의 속을 다 안다는 듯 뿌듯한 미소를 지어 보였다.

　"어제 피자 맛있었죠?"

　"……네."

　갑작스러운 피자 이야기에 다정이 솔직히 긍정했다. 아니, 차라리 화제가 변한 게 다행이었다. 왠지 도태인이 안다정의 부끄러워하는 마음 한 자락을 눈치챈 느낌이었으니까.

　그가 조잘조잘 말을 이었다.

　"아는 가게에 전화로 급하니까 빨리 구워 달라고 부탁했어요. 거기 피자가 맛있어요. 셰프가 이태리에서 오랫동안 공부하고 왔거든요."

　"아, 역시. 어제 당직이었던 사람들 다 맛있다고 했어요. 고마워요."

　아무데나 가서 피자의 형태를 한 음식만 사 와도 괜찮은데, 그는 기꺼이 좋은 가게를 찾았다. 자신이 생각하지 못한 곳까지 신경 써 주는 그의 태도가 그녀는 진심으로 고마웠다.

"먹고 싶은 거 있으면 말해요. 열두 시에도 사다 줄 수 있으니까."

"열두 시엔…… 됐어요."

떨떠름하게 대답한 그녀는 어제 자정 즈음 배고픔을 이기지 못한 1년 차 전공의들이 구내식당을 다녀왔다가 슬퍼하던 모습을 떠올렸다.

"참, 구내식당도 좀 맛있으면 좋겠는데."

구내식당이 당직의들을 위해 24시간 운영되고는 있어도 관리가 되지 않는 새벽녘에는 아사 직전이 아니고서야 전공의들은 찾지 않았다.

힘들기로 소문난 흉부외과나 신경외과 전공의들은 뜨거운 밥을 먹을 수 있다는 것만으로도 만족하는 모양이었지만, 대부분의 전공의들은 구내식당을 썩 달가워하지 않았다.

"아마 감사 들어갈 거예요. 자체 감사."

"감사요?"

그가 고개를 끄덕였다. 감사라니! 갑자기 스케일이 커진 느낌이었다. 그녀가 할 말을 잃고 눈만 깜박거렸다. 설마 자신의 불평 한마디가 비공개 감사까지 이어진 건가? 그렇다면 그건 도태인의 힘이겠지. 그녀는 곁에 있는 남자가 문득 신기하게 느껴졌다.

"감사 결과가 나오면 알려 줄게요. 비공개로 하는 거지만."

"설마…… 진짜 비리 같은 거 있는 건…… 아니겠죠?"

"글쎄요?"

4년 동안 농담처럼 말해 왔던 게 사실이 될까 두려워진 다정이 말을 더듬었다. 그러나 태인은 시원스레 부정하지 않고 그저 의미심장하게 웃었다.

*　　*　　*

일요일이지만 어김없이 안다정은 병원행이었다. 그래도 워낙 일손이 모자란 흉부외과나 비뇨기과, 신경외과 등에 비하면 응급의학과는 오프나 당직 스케줄에 후한 편이었다. 아니, 정확히는 모든 과를 통틀어 응급의학과가 오프에 후했다.

매일 아침 있는 의국 회의와 회진 전, 다정은 출근하자마자 김웅진 교수의 방으로 불려 갔다. 웅진이 다정을 보자마자 발랄하게 물었다.

"아동 학대, 경찰에 신고했다며?"

"또 저한테 뭐라고 해요?"

이제 다정은 클레임이라면 지긋지긋했다. 어이없는 사건을 겪은 뒤로 방어적인 태도를 보이는 제자에게 걱정 말라는 양, 웅진이 미소를 지어 주었다.

"학대 정황이 있긴 한가 봐. 아이 엄마 쪽도 조사 들어갔다더라."

"아…….."

"응급실 담당의랑 NS(신경외과) 담당의한테 소견서 제출 부탁
도 했고."

다정은 신고한 쪽이 다정이냐면서 뻔뻔하게 화를 내다가 나중
에는 무너지듯 바닥에 주저앉은 여자를 떠올렸다. 역시 그랬다.
조그만 아이를 학대해 놓고 태연한 척을 하던 부모가 악귀 같이
느껴졌다.

"다행이지. 그냥 넘겨 버렸으면 부모는 아무 벌도 받지 않고
불쌍한 부모가 될 뻔했잖아? 아이 한은 풀어 줘야지."

웅진의 말이 꼭 아이가 사망한 것처럼 들렸다. 다정이 조심스
럽게 말했다.

"아직…… ICU(Intensive care unit, 중환자실)에 있다고 들었는
데요."

"브레인 데스(뇌사)야. 아까 NS에서 연락 왔어."

뇌사에 빠질 건 알고 있었다. 모든 예후가 불안했고 병원에서
어떤 처치도 해 주지 못했으니 말이다. 활력 징후가 안정되지 않
은 상태에서 머리를 여는 수술은 불가능했고, 어찌어찌 수술을
한다손 쳐도 생존에 치명적인 부분에 일어난 출혈은 잡을 수 없
었다.

처치를 하다가 죽게 만드느냐, 아니면 가만히 죽어 가게 만드
느냐. 신이 아닌 이상 두 가지 길뿐이었다.

"신고 잘했어. 네 담당도 아닌데."

웅진이 수고했다는 듯 다정의 어깨를 툭툭 쳐 주었다. 그러나 다정의 기분은 나아지지 않았다. 그 어린아이는 부모한테 맞아 죽은 셈이었다. 아이의 억울함을 다정이 어찌 알 수 있을까?

더는 이런 일이 생기지 않는 게 최선이지만, 그렇지 않다면 병원에서 할 수 있는 일은 매뉴얼대로 행동하는 일뿐이었다. 웅진의 목소리가 진지해졌다.

"민석이는 내가 따로 불러서 말할 거니까 네가 다른 애들한 테도 미리 말해 놔. 조그만 정황이라도 보이면 무조건 신고하라 고."

웅진은 4년 차 제자인 장민석에게 꽤 실망했다. 아무리 4년 차 끝물이라고 해도 그렇지 아동 학대를 보고도 모르는 척 넘겨 버리다니, 도리를 저버린 것과 다름이 없다고 생각했다. 민석의 입장을 모르는 건 아니었다. 제발 아무 일 없이 9월이 오기만을 기다릴 것이다.

하지만 그 길은 민석만 걷는 길이 아니었다. 웅진도, 까마득한 선배들도 모두 전공의 4년 차라는 길을 걸어왔다. 하다못해 동기인 안다정이 신고 전화를 했다. 같은 입장인데도 둘은 다른 행동을 선택했다.

그 안다정의 입에서 허탈한 목소리가 나왔다.

"다들 저번에 저 털리는 거 봤잖아요. 선뜻 나설 자신 없을 겁니다."

기묘한 꿈꾸기 81

"그건 그놈이 미친놈이었고. 아동 학대 신고는 내 면허를 걸고 절대 불이익 없게 해 주겠다고 말해."

그 일은 병원 전체 의료진이 기가 막혀 했던 사건이었다. 또한 기자라든가 국회 의원 같은 병원 외적인 문제도 얽혀 있었다. 거기에 전공의 둘이 대척점에서 얽혀 있으니 병원 내부에서 둘을 저울질하느라 더욱 우왕좌왕하기도 했다.

그래도 그 사건은, 해결 여부와 상관없이 징계 위원회가 열린 데서 이 병원의 수치처럼 남을 것이다.

웅진은 더 이상 불합리한 일이 일어나지 않기를 바랐다. 그가 한숨을 길게 내쉬고 나서 말을 덧붙였다.

"이런 일엔 정신 차리고 원리 원칙대로 하는 게 최선이야. 알지?"

알다마다. 다정이 희미한 미소만 지어 보였다.

토요일 저녁부터 일요일까지는 1차 병원을 가지 못하는 환자들 때문에 응급실이 부산스러웠다. 물론 그만큼 다양한 케이스 스터디도 가능했다.

매일 있는 의국 회의와 케이스 리뷰는 의국장인 안다정이 주관했다. 오늘, 케이스 스터디 중에 유난히 눈에 띈 케이스는 간디스토마(Clonorchis sinensis) 환자 일이었다. 모두 구충제를 잘 챙겨 먹으리라 다짐하게 되는 계기이기도 했고 말이다.

"그리고 4세 여환, SAH(지주막하 출혈) 케이스. 김웅진 교수님께 경찰 연락 간 거 알아?"

"벌써요?"

그날 근무하지 않았던 채린은 뒤늦게 이야기를 듣고 분개했었다. 어른이 아이에게 폭력을 행사한 것도 끔찍한데, 심지어 그게 부모라니! 부모 자격이 없는 사람들이 너무 많아서 국가적으로 인성 테스트라도 해야 하는 것 아니냐고, 채린은 핏대를 세웠다. 다행히 부모가 경찰에 붙잡혀 갔다는 말에 그나마 채린의 기세가 한결 가라앉았다.

"경찰에서 아동 학대 근거가 있다고 봤나 봐. 소견서 달라고 연락 왔대."

"그 애기…… 예후 나쁠 텐데요."

"이미 브레인 데스래."

채린의 미간이 찡그려졌다. 아이는 절대 살아날 수 없었다. 온갖 기계에 몸을 맡기고 무의미한 생명 유지만 하다가 점점 더 쇠약해지고 종국에는 사망에 이를 것이다. 침통한 의국원들을 보며 다정이 침착하게 말을 이었다.

"엄마 쪽도 심층 수사한다고 그러더라."

여기저기서 무거운 한숨이 나왔다. 아이가 죽기 전에 예방할 수 있으면 더할 나위 없이 좋겠으나, 일이 일어난 이상 이제는 사후 처리가 중요했다. 부모는 아이를 학대한 대가를 톡톡히 치러야 했다.

그리고 또 하나.

"우리 4년 차야 이제 거의 끝이지만, 아직 너희는 시간이 남았잖아. 교수님이 아동 학대 의심 환자는 무조건 신고하라고, 절대 불이익 없게끔 해 주신다고 장담하셨어."

다정이 웅진의 말을 옮겼다. 이번 사건을 안타까워하는 사람이라면 비슷한 일이 생겼을 때 망설임 없이 옳은 선택을 할 것이다. 하지만 장민석은 모르겠다. 이미 한 번 외면한 전적이 있으니까.

동기를 바라보는 치프의 눈빛이 썩 좋지 않아 모든 전공의들이 다정과 민석을 힐끔거렸다. 후배들이 숨을 죽이고 4년 차들의 눈치를 살피느라 피가 마르는 것을 알고, 다정은 기꺼이 회의를 끝내 주었다.

"그만 끝내자. 일어나."

여기저기서 안도의 한숨이 터져 나왔다. 4년 차 장민석이 먼저 문을 쾅 닫고 나갔다. 그때, 찬형이 다정에게 다가와서 투덜거렸다.

"야, 안 치프야. 너 기분 나쁘다고 후배들 밑에서 민석이 쪽 주면 어떡해?"

자신의 안위를 위해 환자의 아픔을 외면한 건 부끄러워해야 할 일이다. 민석을 탓하는 마음이 없지는 않았으나 다정은 일부러 웅진을 방패로 내세웠다.

"김 교수님이 시켰어."

"뭐?"

"정신 차리고, 원리 원칙대로 좀 하라고."

연인에게 차였다고 감정적으로 행동하는 건 의사로서 좋은 태도가 아니었다. 이전에도 장민석 인성이 부처급은 아니었다지만, 이별 전에는 저만큼 이기적인 놈 역시 아니었다. 다정은 평소의 민석이었더라면 그때 바로 경찰에 신고를 했을 거라 생각했다.

물론 안다정도 지금 좀 감정적으로 행동하기는 했다. 자신을 득득 긁던 얄미운 동기한테 카운터펀치 한 번 날려 주는 게 어때서? 모든 명분은 안다정에게 있었고, 너스 스테이션이고 어디고 간에 툭하면 다정에게 시비를 걸던 장민석은 이번 일로 고립되다시피 했다.

"너…… 혹시 교수님한테 닦였어?"

찬형은 다정의 험악한 표정을 보고 조심스레 물었다. 웅진에게 불려가 혼이 난 안다정이 장민석에게 화풀이를 하는 걸까, 싶어서였다. 찬형의 생각과 정반대로, 다정은 혼나기는커녕 칭찬만 듣고 왔지만.

"내가 닦일 일이 뭐가 있어? 간다."

대수롭지 않게 대꾸하고 다정도 출입문을 나섰다.

그런데 시간이 지날수록 다정의 마음도 무거워졌다. 환자를 진료하고, 차트를 확인하고, 처치를 하느라 이리저리 돌아다니는 동안 다정은 우중충한 분위기를 풍기며 혼자 있는 민석을 종종 발견했다. 그와 친한 3년 차 전공의조차 다정의 눈치를 보는 건지 민석을 가까이하지 않았다.

이런 걸 보면 또 마음이 약해진다고.

'별로 속이 안 시원해.'

사실, 웅진의 이야기를 전할 때 따로 3년 차 아래로만 모아 놓고 말해도 되는 일인데, 일부러 장민석이 있는 데서 말했다. 무소불위의 권위를 가진 교수를 들먹이며 동기를 찍어 누르고 싶어서였다. 안다정 나름의 소심한 복수였지만 썩 시원하지는 않았다. 처음에는 좀 시원한 것도 같았는데 시간이 지날수록 찝찝해졌다.

'쟤도 힘들겠지.'

안색이 좋지 않은 동기를 차갑게 쳐다보다가 다정은 고개를 돌렸다. 아니, 동정할 가치는 없다. 이건 인과응보였다. 꼬투리 잡힐 일 없이 제대로 행동했으면 민석이 이런 취급을 받을 일은 없었을 테니까. 다정은 마음을 굳게 다지고 돌아섰다.

그때 너스 스테이션에서 간호사가 말했다.

"선생님, 앰뷸런스 콜 왔습니다."

구급차에서 연락이 왔다면 결코 가벼운 환자는 아니었다. 가까이에 있던 채린이 후배 전공의와 함께 베드를 마련하고 응급실 출입구로 달려갔다. 일사불란하게 움직이는 후배들을 보자 다정의 입가에 미소가 올라왔다.

마지막 달이나 다름없는 8월. 든든한 후배가 있다는 게 마음 놓였다.

"구급차가 두 대가 같이 들어오는데?"

하나는 연락 없이 환자를 싣고 온 구급차였다. 채린이 근처에 있던 다정을 불렀다.

"선생님!"

다정이 출입문으로 후다닥 달려 나갔다. 다정의 뒤로 인턴이 따라붙었다.

"너희부터 옮겨."

먼저 선 구급차 문이 열리는 것까지 보고 다정은 다른 구급차로 인턴과 함께 달려갔다. 어느 쪽이 연락이 온 구급차인지 모르니, 둘 다 대기하는 편이 좋았다.

이내 구급차 뒷문이 열리고 70대 정도로 보이는 노인이 스트레처(이동식 침대)에 옮겨졌다.

"어떻게 된 거죠?"

응급실 안으로 이동하면서 다정이 간단히 사정을 물어보았다.

"환자가 직접 신고했어요. 천식인데 흡입기를 잃어버렸고, 발작이 왔다고요. 오면서 산소를 넣어 주기는 했는데……."

다정이 고개를 끄덕였다. 천식 발작이면 기관지가 갑자기 좁아지는 터라, 아무리 산소를 넣어 줘도 기도 확보가 되지 않은 이상 호흡하기 어려웠을 것이다. 숙련된 간호사에 의해 이내 심전도계 모니터 등이 환자에게 부착되었다.

"할아버지, 정신 드세요?"

다행히 희미하게 앓는 소리가 새어 나왔다. 환자가 완전히 의식을 소실한 것은 아니었다. 연락이 온 구급차는 아무래도 채린

쪽인 것 같다. 옆에 있던 인턴이 모니터 결과를 불렀다.

"펄스(Pulse, 맥박) 118, 새츄레이션(산소 포화도) 85입니다."

산소 포화도는 정상적인 사람이라면 100, 99정도여야 하는데 이 환자는 85까지 떨어져 있었다. 환자는 어떻게든 호흡을 하기 위해 갈비뼈 사이의 근육까지 움직였지만 호흡은 쉽지 않았다. 다정은 일단 산소 포화도를 올리기 위해 산소마스크를 씌우고 약물을 쓰기로 했다.

"벤토린 5미리(Ventolin Nebule 5mg) 네뷸라이저(Nebulizer, 호흡기 치료 기기) 줘. 아, 마그네슘도 2그램만 노말 셀라인(normal saline solution, 생리 식염수)에 섞어서 IV(Intravenous injection, 정맥 주사) 사이드로 주세요. 환자 경과 보고 이상 있으면 콜 해."

인턴과 간호사에게 각각 지시를 내린 다정이 환자에게서 몸을 돌릴 찰나였다. 옆 베드에서 채린의 높은 목소리가 크게 울렸다.

"보호자분! 정신 차리세요!"

"엄마!"

채린은 환자도 아니고 보호자에게 정신을 차리라고 호통을 쳤다. 뒤이어 보호자의 울음 섞인 목소리가 흘러나왔다. 커튼으로 가려진 터라 상황을 알 리 없는 다정이 미간을 찌푸렸다. 구급차에서 연락이 왔을 정도면 절체절명의 위기일 텐데. 보호자의 울부짖는 목소리가 안타까웠다.

"왜 저렇게 시끄러워, 저건? 무슨 일인데?"

다정은 지나가는 2년 차 전공의를 붙잡고 물었다. 다행히 후배는 이유를 알고 있었다.

"터미널 캔서(Terminal cancer, 말기 암) 환자라던데요. MOF (Multiple organ failure, 다발성 장기 부전) 의심되나 봐요."

"머리 아프겠네."

말기 암 환자에게 다발성 장기 부전은 흔한 질환이었다. 여러 장기에 암이 전이되었으면 그 장기들이 제 기능을 하지 못하게 된다. 이럴 때 장기 부전이 오기 마련이었다. 특히 연명 치료를 중단했을 경우, 암세포가 위세를 떨치면서 여러 장기가 무너지곤 했다.

간호사가 커튼을 걷고 나오는 바람에 커튼 사이로 단호한 채린의 얼굴이 보였다. 채린은 보호자로 동행한 여자에게 다급하게 말했다.

"결정 못 하시겠으면 다른 가족분께 연락하세요."

이내 보호자가 눈물을 뚝뚝 떨어뜨리면서 커튼 밖으로 나왔다. 다정은 덜덜 떠는 손으로 전화를 거는 앳된 여자를 힐끔 쳐다보았다. 보호자의 저런 모습은 익숙했다. 가까운 사람을 잃을지도 모른다는 공포에 질려서 어쩔 줄 몰라 하는 모습.

"아빠, 엄마가 갑자기 정신을 잃어서…… 응급실인데 어떡해? 아빠 지금 대구에 있잖아. 수리는 학원 가고 나만 있어서."

옆 베드에 있는 협심증 환자에게 니트로글리세린을 투여하는 동안에도 다정은 그 보호자의 통화 내용을 본의 아니게 엿듣게 되었다. 사실 그 보호자의 목소리가 너무 커서 다정뿐만 아니라 다른 사람들도 듣고 있을 것이다.

"침 삼키지 마시고요."

"네."

심장을 쥐어짜는 듯한 고통에 얼굴을 일그러뜨린 40대 환자는 헉헉 숨을 몰아쉬면서도 참으려 노력했다. 진통제를 주사할 필요는 없었다. 니트로글리세린이 들어가면 금세 고통이 가라앉기 때문이었다.

"좀 괜찮으시죠?"

"네."

"협심증인 것 같은데, 진행 상황에 따라 시술이나 약물 치료를 병행하셔야 할 겁니다."

환자는 사망 선고라도 받은 양 절망스러워했다. 이런 데서 의사와 환자의 입장 차이가 일어나곤 했다. 훨씬 중한 환자들을 많이 보고, 웬만한 질병에는 무감각해진 다정은 청천벽력이라도 맞은 듯한 환자의 마음을 온전히 이해하지 못했다. 게다가 다른 병동도 아니고 이곳은 응급실. 당장 목숨이 오가는 상황이 아니면 응급실에서는 중요 환자로 대하지 않았다.

진료를 마치고 나온 다정은 아직도 통화 중인 그 보호자와 마주쳤다. 불안에 떠는 보호자는 이리저리 시선을 어지럽게 돌리고 있었다.

"응. 미강 병원…… 응? 그 사람이 누군데? 아는 사람이야?"

20대 초반? 10대 후반? 앳된 여자의 모습이 안타까웠지만 다정은 별말 없이 그녀를 지나쳤다. 방금 들어왔던 천식 발작 환자와 협심증 환자의 차트를 입력하기 위해서였다. 대단한 처치가 있었던 것도 아니라 차트는 금방 작성되었다.

물밀 듯이 들어오는 다른 환자를 진료해야 해서 다정은 이내 스테이션을 나왔다.

너스 스테이션을 나온 지 몇 분이나 흘렀을까?

"안다정 선생님!"

다시 스테이션에서 간호사가 다정을 호명했다. 가운 주머니에 양손을 꽂고 있던 다정이 목에 건 청진기를 매만지면서 왔던 길을 되돌아갔다. 웬일인지 아까 그 보호자가 안절부절못하며 다정을 보고 있었다.

"아, 저기……."

"무슨 일이세요?"

오늘 처음 보는 낯선 여자를 다정이 의아하게 쳐다보았다. 물론 그녀 또한 다정을 낯설어하며 머뭇머뭇 용건을 늘어놓았다.

"저기, 저희 아버지가 선생님을 안다고 하셔서요."

살짝 경상도 억양이 섞인 목소리로 여자가 말했다. 경상도 쪽과는 아무런 연고가 없는 다정은 이 상황이 이해가 되지 않았다.

"저를요?"

여자는 대답 대신 고개를 끄덕였다. 눈가에 눈물이 잔뜩 번져 있어서 안쓰러웠으나 보호자들의 이런 모습을 한두 번 본 게 아니라 다정은 덤덤했다.

"아버지 성함이 어떻게 되세요?"

"노, 경 자, 배 자요."

"노경배 님?"

전혀 모르는 이름이었다. 언젠가 지나가듯 봤던 환자일까? 하루에도 수십 명씩 환자를 보는데 환자의 이름을 일일이 기억할 수는 없는 노릇이었다. 심지어 다정은 방금 진료했던 천식 발작 환자나 협심증 환자의 이름도 몰랐다. 차트에는 그들의 이름이 기입되어 있지만 결국은 환자의 성별과 나이, 질병과 처치 방법만이 다정의 머릿속에 임상 케이스로 남을 뿐이었다.

"저를 어떻게 아시는지?"

"그건 저도 잘 모르겠어요. 선생님께 말씀드리면, 상태를 봐주실 거라고 하셔서요."

다정은 난처해졌다. 미안하지만 노경배가 누군지도 모르겠고, 신채린이 담당의가 된 이상 자신이 낯선 여자의 부탁을 들어줄 필요는 없었다. 다정은 모든 것을 채린에게 떠넘기기로 마음먹었다.

"지금 담당하신 신채린 선생님이 훨씬 유능하시니까 그 선생님한테 맡기시면 됩니다."

"하지만…… 적극적 치료를 할 거냐고 물어보셔서……."

"아, 그건 환자분과 가족분들이 선택하셔야 할 문제예요."

사실상 상태 호전을 기대할 수 없는 상황에 놓이면 의사들은 환자와 보호자에게 선택권을 준다. 절망적인 상황이지만 그래도 아주 적은 가능성을 믿고 치료를 할 수 있는 데까지 하겠느냐, 아니면 환자에게 인간다운 죽음을 맞게끔 통증 조절만을 도와주며 죽음을 기다리게 하겠느냐.

보통 나이 많은 노인들은 후자를 택했고, 젊은 사람들은 전자를 택했다. 그리고 이는 오롯이 환자와 가족들의 선택이었다. 담당 의사도 아닌 다정이 왈가왈부할 권리는 없었다.

"그치만 아빠가……."

상황이 이해되지 않는 건지, 여자는 계속 다정을 붙잡으려 했다. 그때였다.

"배연실 씨 보호자분! 어디 계세요?"

채린의 호명을 들은 순간, 다정의 눈동자가 세차게 흔들리더니 어깨가 뻣뻣하게 굳었다. 다정의 변화를 눈치채지 못한 보호자가 손을 번쩍 들고 채린 쪽으로 몸을 돌릴 찰나, 다정이 여자의 옷깃을 잡아 멈춰 세웠다.

"잠깐만요."

다정의 목소리가 잔뜩 가라앉았다. 그녀가 떨어지지 않는 입술을 겨우 움직여 물었다.

"환자분 성함이……?"

"배연실이요. 저희 엄마예요."

눈앞이 아찔해지는 것 같아 다정은 여자의 옷자락을 놓아주었다.

그 환자는 말기 암으로 다발성 장기 부전이 의심되는 환자였다. 워낙 응급실에 자주 실려 오는 케이스라 안됐지만 그러려니 넘겼다. 내 환자도 보기 힘든 상황에 남의 환자까지 살필 여력이 있을 리 없었으니까.

그리고 엄마 또한 암 말기라고 했다. 백부들은 다정에게 전화를 걸어서 죽어 가는 사람이니 한 번만 만나 보라고 부탁을 했었다. 하지만 다정은 엄마를 만날 생각이 없었다.

그런데 어쩌다가 이렇게 되었을까? 다정은 반쯤 피가 섞인 자매를 낯설게 쳐다보았다. 심상찮은 눈빛에 여자 역시 다정을 의아한 듯 응시했다.

"보호자분!"

결국 성질 급한 신채린은 너스 스테이션까지 뛰어와서 보호자의 팔목을 낚아챘다.

"다른 가족분 오실 때까지 기다리긴 힘들 것 같습니다. 바로 시술 진행하게 될지도 몰라요."

채린의 다급한 말에 정신을 번쩍 차린 여자가 채린에게 매달리기 시작했다. 보호자의 머릿속에는 이대로 소중한 엄마를 보낼 수는 없다는 생각만이 가득했다.

"안, 안 돼요. 선생님, 살려 주세요. 조금이라도 더……"

그때, 다정이 끼어들었다.

"지금 동의하시면, 앞으로 환자분도, 가족분도 힘드실 수 있어요."

"……네?"

"자세한 건 신 선생이 설명해 줄 겁니다."

말을 마친 다정이 돌아서자 채린이 보호자를 질질 끌고 멀어졌다.

의미 없는 연명 치료는 가정에 부담이 된다. 이는 경제뿐만이 아니라 생활 전반에 부담이 된다는 뜻이었다.

큰 병원에서 근무하면서 다정은 사람들의 밑바닥을 많이 경험했다. 큰 병에 효자 없다는 말이 괜히 있는 게 아니다. 가난한 환자의 경우 치료를 포기하는 일은 다반사였다. 그만한 여력이 되지 않으니 어쩔 수 없는 선택이었다.

누가 더 병원비를 부담하느냐, 간병을 부담하느냐에 따라 형제지간에도 다툼이 계속되었고, 심지어는 부모의 생명 보험금을 자식 하나가 꿀꺽해서 장례식장에서 난리가 난 적도 있었다.

이는 여유 있는 집안이라고 다르지 않았다. 겉으로 최선을 다하는 모습을 꾸며 내기 위해 아픈 부모를 중환자실이나 특실에 버려두고 죽을 날만을 기다리는 가족도 있었고, 자식이 살아날 수 있다는 실낱같은 희망으로 연명 치료에 전 재산을 쏟아 부은 뒤 후회하면서 아픈 자식과 자살했던 부모도 있었다. 그리고 이런 일들은 간호 기간이 길어질수록 적나라하게 드러났다.

바닥에 못이 박힌 듯 서 있는 다정에게 간호사가 슬쩍 말을 건넸다.

"선생님, 안색이 안 좋으세요."

"괜찮아요."

뒤늦게 정신을 차린 다정이 억지웃음을 짓고 다시금 컴퓨터 앞에 앉았다. 이런 기분으로 환자를 제대로 진료할 자신이 없었다. 그녀의 머릿속은 엉망진창이었다. 엄마는 왜 하필 이 응급실로 온 걸까?

"저희 아버지가 선생님을 안다고 하셔서요."

그 보호자의 아버지라고 하면, 엄마의 남편이었다. 자신은 한 번도 본 적 없는, 아버지에게서 엄마를 빼앗아 간 남자. 모르는 사람이 자신의 존재를 알고 있다는 것도 썩 유쾌하지 않은데 심지어 악연으로 연결된 사람이었다.

'왜? 내가 만나 줄 줄 알고?'

전자 차트 작성은 이미 예전에 끝냈음에도 다정은 책상 앞에 앉아 모니터를 노려보았다. 움직임이 없으니 커서만 깜빡깜빡했다. 간호사들이 뒤에서 다정을 의아하게 쳐다보았다. 치프가 시간 낭비를 하는 사람이 아닌데, 싶어서였다.

엄마는 다발성 장기 부전이 의심된다고 했다. 거기에 말기 암. 다정의 머릿속에 여러 가지 케이스들이 스쳐 지나갔다. 웬만하면 살아나기 힘들 것이다.

엄마는 죽는다.

딸은 어머니를 놓지 못했나 보다. 결국 적극적인 치료가 시작되었다. 다정은 비어진 침대를 흘깃 보고 걸음을 돌렸다. 엄마는 다른 사람의 아내, 다른 아이들의 엄마가 된 사람이다. 그들이 어마어마한 병원비에 파산을 하든, 오래 이어지는 투병에 지치든, 자신과는 상관없는 일이었다.

"잠깐만. 여기 립 프랙쳐(Rib fracture, 늑골 골절)가 있잖아."

1년 차와 엑스레이 사진을 같이 보던 다정이 희미한 선을 가리켰다. 성인에 비해 작은 소아라 희미한 골절을 발견하기는 더욱 힘들었다. 하지만 놓쳐서는 안 될 사항이었다.

"이걸 놓치면 어떡하니?"

"죄송합니다."

바로 앞에서 타박 당하는 1년 차 전공의를 보고 아이 보호자가 난처한 눈빛을 내비쳤다. 어깨를 축 늘어뜨린 후배에게서 고개를 돌리고 다정이 보호자에게 설명했다.

"아이 오른쪽 갈비뼈에 골절이 있어요. 그것 때문에 아팠을 거예요."

"혹시 심장이나 폐 같은 데가 아픈 건 아니고요?"

"네. 단순 골절이에요."

가슴 통증으로 내원한 이상, 심폐 기능 검사는 당연히 이루어졌다. 검사 결과 아이의 심장과 폐는 멀쩡했다. 도대체 이유가 뭔가, 심인성인가, 고민하던 1년 차가 가까이 있던 다정에게 확인 요청을 했고 4년 차 안다정은 엑스레이 결과만으로 진단을 내려 주었다.

"그런데 갈비뼈는 병원에서도 딱히 해 드릴 수 있는 건 없어요."

"네에? 깁스 안 돼요?"

"어떻게 깁스하시려고요?"

깜짝 놀란 아이 엄마를 안심시키기 위해 다정이 온화한 표정을 지었다. 팔다리도 아니고 가슴에 붕대를 칭칭 두를 수는 없었다.

"애들은 워낙 활동량이 좋아서 골절이 크게 번질 수 있거든요. 무조건 안정을 취해야 하는데, 아이가 말은 잘 듣나요?"

"네…… 얌전한 편이긴 한데, 어떡하죠?"

아이 엄마가 난감한 듯 아이를 쳐다보았다. 걱정 가득한 보호자의 얼굴, 이런 모습이 대부분의 부모가 보이는 태도였다. 보통 부모들은 자그만 골절에도 안절부절못하는데, 지주막하 출혈 진단을 받은 네 살배기 유주는 죽기 직전까지 부모의 걱정을 제대로 받지 못했다.

그때, 커튼 밖에서 간호사가 다정을 호명했다.

"안다정 선생님, 스테이션으로 와 주세요."

"알겠습니다."

커튼을 슬쩍 걷고 웃으며 대답한 다정은 다시 환자에게 시선을 돌렸다. 아이는 손발을 꼼지락거리면서 숨을 쉴 때마다 얼굴을 구겼다. 계속 오르락내리락하는 가슴 탓에 통증이 지속되는 모양이었다.

"많이 아파?"

"잘 모르겠어요."

그래도 아이는 씩씩해 보였다. 병원이라는 낯선 환경과 엄습하는 고통에 울며불며 엄살을 부릴 만도 한데 눈물 한 방울 흘리지 않는 모습이 참 대견했다. 어린 환자들 중에 착하고 얌전한 환아는 정말 드물었다. 이런 아이를 볼 때마다 다정의 마음은 따스해졌다.

"여기가 부러졌으니까 조심해야 돼. 할 수 있지?"

아이는 제 행동에 확신이 없는지 머뭇거리다가 엄마를 올려다보았다. '어떻게 해?' 하는 아들의 눈빛에 엄마 역시 모르겠다는 듯 흰 눈썹으로 답했다. 결국 다정이 카트에서 비닐에 싸인 일회용 주사기를 들었다.

"안 그러면 주사 맞아야 하는데."

"조심할게요."

아이는 단번에 대답했다. 귀여운 태도에 다정의 옆에 있던 1년 차 전공의가 터져 나오려는 웃음을 꾹 참았다. 다정은 빙그레 웃어 주고 나서 아이 엄마에게 말했다.

"나을 때까지 종종 아프다고 할 거예요. 진통제를 먹여도 되는데 계속 아파하고, 통증이 심해진 것 같다 싶으면 꼭 정형외과에서 엑스레이를 찍어 보세요."

다정이 해 줄 수 있는 건 여기까지였다. 아이 엄마가 침대에서 아이를 일으키면서 물었다.

"낫는데 얼마나 걸리나요?"

"그건 아이가 협조를 잘해 줘야 하는데, 한 두세 달 정도는 꾸준히 관찰해 주셔야 해요."

두세 달이나 마음을 졸여 가며 지켜봐야 한다니! 아이 엄마가 암담한 표정을 지었다. 하지만 어쩌랴, 그게 부모의 의무인 것을.

"알겠습니다. 감사합니다."

꾸벅 고개를 숙인 보호자에게 가볍게 묵례를 한 다정은 커튼을 걷고 나갔다. 아까 간호사가 스테이션에 와 달라고 했기에 그녀는 걸음을 재촉했다.

"누가 찾아 오셨어요."

"누구요?"

간호사가 대답 대신 옆에 서 있는 남자를 가리켰다. 다정과 눈이 마주치자마자 남자가 어색한 웃음을 지어 보였다.

"저…… 안녕하세요."

수더분한 인상의 중년 남자가 다정을 보고 고개를 꾸벅 숙였다. 다정은 남자를 물끄러미 쳐다보았다. 처음 보는 사람이었다.

"누구세요?"

"노경배라고 합니다."

그 순간, 다정의 주변이 싸늘하게 얼어붙었다. 치프의 눈빛이 가라앉는 것을 본 의국원들이 꼬투리를 잡힐세라 차트를 확인하다 말고 너스 스테이션에서 후다닥 멀어졌다. 다정은 치밀어 오른 노기를 겨우 가라앉히고 나서 딱딱하게 말했다.

"바쁘니 퇴근 이후에 말씀하시죠."

"언제 퇴근을 하시는지……."

"여덟 시입니다."

"네, 로비 카페에서 기다리겠습니다."

가운 주머니에 찔러 넣은 손이 꽉 주먹 쥐어졌다. 마음 같아서는 감히 어딜 찾아왔느냐고 화를 내며 뺨이라도 때려 주고 싶었지만, 일터에서 못난 모습을 보일 수는 없는 노릇이었다. 남자도 그런 다정의 기분을 아는지 더 이상 다정을 성가시게 하지 않았다.

노경배의 모습이 사라질 때까지 꼿꼿하게 서서 분노를 삼키던 다정은 참고 참았던 한숨을 길게 내쉬었다. 스테이션에 있던 수간호사가 다정에게 종이컵을 건넸다.

"선생님, 아무래도 물 좀 드시는 게 좋겠어요."

수간호사의 말을 무시할 수는 없어서 다정은 얼떨결에 찬물을 받아 들었다. 주먹을 풀자 손이 덜덜 떨렸다. 간호사들이 다정의 모습에 서로 시선만 주고받았다. 수간호사가 컴퓨터 앞에 있던 의자를 끌고 왔다.

"괜찮으냐고 물어보기도 민망하네. 여기 좀 앉으세요."

"할 일이 많아서……."

다정은 하얗게 바랜 안색으로 할 일이 많다고 중얼거렸다. 수상하기 짝이 없는 모습이라 수간호사는 다정을 놓아주지 않았다.

"잠깐 앉아서 차팅 하시든가요."

지친 듯 다정이 의자에 털썩 앉았다. 고맙게도 무슨 일이냐고
는 아무도 묻지 않았다. 다정은 냉수를 마셨지만, 머릿속이 쉽게
진정되지는 않았다.

한참 동안 멍하니 있던 다정은 겨우 이성을 챙기고 조심스럽
게 입을 열었다.

"아까 그 환자요."

"누구요?"

"캔서(Cancer, 암) 환자요."

"아, 네."

옆에 있던 간호사는 방금 떠난 보호자를 떠올리고 다정의 말
을 눈치껏 알아들었다. 다정은 다 비운 종이컵을 구겨 휴지통에
버리고 평소와 다름없는 목소리로 물었다.

"ICU(중환자실) 들어갔어요?"

"네. 어레스트(Cardiac arrest, 심정지) 올까 봐 걱정했는데 별 탈
없이 EICU(Emergency intensive care unit, 응급중환자실) 들어갔어
요."

"왜 우리 쪽으로요?"

"수술 불가라서 암 병동까지는 가지 않았나 봐요. 거긴 자리도
없고."

차라리 암 병동으로 옮겼으면 좋았을 텐데. 다정은 엄마와 오

늘 만난 두 사람을 자신의 인생에서 없었던 사람들처럼 뚝 잘라 내어 버리고 싶은 심정이었다. 엄마든, 그 부녀든 간에 다시는 보고 싶지 않았다. 그렇지만 엄마는 다정의 가까이에 누워 있었다. 이 상황이 너무 혼란스럽고 불쾌해서 그녀는 잔뜩 지치고 말았다.

"멘탈(의식)은요?"

"아직 돌아오지 않은 걸로 알아요."

보통이라면 이대로 의식을 되찾지 못하고 계속 연명 치료만 하다 사망에 이를 것이다. 문제는 그게 며칠이 될지, 몇 달이 될지, 혹은 몇 년이 될지 아무도 모른다는 점이었다. 한 번 시작한 치료는 절대 그만둘 수가 없었으니까. 하긴, 상태가 나쁘니 오래 버티지는 못하겠지만.

다정이 복잡한 한숨만 내쉬었다. 눈치 빠른 간호사들은 다정과 그 환자 사이에 인연이 있음을 깨달았다. 수간호사가 슬쩍 다정을 떠보았다.

"아는 분이신가 봐요?"

"환자만…… 오래전에요."

다정의 대답이 쓸쓸하게 울렸다. 그 환자를 향한 부정적인 감정이 물씬 느껴져서 수간호사는 더 이상 물어보지 않고 대수롭지 않은 척 고개만 끄덕였다.

여덟 시 반. 퇴근 시간이 훌쩍 지났지만 다정은 의국에서 미적거렸다. 웬일로 도태인이 응급실 근처에도 보이지 않았다. 하긴, 어제도 저녁 늦게까지 떨어지지 않아 고역이었으니 안 오는 편이 나았다.

태인이 오지 않을 수도 있는 건데 마음이 괜히 허전했다. 다정이 한숨을 폭 내쉴 찰나, 의국 문을 벌컥 열고 들어온 찬형이 가운을 벗으며 그녀에게 말을 붙였다.

"아직 퇴근 안 했어?"

"정리할 게 남아서."

대충 둘러댄 다정은 여전히 출입문만 쳐다보았다. 지금, 그녀는 후배를 기다리고 있었다. 신채린이 벌써 퇴근했을 리가 없는데 머리털 하나도 보이지 않아 답답했다.

다정은 채린에게 엄마의 상태에 대해 묻고 싶었다. 괜히 너스 스테이션에서 엄마의 차트를 확인했다가 간호사들이 의아해할까 봐 그녀는 차트에 손을 대지 않았다.

채린에게 전화를 할까 싶다가도 안다정과 상관없는 환자 때문에 전화까지 해서 불러낸 이유를 후배가 물으면 꼼짝없이 엄마에 대해 털어놓아야 해서 전화도 못 했다. 다정은 그저 채린을 마냥 기다리기만 했다. 지나가듯이 물어보는 게 최선이었다.

"야, 너 너무 장민석 무시하더라."

"무시한 적 없어."

"오늘 내내 네 기분 나빠 보이던데?"

찬형의 말을 부정할 수는 없었다. 문제는 장민석 때문이 아니라는 데 있었지만 말이다. 엄마가 하필이면 이 병원에 입원했다는 사실이 다정의 기분을 바닥으로 끌어내리고 있었다.

"장민석 때문 아니니까 괜히 삐치지 말라고 그래."

"왜? 무슨 일 있어?"

엄마에 대해 설명하고 싶지 않아서 다정은 고개를 젓고 말을 돌렸다.

"신 선생 어디 있는지 알아?"

"신당백? 퇴근 안 했나?"

"안 했거든요?"

타이밍 좋게 채린이 의국 출입문을 열고 들어왔다. 찬형이 히죽 웃으면서 농담을 건넸다.

"오, 너도 양반은 못 되나 보다."

"공주한테 무슨 망발이야?"

다정도 찬형의 장단에 맞춰 주었다.

"헉! 공주마마⋯⋯."

양손을 번쩍 들어 올린 찬형의 과장된 행동에 채린이 눈가를 확 찡그렸다. 1년 차 때부터 붙어 있던 공주라는 별명을 그녀는 달가워하지 않았다. 자신의 능력이 아니라 집안을 치켜세우는 것 같아 싫은 까닭이었다.

"자꾸 그러시면 저 갑니다."

"미안해."

다정이 바로 굽히고 들어갔다. 확인해 보고 싶은 게 있어서 그녀는 기꺼이 후배에게 져 주었다.

"아까 배연실 환자 말이야, MOF(다발성 장기 부전) 의심된다던데 어떤 상태야?"

"그거 내일 케이스 발표하려고 했는데. 역시 빠르시네요."

채린이 다정을 감탄의 시선으로 바라보았다. 하지만 엄마가 무슨 상태인지 궁금했을 뿐이었다. 소 뒷걸음질하다가 쥐를 밟은 격이었으나 다정은 굳이 솔직하게 설명하지는 않았다.

"브레스트 캔서(Breast cancer, 유방암)고 터미널(Terminal, 말기)이었어요. 재발이었는데 트리플 네거티브라서 손쓰기가 힘들었나 봐요."

하필이면 표적 치료도 힘든 트리플 네거티브 유방암이었다. 유방암의 종류 중에서도 예후가 나쁘기로 소문난 것에 심지어 재발이었다. 어쩌면 재발한 순간 이런 결과가 예정되어 있었는지도 모르겠다.

"어디 어디 전이됐는데?"

"어디라고 할 것 없이 다 전이됐어요, 다."

절망적인 소식이었지만 다정은 탄식조차 하지 않았다. '그렇구나, 엄마가 죽겠구나.'라고 생각했을 뿐이었다.

"사실, 아까 돌아가실 줄 알았는데 다행이죠."

"나도 걸릴지 모르니 검사 똑바로 받아야겠다. 무섭네."

직계 가족. 그것도 부모가 암에 걸렸으면 유전의 가능성도 있었다. 표적 치료가 힘들고 예후가 좋지 않은 트리플 네거티브 유방암이라, 상상만으로도 오싹했다.

하지만 다정의 말에 담긴 의미를 알아채는 사람은 아무도 없었다. 모두 대수롭지 않게 생각할 뿐이었다.

"MOF면…… 아니다. 다 전이됐댔지."

인체에서 쓸모없는 장기는 없다. 다발성 장기 부전. 처음에는 암세포가 많이 퍼진 장기들부터 부전이 일어나다가 점차 전체적으로 번질 게 분명했다.

"얼마나 버티실지 모르겠어요. 딸이 안됐더라고요."

자신을 칭하는 게 아님에도 다정의 가슴이 덜컥 내려앉았다. 치프의 기분을 읽지 못한 채린이 말을 이었다.

"이제 스물한 살인가? 그렇다던데 벌써 엄마를 잃으면……."

"스물한 살 전에도 엄마 잃는 사람들 많은데 뭐. 신 선생도 그렇잖아."

"그래서 더 안타까운 거죠."

남겨진 자의 고통을 잘 아는 채린은 가족들의 아픈 마음에 충분히 공감할 수 있었다. 이럴 때 보면 신채린의 감정은 참 풍부한 것 같다. 스물한 살이면 성인인데…….

시시한 생각을 하며 후배의 말을 곱씹던 다정이 어깨를 굳히고 물었다.

"잠깐, 그 딸이 스물한 살이라고?"

"네? 네…… 아까 환자 남편이 하는 소릴 들었거든요. 첫째가 스물하나밖에 안 됐는데 어쩌냐고."

다정은 아무 대답 없이 그저 멍한 표정으로 고개를 끄덕이고 자리에서 일어났다. 등 뒤에 채린의 의아한 시선이 닿았다.

'스물한 살?'

엄마는 다정이 열 살 때 아버지와 이혼을 했다. 엄마가 아빠와 이혼 도장을 찍었을 때는 막 새 학기가 시작했을 때였다. 초등학교 3학년. 낯선 급우들과 친해지지도 못했을 때, 엄마는 집을 나갔다.

안다정은 올해 서른이었다. 저 가족의 장녀는 스물하나라고 하니, 안다정이 열 살 때 태어났다는 뜻이었다.

그렇다면 엄마는 그때 이미 임신을 하고 있었을 것이다. 아버지가 쉽게 이혼 도장을 찍어 준 이유를 이제야 알 것 같았다.

"진짜…… 엿 먹은 기분이네."

잠깐 피어올랐던 동정심이 단숨에 싸늘하게 식었다.

사랑은 참 가볍고 부질없다. 오래전에 세상을 떠난 아버지가 불쌍해졌다. 차라리 마음 맞는 다른 여자를 만나서 행복하게라도 살지, 왜 부정한 짓을 저지른 전처를 죽을 때까지 기다렸는지 이해가 되지 않았다.

"안녕하세요, 선생님."

다정이 정한 시간보다 거의 한 시간이나 지났음에도 노경배는 다시 병원에 돌아온 딸과 함께 다정을 기다리고 있었다. 약속 장소에 도착한 다정은 늦어서 미안하다는 소리는 하지 않았다. 그들에게 미안하다는 말 따위는 하고 싶지 않았다. 그녀가 도도하게 용건을 물었다.

"저를 왜 보자고 하셨죠?"

"아이 엄마가 많이 아파요."

"압니다."

이미 채린에게서 이야기를 들은 터라 다정은 고개를 끄덕였다.

다발성 장기 부전. 다른 것보다 암세포가 손을 쓸 수 없을 정도로 번진 탓에 장기들이 제 구실을 못 하는 중이었다. 이 상태라면 장기가 점점 쇠약해지다가 이내 기능이 멈추고 환자는 사망에 이를 것이다. 엄마 같은 경우, 항암 치료를 포기하고 죽음을 기다리는 상황이라 병원에서 특별히 해 줄 수 있는 처치도 없었다.

"아이 엄마 의식이 혹시라도 돌아오면 한 번만 만나 주셨으면…… 합니다."

경배는 아내의 마지막 부탁을 꼭 들어주고 싶었다. 죽을 날이 다가와서 그런지 아내는 전남편과의 사이에서 보았던 딸이 눈에 밟힌다고 계속 말해 왔다. 목에 가시처럼 남은 아픈 자식이라고 꼭 만나서 용서를 빌고 싶다는 아내의 부탁을 거절할 수는 없었다.

문제는 그 딸이 엄마를 강렬히 거부하고 있다는 데 있었다. 경배도 알음알음 다정의 소식을 전해 들었었다. 다정이 스무 살

때, 아버지까지 잃고 혼자가 되었다는 말을 듣고 아내는 딸을 데려오고 싶다고 조심스레 부탁을 했으나 경배는 거절했다. 스무 살이나 된 의붓딸을 볼 자신이 없어서였다. 다정도 제 엄마를 거부해 줘서 다행이라고 여겼다.

안다. 자신은 이기적으로 살아왔다. 열 살짜리 아이를 가진 유부녀가 탐이 나서 그 가정을 무너뜨리고 여자를 꾀어냈다.

사업은 승승장구했고, 그는 아내를 비좁은 전셋집에서 살았을 때보다 호강시켜 준다고 생각했다. 그동안 엄마를 잃은 아이는 결핍을 느끼며 자랐고, 아내를 빼앗긴 남자는 건강을 잃고 결국 죽었다. 그래도 경배는 최선을 다해 살아왔다고 자부했다. 아내가 끔찍한 병에 걸리기 전까지는 말이다. 이제는 죽음을 목전에 둔 아내의 부탁을 들어주고 싶었다.

한편 수지는 아빠가 왜 낯선 여자에게 저렇게까지 부탁하는지 이해가 되지 않았다.

"아빠, 대체 이 선생님한테 왜……."

"수지야, 조용히."

수척해진 표정으로 수지가 고개를 수그렸다. 그러든지 말든지 다정은 여전히 차가웠다.

"제가 만나야 할 필요는 없는 것 같은데요."

"선생님!"

남의 이야기를 하듯 냉정한 다정의 거절에 경배가 애원했다.

"죽어 가는 사람 소원입니다. 예?"

죽어 가는 사람의 소원이라고 꼭 들어줘야 하는 건가? 다정은 기가 막혔다. 엄마는 다정이 원하는 걸 해 주지 않았는데, 왜 자신은 엄마의 소원을 들어줘야 하는지 모르겠다. 엄마는 이미 자신에게 있어서 죽은 사람인데 말이다.

다정이 쌀쌀맞게 툭 내뱉었다.

"20년이나 더 사셨네요."

20년이나 더 살았다니? 죽어 가는 엄마에게 할 소리인가? 너무 충격적인 소리라 경배는 다정의 말을 처음에는 잘못 들은 줄 알았다.

눈을 끔벅이던 경배가 확인차 다시 한 번 물었다.

"예?"

"저한테는 20년 전에 돌아가신 분이거든요. 그러니 20년이나 더 사셨다고요."

다정은 제 앞에 앉아 있는 부녀의 마음을 갈기갈기 찢는 말을 뱉고 한쪽 입가를 끌어 올리며 냉소했다. 이내 고개를 숙이고 있던 수지가 참다못해 벌떡 일어나 소리쳤다.

"어, 어떻게 그런 소릴 하세요?"

"수지야, 앉아."

경배가 안절부절못하면서 딸을 앉히려 노력했다. 그러나 슬픔에 취한 수지는 아버지의 말을 순순히 들어주지 않았다. 눈물이 번진 얼굴로 수지가 울음 섞인 목소리를 냈다.

"우리 엄마, 조금 있으면 어떻게 될지 모르는데…… 그런 소릴 어떻게…….”

'우리 엄마?'

수지의 순진해 빠진 말에 다정은 욕이 목구멍까지 치밀어 올랐으나 여기는 다정의 직장이었다. 고래고래 욕을 할 수는 없는 터라 그녀는 마음을 억누르고 대신 무섭게 경배를 비난했다.

“아직 세상은 정의로운가 봐요. 인과응보 아닌가?”

“뭐요? 말이 심하잖…….”

아픈 곳을 찔린 바람에 이번에는 경배도 울컥해서 자리를 박차고 일어났다. 하지만 그의 기세에도 다정은 코웃음만 쳤다. 이 상황은 정말 코미디가 따로 없었다.

“따님은 아직 제가 누군지 모르나 봅니다?”

다정의 말 한마디에 그의 얼굴이 단숨에 굳었다. 이 뻔뻔한 사람은 자식에게 설명도 하지 않고 자신과 동석을 시켰다. 머리에 스팀이 올랐으나 다정은 노기를 겨우겨우 내리눌렀다.

수지가 제 아빠를 보며 물었다.

“뭘 몰라? 누군데?”

다정은 수지의 순진한 눈빛이 보기 싫었다. 저 친구는 아무것도 모르고 21년을 행복하게 살았겠지. 안다정에게는 10년밖에 주어지지 않았던 아늑한 삶인데, 이 어린 친구는 두 배 이상을 부모의 울타리 안에서 포근하게 지냈을 것이다. 그래서 전혀 동정심이 들지 않았다.

“다신 이렇게 찾아오지 마세요.”

두 부녀가 다 일어나 있으니 다정도 거리낌 없이 자리에서 일어났다.

"나라면 창피해서 절대 못 찾아왔을 텐데."

유부녀를 꾀어내어 멀쩡한 가정을 깨뜨린 남자에게 다정이 비아냥거리고는 자리를 떴다.

등 뒤에서 부녀의 눈빛이 느껴졌지만 그녀는 고개 한 번 돌리지 않았다.

치료 방법 11.
힘들 때 기대기

몸이 물 먹은 솜처럼 무거웠다. 집으로 돌아가는 길, 다정은 가방끈을 꽉 잡고 바닥만 보며 걸었다. 전혀 예상치 못한 엄마의 입원에 기운이 쭉쭉 빠졌다.

그녀가 후문을 나와 막 골목을 꺾을 때였다. 병원 담벼락에 기대어 서 있던 남자가 돌연 모습을 드러냈다. 깜짝 놀란 그녀가 걸음을 멈추었다. 가로등 불빛이 남자의 얼굴에 짙은 그림자를 남겼다.

"선생님."

환하게 웃으며 다가오는 태인을 다정이 멍하니 올려다보았다. 어둠이 내려앉은 길거리에서 도태인은 혼자 밝게 빛나고 있는 착각이 들었다. 변태가 발광하는 게 이런 걸까? 황당한 생각을 하며 그녀가 그에게 다가갔다.

"오늘은 조금 늦었네요."

그의 나직한 목소리가 그녀의 지친 마음을 위로해 주었다. 신기하게도 이 남자를 보면 복잡한 생각이 사라진다.

"……기다렸어요?"

"당연하죠."

태인은 한 치의 망설임도 없이 대답했다. 그는 그녀를 향한 마음을 숨기지 않았다. 솔직하지 못한 자신과 달리, 그는 그녀에게 늘 솔직했다. 만약 이 상황에서 입장이 바뀌었다면, 다정은 아마 이렇게 말했을 것이다. '그쪽을 기다린 건 아닌데요.'라고 새침하게.

그 대신 다정은 의미 없는 질문이나 했다.

"왜요?"

"으음…… 이유가 중요한가?"

다정의 질문은 마치 왜 숨을 쉬고 있느냐는 질문과 비슷했다. 도태인이 안다정을 기다린 목적은 그저 그녀를 만나기 위해서였다. 태인에게 특별한 대답을 기대하지 않았던 다정은 다시 집으로 가는 길을 걸었다. 그가 옆으로 따라붙었다.

걷는 동안 그녀가 아무 대꾸도 하지 않자 그가 조심스럽게 제안했다.

"저녁 먹고 들어갑시다."

"나랑요?"

"네."

그가 예쁘게 웃어 보였다. 안다정의 인생 서른 해 중, 예쁜 웃음이라는 말이 어울리는 남자는 도태인이 처음이었다. 한편으로는 이 남자가 왜 자신을 졸졸 쫓아다니는지 이해가 되지 않기도 했다. 대한민국 상위 1퍼센트? 아니, 0.01퍼센트나 될까? 도태인은 외모 우수하고 집안 빵빵한, 탄탄대로만 달릴 남자였다. 뭐지금은 살짝 삐꿋한 것 같지만 말이다.

"도태인 씨는 왜 그렇게 날 쫓아다녀요?"

"우리 안다정 선생님이 좋으니까."

"내가 왜 좋아요?"

"그때 날 살려 줘서?"

다정은 칼바람이 불던 날을 떠올렸다. 이 길과 비슷한 골목에서 그는 찢어진 입가에 흐르는 피를 보고 과호흡이 왔었다. 그저 의료인으로서 그에게 응급 처치를 해 준 것뿐이었는데, 그는 그녀가 자신을 한 번 살려 줬다는 이유만으로 호감을 가지고 끈질기게 따라다녔다.

"다른 사람이 처치했으면 날 귀찮게 하지 않았을 텐데."

그녀가 허무하다는 듯 중얼거리자 그가 웬일로 단호하게 대꾸했다.

"그런 가정은 필요 없어요. 어쨌든 그때 날 살려 준 사람은 선생님이니까."

잠시 멈춰 선 다정이 태인을 흘긋 곁눈질했다. 담담한 그의 눈빛은 그녀를 향한 진심을 가득 담고 있었다. 굳은 시선에 그녀의 마음이 잠깐 흔들렸다.

자꾸 이 남자에게 기대고 싶어진다. 도태인은 안다정이 무슨 말을 하든, 기꺼이 받아 줄 게 분명했다. 그러니까 다정은 지금 무한한 호의를 보이는 그에게 안겨 울면서 자신의 복잡한 상황을 털어놓고 위로를 받고 싶은 것이다.

하지만 안다정은 솔직하지 못했다. 아니, 이건 솔직함과는 다른 문제였다. 지금까지 홀로 살아온 다정은 누군가에게 기대는 일에 익숙지 못해 어떻게 말을 해야 할지 몰랐다. 안 좋은 일에 위로를 받아 본 적도 별로 없었다. 일찌감치 가족을 잃은 그녀는 온전한 자신의 편을 갖지 못했으니까. 안다정은 열 살 때부터 어리광을 피우는 방법을 잊어버렸다. 지금도 안 좋은 일은 마음속에 꼭꼭 담아 숨기고 가면을 뒤집어썼다.

"이제 그만해요."

"뭘?"

태인이 눈을 동그랗게 뜨고 모르는 척만 했다. 다정은 더 이상 그에게 흔들리고 싶지 않았다. 자신을 평생 책임져 줄 것도 아니면서 나약하게 만들지 말았으면 했다. 그녀가 차갑게 대답했다.

"이제 그만 따라다녀요. 도태인 씨한테 내가 해 줄 수 있는 게 없어요."

귀찮음이 가득 담긴 말이었으나 태인은 별로 신경 쓰지 않았다. 이런 취급에 일일이 신경을 썼으면 벌써 몇 달 전에 나가떨어졌을 것이다. 그는 대수롭지 않은 표정이었다.

"전에 말했었죠?"

그녀는 그를 물끄러미 응시했다. 도태인은 사람의 시선을 끄는 매력이 있었다. 거리를 지나가던 사람들도 태인을 흘끔흘끔 보고 지나칠 정도였다. 그러나 그는 오로지 안다정만이 보이는 듯 그녀에게만 눈을 고정했다. 이내, 그는 몇 번이고 반복했던 말을 입에 담았다.

"곁에만 있게 해 달라고."

다정은 예전에 태인이 지나가듯 흘렸던 말들을 떠올렸다. 그가 말을 이었다.

"선생님한테 대단한 거 바라지 않아요. 다행히 우리 안다정 선생님은 독신주의라고 하니까 질투 나게 다른 놈하고 결혼할 리도 없고. 연애도…… 선생님 눈 진짜 높으니까 쉽게 하지 않겠죠."

그의 말은 일리가 있었지만, 한 가지 걸리는 게 있었다. 다정이 미간을 찌푸리고 물었다.

"내 눈이 높은지 어떻게 알아요?"

"나한테도 안 넘어오는데? 그 정도면 눈이 대기권 밖까지 올라간 거 아닌가?"

말을 마친 그가 씩 웃었다. 무슨 자신감인지 모르겠으나 그녀는 도태인 정도면 훌륭한 조건을 가졌다는 것을 부정할 수는 없었다. 피를 보면 개복치가 되는 것 빼고.

"그러다 마음 바뀌서 결혼하면 어쩔 건데요? 사람 앞일은 모르는 거잖아요."

예를 들면 그때 그 꿈처럼 말이다. 불현듯 떠오른 꿈의 잔상에 다정이 흠칫했다. 그때 자신의 남편으로 나온 남자는 도태인이었다. 말도 안 되는 소리! 주변에 있는 남자가 도태인뿐이라서 얼굴을 빌려 나온 것뿐이리라. 그녀는 태인에게 쏟아지는 마음을 붙잡기 위해 무리수를 두었다.

"독신주의지만 마음을 고쳐먹고 결혼할 수도 있고 연애도 마음 맞는 사람 생기면 할 수도 있잖아요?"

만에 하나 안다정의 마음이 변해서 가정을 꾸리게 되면 도태인은 어떻게 될까? 새로운 사람을 찾아 안다정에게 그랬듯이 달라붙을까? 아니면 결혼을 깨기 위해 온갖 노력을 할까? 여러 가지를 가정하는 것만으로도 기분이 나빠졌지만 다정은 제 마음을 외면했다.

"그러면……."

그녀는 무표정한 얼굴로 그의 마음에 비수를 잘도 꽂았다. 이럴 때 보면 안다정은 참 잔인하다. 그녀는 몇 달 동안 따라다니며 최선을 다한 남자에게 무서운 소리를 했다.

"그러면 할 수 없지만."

그가 희미한 미소를 지었다. 그의 미소가 아파 보여서 그녀는 아차 싶었다. 삶의 방식을 바꿀 생각이 없는 안다정에게 그런 가정은 필요 없었는데 말이다. 그녀가 결혼할 일이 없으니 꿈도 꾸지 말라고 말하려던 찰나였다. 미간을 좁힌 태인이 다정의 손을 홱 낚아챘다.

"아니, 안 돼. 아무래도 안 되겠어요."

"……뭐가요?"

"결혼하면 안 돼요."

태인의 간절한 목소리가 이어졌다. 다정이 한숨을 푹 내쉬었다. 괜한 소리를 했다. 그에게 미안해진 그녀가 확신을 담아 말했다.

"결혼 안 한다니까요?"

"정말 안 하는 거죠? 믿어도 되는 거죠?"

도태인은 이제 거의 울상이었다. 악몽에 가까웠던 그 꿈이 잠깐 머릿속에 스쳐 지나갔지만 다정은 고개를 무겁게 끄덕였다. 여기서 일말의 가능성이라도 비추었다가는 다 큰 남자가 울어 버릴지도 몰랐다.

"안 합니다."

"다행이야……."

그러며 태인이 다정을 품 안으로 끌어안았다. 평소라면 두 주먹으로 그의 팔이며 어깨를 쾅쾅 내리쳤을 법한 그녀가 웬일로 가만히 있었다. 그의 품이 포근하게 느껴져서 반항할 생각이 들지 않았다.

사람의 체온은 말없는 위로가 되어 주었다. 왠지 도태인은 무슨 일이 있어도 안다정의 편을 들어주지 않을까? 4년 동안 동고

동락했던 동기마저 자신도 모르게 색안경을 쓰고 다정을 바라보기도 했다. 하지만 도태인은 언제든지 든든하게 자신의 등을 받쳐 줄 것 같았다.

"선생님."

자신을 부르는 그의 목소리가 나직했다. 낮고 달콤한 그의 음성은 몸 깊숙한 곳에서부터 울리는 착각이 들었다.

"왜요?"

"선생님도 내가 싫지는 않죠?"

언제 울상이었냐는 듯 그가 씩 웃으며 그녀의 어깨를 잡고 떼어 냈다. 안다정이 절대 결혼할 일이 없다고 확언했고, 오늘은 고맙게도 호락호락하게 안겨 주어서 그는 꽤 만족스러웠다. 비수가 꽂힌 마음도 잠시, 도태인은 신이 났다.

물론 웃음기 가득한 질문에 그녀는 말려들지 않았다.

"싫어하지는 않지만."

"정말?"

"좋아하는 것도 아니거든요?"

거짓말이다. 도태인에게 호감이 없지는 않았다. 차라리 그에게 호감이 없다면 얼마나 좋을까? 흔들리는 마음을 부여잡으려 애를 쓸 필요도 없고 그가 상처를 받든 말든 신경도 쓰지 않을 텐데. 그러나 그녀는 속내를 숨기고 새침하게 그를 밀어냈다. 힘없이 떨어져 나온 그가 다시 그녀의 손을 붙들었다.

"저녁 뭐 먹을래요?"

저녁 식사를 하기에는 늦은 시간이었다. 일이 있어서 끼니를 거르는 일이 다반사인 그녀와 달리, 오늘 그는 쉬었을 텐데. 그녀가 길을 따라 걸으며 물었다.

"근데 이 시간까지 안 먹고 뭐했어요?"

"기다렸어요. 안다정 선생님이 언제 올까……."

음식에 집착이 없는 태인은 끼니를 꼬박꼬박 챙긴 적이 드물었다. 그나마 다정을 챙기기 시작하면서 그도 나름 규칙적으로 음식을 먹게 된 셈이었다. 그가 환하게 웃어 보였다.

"그 생각만 해도 배가 안 고팠으니까."

이럴 때 마음이 세차게 흔들린다.

그러면 도태인은 변함없이 안다정의 곁에 있어 줄 사람처럼 느껴졌다. 하지만 다정은 가슴속에서 부풀어 오르는 기대를 겨우 내리눌렀다. 남에게 기대를 했다가 그 기대가 무너지는 경험은 하고 싶지 않았다. 그런 건 20년 전, 한 번으로 족했다.

* * *

"신 선생."

의국에서 진료 준비를 하던 다정은 채린을 보고 은근슬쩍 말을 꺼냈다.

"네?"

안다정에게 있어서 신채린은 연애 박사 같은 느낌이었다. 정작 신채린도 연애 경험이 일천하였으나, 0과 1은 차원이 다른 법. 다정이 조심스럽게 물었다.

"연애를 하는 것도 아니고, 결혼할 사이도 아닌 남녀가 툭하면 만나서 밥 먹고, 쇼핑하고, 공연 보고…… 이런 건 대체 무슨 관계니?"

치프한테서 이런 질문을 들을 줄은 몰랐다. 아니, 질문이 아니라 고민일까? 잠시 뜸을 들이던 채린이 뜻밖의 단어를 입 밖으로 뱉었다.

"데이트 메이트 아닐까요?"

"데이트 메이트? 그건 또 뭐야?"

연애와 담을 쌓은 안다정은 처음 듣는 단어에 눈살을 찌푸렸다. '메이트' 하면 클래스 메이트, 혹은 룸메이트라는 단어만이 익숙했다. 채린은 다정의 눈치를 흘끔 보고 무시무시한 폭탄을 던졌다.

"섹스까지 하면 섹스 파트너겠지만, 그 정도는 아니죠?"

"아니지! 미쳤어?"

빨갛게 변한 얼굴로 다정이 격렬하게 부정했다. 채린은 다정의 반응에서 확신할 수 있었다. 이건 단순한 질문이 아니라 안다정의 고민이다. 채린이 모르는 척 다정을 계속 떠보았다.

"딱히 사귀자는 고백도 없었고요?"

"응."

저도 모르게 신채린에게 말려든 다정은 솔직하게 대답했다.

순진해 빠진 치프를 복잡한 눈빛으로 보던 채린이 혀를 찼다.

"태인이 오빠 그렇게 안 봤는데 소심하네."

들켰다. 당황한 다정이 양손을 내저으면서 어떻게든 부정하려 애를 썼다.

"내, 내, 내 얘기 아니……."

"……라고는 못 하시겠죠."

하여튼 신채린 눈치는 대한민국 최고였다. 다정은 단번에 꼬리를 내렸다. 안다정이 정말 미쳤나 보다. 신채린한테 물어보다니. 다정은 한숨이 절로 흘러나왔으나 채린은 신이 나서 치프를 탈탈 털기 시작했다.

"태인이 오빠랑 쇼핑에 공연까지 같이 보고 다녔어요?"

"한 번뿐이었어."

"흐응…… 선생님도 아니라고 하면서 할 건 다 하고 다니시네."

안다정의 안색이 어두워졌다. 쇼핑이라고 해 봤자 마트에서 술과 통조림 따위나 샀고, 공연이라고 해 봤자 클래식 공연에서 쿨쿨 잠이나 잤다. 안다정 생각에는 별로 로맨틱한 사이는 아닌 것 같은데 구질구질하게 변명을 해 봤자 신채린만 자극할 뿐이었다. 휴가 때 바다를 보러 갔다는 말을 하지 않아 그나마 다행이었다. 똥물이나 보고 갈매기 먹이나 주고 돌아왔는데 이것도 신채린은 요상하게 포장할 테니 말이다.

"신 선생한테 물어본 내가 바보지."

속 시원한 대답을 듣지 못한 다정은 이쯤 되면 연애 경험이 0이나 1이나 별로 큰 차이는 없는 것도 같다고 오만하게 생각했다. 키득거리는 후배를 뒤로하고 다정이 한숨을 내쉬며 의국 밖으로 달아났다.

"잠시만요! 비켜 주세요!"

안다정이 응급실로 나오자마자 구급대원들이 이동식 침대를 밀면서 들어왔다. 잡생각을 떨쳐 버리기 위해 다정이 후다닥 출입구로 달려갔다.

"어?"

놀랍게도 실려 온 환자는 다정도 아는 얼굴이었다. 저번 아동학대 피해 아동의 엄마가 창백한 얼굴로 정신을 잃은 채 침대에 누워 있었다. 구급대원이 상황을 설명했다.

"자살 기도자입니다. 약물을 다량 먹었다고 해요."

'자살……'

뭘 잘했다고 자살을 기도했을까? 다정은 환자에게 곱지 않은 눈빛을 보내다가 정신을 고쳐먹었다. 어쨌든 환자는 환자였다.

응급실로 같이 따라 들어온 보호자는 어머니뻘 정도 되어 보였다. 다정이 사무적으로 물었다.

"관계가?"

"쟤가 내 며느리입니다."

그렇다는 건 보호자가 학대 피해 아동의 할머니라는 뜻이다. 뇌사 판정이 난 후 명이 다한 아이는 싸늘하게 식어 보호자에게 인계되었다. 장례식이 어떻게 치러졌는지는 모르겠지만 집안 분위기가 침통할 것쯤은 알겠다. 가해자는 아빠고, 방관자인 엄마는 자살을 기도했으니까. 다정의 머릿속이 복잡해졌다.

"일단, 남은 약 있으면 보여 주세요."

"이거예요."

하얀색 알약은 흔한 아세트아미노펜(Acetaminophen) 계열 진통제였다.

"언제 얼마나 먹었는지 아세요?"

"경찰서에서 돌아오자마자 울다가…… 조용해져서 보니까 소주 한 병이랑 이게 바닥에 널려 있더라고요. 세 팩을 뜯었으니까 30개는 되지 않을까요?"

하필이면 알코올과 함께 섭취했다니. 아세트아미노펜 계열의 진통제는 과량 복용 시, 간에 문제가 생길 수 있는데 거기에 알코올까지 더해졌다. 아주 간을 망가뜨리려고 작정한 모양이었다.

"경찰서에서는 언제 돌아왔는데요?"

"아까 두 시간 전에요."

다정이 안도의 한숨을 삼켰다. 그렇다면 아직 약물 흡수가 전부 되지 않았을 수도 있다. 다정이 보호자에게 사정 설명을 듣는 동안, 인턴과 간호사가 환자의 활력 징후 등을 측정했다.

"의식은 언제 없어졌죠?"

"몰라요. 원래 없었어요."

맥박과 체온이 살짝 높긴 했으나 알코올 섭취를 고려하면 활력 징후는 정상 범위였다. 동맥혈 가스 검사 결과도 별 문제가 없는 것을 보면 아직 약물이 제대로 흡수가 안 된 모양이었다. 혹시나 싶어서 다정은 환자의 동공 반사도 확인했다. 정상이었다.

이제 남은 건 위세척뿐이었다.

"이리게이션(Irrigation, 세척) 준비하자."

인턴이 옆으로 누운 환자의 코에 L—튜브를 끼워 넣기 시작했다. 다정은 큼직한 주사기를 들고 생리 식염수를 환자에게 서서히 투여했다.

한 번 쏟아 내고 나자 환자는 정신이 든 모양이었다. 보아하니 특별한 이유보다는 술 때문에 정신을 잃은 것이었다. 마스크로 코와 입을 가린 다정은 냉정한 시선만 내비쳤다.

정신이 채 돌아오지 않았는데도 환자는 다정이 누군지 바로 알아챘다. 유주의 상태와 그에 따른 의혹을 설명하며 자신에게 경멸의 눈빛을 보내던 의사를 환자는 기억하고 있었다.

"가만히 계세요."

차가운 목소리에 여자는 몸을 벌벌 떨면서도 가만히 있었다. 고통스러워하는 환자의 표정에도 다정은 계속 식염수를 밀어 넣었다. 맑은 물, 그러니까 위에 아무것도 남지 않을 때까지 세척은 계속되었다. 침대 밑으로 뿌옇게 변한 식염수가 흘러나왔다.

"드신 약이 간에 독성을 일으킬 수가 있어요. 전부 토하셔야 하니까 참으세요."

몇 번을 더 강제 투여를 한 다음에야 맑은 식염수가 비쳤다. 그제야 다정은 주사기를 내려놓고 인턴을 돌아보며 지시했다.

"싸이(PSY, 정신과)에 콜 해."

자살 기도자는 필히 정신과와 연계가 되어야 했다.

다정이 환자를 차갑게 바라보는 것과 달리, 지쳐서 침대 위에 늘어진 환자는 다정을 차마 볼 수 없는지 눈을 감아 버렸다. 이내 환자에게서 시선을 뗀 다정은 안절부절못하던 보호자에게 담담하게 말했다.

"아마 별 문제는 없을 겁니다. 혹시 모르니 경과 좀 보고 가시죠. 정신과 선생님하고 상담도 하시고요."

"아유, 감사합니다."

보호자가 굽실거리며 인사를 했다. 하지만 죽은 아이의 할머니마저 다정은 곱게 보이지 않았다. 아이 주변의 어른들이 전부 가담자처럼 느껴지는 탓이었다. 그녀는 나쁜 쪽으로 기우려는 마음을 겨우 다잡았다.

"미친년, 뭘 잘했다고 약을 먹어?"

"죽고 싶었어요. 우리 유주한테 미안해서……."

등 뒤로 흐느끼는 소리가 들렸다. 그래 봤자 아이는 살아 돌아올 수 없는데 웬 눈물인가. 다정의 마음이 삐딱해졌다.

다른 환자의 CT 촬영 결과가 나오기를 기다리면서 다정은 너스 스테이션에서 차트 정리를 했다. 입이 싼 인턴이 환자의 정체를 말해 버린 바람에 응급실 의료진 사이에 소문이 쫙 돌았다.

간호사가 다정에게 슬쩍 말을 붙였다.

"아까 그 환자, 그 아기네 엄마라면서요?"

"네."

또한 뇌사로 사망한 학대 아동에 대한 이야기는 응급실을 넘어 병원 전체에 파다했다. 신경외과 전공의가 분통을 터뜨리며 만나는 사람마다 붙잡고 말한 덕분이었다. 아마 연락을 받고 응급실에 온 정신과 전공의도 이 사실을 알고 있으리라.

"이해가 안 돼, 이해가. 그럼 진작 아이한테 잘하든가."

간호사가 혼잣말처럼 투덜거렸다.

그 환자가 자살 시도를 한 이유를 알아내는 게 다음 치료 순서였다. 아이를 잃은 충격에 자살 기도를 한 건지, 아니면 자신이 무고하다는 쇼를 보여 주기 위해 자살 기도를 한 건지, 다정으로서는 알 수가 없었다. 이런 건 자신이 아니라 정신과 전공의가 알아낼 문제였다.

"교수님들한테 혼나겠네, 너희 일 뺏었다고."

위세척은 보통 저년 차 전공의들이 하는 처치인데 왜 손이 갔는지 모르겠다. 다정이 지나가던 1년 차에게 농담처럼 말했다. 1년 차가 머쓱한 표정으로 어색하게 웃어 보였다.

차트 입력을 마치고 일어나자, 다정은 오랜만에 내과 이미진 선생과 마주쳤다. 다정이 미진에게 반가운 눈빛을 보냈다.

"어쩐 일이세요?"

"헤마테메시스(Hematemesis, 위장관출혈) 의심 환자 있다고 해서요."

오늘도 이미진은 한 떨기 꽃처럼 웃었다. 미진 같은 사람들을
보면 다정은 그들이 꼭 모든 것을 다 가진 사람처럼 느껴져서 신
기했다. 머리 좋고, 얼굴도 예쁘고, 인성도 괜찮은, 어느 것 하나
빠지지 않는 사람 말이다. 가까운 예로는 신채린이 있었다.

그때 찬형이 다정을 슬쩍 불렀다.

"안다정."

"왜?"

"방금 이미진 선생 온 거 맞지?"

김찬형은 혹여 다른 사람에게 들릴세라 목을 움츠리고 소곤거
렸다. 정말 소심의 극치가 따로 없다. 다정이 찬형의 등짝을 후
려쳤다. 사춘기 남학생도 아니고 서른 살이나 먹어서 어쩜 이렇
게 소심한지 모르겠다. 자신도 연애 경험이 0이지만, 김찬형도
정말 만만치 않았다.

"어휴, 소심아! 남자가 좀 과감한 면도 있고 그래야지."

"야, 남녀가 어디 있냐? 그리고 뜬금없이 고백했다가 밉보이면
어떡해?"

벌써부터 걱정이 가득한 찬형을 다정이 의아하게 쳐다보았다.

"뭘 밉보여?"

"서둘렀다가 남보다 못한 관계가 되느니 눈치 좀 보고 기회를
잡는 게 낫거든? 소심한 게 백배 나아."

순간, 다정은 문득 채린이 했던 말이 떠올랐다.

"태인이 오빠 그렇게 안 봤는데 소심하네."

도태인이 소심한 건지는 모르겠다. 아무리 봐도 도태인은 아무 생각이 없어 보였다. 소심하다는 건 김찬형처럼 말도 못 붙이는 바보들에게 쓰는 단어가 아닌가? 도태인은 안다정과 만난 첫날부터 키스를 해 대는 변태였다. 그런데 왜 신채린은 도태인을 소심하다고 평가했을까? 혹시 서두르지 않고 안다정의 눈치를 살피는 모습을 소심하다 여기는 걸까?

"소심하게 구는 게 미움받을까 봐 그런 거야?"

"당근이지. 그럭저럭 괜찮은 관계인데 고백했다가 망치면 정말 죽어 버릴 거야."

찬형이 양손에 얼굴을 묻어 버렸다. 상상만으로도 고통스러운 모양이었다. 평소라면 찌질하다고 한마디 했을 법한 소심한 순정남이 동기라니! 다정이 소리 내어 혀를 찼다.

"너, 이미진 선생 사랑해?"

"사, 사, 사랑?"

번쩍 고개를 든 찬형은 얼굴을 시뻘겋게 물들였다. 할 말을 잃고 머뭇거리던 그가 기가 막힌다는 듯 헛웃음을 뱉었다.

"갑자기⋯⋯ 안 치프가 사랑하냐고 물어⋯⋯ 어우, 닭살 돋는다."

소심남이 가운 위로 팔을 쓸면서 호들갑을 떨었다. 하지만 다정은 물러서지 않았다.

"짝사랑하는 거잖아?"

"그, 그건 그렇긴 한데……."

"사랑하니까 애인이 되어 달라고 고백하려는 거지?"

찬형은 예민하고 여린 소심한 마음을 사정없이 찔러 대는 무식한 동기를 흘겨보았다. 꼭 그렇게 말로 풀어서 해야 하느냐고 꽥 소리라도 지르고 싶었지만 응급실 어딘가에 분명 이미진이 있을 테니 큰 소리를 낼 수는 없었다. 그가 미간을 잔뜩 찌푸리고 중얼거렸다.

"그건 그런데…… 좀 오글거린다. 그만 좀 해."

친구의 애정을 샅샅이 해부한 다정이 고개를 끄덕였다. 찬형의 어깨가 축 처졌다.

김찬형의 사랑은 유효 기간이 얼마일까?

찬형이 도태인과 같은 마음인가 싶었는데 아닌 것 같다. 도태인은 많은 걸 바라지 않았다. 그는 그저 안다정이 독신으로 남아 있기만을 바랐고, 곁에 있어 주면 그것만으로도 충분하다고 주장했다. 도태인은 안다정의 애인이 되고 싶다거나, 그녀의 애정을 원하지는 않는 듯했다.

"뭐, 잘해 봐."

남의 일에 기본적으로 관심이 없는 다정은 가볍게 말하고 돌아섰다. 그 순간, 찬형이 다정의 소매를 덥석 잡았다.

"한 번만 도와줘."

"내가? 어떻게?"

"소개팅처럼. 응? 네가 주선자인 척하면 되잖아."

그렇게까지 해서 소개를 주선해야 하나.

"귀찮아. 꺼져."

생각만으로도 귀찮아진 다정이 험한 소리를 뱉었다. 그러나 찬형은 이번만큼은 물러나지 않으려는 모양이었다. 그럴 만도 한 것이, 저번에는 안다정이 이미진과 별로 친하지 않은 줄 알았는데 아까 스테이션에서 다정과 미진은 화기애애하게 인사를 나누었다. 김찬형의 눈에 안다정은 분명 이미진과 친해 보였다. 아니, 친해야만 했다.

"야, 제발. 응? 식권 30개, 어때?"

다정이 멈칫했다. 저번의 일곱 개보다 스물세 개나 늘어난 식권 개수에 마음이 슬그머니 동했다. 솔깃해진 다정을 붙잡기 위해 찬형이 애를 썼다.

"한 달 치 점심이면 되지?"

"근데 나 이미진 선생하고 별로 안 친한데."

"나보다는 친하잖아. ER(응급실)에서 너만큼 이미진하고 친한 사람 없을 걸?"

이렇게까지 나오는데 거절할 수는 없었다. 소심해 빠진 동기를 위해 다정은 기꺼이 부탁을 받아들이기로 결심했다. 물론 식권이 없었으면 절대 승낙하지 않았겠지만 말이다.

"식권 일단 일곱 개 선불이다. 나머지는 성공 후에 받을 거야."

"절대 안 떼어먹을 게."

김찬형은 하늘에 대고 맹세를 했다.

응급실 안을 두리번거리던 다정은 멀리서 미진을 발견하고 달려갔다. 내시경 확인을 마친 미진은 이제 막 돌아가려던 참이었다. 다정이 급히 미진의 어깨를 잡았다.

"선생님."

화들짝 놀란 미진이 뒤를 돌아보았다. 아는 얼굴을 보자 그녀가 놀란 마음을 진정시켰다.

"죄송해요, 좀 급해서."

"아, 네."

"남친 없다고 하셨죠?"

미진은 바로 답하지 않았다. 친한 친구도 아니고 공적으로 아는 사이인데 사생활 관련 질문은 썩 유쾌하지 않아서였다. 다정도 미진의 기분을 이해하긴 했지만 팔은 안으로 굽는 법. 무례하더라도 김찬형 때문에 어쩔 수 없었다.

"죄송해요. 무례하죠?"

"아…… 아뇨, 괜찮습니다."

"혹시 마음에 둔 사람이라도 있으세요?"

"없어요, 아직은."

미진이 편해진 표정으로 대답했다. 다른 사람이었다면 무례한 태도에 차갑게 응수했을 텐데 이상하게 안다정은 무해해 보여서 그런지 사적인 질문을 하는데도 기분이 별로 나쁘지는 않았다.

"제가 진짜…… 음, 좀 소심하지만 착한 친구가 있는데 딱 한 번만 만나 보지 않으실래요?"

다정이 간절하게 미진을 쳐다보았다. 아, 이제는 중매쟁이 역할까지 해야 하다니…… 식권이 뭐라고 이런 짓까지 하고 있나, 그때 도태인한테 결제하게 내버려 둘 것을. 문득 다정은 자신의 처지가 불쌍하게 느껴졌다.

슬프게도 미진은 눈썹을 묘하게 휘면서 웃는 표정 그대로 고개를 저었다.

"괜찮아요."

식권 스물세 개를 위해 다정은 찬형의 장점을 찾아보았다. 하지만 동기의 장점이 뭔지 찾을 수가 없었다. 장점을 찾을 수 없는 사이! 이게 바로 진정한 친구일 것이다. 그나마 건장한 체격이라는 것 정도? 덩치는 산만 해서 소심의 극치인 반전 있는 남자라는 것?

"키! 키도 커요."

그 공격이 유효했나 보다. 여성 평균보다 키가 큰 미진이 처음으로 흥미로운 눈빛을 보였다.

"그래요?"

여유를 되찾은 다정이 고개를 끄덕이면서 미소를 지어 보였다. 조금만 더 하면 소심한 동기도 구제하고 안다정의 지갑도 구제할 수 있을 것 같았다.

"오프 날 알려 주시면, 그 친구한테 맞춰 보라고 할게요."

"뭐 하시는 분인데요?"

"어…… 의사예요. 제 인맥이 의사밖에 없어서."

의사라는 말에 미진이 잠시 멈칫했다. 설마 의사를 싫어하나?

그럴 법도 한 게, 병원에는 면허 하나만 믿고 뻗대는 쓰레기 같은 놈들이 즐비했다. 학부 시절부터 더럽게 놀던 놈들이 한둘이 아닌 건 다정도 알고 있었다. 하지만 김찬형은 너무나도 소심해서 여자 손끝도 잡아 본 적 없는 불쌍한 중생이었다.

"조금 고민해 볼게요."

미진이 모호한 대답을 주었다. 다정은 더 이상 미진을 붙잡지 않았다. 이제부터는 찬형의 운에 달려 있었다. 미진이 연락을 주면 둘의 인연이 연결되는 거고, 그게 아니라면 여기서 끝이었다.

"오늘 저녁에는 전화 주세요."

알쏭달쏭한 미소만 지으며 미진은 내과 병동으로 돌아갔다. 다정은 멀리서 자신을 지켜보고 있던 찬형에게 돌아가 퉁명스럽게 말했다.

"네가 키가 5센티만 작았어도 가능성은 0이었어."

"키 큰 남자 좋아한대?"

"키 크다니까 바로 관심 보였어."

김찬형을 콕 짚어 말한 것도 아닌데 수줍은 동기는 칭찬이라도 들은 양 신이 났다. 혼자 김칫국을 사발째 들이마시는 동기를 다정이 한심하게 보다가 물었다.

"근데 너 키 몇이냐?"

"188인가?"

"징그럽게 크네."

"안다정이 작은 거지."

찬형이 큰 손으로 다정의 정수리를 확 덮고 히죽거렸다. 코끝을 찡그린 다정이 동기의 팔을 홱 내치고 당당하게 받아쳤다.

"그래도 평균 범위거든?"

"너 160 안 되지?"

으스대는 찬형을 빤히 쳐다보던 다정이 무서운 소리를 뱉었다.

"깽판 놔 줄까? 생각해 보니 식권 필요 없는 것 같아. 우리 식당, 맛도 없고."

"안 치프야아……."

어느새 김찬형은 꼬리를 말고 말도 안 되는 아부를 떨기 시작했다.

"네 키가 좀 작으면 어때? 무려 재벌 3세가 따라다니는데."

"어디 가서 그런 소리 하고 다니지 마라, 제발."

이 상황에 전혀 상관없는 도태인을 찬형이 끌고 들어오자, 다정이 기겁하면서 잇새로 말했다. 그런데 웬걸, 찬형이 진지한 표정으로 기도 안 차는 소리를 하는 것이었다.

"야, 안다정. 네가 눈 딱 감고 희생해서 우리랑 3년 차 애들 스태프 되게 해 주면 안 돼?"

"돌았어?"

경악 어린 치프의 목소리에 주변에 있던 전공의들이 움찔거렸다. 물론 동기인 김찬형에게 치프의 경악은 전혀 통하지 않았다. 그가 히죽거리며 안다정을 계속 놀렸다.

"내가 로비할까? 도태인 씨라고 했지?"

"이거 완전 미쳤네."

고개를 절레절레 저으며 다정이 찬형에게 험한 소리를 뱉었다.

도태인이 스태프 TO를 내는 것도 아닌데 무슨 로비를 하고 희생을 하라는 건지 모르겠다. 아니, 그보다 희생의 정확한 뜻이 뭐야? 도태인에게 안다정이 어떻게 희생을 하지? 인당수에 뛰어드는 심청이도 아니고 말이다. 다정이 얼굴을 구겨 버렸다.

*   *   *

간단하게 자체 감사를 마친 도종철 회장은 막냇손자에게 전화를 걸어서 성질을 냈다.

—정열이 이 녀석을 그냥!

"삼촌 잘못이 아니라 상무 하나가 밑에서 해 먹은 게 문제잖아요. 삼촌도 속상하실 테니 괜히 뭐라고 하지 마세요."

알고 보니 요식 업체 상무의 주도로 광범위하게 이중장부가 쓰였다고 했다. 그 상무 이사의 취임 때부터니까 벌써 5년째 알음알음 비리가 있었단다. 안다정이 병원 구내식당에 학을 떼는 이유가 있었다. 그녀는 4500원짜리 식권을 내고 2500원짜리 밥을 먹고 있었다.

─흥, 아랫사람 쓰는 것도 능력이야. 정열이 놈은 무능한 거지. 좀 혼나 보라고 업체 선정 다시 할 거다. 곧 입찰 공고 낼 거니까 알아 둬.

"알아서 하세요. 저하고는 상관없는 일이니까요."

태인은 그저 구내식당 위탁 업체가 더 좋은 업체로 바뀐다면 충분히 만족했다. 안다정이 바라던 거나 이루어지면 그만이지. 애초에 태인은 병원에 특별한 감정을 갖고 있지도 않았다.

─욕심 같은 거 안 나?

도 회장이 넌지시 태인의 의사를 물어보았다.

"무슨 욕심이요?"

─병원 환경을 조금 더 낫게 만들고 싶다거나, 아니면 네가 원하는 이상적인 병원을 만들고 싶다거나.

"별로 관심 없습니다."

할아버지에게 직접적으로 제기한 식당 문제도 사실, 안다정이 아니었으면 태인은 신경도 쓰지 않았을 것이다. 하물며 그녀는 올해를 끝으로 병원을 나간다고 했다. 어떤 일이 일어나든 이제는 아무렴 어떤가 싶었다. 도태인의 시야는 무척 좁아서 안다정 하나만으로도 가득 찼다.

도종철 회장은 조금 실망했지만, 그래도 막냇손자가 이만큼 변한 게 어디인가 싶었다. 예전이었더라면 병원에 꾸준히 출근하지도 않았을 테고, 의심나는 부분을 보고하지도 않았을 터였다. 이런 태인의 모습을 만들어 준 쪽은 4년 차 전공의 안다정이었다. 도 회장은 진심으로 다정에게 고마워하고 있었다.

—참, 응급실에서 아동 학대 신고했다며?

"네?"

응급실의 아동 학대 신고? 태인은 전혀 모르는 일이었다. 의아해하는 태인의 목소리에 종철이 헛웃음을 터뜨렸다.

—몰랐어?

할아버지가 혀를 쯧쯧 차자 태인의 얼굴이 일그러졌다. 그러거나 말거나 할아버지는 못마땅한 목소리로 말을 이었다.

—시간이 벌써 얼마가 지났는데, 아직도 안다정 선생하고 제자리걸음이야?

태인을 무기력의 늪에서 건져 올려 준 다정이 마음에 들어서 도 회장은 가능하면 태인의 옆에 다정을 붙여 주고 싶었다. 이기적인 생각이라는 것쯤은 안다. 안다정은 독신주의자고 도태인을 귀찮아했으니까. 그래도 반반한 얼굴로 좀 꾀어내 보지, 막냇손자는 그것도 못하고 있었다. 종철은 당사자인 태인만큼이나 답답했다.

—자기 담당 환자도 아닌데 안다정 선생이 신고했다고 하더라. 어떻게 할애비보다 몰라?

"끊겠습니다."

코끝을 찌푸린 태인은 그 말만 남기고 전화를 뚝 끊었다. 손자

놀리는 재미로 킬킬 웃는 할아버지의 목소리가 귓가에 선했다.

통화를 마치고 사무실에 들어간 태인은 시계를 보고 아차 싶었다.

'조금 있으면 점심시간이네.'

오늘도 우선적으로 응급실에 가야겠다. 그가 휴대폰과 지갑을 꺼내 들자 옆에 있던 직원이 조심스럽게 말을 붙였다.

"태인 씨, 점심에 시간 있어요?"

태인은 대답 대신 말을 건 직원을 빤히 쳐다보았다. 여직원이 빙그레 웃으면서 이유를 늘어놓았다.

"아니, 그날 우리가 얻어먹은 셈이 되어서 괜찮으면 점심 살까 하거든요."

그런데 태인의 대답은커녕, 뒤에 있던 팀장이 뜻밖의 소식에 관심을 기울이며 대화에 끼어들었다.

"뭐야? 그날이 언제야?"

"아, 팀장님……."

"자기들끼리 뭐 먹었어? 술이라도 마셨어?"

하여튼 눈치도 없다. 아저씨들끼리 구내식당이나 갈 것이지. 원활한 사회생활을 위해 직원은 내키지 않는 표정을 겨우 숨기고 사실만 간단하게 말했다.

"금요일에 여자들끼리 가볍게 한잔했어요. 잠깐 태인 씨도 끼어 있었고요."

"의리 없네. 자기들끼리만 놀고."

팀장이 끼면 참석하기 싫은 회식일 뿐이라 차라리 의리 없는 직원이 되는 게 나았다. 태인은 두 사람을 번갈아 보다가 여직원에게 뒤늦은 대답을 주었다.

"점심은 선약이 있어서요."

도태인은 항상 안다정과 선약이 있다. 물론 한 번도 미리 잡은 약속은 아니었다. 그저 1순위가 안다정이고, 그 다음에는 되는 대로 행동했다. 태인은 실망하는 동료 직원을 보고 가볍게 사과했다.

"미안합니다."

"아, 아니에요……."

빙그레 웃는 태인을 보자 직원은 손을 내저으며 도리어 자신이 잘못한 양 고개를 살짝 숙였다.

"안다정 선생님!"

응급실 환자분류소에서 오랜만에 육성으로 다정을 불렀다. 밖으로 나가 보니 정장 차림의 태인이 웃는 낯으로 서 있었다. 그러고 보니 예전에는 매일같이 환자분류소 간호사에게 눈칫밥을 먹었는데, 태인이 입사한 이후로는 이 짓도 오랜만인 것 같았다.

"선생님, 점심 언제 먹어요?"

"그쪽은 왜 나만 보면 맨날 밥은 먹었냐, 언제 먹냐…… 그런 소리만 해요?"

"그랬나?"

태인이 고개를 갸웃거렸다. 말하는 사람은 몰라도 듣는 사람은 계속 기억하는 법이었다. 다정이 유리문 너머로 복작복작한 응급실 내부를 살펴보았다. 점심 먹을 짬을 내기는 조금 힘들 것 같았다. 응급실에서는 자주 있는 일이었다.

"지금 정신없고 바빠서 이따 먹을 겁니다."

"많이 바빠요?"

그의 얼굴이 단숨에 시무룩해졌다. 그때, 눈가에서 피를 흘리는 환자가 스스로 접수를 마치고 응급실로 들어오고 있었다. 그나마 뒤에서 환자가 다가오고 있어 태인이 발견하지 못해 천만다행이었다. 다정이 급히 까치발을 들어 태인의 눈을 가렸다.

"보면 안 돼요!"

"음?"

이 개복치는 선혈을 보면 또 쇼크가 올지 모른다. 다정은 환자가 응급실 안으로 들어가는 동안 태인의 눈을 꼭 가려 주었다. 모든 관심을 환자에게 쏟고 있던 다정은 태인의 손이 올라오는 것을 눈치채지 못했다.

이내 그가 그녀의 손목을 덥석 잡았다. 손바닥에서 느껴지는 그녀의 맥박에 그의 입가가 부드럽게 풀렸다. 이러니 실신을 각오하고 응급실에 오고 싶어지는 거다.

환자의 모습이 보이지 않을 때까지 그녀는 그의 눈을 가리고 있었다. 환자가 사라지고 응급실 자동문이 닫히자 안심한 그녀가 손을 떼었다. 아니, 떼려고 했다.

"뭐하는 겁니까?"

하지만 도태인은 손목을 꽉 잡고 놓아주질 않았다. 다정은 얼떨결에 계속 그의 눈을 가린 채로 사람들이 지나다니는 복도 한가운데 서 있게 되었다. 까치발을 한 발이 저려 왔다.

암흑 속에서 그가 중얼거렸다.

"우리 안다정 선생님…… 너무 좋아."

"지금 장난하는 거 아니거든요?"

그의 말을 퉁명스럽게 받아쳤지만, 그녀의 얼굴은 한층 붉어져 있었다. 그가 웃는 낯으로 뒤늦게 그녀의 손목을 놓아주었다. 그녀는 또 잡힐세라 가운 주머니에 양손을 콕 찔러 넣었다.

"점심은 같이 못 먹어요. 돌아가세요."

"저녁은요?"

끈질긴 태인의 질문에 다정이 한마디 하려던 참이었다. 옆에서 가느다란 목소리로 누군가가 다정을 불렀다.

"안다정…… 선생님."

다정과 태인이 동시에 옆을 돌아보았다. 배연실 환자의 보호자로 있는 노수지가 다정을 바라보고 있었다. 수지의 정체를 모르는 태인은 의아해했지만 그와 달리 다정은 덤덤했다. 다정은 별다른 말없이 수지를 쳐다보기만 했다. 수지가 머뭇머뭇 입을 열었다.

"부탁 하나만 드리러 왔어요."

무슨 부탁인지 듣지 않아도 알 것 같아 다정은 얼굴을 굳힌 채

차갑게 말했다.

"배연실 환자 담당의가 신채린 선생일 텐데요?"

"……엄마잖아요."

어제 아버지로부터 사정 설명을 들은 수지는 충격 탓에 밤잠을 이루지 못했다. 엄마는 알고 보니 재혼이었고, 전남편과의 사이에는 자식이 있었다는 말이다. 그 아이가 안다정이라는 응급실 의사였다. 차가운 표정으로 싸늘하게 부녀를 조롱하던 그 의사.

수지의 얼굴에 여러 가지 감정이 동시에 올라왔다. 제 엄마를 향한 배신감과 다정을 향한 원망, 실망, 노기 등 전부 부정적인 감정이었다. 반면, 다정은 겉으로 제 감정을 표현하지 않았다. 딱딱하게 굳어진 얼굴 표정을 빼고 말이다. 다정은 입을 다물고 수지를 쳐다보았다. 수지도 지지 않고 다정의 눈빛을 받았다.

"자기 엄마면서, 어떻게 그렇게 냉정할 수가 있어요?"

앳된 여자의 입에서 튀어나온 진실에 다정은 물론 태인도 바짝 굳었다. 태인은 뒤늦게 낯선 여자가 누군지 알게 되었다. 앞의 여자와 안다정은 이부 자매인 모양이었다. 다정은 수지를 상대하기 싫다는 듯 아무 말도 하지 않았다. 수지가 목소리를 높였다.

"엄마가 죽기 전에 언니한테 사과하고 싶다면서요? 한 번만 참고 들어 주면 되잖아요."

다정은 수지의 말에서 거슬리는 단어가 하나 있었다. 엄마가 사과를 바라든, 용서를 바라든 그건 자신과 상관없었다. 어차피 안 볼 거니 말이다. 그저 짜증 나는 건 수지가 자신을 부르는 호칭이었다.

"누가 '언니'예요?"

다정의 얼굴에 조소가 올라왔다. 정확히는 비웃음보다 화를 참느라 일그러진 표정에 가까웠다. 다정의 기세에 눌려 수지가 아무 대답을 못하자, 다정이 무겁게 가라앉은 목소리로 다시금 물었다.

"내가 왜 그쪽 언니입니까?"

"어, 언니잖아요. 아버지는 달라도!"

"웃기지 마."

다정의 어깨가 분노로 흔들렸다. 다정은 수지에게 더 이상 존대를 해 주지 않았다. 해묵은 분노를 알지도 못하면서 어린 수지는 태연하게 다정을 쿡쿡 자극했다. 다정으로서는 기가 막힌 일이었다. 노수지는 모든 게 쉽게 받아들여지는 모양이었다. 안다정을 '언니' 취급하다니 말이다.

태인은 가늘게 떨리는 다정의 어깨를 잡아 품 안으로 끌어당겼다. 그 와중에도 다정은 수지에게서 시선을 떼지 않았다. 잠시 주춤거리던 수지가 이번에는 빌기 시작했다.

"언니, 제발요. 엄마가 불쌍하지도 않아요?"

불쌍?

다정의 입에서 헛웃음이 터져 나왔다. 피식 웃는 다정의 반응에 수지의 얼굴이 절망적으로 물들었다.

"별로 안 불쌍해요."

불쌍하다는 말은 쓸쓸히 죽어 간 아버지한테나 어울리는 말이었다. 자식과 남편을 버리고 떠난 엄마가 아니라! 엄마는 자기 좋을 대로 살아왔는데 왜 자신이 동정을 해야 하는지 다정은 이해가 되지 않았다. 단지 죽음을 앞에 두었다고 해서? 죽어 가는 환자를 숱하게 봐 온 다정은 평범한 사람들보다 죽음에 무감각했다.

"그리고 나한테 언니라고 부르지 마요."

다정의 눈매가 사나워지자 수지의 어깨가 움츠러들었다.

"그쪽 같은 동생 둔 적 없으니까."

수지 역시 다정을 언니라고 부르고 싶지는 않았다. 장녀로 살아온 수지는 언니라든지 오빠 같은 손윗사람을 칭하는 단어가 익숙하지 않았지만 다정을 도대체 뭐라고 불러야 하는지 알 수 없어서 흔해 빠진 호칭을 이용했다. 다정이 분노하는 만큼 수지의 마음에도 화가 쌓여 갔다.

응급실 안으로 도망가고 싶어진 다정은 태인의 팔을 풀어냈다. 그의 팔은 그녀를 쉬이 놓아주었다. 다정이 몸을 홱 돌린 순간, 참다못한 수지가 다정의 등 뒤로 소리쳤다.

"엄마가 저 상태로 왜 서울에 온 줄 알아요? 언니 때문……."

"닥치라고 했어!"

하얀 가운을 입은 의사의 험한 소리에 모든 사람들의 이목이

다정에게 쏠렸다. 태인도 내심 놀랐다. 다정의 감정이 이토록 강하게 폭발한 적은 처음이었다. 깜짝 놀란 수지가 양손으로 입가를 가리고 한 걸음 뒤로 물러났다.

대구에서 치료를 잘 받고 있던 엄마가 왜 갑자기 서울행을 택했는지 수지는 이해할 수 없었다. 뒤늦게야 엄마가 항암 치료를 중단하고 모든 것을 정리하기 위해 서울에 올라왔음을 알았지만, 그때는 이미 늦어 있었다.

처음에는 서울에서 대학을 다니는 자신과 방학 중에 서울의 유명 학원을 다니는 여동생 때문에 올라온 줄 알았는데, 그게 아니었다. 엄마는 수십 년 전에 버린 딸을 만나 용서를 빌기 위해 서울에 올라온 것이었다. 모든 치료를 중단하고 말이다.

그 사실을 알게 된 순간, 수지는 다정이 세상 그 누구보다도 미워졌다. 얼굴도, 이름도 몰랐던 언니한테 엄마는 문전박대를 당하고 있었고 결국 죽음을 눈앞에 두었다. 수지는 집안이 엉망진창이 된 게 전부 다정의 잘못인 것만 같았다. 그렇게라도 남 탓을 하고 싶었다.

"엄마가 그렇게 원망스러우면 만나서 이야기라도 하면 되잖아요?"

"네가 뭘 안다고 그래?"

다정이 다시 폭발하자 태인이 그녀의 허리를 끌어당겨 안았다. 이러다 수지에게 주먹질이라도 할까 걱정되어서였다.

사람들이 싸움 구경을 위해 복도로 하나둘씩 나왔다. 험악해진 분위기에 결국 환자분류소에 있던 인턴과 간호사가 와서 다정을 말렸다.

"선생님, 환자분들 놀라세요."

다행히 다정은 더 이상 큰소리를 내지는 않았다. 사실 눈앞이 캄캄하기도 했다. 직장에서 이성을 잃고 날뛰었으니 말이다.

웬 소란인가 싶어서 출입문 쪽을 기웃거리던 채린 역시 뚜껑 열린 치프를 보고 내심 놀랐지만 침착하게 담당 환자의 보호자를 보고 다가왔다.

"무슨 일이세요?"

사람들의 이목에 놀라 울먹거리는 수지에게 채린이 부드럽게 말했다.

"보호자분은 하실 말씀 있으시면 저한테 하시면 돼요."

"죄송…… 합니다."

마음을 달래 주는 부드러운 말에 수지의 눈에서 눈물이 뚝 떨어졌다. 그래도 여기서 어린애처럼 엉엉 울고 싶지 않아, 수지는 고개를 숙이고 후다닥 출입문으로 달려 나갔다.

싱겁게 끝난 싸움에 사람들도 하나둘씩 제자리를 찾아 갔다. 다정은 머리가 아파서 한 손으로 이마를 짚었다. 그때, 소란을 보고받은 김웅진 교수가 응급실 문을 열고 나왔다.

"안다정. 뭐 하는 거야?"

다정을 아끼던 김웅진 교수는 평소와 다르게 차가운 목소리로 물었다. 다정이 아무런 대답을 못 하자 웅진이 눈살을 찌푸리며 가까이 오다가 태인을 발견하고 걸음을 우뚝 멈추었다. 의사가 되어서 보호자와 싸움질을 하다니, 크게 혼을 내주려고 했는데 태인에게 안겨 있다시피한 제자를 보자 웅진은 괜스레 민망해졌다.

"아니, 그러니까 병원에서 싸우는 건 좀 자제를……."

웅진의 기세가 단숨에 누그러들었다. 원래 성격부터가 남들에게 쓴소리를 못 하는 웅진다웠다. 웅진의 기분을 파악한 태인이 이때다 싶어서 웅진에게 부탁했다.

"많이 바쁜 거 아니면 안 선생님한테 잠깐만 시간을 주십시오."

아, 권력자의 후광이란 이런 걸까?

"그…… 러세요. 안다정, 30분만 쉬고 와."

웅진은 조카뻘인 태인의 부탁을 기꺼이 들어주었다. 하지만 이번에는 다정이 말썽이었다.

"아닙니다."

바쁜 응급실 상황을 아는 다정은 휴식 시간을 거절했다. 웅진이 눈살을 찌푸리고 결국 다정에게 쓴소리를 뱉었다.

"아니긴 뭐가 아니야? 지금 네가 제정신인 줄 알아? 그 정신머리로 무슨 진료를 보겠다고 그래?"

그제야 다정은 찬물을 뒤집어쓴 듯 정신이 들었다. 머리끝까지 분노로 차 있으면서 진료를 하겠다는 건 어불성설이었다. 다정은 고개를 수그렸다.

"죄송합니다."

"딱 30분 뒤에 정신 똑바로 차리고 들어와."

그 말만 남기고 웅진은 정신없는 응급실 안으로 들어가 버렸다. 태인과 마주하기가 껄끄럽기도 했고.

채린도 눈치껏 두 사람을 보다가 슬쩍 빠져나갔다. 복도에는 스쳐 지나가는 사람을 제외하고는 둘만이 가만히 서 있었다.

태인이 다정의 귓가에 속삭였다.

"후문 주차장에 차 세워 놨어요. 물만 사서 차로 가요."

그는 그녀의 허리를 놓아주었지만, 혹여 그녀를 놓칠세라 한쪽 팔은 붙든 채로 자판기에서 생수 하나를 뽑았다. 그녀는 멍하니 그의 뒷모습을 보다가 시선을 떨구었다.

'아, 응급실에 소문 쫙 나겠다.'

다정의 눈앞이 캄캄해졌다. 숨기고 싶던 사실이 드러나는 건 유쾌한 일이 아니었다.

태인에게 이끌려 들어온 그의 차 안에는 침묵만 흘렀다. 다정은 차가운 생수병을 든 채 멍하니 바깥만 쳐다보았다. 에어컨을 강하게 틀어서 더운 기운을 빼낸 다음 태인이 먼저 입을 열었다.

"어머니가…… 입원하셨어요?"

"네."

그동안 안다정이 엄마의 연락에 보여 온 반감을 태인은 잘 알고 있었다. 그런데 이제는 직접 눈앞에 나타났을 테니 그녀가 얼마나 화가 날지 그는 가늠도 할 수 없었다. 그는 자신의 가정이 맞는지 확인하기 위해 계속 물었다.

"그럼, 아까 그 친구는……."

"딸이래요."

마치 자신과는 아무 상관없는 사람인 양 다정이 무감각하게 대답했다. 따지자면 반쯤 피가 섞인 자매였으나, 다정은 수지를 자매로 생각하지 않았다. 안다정과 노수지는 그냥 남이었다. 사회에 나가서도 얽힐 일 없는 생판 남 말이다.

"정말 싫다, 이 상황."

그녀가 신음하듯 읊조렸다. 태인의 시선이 다정에게 닿을 무렵이었다. 그녀가 어린애처럼 성질을 부렸다.

"난 엄마 보고 싶지 않은데 왜 자꾸 봐 달라는 거야? 왜 하필 우리 병원으로 와서 이러는 거냐고!"

태인은 다정의 입에서 나오는 히스테릭한 목소리가 믿어지지 않았다. 항상 딱딱하게, 혹은 담담하게만 말하던 그녀가 격한 감정을 이기지 못했다. 아이러니하게도 그런 모습에 그녀의 기분이 그에게까지 생생하게 전해졌다.

"내가 어떻게 살았는데? 아무것도 모르면서……."

다정은 눈물이 터질 것 같아서 양손으로 얼굴을 가려 버렸다. 아버지가 돌아가셨을 때, 그리고 5년 뒤 할머니마저 세상을 떠났을 때. 딱 두 번 남들 앞에서 울었다. 그 외에는 절대 타인의 앞에서 눈물을 보이지 않았다. 약한 사람으로 낙인찍히고 싶지 않아서 악바리처럼 살아왔다. 무슨 일이 생겨도 여유로운 척 덤덤하게 받아들였다. 속이 까맣게 타고 눈앞이 캄캄해져도 혼자가 아니면 절대 울지 않았다.

"엄마가 불쌍하지도 않아요?"

다정의 머릿속에 수지의 목소리가 생생하게 재생되었다. 수지가 내보이는 순진한 눈빛이 웃기지도 않았다.

"걘 스무한 살이래요. 자기 엄마 죽는다고 생떼 쓰는 스물하나. 난 그때 마이너스 통장을 처음 뚫었어요. 엄마도, 아빠도 없었으니까."

엄마는 다정이 어떻게 크고 있는지 관심도 없었을 것이다. 사랑하는 남자와의 사이에 생긴 새로운 아이를 키우기 바빴을 테니까. 어린 시절, 아버지가 마음 아파할까 봐 내색하지 않았지만 자신은 홀로 남은 밤이면 눈물로 베개를 잔뜩 적시며 엄마를 그리워했다.

그러나 다정은 중학생이 되고, 고등학생이 되면서 엄마는 돌아오지 않는다는 사실을 점차 깨달았다. 엄마를 그리워하며 몸과 마음이 망가진 아버지가 결국 돌아가셨을 때, 다정은 엄마의 뻔뻔한 장례식장 조문에 분노했었다.

마침내 아버지 49재 때, 엄마에게는 다른 가정이 생겼음을 전해 듣고 그녀는 모든 것을 포기했다. 그래도 아버지의 죽음에 엄마가 죄책감 정도는 느끼겠거니, 기대했는데 엄마는 그냥 다른 가정의 일원일 뿐이었다.

"집 나간 엄마 대신 키워 준 아버지는 돌아가시고, 내가 혼자 어떻게 살았는데? 그런 나한테 엄마를 동정해 달라고 그래?"

다정에게 엄마는 열 살 때 죽은 것과 다름이 없었다. 열 살 때부터 아버지 장례식 전까지 엄마는 다정에게 한 번도 얼굴을 내비치지 않았으니까.

그 뒤로도 엄마는 여전히 없는 사람이었다. 다정이 의과 대학 재학 증명서를 내밀며 어렵사리 마이너스 통장을 만들었을 적, 수지라는 애는 열두 살 정도였을 것이다. 안다정이 엄마를 잃었던 때보다 두 살 많은 나이. 그 아이를 보면서 엄마는 죄책감을 잠시라도 느꼈을까?

스물둘에 본과 1학년이 되어서 살인적인 스케줄 사이로 어떻게든 과외 아르바이트를 놓지 않으려고 했었다. 코피를 쏟는 건 비일비재한 일이라 아무렇지 않게 철분 약을 처방받아 먹으면서도 학생들을 찾아다녔다. 그때 엄마의 딸은 열세 살. 불행 같은 건 모르고 부모 슬하에서 뛰어놀았을 것이다. 열세 살 때의 안다정은 엄마가 돌아올 리 없는 현관문을 멍하니 바라보다가 눈물을 훔치곤 했는데.

서러움 따위는 이제 느껴지지 않았다. 분노로 이루어진 오기만이 다정의 마음을 꽉 쥐고 있었다. 한 맺힌 속내를 다정이 토해 냈다.

"내가 왜 불쌍해해야 해? 남자한테 홀려서 열 살짜리 자식 버리고 떠난 엄마를 왜 내가 불쌍해해야 해요?"

"동정 안 해도 돼요."

나직하게 대답한 태인이 다정의 손을 잡아 밑으로 끌어내렸다. 눈가가 붉어진 그녀가 얼굴을 일그러뜨린 채 그를 바라보았다. 눈물을 참기 위해 그녀의 눈동자에 핏발이 섰다. 그의 가슴이 울컥 핏덩이를 뱉어 내듯 흔들렸다. 언제나 담담해 보이던 다정의 마음속에는 풀어내지 못한 감정이 잔뜩 쌓여 있었다. 그녀가 그를 쳐다보다가 시선을 떨구었다.

"엄마는 날 열 살 때 버렸어요. 그런데 걔는 스물한 살이래요. 내가 몇 살인지 알죠? 나랑 걘 아홉 살 차이예요."

다정의 말이 무슨 뜻인지 이해하자 태인의 미간이 일그러졌다. 그녀가 지친 듯 작은 목소리로 중얼거렸다.

"남편이랑 어린 딸 두고 다른 남자랑 놀아난 여자를 왜 내가 만나야 해요?"

"만날 필요 없어요. 안 만나면 되잖아요."

태인은 다정의 손을 양손으로 꼭 쥐어 주었다. 맞닿은 부분에서 온기가 느껴졌다. 마음을 달래 주기에 딱 알맞은 체온이었다. 그녀가 어리광을 부리듯 투덜거렸다.

"죽을 거면 안 보이는 데서나 죽지, 왜 이 병원으로 와서는, 왜……."

왜 엄마는 끝까지 이기적인 걸까? 다정에게 엄마의 부탁은 괴롭힘 그 이상도, 이하도 아니었다. 하물며 용서를 바라는 엄마가 우습기 짝이 없었다. 엄마는 끝까지 다정의 마음을 이해하지 못하는 것이다. 버린 딸의 마음을 알았더라면 엄마는 부고도 알리지 않고 지방에서 조용히 눈을 감았을 것이리라.

다정은 눈물을 참기 위해 눈을 감았다. 살짝 배어 나온 눈물만이 눈가를 적셨다. 다정에게서 시선을 떼지 못하던 태인은 울음을 참는 그녀의 모습이 더욱 아파 보였다.

"선생님."

그가 그녀를 불렀다. 그래도 그녀는 눈을 뜨지 않았다. 둑이 터지듯 눈물이 터지면 수습할 수 없을 것 같았다.

"울어도 돼요, 내 앞에서는."

그러나 다정은 고집스럽게 고개를 흔들었다. 안다정은 우는 것이 무서웠다. 언제부터인가 우는 방법을 잊은 것 같았다. 눈을 뜨는 대신, 그녀가 떨리는 목소리로 입을 열었다.

"안 울어요. 절대로."

다정의 고집을 태인은 차마 꺾을 수 없었다. 그가 말없이 가만히 있자 겨우 눈물을 삼킨 그녀가 서서히 눈을 떴다. 버려진 강아지처럼 그녀가 상처 가득한 눈빛으로 그를 응시했다. 그 눈빛이 마음 아파서 그는 잠시 말을 잃었다.

"어차피 멘탈(의식) 돌아오기 힘든 환자니까 만날 필요 없겠죠?"

"그럼요."

"사랑 같은 건 다 부질없어. 자식도 죽이고 버리는데⋯⋯."

말끝을 흐리며 그녀가 조소했다. 학대를 당하다 결국 뇌사로 사망한 어린아이가 떠올랐다. 부모의 애정 같은 건 신기루일지도 모른다. 어렸을 적, 엄마는 하나뿐인 딸에게 사랑한다는 말을 달고 살았다. 열 살짜리 순진한 아이는 엄마의 애정을 의심하지 않았지만 결과는 냉정한 현실뿐이었다. 부모 자식 간에도 그러는데 남녀 간의 애정은 얼마나 얄팍할까.

"미안한데 잠깐만 혼자 있고 싶어요."

다정이 조심스럽게 부탁했다. 마음속에 들어찬 분노를 쏟아내고 났더니 이제는 혼자서 머리를 텅 비우고 멍하니 있고 싶었다. 태인은 잠시 머뭇거렸지만 기꺼이 그녀에게 혼자만의 휴식 시간을 만들어 주었다.

주차장을 빠져나온 태인은 응급실 앞에서 채린을 불러냈다. 환자분류소 앞으로 나온 채린은 태인을 보고 올 줄 알았다는 양 담담했다.

"신채린."

다정에게 말할 때와 다르게 태인이 착 가라앉은 목소리로 채린을 불렀다. 채린은 약간 또라이 기질이 있는 태인에게 미심쩍은 시선을 보냈다.

"안다정 선생 어머니, 네 담당이라며?"

신채린은 억울했다. 그 환자가 다정의 모친임을 숨긴 것도 아닌데, 아까부터 4년 차 선배들이고 3년 차 동기들이고 간에 난리였다.

"치프 선생님 어머니인지 몰랐어. 정말 아무도 몰랐어. 남편 있고, 딸 둘 있는데 어떻게 치프 선생님 어머니라고 생각을……."

"딸이 둘이라고?"

채린의 말 도중에 태인이 끼어들었다. 모르는 사실이었다.

"응. 아까 왔던 딸이 첫째고 둘째는 고등학생인가 그렇대."

그가 말없이 고개만 끄덕였다. 그 집 사정은 알 바 아니었다. 다정이 예민하게 반응하는 부분은 수지가 불륜으로 태어난 자식 이라는 데 있었다. 혹시 수지 위로 언니가 있나 했는데 다행히 다른 딸은 둘째였다.

"안다정 선생님, 어디 계셔?"

"내 차에."

다정은 아무도 접근하지 않을 곳에 있었다. 차 안은 혼자 있기 좋은 장소였다. 채린이 한숨을 푹 내쉬었다.

"그런 모습 처음 봤어. 후배들이 실수해도 저렇게 소리 지르는 분 아니거든. 차라리 비꼬면 비꼬았지."

태인도 동감이었다. 안다정의 감정 변화는 잠잠한 편이었다. 깜짝 놀랄 일이 생기면 어깨만 살짝 흔들고, 마음에 들지 않는 일이 일어나면 미간만 찌푸렸다. 심지어 좋은 일이 생겨도 그녀는 크게 웃지 않았다. 첫 만남에서 그가 그녀에게 기습 키스를 했을 때에도 그녀는 불쾌한 표정을 지은 채 경찰에 신고하겠다고 딱딱한 말만 했었다.

그런 그녀가 병원이라는 장소도 잊고 소리를 질렀다. 이성을 잃을 만큼 화가 났다는 뜻이었다.

"그만큼 화가 났던 거야."

"왜? 어머니한테 다른 자식이 있어서?"

"그래서 화가 난 게 아니야."

다정은 자신이 버려졌다고 생각했다. 따지자면 버린 것과 진배없었다. 스물한 살에 자신의 미래를 담보로 마이너스 통장을 만들 정도였으면, 부모의 뒷바라지는 없는 셈이었으니까.

태인은 다정의 엄마가 이해되지 않았다. 자기 자식이 아버지를 여의고 홀로되었는데 힘겹게 살아갈 것을 알면서도 도움의 손길을 내밀지 않았다. 딸이 힘겹게 살아가든 말든 신경을 쓰지 않은 건 버린 것과 다름이 없었다. 그래 놓고 이제 와서 용서를 빌고 싶다는 말을 다정이 들어 줄 거라고 생각하다니? 다정이 제 엄마를 경멸하는 게 당연했다.

의아해하는 채린을 앞에 두고 태인은 모든 일의 원흉이 언제 사라질지 궁금해했다.

"언제 죽어?"

"……뭐?"

적나라한 물음에 채린은 당황했다. 누가 들었을세라 그녀가 주변을 둘러보았다. 다행히 가까이 있는 사람은 없었다. 당혹스러워하는 채린의 표정에도 태인은 개의치 않고 되물었다.

"곧 죽을 사람 아니야?"

"상태가 안 좋기는 한데…… 그래도 어제보다는 나아져서 의식은 되찾지 않을까 싶어."

"나아졌다고?"

"그래도 중환이긴 하지만."

태인이 미간을 찡그렸다. 다정은 분명 엄마의 의식이 돌아오기 힘들다고 말했다. 그런데 만약 의식이 돌아온다면, 그래서 다정에게 어떻게든 의사를 전하려고 한다면 다정은 또다시 폭발할수도 있었다. 물론 태인은 다정이 폭발하는 게 아니라, 그녀의 마음에 새로운 상처가 생길까 봐 걱정이 되었다.

"오빠."

생각에 빠진 태인을 채린이 불렀다. 그가 말없이 그녀를 쳐다보았다. 채린이 팔을 겹쳐 팔짱을 낀 채 말을 이었다.

"아무래도 오빠밖에 없는 것 같아."

그는 아무 대답도 하지 않았다. 애초에 그의 대답을 바라지도 않았던 터라 그녀 혼자 조잘조잘 말을 이었다.

"치프 선생님 붙잡아 줄 사람이."

"네가 끼어들 일 아니야."

"누가 끼어든대? 좀 잘해 보라고."

불쌍한 도태인은 아직도 안다정 주변에서 빙빙 맴돌고 있었다. 그래도 나름대로 진보는 있었다. 다정의 말대로라면 둘은 쇼핑도 갔고 공연도 함께 보았다고 했다.

팔짱을 푼 채린이 태인의 어깨를 툭 치고 응급실 안으로 걸음했다. 태인이 불쾌한 얼굴로 채린의 손이 닿았던 부분을 툴툴 털었다.

태인이 주차장으로 돌아가기 전에 다정이 먼저 차 밖으로 나왔다. 그녀는 그에게 차 키를 건네주었다.

"고마웠어요."

평소와 다름없는 다정의 모습에 오히려 태인이 놀랐다. 5분 정도나 지났을까 싶었는데 그녀는 벌써 마음을 다잡고 나왔다. 그녀의 눈가는 언제 울었냐는 듯 붉은 기가 빠져 있었다.

"⋯⋯괜찮아요?"

"어차피 달라질 게 없는 상황이니까 있는 그대로 받아들여야죠."

다정은 반쯤 체념한 투로 말했다. 지금, 안다정이 가장 걱정하는 건 엄마와의 만남 따위가 아니라 뒷수습이었다. 안다정의 폭발 뒷수습 말이다. 동기와 후배는 어떻게 보며 또 간호사들이나 스태프들에게도 고개를 들 자신이 없었다. 너무 창피해서.

한숨을 푹푹 내쉬는 다정을 보다가 태인이 그녀의 손을 양손으로 폭 감쌌다. 그녀는 언짢은 내색도 하지 않고 얌전히 있었다. 그가 손을 잡으면 예전의 그녀는 벌레라도 닿은 듯 내팽개치기 바빴는데 참 많이 달라졌다.

"저녁은 같이 먹어요."

그러나 그녀는 고개를 저었다. 몸과 마음이 다 지쳐서 퇴근을 하면 침대에 처박혀 있고 싶었다.

"오늘은 혼자 있을⋯⋯."

"혼자 있으면 더 우울해. 내가 겪어 봐서 압니다."

태인이 다정의 말을 도중에 끊었다. 주체할 수 없는 분노와 우울감 등을 도태인은 언제 느꼈을까? 그의 인생을 뒤흔든 사건이라면 역시 누나의 자살일 것이다. 절대 거절할 수 없는 치사한 방법이었다.

"알았어요. 여덟 시에 퇴근하고 봐요."

그 말을 듣기 위해, 태인이 다정의 손을 붙잡고 있었나 보다. 말이 끝나기 무섭게 그는 활짝 웃으면서 그녀의 손을 놓아주었다. 그녀는 그를 빤히 바라보다가 걸음을 돌렸다.

아, 응급실에 어떻게 돌아가나…… 걱정이었다.

역시 예상대로 다정이 돌아오자 응급실 내 의료진들이 모두 그녀에게 시선을 집중했다. 이럴 때는 뻔뻔하게 정면 돌파하는 방법뿐이었다. 다정은 제일 가까이 있던 찬형에게 투덜거렸다.

"뭘 그렇게 봐? 쪽팔리게."

의국원들은 대강 자신의 사정을 알 것이다. 찬형처럼 동기라면 추잡한 모습 한두 번 정도는 괜찮은데, 하필 안다정이 4년 차다 보니 밑으로 줄줄이 후배들이 달려 있었다. 다른 누구보다 다정은 후배들 볼 낯이 없었다. 흥분해서 핏대를 세워 가며 소리 질렀던 게 너무너무 부끄러웠다.

'좀만 참을 걸.'

다정이 고개를 푹 수그렸다. 그때 채린이 다정을 불렀다.

"선생님, 김 교수님이 잠깐 올라오시래요."

"날?"

"네."

아, 교수님은 또 어떻게 보나. 다정은 터지려는 한숨을 겨우 참았다.

웅진의 사무실 앞에서 다정은 한참 머뭇거렸다. 마음의 준비가 아직 되지 않았다. 일단 사죄부터 하고, 묻는 말에 성실하게 대답해야겠다. 그녀가 주먹을 몇 번 쥐었다 폈다 반복한 후 똑똑, 출입문을 두드렸다.

"안다정입니다."

"들어와."

웅진이 기다렸다는 듯 말했다. 들어가자마자 다정은 자신을 지그시 보는 웅진의 눈길에 고개를 숙였다.

"죄송합니다."

김웅진이 사이코 같은 교수가 아니라 천만다행이었다. 외과 쪽 어느 교수는 전공의들한테 재떨이도 던진다는데, 다행히 웅진의 성품은 인자한 편이었다.

"그래, 네가 뭘 잘못했는지는 네가 제일 잘 알겠지."

웅진은 애먼 누명을 쓰고도 침착하려 애를 쓰던 제자를 잘 알고 있었다. 1년 차 때부터 눈여겨보던 제자는 의사로서 최상의 성격을 가지고 있었다. 침착하고 신중하며 정확한 성격. 이성적이고 합리적인 판단을 하면서도 다정은 의사로서의 의무를 잊지 않았다. 감정을 드러내지 않으려는 경향이 있었지만, 정신없는 응급실에서 감정은 썩 필요하지 않은 덕목이었다.

　그래서 웅진은 오늘 점심에 있었던 일이 무척 놀라웠다. 다정을 한참 응시하던 웅진이 서서히 입을 열었다.

　"하나 물어볼 게 있어서 그래."

　"네."

　다정은 어느 정도의 질문은 각오하고 있었다. 꼭꼭 숨기고 아무에게도 터놓고 말하지 않았던 가족사를 조금 정도는……

　"다정아, 너 도태인 씨랑 대체 무슨 사이야?"

　"네?"

　다정이 고개를 번쩍 들었다. 웅진의 말은 전혀 예상치 못한 질문이었다. 사실 웅진은 다정이 보호자와 싸우는 이유도 궁금했지만, 간단하게 보고를 받은 뒤에는 다른 게 훨씬 궁금해졌다. 그러니까 도태인이 안다정을 끌어안고 있던 그 사실 말이다.

　"네 사생활이니까 기분 나쁠지도 모르겠지만…… 둘이 깊은 관계인 거야?"

　"깊은 관계요?"

　"그래, 뭐 결혼을 약속했다거나……"

　"아닙니다."

　다정은 대번에 부정했다. 결혼이라니, 듣기만 해도 소름이 끼쳤다. 특히 지난번에 꾸었던 그 미친 꿈 때문에 다정은 태인과의 관계에 결혼이라는 단어가 끼어들면 몸서리를 쳤다. 웅진이 여전히 의심스럽게 보고 있어서 다정은 확실하게 말했다.

"저 결혼 같은 거 안 한다고 했잖아요."

"그러면…… 펠로우(Fellow, 전임의) 할 거야?"

"아뇨?"

"펠로우 안 해?"

언제 웅진에게 병원에 남겠다고 말한 적이 있었나? 다정은 기억을 헤집어 보았으나 그런 말은 입 밖으로 낸 적이 없었다.

안다정의 목표는 명확했다. 4년 동안 전공의 수련 과정을 밟고 전문의가 된 다음에 페이가 가장 센 지방 병원 응급실에서 유유자적하는 것! 돈이 모이면 일단 집부터 사서 집 없는 설움을 떨쳐 낼 것이다. 허튼소리를 하지 않는 안다정이 마음에도 없는 전임의에 대해 말했을 리가 없었다.

"저 독신으로 살 거라 돈 많이 벌어야 해요. 저 병원에 남으면 교수 시켜 주실 거예요?"

맹랑하다 싶은 질문이었지만 웅진은 별말이 없었다. 교수직이라니, 그건 웅진도 보장할 수는 없었다.

"희망만 가지고 펠로우로 2년이고, 3년이고 힘들게 버티고 싶지 않습니다."

다정이 그럴 줄 알았다는 양 홀가분하게 말했다. 웅진이 고개를 끄덕였다. 안다정의 말은 무척 현실적이었다. 하긴, 안다정이 언제 현실적이지 않은 적이 있었나? 그래도 웅진은 제자의 마음을 슬쩍 떠보았다.

"야망 같은 거 없어?"

"제가요?"

다정이 웅진을 낯설게 쳐다보았다. 야망? 야망이라기보다는 이루어질 수 없는 꿈 정도는 있었다. 다정도 다른 동기들과 마찬가지로 병원에 남아 스태프가 되고 싶기는 했다. 하지만 안다정은 그럴 처지가 되지 못했고, 스무 살이 아닌 서른 살의 다정은 현실적으로 삶을 선택해야 했다.

"저도 교수님처럼 되고 싶기는 한데…… 그게 쉽지 않잖아요. 버틸 자신도 없고요."

"너만큼 똑똑한 애들 드물어."

웅진은 진심으로 다정을 칭찬했지만 다정은 칭찬을 쉬이 받아들이지 않았다.

"뱁새가 황새 따라가려면 얼마나 힘든데요. 이제는 농땡이도 부리면서 살려고요."

웅진은 더 이상 다정을 격려하지는 않았다. 아무리 응급의료센터장에 응급의학과 교수라고 한들 웅진의 힘만으로 다정이 원하는 미래를 만들어 줄 수는 없었다. 스태프들이 줄줄이 교수가되기 위해 대기 중이었으니 말이다.

"그래. 너 1년 차 때 코피 쏟으면서 당직실에 기절해 있는 걸보고 얼마나 놀랐는지 모른다. 전공의 숙소에서도 몇 번 신콥(Syncope, 실신)했다며?"

"네, 좀……."

다정이 창피한 듯 시선을 떨구었다. 전공의에게는 체력도 능력이었다. 가끔 힘에 부칠 때는 체력 좋은 찬형이 그렇게 부러울 수 없었다.

"목숨 깎아 사는 것도 젊을 때나 가능한 거야. 너도 서른이니까 건강 관리도 하고 그래야지."

건강 관리의 중요성은 웅진이 말하지 않아도 본인인 안다정이 제일 뼈저리게 느끼고 있었다. 다정이 머쓱해하자 웅진은 잔소리를 그만두었다.

"그래도 너처럼 똑 부러지는 애가 병원에 남아야 하는 건데. 다시 한 번 생각해 봐."

하지만 다정은 모호한 미소만 지었다. 미래 보장이 되지 않으면 재고해 볼 필요도 없었다.

웅진의 사무실을 나온 다정은 바로 응급실로 내려왔다. 응급실은 여전히 아비규환이었다. 점심에 피운 소란 탓에 내 집 같던 응급실이 조금 불편했지만 인과응보려니, 다정은 겸허히 받아들였다.

그때, 전화기를 내려놓은 간호사가 급하게 말했다.

"TA(Traffic Accident, 교통사고) 환자 들어온대요. 초응급이라고 합니다."

"제가 가겠습니다. 혼자 너무 놀았으니까."

다정이 출입문으로 뛰어갔다. 이내 구급대원들이 스트레처(이동식 침대)를 밀고 들어왔다. 상태 확인을 위해 환자를 내려다본 다정은 오랜만에 당황했다.

"아, 아니 어떻게……."

아는 얼굴이었다. 오늘 아침에도 자신이 진료했던 환자, 그리고 학대로 사망한 아이의 엄마였다. 퇴원 조치가 내려졌던 환자가 피투성이가 된 채 의식 없이 누워 다시 응급실로 돌아온 셈이었다. 다정은 숨이 목에서 턱 막히는 것만 같았다.

가장 위급한 환자가 들어가는 소생실로 베드가 들어갔다. 다정의 옆에서 구급대원이 빠르게 사정을 설명했다.

"사거리에서 갑자기 차도로 뛰어든 환자고요, 보호자 말로는 두 번 차에 치였다고 합니다. 저희가 돌아가던 도중에 신고 접수가 되어서 바로 이송 가능했습니다."

옆에 있던 인턴이 환자의 몸에 심전도 패드를 붙이고, 동공 반사를 확인하는 동안 간호사는 수액을 달아 주면서 맥박과 혈압을 쟀다. 그때, 심전도계가 시끄럽게 울렸다.

"어? 방금까지 펄스(맥박) 있었는데?"

구급대원도 같이 당황했다. 일자 선을 그리고 있는 심전도계 모니터를 보고 다정이 반사적으로 소리쳤다.

"에이시스톨(Asystole, 무수축)이야. 고 선생! CPR(심폐 소생술) 해."

다정이 기관내 삽관을 하면서 후배에게 부탁했다. 2년 차 전공의가 바로 흉부 압박에 들어갔다. 이 상황에 제일 중요한 건 사실 기도 확보보다는 흉부 압박이었다. 심장이 뛰지 않으면 뇌가 죽어 버리니 말이다.

보호자는 한 걸음 밖에서 며느리의 죽어 가는 모습을 초조하게 지켜보았다.

"됐다!"

다정은 삽관을 마치고 인턴에게 암부백을 들려 주었다. 바닥으로 머리부터 떨어졌는지 머리 뒷부분이 깨져 피가 줄줄 새어 나오고 있었다. 심전도 모니터는 고음을 울리며 여전히 평평한 선만 그렸다.

"펄스(맥박)는?"

"없습니다."

"에피(Epinephrine, 에피네프린 · 강심제)요, 에피 1미리만 넣어 주세요."

옆에 있던 간호사에게 부탁한 후 후배를 대신해서 흉부 압박을 하기 위해 다정이 손을 겹쳤다.

"다시 컴프레서 들어갈게요."

2분 동안 심장 마사지가 이어졌다. 이마에 땀이 송골송골 맺힌 다정은 인턴을 돌아보며 물었다.

"펄스 있어?"

"없습니다."

"미치겠네!"

그녀가 잇새로 투덜거렸다. 어떻게든 심장이 전기 신호를 만들어 주었으면 해서 다정은 간호사에게 다시 부탁했다.

"다시 에피 1미리 넣어 주세요."

이번에는 2년 차 고 선생이 흉부 압박을 했다. 지켜보고 있던 인턴이 다정에게 조심스럽게 말했다.

"블리딩(Bleeding, 출혈)이 심한 것 같습니다. 블러드(Blood, 혈액 팩) 신청할까요?"

실제로 깨진 머리에서 피가 흘러나오고 있었다. 이미 머리가 놓인 자리에는 핏물이 고여 있었다.

지친 고 선생을 대신해서 다정이 흉부 압박을 해야 했지만 다정은 인턴에게 그 일을 미루었다.

"고 선생 대신 컴프레서 좀 해 봐. 에피 한 번만 더요."

지시를 마친 다정은 밑으로 내려가 환자의 복강 부분을 만져 보았다. 손바닥 가득 단단하게 차오른 느낌이 들었다. 눈으로 보기에도 배가 불러 있었다. 역시 예상대로 내출혈이 심했다. 환자의 심장은 뛰지 않았고 거기에 저혈량성 쇼크까지 겹쳤으니 뇌손상은 이미 시작되었을 것이다.

'못 살린다.'

다정의 눈앞이 아득해졌다. 자살을 기도했던 환자를 멀쩡히 살려 두었더니 또 자살을 시도했다. 약물을 먹었을 때는 손쉽게 살려 냈지만 이번에는 상태가 너무 처참해서 자신이 없었다.

"대체 왜……."

이 환자의 생각을 도통 이해할 수 없어서 다정이 힘없이 중얼거렸다. 흉부 압박을 하는 인턴과 암부백을 누르는 후배, 옆에 있는 간호사까지 모두 다정을 쳐다보았다. 겨우 정신을 차린 다정이 인턴에게 물었다.

"펄스 없지?"

"……네."

복강내 출혈을 확진하고 싶어도 환자의 활력 징후가 돌아오지 않아 초음파나 CT 촬영은 후순위였다.

땀을 뻘뻘 흘리면서 고 선생과 인턴이 돌아가며 흉부 압박을 했다. 어느새 간호사가 대신 수동 인공호흡기를 누르고 있었다. 튜브 때문에 벌어진 입에서 피가 튀었다.

여전히 맥박은 돌아오지 않았다. 심전도 모니터는 계속해서 일자 선을 그렸다. 일단 심장의 전기 신호가 돌아와야 그 다음에 뭐라도 할 수 있는데, 심장은 계속 정지 상태였다.

하나하나 처리를 하자. 다정은 제일 먼저 인턴에게 부탁했다.

"블러드 좀 달자. 가져와."

돌아가면서 흉부 압박을 하고, 4분마다 강심제를 투여하였으나 환자의 심장은 멎은 채 움직이지 않았다. 수혈을 해도 그 혈액이 그대로 빠져나가니 괜히 아까운 피만 낭비했다.

그렇게 열 번의 에피네프린이 환자의 정맥을 타고 들어갔다. 출혈을 이기지 못하고 환자의 배가 불룩하게 불러 왔다. 이제는 가망이 없었다.

"그만."

다정이 심폐 소생술을 중단했다. 이미 30분이 지났을 때부터 다정은 모든 희망을 놓았다. 뇌 손상이 어마어마하게 진행되었을 것이다. 생명 유지에 필수적인 뇌간이 죽어서 체온 유지도, 동공 반사도 만들지 못했다.

언제 묻었는지 모를 피가 손에 묻어 있었지만 다정은 지끈거리는 머리를 꾹 누르며 커튼 밖으로 나왔다. 환자의 시어머니가 초조하게 기다리다가 다정의 어두운 표정에 바닥으로 털썩 주저앉았다. 아마 보호자도 어느 정도 알고는 있었을 것이다. 이 절망적인 상황을.

"어머니."

다정이 운만 떼었을 뿐인데도 보호자는 고개를 세차게 흔들었다.

"선생님, 안 돼요. 안 돼요. 우리 유주도 그렇게 갔는데 유주 어미까지 어떻게 보내요?"

이렇게 포기하지 말아 달라는 부탁을 대신해서 보호자가 다정의 바짓단을 붙잡았다. 그러나 의사는 신이 아니어서, 죽은 사람을 살려 낼 수는 없었다.

"다른 선생님, 교수님 좀 불러와 줘요. 네? 선생님……."

간호사가 보호자의 팔을 잡아 부드럽게 일으켜 의자에 앉혀주었다. 손녀를 잃고 이제는 며느리까지 잃어버린 노인은 얼굴을 양손에 묻고 흐느껴 울었다.

다정은 오늘, 또 사망 진단서를 썼다.

응급실에 실려 온 교통사고 환자의 소식은 알음알음 의사들의 입을 타고 전해졌다. 정신 질환자가 난동을 피우다가 자해하는 바람에 뒤늦게 내려온 정신과 전공의는 오전에 왔던 3년 차 전공의였다.

"그렇게 입원하라고 그렇게 말했는데……."

"입원 치료가 필요했어요?"

너스 스테이션에서 다정은 정신과 전공의와 간단히 이야기를 나누었다. 교통사고 환자를 담당한 의사가 다정이었기에 정신과 전공의는 다정에게 환자의 속사정을 슬쩍 흘렸다.

"네. 아이 잃은 충격이 너무 커서 정말 죽고 싶어 했어요."

"자기가 학대했잖아요? 학대하다 죽일 줄은 몰랐던 거예요?"

황당하다는 듯 다정이 되묻자 정신과 전공의는 고개를 저었다.

"아니에요. 엄마가 아니라 아빠가 그런 거였어요. 남편이…… 폭력 성향이 짙은 것 같았어요. 죽은 아이도 남편이 그날 기분 나쁘다고 내던진 거라던데요."

"그럴 수가……."

충격적인 소식에 다정이 왼손으로 입가를 막았다.

"아이 전에는 환자도 폭력에 노출이 많았었나 봐요. 무기력하기도 했지만 그만큼 남편에 대한 분노가 커 보였거든요."

아이 엄마도 학대에 가담한 줄 알았던 다정으로서는 전혀 상상도 못 한 사정이었다. 그녀는 아이에게는 방관자였지만 피해자이기도 했다.

"차라리 도망이라도 가지, 아이 데리고."

"그게 쉬운 게 아니잖아요. 폭력에 길들여지니까요. 또 남편이 가장이라서 경제적으로도 종속되어 있었고요. 그래서 학대 사실을 숨기다가 뭐…… 이렇게 되었죠."

하긴, 이제 와서 가정해 봤자 무의미한 일이었다. 이미 아이와 아이 엄마는 세상을 떠났으니 말이다. 다정은 바닥으로 털썩 주저앉던 할머니의 모습이 떠올랐다. 줄초상이 난 그 집안 분위기가 어떨지 가늠도 되지 않았다.

"아이도 잃었겠다, 제 탓만 하다가 자살 시도했는데 실패하니까 또 시도한 거예요. 환자는 정말 죽을 생각이었을 겁니다."

다정은 할 말이 없었다.

"이 정도면 입원이 필요한 건데 마음의 상처는 눈에 안 보이니까 환자랑 보호자가 다 무시한 거죠. 살릴 수 있었는데……."

정신과 전공의는 씁쓸하게 말하고 떠났다. 그의 뒷모습을 가만히 지켜보던 다정은 얼굴이 화끈거렸다.

속사정도 모르고 그녀를 경멸하듯 바라보았다. 왜 그랬을까? 그녀도 피해자였는데, 첫 번째 자살 시도를 보고 다정은 심지어 그녀가 무고함을 주장하기 위한 쇼라는 생각까지 했었다. 다정은 알량한 잣대로 타인을 멋대로 평가한 자신이 부끄러워졌다.

하고 싶은 대로 행동하기

여덟 시. 다정은 자신을 기다리던 태인을 물끄러미 올려다보았다. 이 남자의 집념은 가끔 무섭게 느껴질 때가 있었다. 그녀가 진심을 담아 그에게 말했다.

"그 의지로 뭐라도 했으면 성공했을 겁니다."

"무슨 의지요?"

"날 기다리는 의지요."

진심을 담은 농담에 태인은 어깨만 으쓱거렸다. 아무럼 어떠냐는 태도였다.

주차장에 도착해서 다정은 태인의 옆자리에 앉았다. 차를 몇 번 탔다고 벌써 조수석이 익숙해졌다. 태인이 다정의 벨트를 손수 매 주고 나서 물었다.

"저녁 뭐 먹을래요? 국물 있는 게 좋을까?"

"아무거나 먹어요."

점심도 걸렀지만 다정은 입맛이 없었다. 오늘은 너무 악몽 같은 하루였다. 다시는 이런 날이 오지 않았으면 싶을 만큼 정신이 없어서 그녀는 잔뜩 지쳤다.

옆에서 운전을 시작한 태인이 그녀를 힐끗 쳐다보았다. 그녀는 지친 듯 등받이에 몸을 깊이 기대어 앉아 있었다. 그녀의 기분이 좋아질 만한 이야기가 뭐가 있을까 고민하던 그가 좋은 화젯거리를 떠올리고 바로 입을 열었다.

"아, 맞다. 식당 업체 바뀔 거예요."

"정말요?"

태인의 예상대로 다정이 눈을 동그랗게 뜨고 그를 바라보았다. 운전 때문에 정면을 본 그는 고개를 끄덕이면서 감사 결과를 한 문장으로 요약했다.

"비리가 딱 걸렸거든요."

진짜 비리가 있었을 줄이야. 그녀는 우스갯소리로 동기들과 떠들었던 이야기가 사실이었다는 소식에 괜히 소름이 돋았다.

"어떤 비리였는데요?"

"이중장부라고 들었어요. 상무가 중간에서 해 먹었다고."

그제야 다정은 태인의 위치를 물씬 체감할 수 있었다. 도태인은 안다정을 졸졸 쫓아다니는 변태 신입 사원이 아니라 병원 이사장이자 대기업 사주의 손자였다. 그녀가 혼잣말처럼 중얼거렸다.

"진짜 한 방이네."

안다정이 4년 동안 의혹만 가지고 있던 일을 도태인은 단번에 개선했다. 역시 줄 중의 제일가는 줄은 탯줄이라더니, 이런 남자랑 무슨 깊은 관계가 돼? 하여튼 김웅진 교수도 김칫국을 사발째로 마신다.

"뭐가요?"

"아니에요."

시답잖은 소리를 하고 싶지 않아, 그녀가 고개를 흔들었다. 이럴 때 다정은 격차를 느끼곤 했다. 요즘 세상에 신분이 없다는 말은 다 거짓말이다. 학부 시절에도 여유 있는 집안 자식들을 종종 보곤 했지만, 도태인은 차원이 달랐다.

안다정은 도태인과 깊은 관계가 될 생각은 없었다. 운이 좋으면 친한 친구로 남아 도움을 받을 일이 생길지도 모르지만 금전 수준이든, 교육 수준이든 간에 격차가 심한 사람하고의 관계는 오래가지 못한다는 걸 그녀는 잘 알고 있었다.

태인이 차를 세운 곳은 병원에서 멀지 않은 곰탕 전문점이었다. 큰 건물의 1층을 전부 식당으로 사용할 만큼 유명한 가게였다. 빵빵한 코스 요리집에 갈까 내심 걱정했는데 부담스럽지 않은 가게라 다행이었다. 에어컨 덕분에 서늘하다 싶은 실내로 들어가 다정은 태인과 마주 앉았다.

가게의 간판 요리인 곰탕 두 그릇을 주문하고 음식이 나오기를 기다리는 동안, 다정은 답답한 투로 입을 열었다.

"늘 거지 같은데, 오늘은 진짜 더 거지 같은 날이었어요."

"점심에…… 그거요?"

"그것도 있고……."

다정은 한숨이 절로 나왔다. 수지가 찾아와서 소란 피웠던 일보다 충격적인 일은 오후에 일어났다. 그녀는 차도에 뛰어들었던 아이 엄마의 일 때문에 마음이 무거웠다. 하지만 사정을 모르는 태인에게 시시콜콜 설명하고 싶지 않아 그녀는 대강 둘러댔다. 부끄럽기도 했고.

"아니에요. 그쪽하고는 상관없는 일이에요."

곧 밑반찬이 먼저 나왔다. 맛있게 익은 김치를 보자 술이 당겼다. 아마 오늘이 너무 다이내믹해서 지쳤기 때문일 것이다.

"술 한잔할…… 아니다. 운전해야 하지."

그녀가 테이블 위에 놓여 있는 차 키를 보고 시무룩해졌다. 하긴, 술을 마셔서 좋을 건 없었다. 그러나 그는 미소 띤 얼굴로 부드럽게 대꾸했다.

"나야 안 되지만 선생님은 먹고 싶으면 얼마든지 먹어도 돼요."

……라고 하니, 안다정은 거절하지 않았다. 그녀는 지나가는 종업원에게 소주 한 병을 부탁했다.

술잔 두 개와 함께 테이블 위에 소주병이 놓였다. 작은 소주잔에 술을 채우면서 그녀가 지친 목소리로 말했다.

"이제 치열하게 살고 싶지가 않아요. 지쳤나?"

그녀의 자조 섞인 말에 그는 대답하지 않고 그녀를 물끄러미 응시했다. 다정은 소주잔에 가득 담긴 술을 단번에 삼켰다. 알싸한 맛이 꼭 오늘처럼 씁쓸했다. 그녀가 술잔을 다시 채우고 말을 이었다.

"근데 지칠 만도 하지 않아요? 나, 스무 살 때부터 진짜 열심히 살았는데."

"맞아요. 내가 선생님이었다면 엄두도 못 낼걸요."

그가 맞장구를 쳐 주었다. 차에서 눈물을 참으며 감정을 터뜨렸던 그녀의 단편적인 이야기만으로도 그는 안다정이 열심히 살았음을 알 수 있었다.

"예과 때, 과외 학생이 그런 말을 한 적이 있어요. 선생님은 의대 다녀서 좋겠다고. 의대 가는 게 자신의 목푠데 성적이 너무 안 나와서 힘들다고 그러더라고요."

태인은 아무 말 없이 다정의 말을 들어 주었다. 다정은 약 10년 전, 뿔테 안경을 쓴 여학생을 떠올렸다. 공부보다는 피부에 관심이 많아서 시간이 날 때마다 그 학생은 피부 좋아지는 의학적인 방법을 물어보곤 했다. 다정은 그럴 때마다 공부나 하라고 면박을 주곤 했다. 피부는 나중에 피부과 전문의가 된 동기에게 시술을 부탁하면 된다고 격려하면서 말이다.

"공부하는 게 쉽지 않죠. 나도 해 봐서 아는데, 정말 세상에 종말이 닥친 기분이랄까?"

"그렇군요, 종말이라……."

"종말이 닥쳐서 이도 저도 못하는 그런 느낌이었어요."

머리가 굵어지고 부모의 지시를 무시하기 시작한 이후로 태인은 뭔가를 열심히 해 본 적이 없었다. 당연히 공부도 열심히 하지는 않았다. 타고난 공부 머리가 있었는지, 아니면 지나치게 빨랐던 선행 학습 덕분인지 다행스럽게도 어머니가 만족할 만한 대학에 입학하기는 했지만 그 뒤로도 학업은 뒷전으로 하고 항상 놀러 다녔다.

도태인은 안다정처럼 목숨을 걸고 뭔가에 열중해 본 적이 없었다. 그나마 요즘 안다정에게 올인 하고 있긴 하지만.

아직도 입 안에서 맴도는 알코올 냄새에 다정은 냉수를 한 모금 마셨다.

"근데 사람한테 여유가 없으면 공감력도 떨어지나 봐요. 그때 난, 얘 진짜 배부른 투정한다…… 이런 생각을 했었거든요."

왠지 태인은 자신을 거쳐 간 과외 선생들이 다정과 비슷한 생각을 했을 것 같았다. 그의 마음 한구석이 쿡쿡 찔렸다.

"비싼 과외비 턱턱 내주는 부모 있겠다, 집안 멀쩡하겠다, 공부만 하면 되는데 뭐가 그렇게 힘들지? 하고."

"그거야, 선생님 처지가 워낙 힘들었으니까."

"걔가 날 이해하지 못하듯, 나도 걜 이해하지 못한 거죠, 뭐."

나중에 알았지만, 그 학생의 장래 희망은 의사가 아니라 메이크업 아티스트였다. 공부를 잘하는 바람에 얼떨결에 부모의 강압으로 의대 진학을 목표했으나 그 학생은 부모와는 다른 꿈을 꾸고 있었다. 그 학생이 왜 그렇게 피부 관리에 관심을 보였는지 다정은 뒤늦게 이해할 수 있었다.

오늘도 그랬다. 음독자살 시도가 실패한 뒤에 다시 차도에 뛰어들었던 환자는 다정의 마음에 짙은 그림자를 남겼다. 결국 살리지 못했지만, 정신과 전공의에게 사정을 슬쩍 들었을 때 남편이 학대를 하면 도망이라도 치지 싶었다. 남편이 딸을 죽일 것 같으면 데리고 친정에라도 피신을 가지, 하고 말이다.

그러다 그녀를 진찰한 정신과 전공의의 의견을 듣고 나자 다정은 자신이 망자에게 예의 없는 생각을 하고 있었구나 싶었다.

무기력해진 환자는 피할 여력조차 없던 것이다. 위세척에 힘겨워하는 그녀를 경멸했던 것도 같다. 아이를 죽음으로 몰고 간 주제에 자살로 쇼를 한다고 생각했었다. 죽을 각오를 할 정도로 삶이 힘든 사람의 마음을 이해하지 못했다. 환자의 사정을 알고 그녀의 입장을 이해했다면 다정은 경과를 지켜보다 퇴원하라는 말 대신, 정신과 전공의와 함께 입원을 강하게 주장했을 터였다.

환자를 이해해 줬더라면 아이 엄마는 불행하게 삶을 끝내지 않았을지도 모른다.

"하여튼 그래서 이젠 여유를 가지고 남을 이해해 보려고요."

"문화생활도 좀 하고?"

"······그건 좀 생각해 보고."

흑역사가 생각나자 다정이 눈가를 찡그리며 두루뭉술하게 대꾸했다. 태인이 빙그레 웃어 주었다. 곧 주문했던 음식이 나왔다. 이제 마음 놓고 술을 좀 마셔도 될 듯했다.

"근데 잘 될지는 모르겠네요. 열심히 사는 게 습관이어서."

그녀가 농담처럼 덧붙였다.

치열하지 않게 살기 위해서는 우선 병원을 나가야 했다. 내년 2월, 전문의 시험이 끝나고 합격 통지를 받으면 자신은 이 남자와도 이별일 것이다. 그래도 전공의 말년에 이런 남자와도 엮이다니 꽤 괜찮은 추억이었다. 아마 나중에, 노인이 되면 무용담을 늘어놓듯 자신을 따라다닌 남자에 대해 자랑할 날도 오지 않을까? 다정은 태인과의 관계가 영원히 지속되리라고는 믿지 않았다.

굳이 먼 훗날의 일을 생각하고 싶지 않아 다정은 술잔을 또 비웠다. 뽀얀 국물이 펄펄 끓는 뚝배기를 그녀는 말없이 내려다보았다. 그러고 보니 수지를 만났을 때, 이 뚝배기처럼 자신의 마음도 부글부글 끓었었다. 국이 식기를 기다리면서 그녀가 말문을 열었다.

"그 애도 사랑하는 엄마…… 가 곧 죽을 테니까 자기 상황이 너무 힘들었겠죠."

그 애가 누군지 태인은 어렵지 않게 추측할 수 있었다. 안다정을 화나게 만들었던 앳된 여자를 떠올린 그가 고개를 끄덕였다.

"내가 엄마를 어떻게 생각하는지도 모르면서, 어떻게든 엄마를 만나 달라고 떼를 쓴 것도 다 여유가 없으니까 그런 걸 거예요."

"거기까지 선생님이 이해해 줄 필요는 없잖아요."

"그냥, 그렇게 생각하는 게 나도 마음이 편하거든요."

안다정은 쓸데없이 상냥했다. 남들에게 보이는 친절의 반만이라도 도태인에게 보여 줬으면 좋겠는데 말이다.

"나도 다시 엄마를 보게 될 줄 몰라서 정신이 없었고."

이성을 잃고 날뛴 바람에 다정은 오늘 하루 종일 얼굴을 제대로 들지 못했다. 전공의 시절 4년 중에 오늘처럼 창피한 날도 없었다. 그나마 응급실 의료진들이 다들 선해서 망정이지, 하마터면 응급실 로비 복도에서 싸웠다고 평생 놀림감이 될 뻔했다.

모락모락 피어오르던 김이 점점 옅어졌다. 다정은 곰탕 국물 한 숟갈을 조심스레 떠먹었다. 따끈따끈한 음식이 배 속에 들어가자 몸에 들어찼던 긴장이 스르르 풀렸다. 그제야 그녀는 자신이 허기도 잊고 있었다는 것을 깨달았다.

굶주린 다정이 뚝배기에 밥을 반 공기 정도 넣을 무렵, 태인이 웃음 섞인 목소리로 말했다.

"선생님은 보면 참 착한 것 같아요."

"네. 나 착하다는 소리 많이 들었어요."

밥을 꾹꾹 말면서 그녀가 웬일로 도태인의 말에 긍정했다.

"할머니도, 큰아버지들도 어렸을 때부터 맨날 그랬어요. 다정이는 참 착하다고."

어린 다정은 집을 나간 엄마가 보고 싶다고 떼를 쓰지 않았다.

아버지가 힘들어할까 봐 빠듯한 살림에 친구들과 같이 학원을 다니겠다는 말도 최대한 아꼈다. 고등학생 때까지 특별히 용돈을 요구하지도 않았다. 마음속에 있는 욕망을 다정은 웬만해서는 다 억눌렀다. 이루어질 수 없다는 걸 알기 때문이었다.

"착한 건지, 바보인 건지 이젠 잘 모르겠지만요."

쓸쓸한 음성이 공기 중에 흩어졌다.

"목표 하나만 보고 달려가는 삶이 가장 좋은 인생이라고 생각했는데, 이제는 그 개념을 좀 바꿀 때가 온 것 같아요. 쉬엄쉬엄 원하는 것도 해 보고 살아야 덜 억울할 것 같거든요."

지금 와서 생각해 보면, 엄마는 볼 수 없었겠지만 동네 작은 보습 학원 정도는 다닐 수 있지 않았을까 싶었다. 고등학생 때역시 풍족한 용돈은 받지 못하더라도 친구들과 군것질 정도는 할 수 있을 만큼의 용돈은 받아 볼 걸 그랬다. 다정은 자신의 욕망을 거세하느라 잃은 것들이 아쉬워졌다.

"어떤 삶을 살든, 선생님 인생이니까 마음대로 하세요."

"그럴까요?"

문제는 습관을 바꿀 수 있을지 자신이 없다는 것쯤이었지만. 어떻게든 되겠지 싶어서 다정은 피식 웃고 단번에 술잔을 비웠다. 술잔을 내려놓는 그녀의 손이 살짝 떨렸다. 안다정의 상태에 예민한 도태인은 소주잔을 쥐고 있는 그녀의 손을 잡으며 말했다.

"점심도 안 먹었잖아요."

"네."

"빈속에 술 먹으면 안 좋은 거, 의사인 자기가 제일 잘 알 텐데."

"그러네요. 벌써 어지럽네."

솔직한 말에 태인이 반도 남지 않은 술병을 치워 버렸다. 웬만한 일은 다정이 좋을 대로 내버려 두지만, 그녀에게 피해가 갈 일에 그는 가차 없었다. 마침 술기운이 올라오기 시작해서 그녀는 한쪽 눈을 찡그리고 있다가 한숨을 내쉬었다. 밥을 먹어야겠다.

"맞다, 구내식당 말이에요."

오랜만에 밥을 먹은 다정은 어느 정도 배가 차자 숟가락을 내려놓았다. 툭하면 끼니를 건너뛰곤 해서 그런지 그녀는 배불리 먹는 것을 그다지 즐기지 않았다. 태인 역시 음식에 집착이 없는 편이라 적당량만 먹고 말았다.

"다음 업체는 맛있는 데였으면 좋겠어요."

"이번에는 제대로 선정할 거예요."

인사 관리를 못한 백부에게 화가 난 할아버지는 위탁 업체를 고르고 고를 것이다. 이는 안일하게 사업하지 말라는 경고이기도 했다.

이상하게 다정은 태인의 말이라면 믿음이 갔다. 이번 일도 기대보다 훨씬 좋은 결과를 보았다. 감사에서 비리가 발견되어도 쉬쉬하며 덮을 법도 한데 아예 업체를 교체하다니.

"나는 못 먹어도 후배들이나 교수님들은 맛있게 먹을 수 있겠네요. 아, 그쪽도."

"아쉬우면 병원에 남으면 되잖아요."

"밥 때문에?"

그녀가 웃음을 터뜨렸다. 그가 그녀를 물끄러미 응시했다. 안다정은 정말 도태인이 고작 '구내식당' 때문에 병원에 남으라고 말한다 생각하는 건가? 그는 자신의 마음을 통 알아주지 않는 그녀가 내심 야속했다. 가까이 있고 싶으니까 병원에 남아 달라 부탁하는 건데 말이다.

"페이 많이 받아서 차라리 비싸고 맛있는 거 사 먹는 게 낫죠."

여유를 가지고 타인을 이해하겠다던 안다정은 도태인의 마음을 전혀 이해해 주지 않았다. 그를 이해해 주었다면 그녀는 이런 소리를 하지 않을 테니까.

"공연 본 날 먹었던 코스 같은 거, 지금 또 사는 건 무리지만 나중에 잘 벌면 한턱 쏠게요. 이번에는 대출혈이어서……."

그러니까 도태인은 안다정에게 밥을 '얻어먹고' 싶은 생각은 전혀 없었다. 그가 원하는 것은 그녀와 '함께하는' 시간이었다. 그는 그녀와 함께 있는 시간을 많이 갖고 싶었다.

태인의 마음을 전혀 알아주지 못한 다정은 지난날의 대출혈 때문에 김찬형에게 식권을 강탈했다. 일곱 장의 식권은 이미 받았고 스물세 장의 식권은 받느냐, 마느냐의 기로에 놓여 있었다.

참, 그러고 보니 오늘 저녁에 이미진 선생이 연락을 준다고 했는데 저녁 내내 휴대폰은 조용했다. 아마 내일 김찬형은 울 것이다. 뭐 어쩔 수 없는 일이다. 마음이 동하지 않는다는 데 억지로 주선을 하기도 미안했다. 식권은 조금 아까웠지만.

술기운이 돌아서 곰탕이 무슨 맛인지 잘 모르겠으나 점심도 거르고 먹은 밥이라 다정은 그럭저럭 만족스럽게 먹었다.

"선생님."

오피스텔 주차장에 차를 세운 태인이 그녀를 불렀다. 그녀는 대답 대신 그를 쳐다보았다. 술이 들어가서 그런지 오늘 따라 도태인이 정상적인 남자로 보였다. 잘생기고 매력적인 남자 말이다.

"아까 말했죠? 울고 싶으면 내 앞에서는 울어도 된다고."

그는 자상하게 말했지만, 사실 안다정은 타인 앞에서 울어 본 적이 별로 없었다. 누군가에게 눈물 흘리는 모습을 보인다는 상상만으로도 그녀는 부끄러워졌다. 누군가에게 무조건적인 위로를 받아 본 게 드물어서일까? 서러운 일은 혼자서 해결하는 게 편했다.

"……됐습니다."

"힘든 일이 생기면 울어도 돼요. 왜냐면 나, 친구도 없고 부모님하고도 별로 사이가 안 좋아서 우리 안다정 선생님이 울었다는 사실을 아무데도 떠벌릴 수가 없거든요."

그가 슬픈 소리를 농담처럼 뱉었으나 그녀는 떨떠름하게 그를 쳐다보았다. 그의 말이 장난인지 진심인지 통 알 수가 없어서였다. 그가 슬쩍 덧붙였다.

"비밀 보장이 된다는 거죠."

"그냥 집에서 이불 뒤집어쓰고 울게요."

비밀 보장을 위해서는 아무도 없는 곳에서 혼자 울고 마는 게 나았다. 그녀가 코끝을 찡그리며 대꾸하자 그는 허를 찔린 듯 아차 했다. 가끔 보면, 도태인은 정말 생각이 없어 보였다. 그녀가 잔소리를 했다.

"직장 동료도 좀 만들고, 동창회라도 나가고 그러세요. 친구 하나 없는 게 말이 돼?"

"선생님만 있으면 된다니까."

하지만 태인은 망설일 것도 없이 바로 대답했다. 안다정만 있으면 된다. 도태인이 바라는 건 그 하나뿐인데.

다정은 그의 말을 농담으로 넘겨 들었다. 이는 배우나 모델처럼 잘생기고 부유한 재벌 3세가 쫓아다니면서 그런 소리도 했다고 남들에게 자랑할 만한 일 정도였다.

"그것 참 황송하네요."

"진짠데."

진심 가득한 목소리에 다정은 대답하지 못했다. 자신을 향한 그의 시선이 오늘따라 왠지 유난하게 느껴졌다. 공기 밀도는 변함이 없는데 그녀는 어째 숨이 잘 쉬어지지 않았고 얼굴도 화끈거렸다. 주변이 캄캄하지 않았더라면 붉어진 얼굴을 벌써 저 변태에게 들켰을 것이다.

그녀가 우물쭈물 안전벨트를 풀고 조수석 문고리를 잡았다.

"내릴게요."

"많이 어지럽지 않아요?"

"한 병도 다 안 마셨는데 어지럽긴요."

벌컥 조수석 문이 열렸다. 에어컨 덕분에 서늘했던 차 안과 달리 바깥 공기는 후덥지근했다. 그녀는 더위를 타는 척, 손부채질을 하며 은근슬쩍 그의 눈치를 살폈다. 다행히 그는 그녀의 이상 행동을 알아채지 못한 듯했다.

"그래도 혹시 모르니까 현관까지는 데려다줄게요."

태인이 걱정 가득한 표정을 지어 보였다. 뭐, 혹시 모르는 상황에 대비한 거라 하니 굳이 거절할 필요는 없었다.

엘리베이터를 타고 올라가는 동안에도 다정은 손부채질을 계속했다.

"많이 더운가 봐요?"

"날이 덥기도 하고, 술도 좀 마셔서 열이 오르네요."

안다정은 태연한 척 말도 잘 꾸며 냈다. 물론 날도 덥고 술기운도 올라왔지만 그보다 도태인이 쓸데없이 잘생겨 보여서 문제였다. 다정은 옆에 있는 남자는 그저 변태일 뿐이라고 속으로 계속 되뇌었다.

곧 엘리베이터가 멈추었다. 현관문 앞에 서서 다정은 번호 키를 눌렀다. 삑삑, 기계음이 몇 번 이어지더니 이내 잠금장치가 풀렸다. 그녀가 현관 문고리를 잡아당기는 모습까지 지켜보고 나서 그는 작별 인사를 했다.

"푹 쉬고 내일 봐요."

"참, 내일 또 ER(응급실) 올 거예요?"

"당연하죠."

그가 빙그레 웃으면서 긍정했다. 도태인은 항상 점심 선약이 있었다. 점심 선약은 대부분 이루어졌으나, 가끔은 깨지기도 했다.

다정은 그의 말이 썩 싫지는 않아 오지 말라는 소리를 굳이 하지는 않았다. 그녀가 문 안으로 한 걸음 발을 들여 놓고 나서 고개를 살짝 돌렸다. 그는 여전히 그녀를 지켜보고 있었다. 그녀가 그를 올려다보며 말했다.

"운전 조심하세요."

그리고 현관문이 닫혔다.

그다지 시끄러운 상황도 아니었는데 다정의 귓가가 멍해졌다. 방금 전까지 자신을 에워싸고 있던 소란스러운 기분이 단숨에 꺼졌다.

신발을 벗은 그녀는 비틀비틀 걸어 안으로 들어갔다. 현관에 있는 센서 등이 꺼지기 전에 그녀는 벽을 더듬거리면서 불을 켰다.

방 안이 환해졌지만 아무도 없는 집은 고요하기만 했다. 순간, 다정은 고독이 훌쩍 다가온 느낌이 들었다. 익숙한 기분이긴 한데 오늘은 달갑지 않았다.

아, 그러고 보니 바다에 다녀왔을 때도 이런 기분이었다. 그래서 자신의 조용한 삶을 흔든 태인을 피해 보고 싶었으나, 끈질긴 남자를 떼어 낼 수는 없었다.

하루 종일 피곤한 일만 일어났던 터라 잔뜩 지친 다정은 가방을 내려놓고 침대에 대자로 뻗었다. 째깍째깍, 시계 초침 소리만 방 안을 가득 채웠다. 그녀는 시간을 살폈다. 뭘 했다고 벌써 열한 시인지 모르겠다. 얼른 자야지 내일 또 여섯 시 반에 기상할 수 있었다.

"어?"

그때였다. 다정이 의아한 소리를 뱉었다. 눈초리에 맺혀 있던 눈물이 얼굴선을 타고 흘러내린 탓이었다. 그녀가 기막히다는 듯 중얼거렸다.

"……술 취했나?"

겨우 소주 반 병에? 물론 혼잣말에 대답은 없었다.

다정은 상체를 일으키고 침대 헤드에 등을 기댔다. 어린애처럼 울고 싶지 않아, 그녀는 거칠게 눈물을 닦아 냈다.

평생을 짊어지고 가야 할 고독이 갑자기 버겁게 느껴졌다.

이제 엄마도 곧 떠날 것이다. 아버지는 10년 전에 잃었고, 할머니는 5년 전에 보내 드렸다. 엄마마저 떠나면 이 세상에 안다정의 직계 가족은 남지 않는 셈이었다.

기분이 이상했다. 그동안 엄마는 20년 전에 죽었다고 여겨 왔는데, 역시 엄마를 죽었다고 여기는 것과 엄마가 정말로 죽는 것은 기분부터 달랐다.

혼자 있는 게 편했었지만 외로움이 물밀듯 밀려들어 와 다정은 내심 당황스러웠다. 그녀는 고개를 돌려 벽에 걸린 달력을 쳐다보았다. 8월. 4년 차의 응급실 근무는 잠정적으로 8월 말에 끝이 난다. 전문의 시험 준비를 위해 병원 내에 따로 스터디 룸이 마련되긴 해도 이제는 인턴 때부터 5년을 지내 온 병원과도 이별을 준비해야 하는 셈이다.

"다 떠나는구나."

엄마도 떠나고, 병원도 떠나고, 그 남자와도 반년 뒤면 작별이었다. 신입 사원으로 입사한 이상 그는 병원을 떠나지 못할 테고, 자신은 월급을 깐깐하게 따져 지방으로 내려갈 예정이었으니 말이다.

다정은 태인에게 기대하지 않으려 애를 썼다. 그가 지금은 자신에게 관심을 쏟고 있지만 사람의 감정은 언제 변할지 몰랐다. 그녀가 바라는 것은 그저 시간이 흐르고 기억이 희미해질 즈음에 '안다정이라는 재미있는 의사가 있었지!' 하고 태인이 기분 좋은 추억처럼 안다정을 떠올리면 좋겠다는 것쯤이었다.

"청승."

술 좀 마셨다고 사람이 너무 감상적으로 변했다. 코웃음을 치면서 다정이 양치를 하기 위해 침대에서 일어났다. 술기운 탓에 오랜만에 감성적인 밤이 된 것 같았다. 오늘은 또 이리저리 과거를 돌아보기도 했고.

피곤한 다정은 양치만 하고 나왔다. 적막한 공간에는 여전히 시곗바늘 소리만 째깍거렸다. 휴대폰 알람을 확인하고 충전기 케이블을 꽂은 그녀는 언제 들어왔는지 모를 메시지를 읽었다.

잘 자요.

짧은 메시지를 쓸쓸히 내려다보던 그녀가 저도 모르게 통화 버튼을 눌렀다. 아무 생각도, 목적도 없이 그저 마음이 이끄는 대로 전화를 걸어 버렸다. 신호음이 몇 번 가기도 전에 휴대폰 저편에서 태인의 목소리가 들렸다.

—진짜 선생님이 전화했어요?

다정은 잠시 갈등했다. 충동적인 통화였다. 평소의 안다정이라면 절대 하지 않을 일이기에 도태인 역시 의아하게 묻는 것이리라. 그는 아마 반쯤은 그녀가 실수로 통화 버튼을 눌렀을 것이라고 여길 것이다.

순간, 다정은 그동안 억누르고 있던 마음 때문에 놓친 것들을 떠올렸다.

초등학생 때에는 같은 학원을 다니지 않아 좋아하는 친구와 멀어졌었다. 중고등학생 때 다정은 학교 근처에서 파는 분식이 무슨 맛인지 알지 못했다. 학기마다 가던 동기 MT가 얼마나 즐거운지 다정은 경험하지 못했다. 조금만 마음을 풀어 주었으면 얻었을 경험들은 이미 다정을 지나쳐 간 지 오래였다.

다정은 술기운을 빌려 이번만큼은 마음이 가는 대로 행동해 보고 싶었다.

"집이에요?"

잘못 걸린 전화가 아니라는 사실에 태인이 잠시 말을 잃었다. 휴대폰을 가운데 두고 두 사람 사이에 정적이 흘렀다. 다행히 그가 대답해 주었다.

―음, 아직.

낮은 목소리가 그녀의 귀를 타고 심장까지 묵직하게 울렸다. 전화만으로도 외로움이 가셔서 그녀는 신기했다.

―뭐라고 말 좀 해 봐요.

"뭐라고요?"

이상한 부탁에 다정이 미간을 찡그린 채 되물었다. 그러나 이내 감탄 어린 태인의 말이 이어졌다.

―선생님 목소리가 차 안에서 들리니까 장난 아니게 좋네요.

도태인다운 감상이었다. 그는 차 안에 울려 퍼지는 안다정의 목소리 하나에도 기뻐했다. 도태인은 안다정의 전화 한 통에 감격을 하는 쉬운 남자였다. 문제는 그게 다정의 충동을 부채질하는 데 있었다. 그녀는 뭔가에 홀린 듯 서서히 입술을 떼었다.

"지금."

그녀가 살짝 말을 끊었지만 그는 그녀를 재촉하지 않았다. 침묵 사이로 그녀가 마른침을 소리 없이 삼키고 말을 이었다.

"차 돌릴 수 있어요?"

예상과 달리 태인의 대답은 바로 나오지 않았다. 무슨 자신감인지, 무리한 제안을 한 느낌에 다정의 심장이 빠르게 뛰기 시작했다. 이런 부탁은 처음이어서 그녀는 그가 거절을 하더라도 좋으니 제발 무슨 말이라도 했으면, 싶었다.

그녀가 초조하게 이불만 만지작거릴 즈음 기다리던 목소리가 나왔다.

─그거 무슨 뜻이에요?

태인은 다정의 제안에 가타부타 대답하기보다는 말의 의미를 물었다. 평소의 목소리보다도 한 톤 낮아진, 남자만이 가질 수 있는 목소리에 그녀의 어깨가 움찔 얼었다. 휴대폰을 들지 않은 손으로 그녀가 어깨를 만지작거렸다. 손은 긴장으로 떨리는 듯했다.

─내가 생각한 그 뜻인가?

별 뜻은 없었다. 그저 다정은 마음이 시키는 대로 '도태인을 불러 본다'라는 명령에 충실했을 뿐이었다.

"글쎄요."

그녀는 떨어지지 않으려는 입술을 겨우 떼고 모호하게 대답했다. 싫은 건 싫다고 말하는 안다정이 똑 부러지게 부정을 하지 않았다.

─15분.

15분? 뜬금없는 시간 단위에 그녀가 의아한 표정을 지을 무렵이었다. 뭔가를 꾹 참는 듯한 음성이 이어졌다.

─기다려요.

그 말을 끝으로 전화가 뚝 끊어졌다. 통화 종료음에 화들짝 놀란 다정이 휴대폰을 침대 위에 내던졌다.

"……내가 미쳤나?"

뒤늦게 이성을 찾은 그녀는 당황해서 어쩔 줄 모르다가 욕실로 도망치듯 들어갔다. 욕실 출입문을 쾅 닫고 등을 기댄 그녀가 한숨을 내쉬었다. 안다정이 바보도 아니고, 이 밤중에 여자가 남자를 부르는 의미를 모를 리가 없었다. 자신이 저지른 일이 기가 막혀서 그녀는 술이 다 깨는 기분이었다.

"어떡하지?"

그러나 전화 한 통을 마쳤을 뿐인데 참 신기하게도 어깨를 묵직하게 누르던 고독이 사라졌다.

다정은 샤워기 아래 섰다. 미적지근한 물이 쏟아지고 30초쯤 뒤에야 그녀는 자신이 옷을 입은 채 물을 맞고 있음을 깨달았다.

'피곤해도 씻긴 해야지.'

양치만 하고 잘 생각이었던 다정은 그렇게 자신의 행동을 합리화했다.

전공의 생활의 이득 중 하나는 행동이 빨라진다는 것이었다. 머리를 감고 샤워를 마쳤는데 고작 10분이 지나 있었다. 옷을 입고 들어갈 정도로 정신이 없던 그녀가 갈아입을 옷을 준비했을 리는 만무했다. 그녀는 샤워 가운만 엉성하게 걸치고 붙박이장을 열었다. 그녀가 막 평소 잠옷으로 입는 긴 반팔 티셔츠를 꺼

내려던 때였다.

초인종 소리가 울렸다.

다정이 마른침을 삼켰다. 이 시간에 집에 올 사람은 하나뿐이었다.

"⋯⋯15분이라며?"

얼떨떨한 표정으로 그녀가 현관문을 쳐다보았다. 성질도 급하지, 다시 한 번 초인종 소리가 방 안을 관통했다. 그녀가 후다닥 현관문을 열어 주었다. 15분 뒤에 오겠다던 태인은 10분 만에 상큼한 미소를 보내왔다.

"선생님, 나 딱지 두 개 정도 끊었어요."

과속 딱지를 끊었다고 하면서도 그가 싱글벙글 웃자 다정은 양손에 얼굴을 묻어 버렸다. 그래, 도태인은 이런 인간이었다. 그녀가 현관문을 닫고 잔소리를 퍼부었다.

"왜 과속을 해요? 그러다가 사고라도 나면 어쩌려고?"

"선생님한테 가는 길에 사고가 날 리는 없잖아요?"

"무슨 자신감입니까⋯⋯."

도태인의 사고방식을 도통 따라갈 수가 없어서 다정은 힘없이 대꾸했다. 그는 그녀의 집 안으로 걸음을 옮겼다. 단순하고 소박한 오피스텔 안은 참 안다정다웠다. 그는 막 씻고 나온 듯, 물기를 가득 머금은 긴 머리를 살짝 쥐었다.

"선생님, 머리 말려야 감기 안 걸리는데."

"여름에 무슨 감기?"

"에어컨 틀잖아요."

그의 말에 담긴 속뜻을 이해하지 못한 듯 그녀가 고개를 갸웃거렸다. 미안하지만 도태인은 안다정에게 머리 말릴 시간을 줄 생각이 없었다.

얌전한 고양이 같은 안다정은 놀랍게도 앙큼한 면이 있었다. 그 짧은 시간에 벌써 샤워를 마치고, 달콤한 향기를 풍기면서 샤워 가운 하나만 입고 있다니. 그동안 도태인의 애를 태운 둔한 여자라고는 믿어지지 않았다.

다정은 자신의 뺨을 감싸 오는 태인의 손길에 어깨를 움츠리면서 딴소리를 했다.

"저기, 우리 오해가 있는 것 같은데……."

"무슨 오해?"

"음, 그러니까……."

하지만 이 상황에서는 무슨 말을 해도 빠져나갈 길이 없었다. 그쪽을 집에 부르고 싶었다는 말도, 외로워서 불렀다는 말도, 혼자 있기 싫었다는 말도 모두 기묘한 뉘앙스를 풍기고 있었으니까.

둘러댈 말이 떠오르지 않아 다정이 난처한 듯 눈만 굴릴 찰나였다. 그 틈을 놓치지 않고 태인이 그녀의 입술을 삼켰다.

두 번째 키스였다.

이번에는 전혀 불쾌한 기분이 아니었다. 오히려 혀가 엉키는 느낌이 짜릿했다. 도태인은 변태라 그런지 키스도 잘했다. 그가 그녀의 입 안을 부드럽게 훑었다. 고른 치아 밑 부분을 그의 혀가 쓸고 지나가자 그녀의 몸이 노곤하게 풀렸다.

몸에 힘이 빠지자 그녀가 자연스럽게 그의 목에 팔을 감았다. 두 사람의 몸이 겹쳐졌다. 그의 손이 가운 안으로 들어와 그녀의 어깨를 쓸었다. 가운이 그녀의 팔을 타고 스르르 흘러내렸다.

"싫으면 말해요."

"싫어요."

태인의 말이 나오기 무섭게 다정이 대답했다. 멈칫, 행동을 멈춘 그가 믿을 수 없다는 눈빛으로 그녀를 내려다보았다.

"……라고?"

그녀가 입꼬리를 쓱 끌어 올리자 그는 안도의 한숨을 삼키고 고개를 끄덕였다. 저 짧은 시간에 머릿속에 얼마나 많은 생각이 교차했는지 모른다.

싫다고? 그러면 그만둬야 하는데. 아, 이럴 수가. 설마 일부러 불러 놓고 곯려 주기 위해 여기서 멈추라고 하는 걸까? 그래도 계속 만지고 싶은데, 그만둬야겠지…… 등등.

심장이 바닥으로 덜컥 떨어지는 줄 알았음에도 태인은 끝까지 여유로운 척 말했다.

"난 선생님이 싫어하는 짓은 하고 싶지 않거든요."

"그럼 이유 없이 응급실에 오지 마세요."

뜨겁고 야릇한 분위기가 감도는 와중에도 안다정은 차갑기 그지없었다. 태인이 시무룩하게 고개를 흔들었다.

"그, 그거 빼고."

"뭐 그런······."

말이 다르지 않은가. 다정이 불만스럽게 입술을 삐죽이자 태인이 다시금 그녀의 입술을 눌렀다. 이번 입맞춤은 가벼운 버드키스였다. 이내 그녀의 등 뒤로 푹신한 매트리스가 느껴졌다. 앞으로 일어날 일을 알기에 그의 팔 안에 갇힌 안다정의 눈앞이 아찔해졌다.

"······불을 껐으면 해요."

"우리 안다정 선생님, 은근히 부끄러움이 많다니까?"

세상에서 가장 예쁜 미소를 지은 채 태인이 소곤거렸다. 그의 숨결이 귓가를 간지럽히자 그녀가 움찔 놀랐다.

다행히 태인은 더 이상 다정을 창피하게 만들지 않았다. 다각, 스위치가 내려가자마자 방 안이 온통 어둠으로 가득 찼다. 어둠이라면 진저리가 날만큼 싫었던 그는 포근한 암흑이 신기했다. 역시 함께 있는 그녀 덕분일까.

창문 블라인드 틈새로 도시의 검푸른 불빛이 새어 들어왔다. 그 희미한 빛은 두 사람의 얼굴을 푸르게 물들였다. 잠시 두 사람은 서로를 바라보았다. 짙고 푸른빛 때문인지 태인의 얼굴이 왠지 요사스럽게 보였다. 그가 눈을 내리깔고 먼저 입을 열었다.

"이런 일은 꿈에서만 있는 줄 알았는데."

어째서인지 그의 목소리가 서글퍼서 다정은 저도 모르게 그의 뺨을 부드럽게 감싸 주었다.

그녀의 손짓을 시작으로, 그는 망설임 없이 가운 자락을 젖히고 푸른빛이 내려앉은 피부에 입을 맞추었다.

"좋아해 달라고는 하지 않을게요. 선생님은 그런 말을 믿지 않으니까."

태인이 다정의 쇄골과 가슴 사이에 입술을 가볍게 대고 중얼거렸다. 그의 손이 그녀의 어깨에서 팔을 타고 내려가자 자연스럽게 가운이 떨어져 나왔다. 그는 꿈에서도 감히 손을 대지 못했던 그녀를 떨리는 손으로 꼭 붙잡고 말을 이었다.

"그냥, 곁에만 있어 주세요."

울 것처럼 얼굴을 일그러뜨린 채 간절히 부탁하는 남자가 가여웠다. 그녀는 그의 목을 감싸 안고 제 품으로 끌어당겨 안아 주었다. 더 이상 아무 말도 하지 말라는 듯이.

다정은 시간을 살폈다. 벌써 날짜는 바뀌었고, 시침은 1과 2 사이에 머물러 있었다. 그녀는 가물가물 감기는 눈을 억지로 뜨고 속삭이듯 중얼거렸다.

"열 살 때 이후로…… 처음으로 내 마음대로 했어요."

"오늘?"

손가락 하나 까딱할 힘이 없는 다정과 달리, 태인은 길쭉길쭉한 손으로 그녀의 머리를 쓸어 주었다. 부드러운 손길에 그녀는 눈꺼풀이 더욱 무거워졌다. 하지만 하고 싶은 이야기가 있었다. 고해 성사 같은 말이었다.

"피아노 학원이 다니고 싶지만 안 돼. 용돈을 받아 보고 싶은데 안 돼. 친구들하고 종합 학원에 가고 싶지만 안 돼. 엄마가 보고 싶지만 안 돼. 영어 성적이 조금 부진한데 학원은 안 돼. 군것질은 안 돼. 방학에는 조금이라도 쉬고 싶지만 안 돼. 수능도 끝났으니 마음껏 놀고 싶지만 안 돼."

그녀가 한 치의 막힘도 없이 가슴속 깊은 곳에 묻어 둔 바람을 줄줄 풀어냈다. 피로 탓에 그녀의 목소리가 살짝살짝 갈라졌다. 머리를 쓸어 주던 그의 손이 이제는 그녀의 뺨을 상냥하게 매만져 주었다.

마음속 시간은 학창 시절에서 학부 시절로 바뀌었다. 그녀가 눈을 길게 감았다 뜨고 말을 이었다.

"과외 그만두고 싶다. 나도 MT 가고 싶다. 다 포기하고 할머니 댁에 내려가고 싶다. 대출받기 싫다. 과외 늘리기 싫다. 조금만 더 자고 싶다. 나도 돈 잘 버는 과 지원하고 싶다. 인턴 그만두고 싶다. 1년 차지만 지금이라도 그만두고 싶다."

다정의 목소리가 점점 잦아들었다. 태인은 그녀를 품 안으로 가까이 끌어당겨 안았다. 그녀의 이마가 그의 가슴에 닿았다. 의사로 홀로 서기 위해 아득바득 살았지만 덕분에 이런 추억도 챙겼으니 그럭저럭 괜찮은 삶이었다.

"피곤하다."

다정의 눈에 졸음기가 가득했다. 태인은 말없이 그녀의 뒷머리를 쓸어 주었다.

그녀는 고개를 살짝 틀어 그의 가슴에 한쪽 뺨을 대고 눈을 감았다. 자신의 앞에서는 울어도 된다 말하는 도태인하고 한 번쯤은 자고 싶었다. 어제까지만 하더라도 외면했을 욕망이었지만, 더 이상 기회를 놓치기 싫었다.

　그뿐이었다.

　충동에 이끌려 일을 저지르면 이성이 돌아왔을 때 난처해지기 십상이었다. 안다정은 그 창피한 일을 어제 점심때 뼈저리게 깨달아 놓고 또 저질러 버렸다.

　'미치겠다.'

　태인의 품 안에서 눈을 뜬 다정은 이 세상의 알코올을 전부 증발시켜 버리고 싶었다. 다행히 머리는 아프지 않은데, 허리와 다리가 아팠다. 여린 피부가 쓸린 듯한 아픔과 근육통이 엄습해서 다정은 출근하자마자 바로 진통제 하나를 처방해야겠다고 생각했다.

　그리고 그녀는 다급히 침대 시트를 살폈다. 어두운 색상의 침대 시트 구석에 손가락 두 마디 정도 되는 첫 정사의 흔적이 있었다. 자신도 예외는 아니었나 보다.

　문제는 이 남자가 혈액 공포증 환자라는 데 있었다. 미간을 찌푸린 그녀는 자국이 그의 눈에 띄지 않게끔, 팔을 뻗어 구겨진 시트를 접고 그 부분을 숨겼다.

　그 후에야 그녀는 입을 열 수 있었다.

"음, 저기……."

여섯 시 반. 응급의학과 4년 차 전공의인 안다정이 일어나서 출근 준비를 해야 할 시간이었다. 자신을 꼭 끌어안고 있는 그에게서 벗어나기 위해 그녀가 그의 어깨를 잡고 흔들었다. 곤히 자고 있는 남자는 쉽게 눈을 뜨지 않았다.

"도태인 씨?"

그는 꼼짝도 하지 않았다. 이러다 정말 지각을 하게 생겼다.

"어우, 나 출근해야 하는데……."

그녀의 목소리가 방 안에 난처하게 울리자 그의 입꼬리가 쓱 올라갔다. 이 변태는 깼으면서도 자는 척이나 하고 있었다. 그녀가 그의 팔뚝을 세게 내리쳤다. 찰싹, 아픈 소리가 울려 퍼졌다.

"자는 척하지 마요!"

"아야야……."

태인이 눈을 가늘게 뜨고 웃으며 다정을 놓아주었다. 그녀가 상체를 불쑥 일으켰다. 그녀의 몸을 덮고 있던 이불이 미끄러지며 아래로 떨어졌다. 기다렸다는 듯 그의 손이 그녀의 가슴에 닿기 직전, 냉정한 안다정은 변태의 손을 쳐냈다.

"어딜 만지려고?"

"우리 안다정 선생님, 너무 냉정해."

잠에서 막 깨어났을 적, 그의 음성은 평소보다도 섹시했다. 반 톤 정도 낮고, 나른하게 울리는 음성에 그녀의 얼굴이 괜히 뜨거워졌다.

그가 기지개를 켜면서 만족스럽게 말했다.

"선생님 집에서 자니까 오랜만에 푹 잤어요."

"축하…… 합니다."

잘 자서 좋겠다. 해피한 도태인과 달리 안다정은 몸이 찌뿌듯했다. 평소에 쓰지 않은 근육을 쓴 탓이었다. 고개를 돌려 태인을 흘겨보던 다정이 바닥에 떨어진 가운을 훌쩍 걸치고는 침대를 빠져나왔다.

"선생님, 나 여기서 매일 자면 안 돼요? 오늘처럼 매일 개운하게 자고 싶은데."

다정이 태인을 휙 쏘아보았다. 그는 순진하게 웃고 있었지만 그녀의 눈에는 흑심이 훤히 보였다. 이 집에서 매일 자면, 매일 어젯밤 같은 일을 하게? 순간 다정의 뇌리에 어제 있었던 일이 필름처럼 스쳐 지나갔다. 자극적인 상상에 그녀의 눈가가 움찔했으나, 안다정은 이성줄을 꼭 쥐고 태연하게 대꾸했다.

"수작 부리지 마시죠?"

"수작은 자기가 부려 놓고는."

웬일로 도태인도 지지 않고 대꾸했다. 그녀가 미간을 찡그렸다.

"내가 뭘요?"

"'차 돌릴 수 있어요?'라고 한 게 누군데요?"

"그건……."

태인의 지적이 옳아서 다정은 할 말이 없었다. 어쨌든 전화를 한 쪽은 자신이었다. 정말 전 세계의 알코올을 다 증발시켜야 한다. 그의 능글맞은 눈빛을 피하며 그녀가 헛기침을 하고 대화의 종료를 선언했다.

"나 출근해야 하니까 이제 귀찮게 말 걸지 마세요."

"음…….'

욕실 문고리를 잡은 다정이 등 뒤를 찌르는 시선을 느끼고 고개를 슬그머니 돌렸다. 빙그레 웃은 태인이 자신을 뚫어져라 바라보고 있었다. 괜스레 부끄러워진 다정이 후다닥 욕실로 들어가 문을 쾅 닫았다.

침대 헤드에 기대고 있던 태인은 언제 웃고 있었냐는 듯 씁쓸한 표정으로 닫힌 문을 응시했다.

어제는 좋아해 주지 않아도 된다고 말했는데 선을 넘어 버렸더니 욕심이 나기 시작했다. 뱃속 깊은 곳에서부터 안다정을 향한 욕망이 끓어올랐다. 자신의 몸은 이미 안다정을 알아 버렸다. 그런데 곁에 있는 것만으로도 숨을 쉬고 살아갈 수 있다고? 그녀를 안아 버린 이상 단순히 함께 있는 것만으로는 만족할 수 있을 리가 없었다.

안다정을 안고, 안겼을 때 도태인은 생생한 감각으로 살아 있는 기분을 느꼈다. 아무것도 무섭지 않고, 아무것도 두렵지 않은 상황은 그를 강하게 만들었다.

'이제 어떡하나…….'

기분은 날아갈 듯 좋은데 눈앞은 캄캄했다.

오늘 따라 멍해 보이는 다정을 의국원들이 힐끔거렸다. 어제는 보호자에게 소리를 지르질 않나, 오늘은 정신을 놓고 있질 않나…… 더위를 먹었는지 치프가 요즘 들어 살짝 맛이 간 것 같았다.

"선생님."

결국 총대는 응급실의 에이스, 신채린이 맸다. 후배의 부름에 멍하니 있던 다정이 퍼뜩 정신을 차렸다.

"응?"

"무슨 일 있으세요?"

"아니? 왜?"

……라고 하는 걸 보니, 치프가 정말 제정신이 아닌 모양이었다. 매일 아침에 있는 케이스 리뷰가 끝이 났는데도 다정은 허공만 바라보고 있었다. 자신에게 쏠리는 시선에 그녀가 허겁지겁 책상 위의 파일을 정리하며 말했다.

"아, 리뷰 끝났지. 일어나자."

케이스 리뷰를 건성으로 끝낸 치프를 채린은 못마땅하게 쳐다보았다. 아무것도 모르면서 김찬형이 안다정을 비난했다.

"이제 20일이면 끝이잖아. 빠져서 그래."

그러나 이번에도 안다정은 반응하지 않았다. 채린과 찬형이 시선을 교환했다. 혹시 어제 있었던 일로 치프가 충격을 받아 정말 미친 것 아니냐는 눈빛이었다.

그들의 예상과 달리, 다정의 정신이 다른 세계에 가 있는 이유는 대체로 어젯밤 일에 관련된 생각 때문이었다. 안다정은 어제 충동을 이기지 못하고 도태인을 불러 밤을 함께 보냈다. 아마 거기에는 술기운도 좀 작용했을 것이다. 어제는 유난히 외로웠으니까. 이번 기회를 놓치면 다시는 이런 경험을 하지 못할 것 같다는 초조함도 없지는 않았다.

물론 후회하는 건 아니었다. 처음으로 모든 것을 다 내려놓고 마음 가는 대로 몸을 맡겼다. 원하는 대로 행동하는 건 생각보다 짜릿하고 만족스러운 일이었다. 이래서 사람들이 일탈을 하는구나, 이해가 될 정도였다.

문제는 앞으로도 계속 그를 봐야 한다는 데 있었다. 일단 도태인을 다시 볼 상상만으로도 안다정의 머리는 복잡해졌다.

아침에는 태연한 척 그를 대하기는 했다. 출근 준비 때문에 정신이 없어서 가능한 일이었다. 그런데 제정신에 그를 마주하면 어떻게 될지 상상도 되지 않았다.

안다정과 도태인은 도대체 무슨 사이가 되는 걸까? 다정은 풀리지 않는 의문을 어떻게든 해소하고 싶었다.

지금까지 그들은, 3년 차 신채린의 말에 따르면 '데이트 메이트' 같은 거였다. 도태인은 안다정을 퍽 좋아하는 듯 보였지만, 김찬형이 이미진을 짝사랑하는 것과는 또 다른 느낌이었다. 태인은 다정의 애인이 되고 싶다거나 그녀에게서 애정을 원하지는 않는 듯했다. 안다정 역시 사랑 따위에 마음을 내줄 생각은 추호도 없었다. 얄팍해서 변해 버릴 감정에 기대해 봤자 상처받는 쪽은 자신뿐이었다.

'그러니까 어떻게 되는 거야? 아니, 그보다 도태인을 어떻게 봐?'

머리가 깨질 정도로 고민했으나 꼬리에 꼬리를 무는 질문은 제자리에서만 맴돌 뿐, 명확한 답은 나오지 않았다. 차라리 이성이 사라지고 감정만이 남는 게 편하겠다.

'난 대체 어쩌려고…….'

다정이 양손으로 머리칼을 쥐어뜯었다. 치프의 미친 행동에 옆에 있던 채린이 경악해서는 다정의 손을 붙잡아 떼어 냈다.

"뭐 하시는 거예요!"

"응?"

그제야 얼얼한 두피를 매만지면서 다정이 어색한 표정을 지어 보였다. 채린은 다정의 태도가 기가 막혔다. 어제 점심때 있었던 일 때문에 치프가 정신이 나간 걸까? 하고 싶은 말이 있었는데 지금 같은 상황에 해도 될 말인지 채린은 확신할 수 없었다.

"괜찮으세요?"

"뭐가?"

"좀 컨디션이 안 좋아 보이셔서……."

그렇게 표가 나나? 다정이 어깨를 움찔 움츠렸다. 키가 큰 도태인은 체구가 작은 안다정에게 여러모로 부담이었다. 출근하자마자 근육통에 잘 듣는 진통제를 처방해서 먹었는데 아직도 묵직한 통증은 남아 있었다. 그리고 이 통증의 원인은······.

다정이 채린을 의심스럽게 쳐다보았다. 설마, 말도 하지 않았는데 신채린이 알 리는 없을 것이다.

"뭐, 괜찮은데······."

다정이 대충 말끝을 흐렸다. 괜찮다는 치프의 말을 믿은 채린이 크게 숨을 내뱉고 나서 조심스럽게 입을 열었다.

"ICU(중환자실)에 있는 배연실 환자, 멘탈(의식) 돌아왔어요."

"······뭐?"

다정의 얼굴이 확 구겨졌다. 전혀 예상치 못한 일이었다. 다발성 장기 부전으로 혼수상태에 빠진 말기 암 환자가 이렇게 빨리 정신을 차릴 줄은 몰랐다. 다정의 놀란 표정에 채린이 담담하게 덧붙였다.

"아마 잠깐일 거예요."

"그래서?"

다정이 차갑게 되묻자, 시선을 떨어뜨린 채린이 씁쓸하게 답했다.

"인사 드리고 싶으면 가시라고요."

"됐어."

안다정은 엄마를 만나지 않겠다는 결심만큼은 바꾸지 않았다. 여유를 가지고 타인을 이해해 보려고 노력하긴 하겠지만, 그렇다고 해서 엄마를 만나 주겠다는 건 아니었다. 타인을 이해하는만큼, 다정은 자기 자신의 마음도 존중하고 싶었다.

어제 점심 이후로, 응급실 내부에는 다정과 중환자실에 누워 있는 배연실 환자의 관계를 모르는 사람이 없었다. 대부분 치프가 불쌍하다는 평을 해서 엄마를 찾아가지 않는 다정에게 손가락질하는 사람은 한 명도 없었다. 채린 역시 다정이 엄마를 꼭 만나야 한다고는 생각하지 않았지만, 혹여 훗날 다정이 후회할까 봐 중간중간 상황을 보고해 주었다.

"제 신조는 '일단 질러 보자' 예요. 후회하더라도 질러 보는 거요."

후배의 말뜻을 알아들은 다정이 채린을 물끄러미 응시하다가 대꾸했다.

"난 '돌다리도 두들겨 보자' 파야."

안다정은 단호했다. 그녀의 성격은 신채린과 정반대였다.

"피할 건 피해야지. 안 그래?"

하나만 삐끗해도 인생이 무너질 위험이 있으므로 안다정은 신중한 편이었다. 김웅진 교수가 칭찬한 안다정의 이성적이고 침착한 성격은 괜히 만들어진 게 아니었다. 물론 어제는 좀 충동적이었지만 말이다.

다리를 슬쩍 움직이는 것만으로도 몸이 삐걱거렸다. 통증 때문에 오늘 근무는 진짜 힘들 것 같아 그녀가 깊은 한숨을 푹 내쉬었다. 속사정을 알 리 없는 채린이 무슨 오해를 하고 있는지 다정을 힐끔거렸다. 다정은 후배의 시선을 모르는 척 무시했다.

그나저나 적어도 이 근육통이 사그라지기 전까지는 멀쩡한 정신으로 그 남자를 다시 볼 자신이…… 별로 없었다.

얼마 뒤, 오전 중환자실 면회가 시작되었다. 입실 인원 제한 때문에 중환자실 앞에는 보호자들이 길게 줄서서 대기하고 있었다. 보호자들 사이에는 수지도 있었다. 수지는 채린을 보고 후다닥 다가와서 간절한 눈빛으로 물었다.

"선생님, 저희 엄마 상태는 어때요?"

"배연실 환자, 의식 돌아왔어요. 아침까지는 혼수가 있었는데 지금은 좀 괜찮아지셨어요. 대화 많이 하고 나오세요."

언제 마지막 대화가 될지 모르는 터라 채린은 항상 보호자들에게 많은 대화를 나누라고 조언했다.

"감사합니다!"

허리까지 꾸벅 숙인 수지의 감사 인사를 받으며 채린이 떨떠름하게 중환자실 앞을 떠나 너스 스테이션으로 향했다.

곧 너스 스테이션을 열 걸음 정도 앞에 둔 채린은 무표정한 다정을 보고 걸음을 멈추었다. 치프의 얼굴 표정이 평소처럼 무표정하기는 한데 뭔가 이전과는 다른 느낌이었다.

'뭐지? 착각인가?'

고개를 갸웃거린 채린은 다시 걸음을 옮겼다. 차트를 작성하던 다정이 허리를 짚고 끙끙거렸다.

"왜 이렇게 허리가 아프냐……."

"어디 아프세요?"

뒤에서 들리는 채린의 목소리에 다정이 화들짝 놀라 고개를 홱 돌렸다. 치프의 격렬한 반응은 채린도 놀라게 만들었다. 눈을 동그랗게 뜬 채린이 다정을 의아하게 쳐다보았다. 다정이 고개를 절레절레 저었다.

"아니야. 신경 쓰지 마."

"로우백 페인(Low back pain, 요통) 있으신가 봐요?"

"거기만 아픈 게 아니야."

"네?"

모니터를 바라보며 키보드 위에 손을 올린 다정이 저도 모르게 솔직히 대답하고는 아차 싶어서 미간을 찡그렸다. 그녀는 난처한 표정을 겨우 수습하고 아무렇지 않은 척 고개를 들어 말했다.

"아니, 됐어. 신 선생 바쁘지? 얼른 가서 일해. 안녕."

"……네에."

채린은 여전히 미심쩍어 했지만, 다행히 더 이상 의심은 하지 않고 멀어져갔다. 전자 차트 작성을 하면서 다정은 안도의 한숨을 길게 내쉬었다.

'신채린 눈치가 얼마나 빠른데.'

조심, 또 조심을 해야겠다. 다정은 마음을 굳게 다잡고 모니터를 쭉 확인한 다음 자리에서 일어났다. 그때 다정의 휴대폰이 울렸다. 누군가 했더니, 내과 이미진 선생이었다.

"안녕하세요, 선생님!"

전화를 받자 식권 스물세 장이 다정의 눈앞에 아른거렸다. 다정의 밝은 목소리에 미진이 무척 미안하다는 듯 대답했다.

―선생님, 죄송해요. 제가 어제 너무 피곤해서 그냥 잠들었어요.

"아니에요! 연락 안 주실 줄 알았는데."

―하든 안 하든 연락은 드렸어야죠.

아, 눈앞에 어른거리던 식권이 희미해졌다. 다정은 김칫국을 마시지 않기로 했다.

"어떻게…… 그럼 한 번 만나 보실래요?"

다정은 미진이 제발 긍정해 주기를 바랐다. 식권도 식권인데 소심한 동기가 울상을 짓고 괴로워하는 꼴을 보고 싶지 않아서였다. 그러나 이미진은 호락호락하지 않았다.

―하나만 여쭤 보려고요.

"뭘요?"

―그분 키가 얼마나 되는지 아세요?

"으음……."

김찬형은 자신의 키가 188센티미터라고 자랑스럽게 말했었다. 너무 커서 싫어하지 않을까 걱정이 되긴 했지만 그렇다고 속일 수는 없었다. 살짝 1, 2센티미터 정도는 깎아도 문제없으려나? 고민에 빠진 다정이 뭐라 대답하기도 전에 미진이 줄줄 속내를 털어놓았다.

―정말 제가 딱 하나 보는 게 남자 키거든요. 제 키가 큰 편이

라 힐을 신어도 문제가 없었으면 해서요.

다정은 눈을 가늘게 뜨고 멀리 있는 찬형을 쳐다보았다. 이미진 선생 키가 어느 정도였더라? 일단 자신보다는 한 뼘가량 컸던 듯했다. 그런 사람이 하이힐까지 신으면 더 커지겠지. 그럼 188센티미터가 이미진에게 넘치는 키는 아닐 것이다.

"188인가 그럴 걸요? 크긴 엄청 커요."

꼭 곰 같이. 물론 다정은 동기를 팔아 치우기 위해 김찬형이 곰 같다는 표현을 겨우 내리눌렀다. 이내 미진의 들뜬 목소리가 이어졌다.

─정말요? 다행이다. 그럼 제가 오프 날짜 문자로 보내 드릴게요.

"아, 네! 감사합니다."

안다정은 마침내 소개 주선에 성공했다. 그녀는 휴대폰을 붙잡고 미진의 메시지가 오기를 오매불망 기다렸다.

'식권 스물세 장!'

……도 물론 좋지만, 소심한 순정남 김찬형이 기뻐할 것을 생각하니 뿌듯하기도 했다. 이제 안다정의 할 일은 끝이었다. 앞으로는 김찬형이 알아서 잘 이어 나가야 할 것이다. 곧 메시지가 날아왔다.

다정이 찬형을 찾아 응급실을 누비고 다녔다. 마침 멀리서 골절 환자를 보던 찬형은 정형외과 콜을 하러 너스 스테이션으로 가까이 다가왔다. 그제야 다정은 찬형을 만날 수 있었다. 동기가 통화를 마칠 때까지 끈기 있게 기다린 다정이 씩 웃으며 말을 붙였다.

"야, 김찬형."

"엉?"

"이게 뭔지 알아?"

다정이 휴대폰 화면을 보여 주었다. 눈을 가늘게 뜬 찬형이 고개를 잔뜩 숙이고 화면을 쳐다보았다. 숫자와 요일이 적힌 메시지는 날짜 같았다.

"뭔데?"

"이미진 선생 오프 날."

그 순간, 찬형의 입이 쩍 벌어졌다.

"뭐? 야! 진짜?"

기쁨을 주체하지 못한 찬형이 입술을 뻐끔거리자 다정이 으스댔다.

"내가 허튼소리 한 적 있어?"

"제발 다시 보여 주세요! 치프님."

사랑 앞에 김찬형은 단숨에 비굴해졌다. 그러나 다정은 굳이 화면을 보여 주기보다는 찬형에게 메시지를 복사해서 보내 주었다.

"너한테 보냈어. 여기 맞춰서 오프 하나 내 봐. 스케줄 적당히 조율해 줄 테니까."

"안 치프! 너밖에 없다."

"됐고, 식권."

다정이 손바닥을 척 펼쳐 보였다. 하지만 지금 찬형이 식권을 들고 다닐 리가 없었다.

"이따 의국에서 줄게. 꼭 준다, 걱정 마."

그리고 만세를 부른 찬형은 다정을 얼싸안을 기세로 손을 번쩍 들었다. 그러나 다정은 동기의 팔을 쳐내고 돌아섰다. 이제 다시 일을 해야 했다. 진료를 볼 생각에 벌써부터 허리며 다리가 아파 왔다.

'심인성 아니야?'

다른 때보다 진료를 할 생각을 하자 더 아픈 것 같았다. 앓는 소리를 삼키며 그녀는 환자에게로 향했다.

여름이라고 늘어난 요로 결석 환자의 CT 결과가 나오기를 기다리면서 다정은 차트를 작성했다. 그때, 채린이 다정을 보고 조르르 다가와 말했다.

"배연실 환자 아까 가족분들하고 DNR(Do Not Resuscitate, 심폐소생술 거부) 동의서 작성하셨어요."

엄마의 이름을 듣자마자 다정의 미간이 확 좁아졌다.

"왜 자꾸 시시콜콜 보고해? 이제 다음 달부터는 신 선생이 치프인 거 몰라?"

"제가요?"

전혀 예상하지 못했다는 양, 채린이 눈을 크게 떴다. 그제야 다정은 채린에게 의국장 자리를 물려줄 거라고 언질하지 않았음을 깨달았다. 다정이 한쪽 눈가를 찡그렸다. 요즘 너무 정신이 없어서 깜빡했나 보다.

"아, 말 안 했구나. 신 선생이 3년 차 첫 타야. 다음 주에 인수인계해 줄게."

그런 건 좀 미리미리 말을 해 주지. 채린의 원망스러운 시선에 다정이 미안하다는 듯 어색한 미소를 지어 주었다. 그럭저럭 둘을 감싼 분위기가 괜찮아지자 채린이 슬그머니 제 의견을 피력했다.

"제가 선생님 입장이 아니라 자세한 건 모르지만요, 저라면 후회가 될 것 같아서요."

"그거 오지랖이야."

치프는 짧은 말로도 사람의 말문을 막는 훌륭한 기술을 가지고 있었다. 물론 치프의 말발에 뒤지지 않는 신채린도 지지 않고 대꾸했다.

"전 엄마를 다시 한 번 볼 수 있다면 주저하지 않을 거예요."

교통사고로 한 번에 부모를 잃은 채린은 오랫동안 부모를 그리워했다.

"그런 기분으로 뵙는 것도 나쁘진 않을 것 같아서요."

"무슨 소린지는 알겠어."

다정은 시시콜콜한 사정을 다 알지 못하는 채린의 마음이 이해는 갔다.

20년 전에 엄마가 자신을 버린 게 아니라 그냥 죽은 것이고, 20년이 지난 지금 한 번쯤 죽은 엄마를 만나 볼 수 있는 기회라고 하면 다정 역시 눈물을 흘리면서 엄마를 만났을 테니까.

하지만 신채린과 안다정의 상황은 전혀 비슷하지 않았다. 적어도 채린은 엄마에게 버려진 것은 아니었다. 그러니 애틋한 마음이 남아 있는 것이다. 20년간 방치되다시피 살아온 안다정과 신채린은 달라도 너무 달랐다.

"이제 더는 보고 같은 거 하지 않겠습니다."

다정의 담담한 눈빛에 채린이 한숨을 삼키고 말했다. 이내 CT 촬영실에서 결과가 나왔다는 소식이 전해졌다.

기다리던 CT 촬영 결과를 보고 다정은 너스 스테이션으로 돌아와 차트 작성을 마저 마무리했다. 잠깐 사이에 환자가 우르르 밀려 왔어서 차트 작성도 잔뜩 밀린 탓이었다. 종이 차트와 모니터를 번갈아 보던 다정의 머리 위로 그림자가 졌다. 다정의 손놀림이 멈추었다.

"안녕하세요."

썩 달갑지 않은 목소리가 들려서 다정이 고개를 들었다. 거기에는 굳은 표정으로 수지가 서 있었다. 어제와 다르게 살짝 거리를 두는 게 이쪽도 어제 점심때 호되게 당한 모양이었다.

"저 싫어하시는 거 알지만 부탁 하나만 드리러 왔어요."

너스 스테이션이다 보니 호기심 어린 간호사와 몇몇 전공의들이 그들을 곁눈질했다. 결국 다정은 수지와 함께 한적한 곳으로 움직였다.

"엄마가 여기 입원한 거 알고 언…… 아니, 선생님을 뵙고 싶어 해요."

수지는 언니라는 호칭을 겨우 바꾸었다. 안다정은 노수지를 동생으로 여기지 않아서 언니라는 말을 무척 싫어했다. 하얀 가운을 입은, 아버지가 다른 언니에게 수지가 간절한 눈길을 보냈다.

"소생술 안 하기로 해서 어쩌면 이번이…… 마지막일지도 모른대요."

심폐 소생술 거부 동의서를 썼을 적, 엄마를 둘러싼 가족들의 분위기는 침통했다. 하지만 엄마의 의견에 따라 동의서 작성을 하게 되었다. 엄마는 무의미한 치료를 받고 싶지 않아 했다. 치료에 지친 탓이었다.

엄마의 죽음을 상상하는 것만으로도 수지의 큰 눈에 눈물이 고였다. 그러나 다정은 무표정하게 수지의 말을 무시했다.

"엄마가 한 번만, 한 번만 만나 주면 안 되냐고 해서요."

"미안하지만 바빠서요."

여전히 달라지지 않는 다정의 단호한 태도가 야속해서 수지는 다정을 쉬이 놓아주지 않았다.

"엄마가 그렇게 미우세요? 이혼했다는 것만으로요?"

단지 이혼하고 떠났다는 이유로 엄마를 미워하는 거냐며 수지가 다정을 비난했다. 참 신기했다. 남의 입에서 듣는 자신의 불행은 아무것도 아닌 것처럼 느껴지니 말이다.

다정이 어떻게 살아왔는지 남들은 알지 못했다. 그들은 현재 다정의 모습만을 바라보았다. 번듯하게 의사까지 되었는데 불행할 일이 뭐가 있느냐 말하고 싶을 것이다.

"몇 살이에요?"

"저요? 스물한 살이요."

이걸로 엄마가 숨겨 놓았던 사실이 확실해졌다. 군말 없이 이혼 도장을 찍어 주다니 아버지도 참 무르다.

다정은 무겁게 입을 열었다.

"난 서른 살입니다. 내가 열 살 때, 그쪽은 한 살이었네요."

수지는 도대체 다정이 왜 나이 타령을 하는지 이해하지 못했다.

"엄마는 내가 열 살 때 이혼하고 집을 나갔어요."

다정은 자신이 어떻게 살아왔는지 구구절절 말하기보다는 드러나는 사실만을 알려 줄 생각이었다. 그녀는 타임 라인을 계속 제시했다.

"3월 말인가, 그랬어요. 새 학기였거든요."

부모의 이혼으로 한동안 방황한 다정은 다소간 학급에서 겉돌았다. 날이 따뜻해지면서 친구를 다시 사귀기는 했으나 한때 그녀는 외톨이로 지냈다. 그때는 집에서도, 학교에서도 마음을 붙일 곳이 없었다.

이 정도로 힌트를 줬는데도 수지는 다정의 말을 알아듣지 못했다. 결국 다정이 수지의 생일을 물어보았다.

"생일이 언제예요?"

"9월…… 27일이요."

"이제 내가 그쪽 가족을 왜 싫어하는지 이해가 됩니까?"

다정이 말하는 엄마의 이혼 시기와 자신의 생일을 나란히 늘어놓고 계산해 본 수지가 충격적인 사실에 양손으로 입을 막았다. 수지의, 그리고 다정의 엄마는 전남편과 이혼도 하기 전에 불륜을 저질렀었다. 그리고 노수지가 바로 그 불륜의 증거였다. 스물한 살짜리 여학생이 부담하기에는 너무나도 끔찍한 진실이었다.

"언니, 여기서 뭐 해? 가자. 아빠가 점심 사 준대."

삶이 얼마 남지 않은 엄마와의 대화에서 울었는지 눈가가 발갛게 부은 앳된 학생이 수지의 옷자락을 끌어당겼다. 아직도 충격에서 벗어나지 못한 수지는 동생의 힘에 비틀거리다가 겨우 균형을 되찾았다. 제 언니와 낯선 의사 사이에 이해할 수 없는 공기가 감돌아 수리가 고개를 갸웃거렸다.

한편, 꼭 닮은 자매의 얼굴을 차갑게 훑어보고 다정은 다시 너스 스테이션으로 돌아갔다. 등 뒤로 누구의 것인지 모를 시선이 따갑게 박혔다.

"선생님!"

점심시간이 되자 어김없이 태인의 목소리가 들렸다. 그가 자신을 부르는 바람에 종종걸음으로 걷던 다정이 멈추어 섰다.

"……네."

그녀가 뻣뻣하게 굳은 목을 조심조심 돌렸다. 이 남자를 어떻게 보나 싶었는데, 이성줄을 꼭 잡고 있었더니 그가 생각만큼 불편하지는 않았다. 물론 이 남자가 평소처럼 행동해서 위화감이 덜 느껴지는 걸 수도 있겠지만.

그녀는 혈색 좋은 그의 얼굴을 물끄러미 올려다보았다. 잠을 푹 잤다는 도태인의 말은 사실인 듯했다. 안다정은 피로와 근육통으로 고통을 받고 있는데 그의 안색은 자신이 지금까지 봐 온 모습 중에 최상이었다.

그가 생글생글 웃으며 말을 붙였다.

"컨디션은 괜찮죠?"

순간, 다정은 당황했다. 혹시라도 태인이 여기서 어젯밤 일을 꺼낼까 봐 두려워진 그녀가 그의 손목을 붙잡고 끌어당겨 가까이에서 소곤거렸다.

"할 말 있나 본데 여기서 이러지 말고 다른 데 가서 이야기해요."

태인이 대답 대신 고개를 끄덕이자 다정은 후배 전공의에게 말했다.

"잠깐만 자리 좀 비울게."

"네? 그, 그러세요."

얼떨떨해하는 후배를 뒤로한 다정은 태인을 질질 끌고 비상계단으로 달려갔다. 비상계단은 예전처럼 사람이 하나도 없었다. 그녀가 한숨을 쉬고 용건을 물었다.

"왜 왔어요?"

"점심시간이잖아요?"

도태인의 점심은 항상 안다정과의 선약이 1순위였다. 오늘도 그는 직장 동료보다 다정을 선택했다. 그러나 그녀는 고개를 저었다.

"오늘은 순번이 뒤라서 늦게 먹어야 돼요."

응급실을 비울 수 없기에 의료진들은 교대로 점심시간을 가졌다. 오늘은 안다정이 후순위였다. 너무 바쁘면 선순위고 후순위고 간에 다들 끼니를 건너뛰어야 했지만, 다행히 정신이 없을 정도로 바쁜 날은 아니었다.

"그럼 어쩔 수 없죠. 대신……."

잠깐 말을 멈춘 그가 씩 웃으며 이어 말했다.

"한 번만 안아 봅시다."

"여기서요?"

얼굴을 찌푸린 다정이 질색했다. 하지만 변태는 쉽게 물러나지 않았다.

"아무도 없으니까."

말을 마치자마자 그가 양팔을 펼쳐 보였다.

마른 듯 근육이 잡힌 탄탄한 몸, 피부에 닿던 뜨거운 체온과 귓가에 살포시 내려앉던 간지러운 숨결, 그리고 부드럽게 달래 주던 나직한 목소리까지 생생하게 살아나자 그녀의 심장 박동수가 올라가기 시작했다. 이대로 계속 올라간다면 아마 정상 범위를 넘어서서 심장이 터질지도 모른다.

도태인은 마치 그녀의 연인이라도 된 듯 행동했다. 애정을 바라지도 않고 굳이 연인이 되고자 하지도 않으면서 왜 이런 행동을 하는지 다정으로서는 이해가 가지 않았다. 문제는 안다정의 마음이 헛된 기대를 품는다는 데 있었다.

"이러지 마세요."

다정의 거부에 태인이 멈칫했다. 그녀가 무심하게 말했다.

"어제 일은 충동적이었어요. 술이 안 깨서……."

가뜩이나 태인 때문에 마음이 흔들릴 때가 많았다. 무조건적인 위로와 호의, 그리고 어리광 부리는 데 익숙하지 않은 그녀는 그에게 기대고 싶을 때가 종종 생겼다. 시간이 지날수록 그 주기는 짧아져서 그녀는 그와의 사이에 선을 긋기로 했다. 경고의 의미가 담긴 선은 또렷하고 굵었다.

"내가 말했잖아요? 처음으로 마음대로 했다고."

그는 말없이 그녀를 내려다보았다.

"근데 그게 마냥 좋은 건지는 아직 잘 모르겠어요. 아직까지는 마음이 편하지 않아서요."

안다정은 돌다리도 두드려 보고 건너는 신중한 성격이었다. 오랜 습관을 버리기는 쉽지 않았다. 조금 느슨하게 살고 싶은 거지, 충동에 이끌려 삶의 방식을 완전히 바꿔 버리고 싶은 건 아니었다.

"난 독신주의기도 하지만 남자랑 특별한 관계가 되고 싶지도 않아요."

지금, 충동적으로 태인에게 기댔다가는 반년 뒤에 울게 될 일이 생길지도 몰랐다. 다정은 그에게 기대를 했다가 그 기대가 무너지는 경험은 하고 싶지 않았다.

2월에 전문의 시험에 합격하고 나서 그녀는 급여가 많은 순서대로 전국 응급실에 입사 원서를 넣을 생각이었다. 그렇다면 대체로 전문의가 부족한 지방에서 지내게 될 테고, 자연스럽게 도태인과 안다정은 멀어질 것이다.

'그리고 감정은 변하게 되겠지.'

20년 동안 꼭꼭 닫아 두었던 마음을 열었다가 또 힘들어지고 싶지 않았다. 최선의 치료는 예방이었다.

평범한 남자라면 '나 가지고 장난쳐?' 하면서 화를 냈을지도 모르는 상황이지만 태인은 그럴 수가 없었다. 그는 그녀에게 미움받는 일만큼은 피하고 싶었다. 안다정이 떠나면 살아갈 수 없는 쪽은 도태인이었다. 두 사람 관계에서는 철저하게 자신이 을이었다.

"무슨 뜻인지 알았어요."

"미안해요."

다정이 고개를 수그렸다. 이기적인 태도라는 것쯤은 그녀 자신도 알고 있었다. 그저 자신의 마음을 보호하기 위해 그녀는 그를 밀어내고 있었다.

"전에 말했었죠? 선생님 곁에만 있으면 된다고."

태인의 눈이 예쁘게 휘어졌다. 그는 이 상황에서도 그녀를 위해 미소를 지어 보였다. 다정이 멍하니 그를 올려다보았다. 정말 그걸로 만족하느냐 묻고 싶었지만 그녀는 왠지 목소리가 나오지 않았다. 그가 천천히 말을 이었다.

"그거면 충분합니다."

거짓말이었다.

도태인은 이미 안다정과 하나가 되는 경험을 했다. 그 무엇과도 비교할 수 없는 편안함과 만족감이 욕심을 부채질했지만 거짓말을 한 이상, 그는 그녀에게 가까이 다가가지 못했다. 가슴속 깊숙한 곳이 바늘로 찔리듯 욱신거렸다.

치료 방법 13.
마음을 믿어 보기

도태인을 그렇게 보내서 그런가? 다정은 내심 불편했다. 그는 끝까지 미소를 잃지 않았고, 그녀가 원하는 대로 더 이상 가까이 오지 않았다. 모든 일이 안다정 뜻대로 흘러가고 있었다. 그런데 마음속 깊은 곳이 쿡쿡 쑤시는 느낌이다.

'도태인은 대체 무슨 생각일까?'

그러고 보니, 아까 이기적으로 자신의 입장만 줄줄 말하고 말았다. 그의 생각이나 감정을 물어봤어야 했는데 말이다.

그럴 만도 한 것이, 일이 바쁘기도 했지만 무엇보다 다른 사람들에게 어젯밤 그 일을 들킬까 봐 얼마나 조마조마했는지 모른다. 그녀는 아직도 자신의 마음에 여유가 없다는 걸 실감했다. 다정은 문득 태인의 마음이 궁금해졌다.

'그렇다고 지금 와서 물어볼 수는 없고……'

다정은 한숨을 뱉었다. 도태인은 항상 안다정을 좋아한다고 말했다. 처음 만난 날부터 그는 그녀에게 키스를 했고, 그 이후로도 툭하면 스킨십을 했다. 계속되는 그의 손길에 익숙해지고만 안다정은 결국 어제 사고를 쳐 버렸다.

만약, 안다정이 아닌 다른 여자였다면 벌써 도태인에게 홀딱 빠졌을 것이다. 그러니까 이성적으로 말이다. 하지만 다정은 태인에게 넘어가지 않았다. 도태인은 안다정을 생명의 은인으로 좋아하고 있다는 사실을 알고 있기 때문이었다.

도태인은 안다정의 연인이 되고 싶다거나, 사랑을 받고 싶어 하지는 않은 듯했다. 그는 그녀에게 '곁에만 있어 달라'고 어렵지 않은 부탁을 했다.

안다정이 독신주의자이긴 해도 혹여 마음이 변해 결혼을 하게 되면 어찌할 거냐는 물음에 도태인은 시무룩하게 어쩔 수 없다고 포기하는 말을 했었다. 뒤늦게 안 되겠다면서 매달리기는 했지만, 그렇다고 해서 도태인이 안다정과의 결혼을 원하는 것도 아니었다.

'모르겠다.'

머리가 복잡해져서 다정은 두통까지 느꼈다. 그녀가 이중적인 자신의 마음에 혼란스러워 할 무렵, 찬형이 점심을 먹고 의국으로 들어왔다. 마침 달력을 보고 있던 다정이 찬형을 불렀다.

"야."

"왜?"

"오프 언제로 잡을 거야?"

그제야 찬형은 아차 싶었다. 안다정에게 식권 서른 장을 바쳐서 어렵게 얻어 낸 기회를 깜빡 잊고 있었다. 찬형은 당직 스케줄이 적힌 달력을 한참 들여다보다가 끙 앓는 소리를 냈다.

"너무 바빠서 아직 생각 못 했어. 언제로 잡지?"

"그걸 까먹으면 어떡해?"

아무리 응급실이 아수라장이었다지만, 중요한 일을 잊은 동기에게 다정이 면박을 주었다.

"으…… 얼른 정해야겠다. 네가 땜빵 해 주는 거지?"

뭐, 하루 정도 당직 일자를 바꾸는 것쯤이야 어렵지는 않았다. 다정이 고개를 끄덕이자 찬형은 당직 스케줄이 적힌 캘린더와 제 휴대폰을 번갈아 보며 날짜를 가늠했다.

사랑에 빠진 남자의 뒷모습을 가만히 지켜보던 다정이 물었다.

"너, 만약에 이미진 선생하고 어떻게 잘 되어서……."

"어?"

미진의 이름에 찬형이 고개를 슬쩍 돌렸다. 다정이 동기를 빤히 응시하며 말을 이었다.

"그러니까 네가 막 쫓아다니든지 해서 잘 돼 가지고 분위기 좋아서 잤다고 쳐 봐."

"뭐어?"

처음에 김찬형은 자신이 무슨 소리를 들은 건지 이해하지 못했다. 연애와는 담을 쌓은 안다정이 무표정하게 뱉은 소리는 김찬형의 머릿속을 새하얗게 지워 버렸다. 겨우겨우 정신을 차린 찬형이 소리를 질렀다.

"그, 그, 그런 생각까지는 안 해 봤어!"

심지어 찬형은 얼굴까지 시뻘겋게 물들이고 씩씩거렸다. 4년을 봐 온 동기의 이런 얼굴은 또 처음이었다. 흥분한 김찬형과 달리, 안다정은 여전히 덤덤했다.

"그냥 그렇다고 가정하라고."

상상만으로도 당황스러워서 찬형은 침을 꿀꺽 삼키고 고개를 끄덕였다. 큰 중앙 테이블 앞에 앉은 다정은 턱을 괸 채 무서운 소리를 뱉었다.

"근데 이튿날, 이미진 선생이 너한테 어제 일은 분위기 때문에 그런 거라고, 없던 일로 하자고 하면 어떨 것 같아?"

찬형이 3초 정도 눈만 깜빡거리다가 기가 막힌다는 투로 물었다.

"야, 너 지금 저주하는 거야?"

"저주는 무슨? 그냥 그러면 어떡할 거냐고."

마침 의국 문을 열고 지친 표정으로 들어온 채린이 선배들 사이의 요상한 분위기를 느끼고 슬그머니 뒤로 한 걸음 물러설 때였다.

"안 치프 완전 돌았네. 말이 되는 소리를 해야지."

찬형이 헛웃음을 터뜨리면서 다정을 비난했다. 비난할 만도 했다. 깊은 사이가 되어 몸과 마음을 나누어 놓고는 바로 이튿날 없었던 일로 만드는 건 잔인한 처사였다. 꿈에 부풀어 있을 상대방의 마음을 갈기갈기 찢어 놓는 것과 뭐가 다르단 말인가? 찬형은 가정하는 것만으로도 기분이 나빠졌다.

"신당백! 안다정 데리고 나가라. 미쳤어."

"네? 무슨 일이세요?"

찬형의 부름에 도망가려고 했던 채린은 어쩔 수 없이 의국 안으로 들어와 문을 닫았다. 다정이 미간을 찌푸렸다.

"야, 오버 하지 마."

"이건 저주지. 그냥 관계 좀 내자고 하는 거잖아. 다시는 보지 말자는 뜻이지 그게……."

화가 난 듯 씩씩거리면서 말하던 찬형이 돌연 말을 멈추더니 눈을 가늘게 뜨고 다정을 쳐다보았다.

"야, 너 설마……."

둔해 빠진 김찬형이 웬일로 눈치가 빠르다. 다정은 괜히 말했다 싶었다. 그저 이 상황이 다른 사람들에게 어떻게 비춰지고, 어떻게 받아들여지나 궁금했을 뿐이었다. 착각일지도 모르겠지만 늘 그녀에게 지어 주던 태인의 미소가 평소와 다르게 느껴져서 마음이 계속 불편했으니까. 그런데 일이 제대로 꼬이기 시작했다.

다정의 못마땅한 표정에 찬형이 혀를 쯧쯧 찼다.

"안다정, 진짜 차가운 건 알았지만 너무하네."

타인의 일에 그다지 관심이 없는 안다정이 괜한 소리를 할 리가 없었다. 이는 분명 안다정 본인의 일일 것이다. 잔인한 부탁을 한 쪽은 당연히 안다정이겠지. 찬형의 머리가 오랜만에 팽팽 돌아갔다.

한편, 이 상황이 어떻게 벌어진 일인지 알 리 없는 채린은 선배들을 번갈아 보며 조심스럽게 물었다.

"왜요? 두 분 싸우셨어요?"

"응. 안다정, 완전 나쁜 년이야."

"아니야. 신 선생은 신경 쓰지 마."

다정과 찬형이 동시에 대답했다. 선배들의 대답이 엇갈려서 채린은 알쏭달쏭한 표정으로 그 둘을 쳐다봤다. 다정이 찬형에게 눈을 흘겼다.

"뭘 너무해? 그냥 물어본 건데."

"네가 잘도 '그냥' 물어보겠다."

다정이 뻔뻔하게 오리발을 내밀었으나, 오늘따라 김찬형은 호락호락하지 않았다.

"안다정, 너 그러는 거 아니야. 남녀 입장 바꿔 놓고 생각해 봐라. 그런 남자는 완전 개새끼잖아."

틀린 말은 아니었다. 밤을 같이 보낸 여자에게 남자가 그 일은 없었던 걸로 하자고 말하는 순간, 그 남자는 여자에게 뺨을 석 대 정도 맞고 주변 사람들에게 손가락질을 당할 것이 분명했다.

'그게 그렇게 되는구나.'

마음이 불편한 이유를 알겠다.

말 잘하던 치프가 조용해지자 찬형이 기세등등하게 덧붙였다.

"인간적으로 도태인 씨가 불쌍하지도 않냐?"

다정은 찬형의 말을 구태여 부정하지는 않았다. 역시나 싫어서였다. 마음 한구석에 팽팽하게 당겨진 실이 툭 끊어지는 느낌이 드는 걸 보면 내심 태인이 상처받을 것을 알고 있었나 보다.

제 코가 석 자임에도 찬형은 둔해 빠진 안다정이 여자로 태어나서 다행일지도 모른다고 생각했다. 안다정 치프가 만일 남자였으면 저 무심한 성격에 여자 여럿 울렸을 테니 말이다.

"저기, 두 분⋯⋯."

4년 차 선배 둘의 사이가 험악해지자 고래 싸움에 새우 등 터지게 생긴 3년 차 신채린이 안절부절못했다. 그러나 다정이고 찬형이고 간에 채린의 말을 듣지도 않았다.

"솔직히 너도 잘못한 것 같지?"

"내가 뭘?"

⋯⋯이라고 하면서 안다정은 슬그머니 시선을 피했다. 다른 것보다 남녀를 바꿔 놓고 생각하라는 찬형의 예시가 너무 정확해서 다정은 사실 입이 열 개라도 할 말이 없었다. 자신의 이기적이고 무심한 태도가 태인에게 큰 상처를 주었음을 깨닫자 가슴 속에 바윗덩이가 얹힌 듯 무거워졌다.

그런 동기의 태도에 찬형은 그나마 마음을 놓을 수 있었다.

"마음에 걸리니까 나한테 물어본 거잖아. 그나마 다행이네. 안 다정 양심이 완전히 털로 뒤덮이지는 않은 모양이야."

"치프 선생님, 태인이 오빠랑 무슨 일 있었어요?"

"내가 설명할 일은 아니고, 그냥 쟤가 완전 나쁜 짓 했다는 것만 알아 둬."

채린이 다정을 돌아보았다. 무슨 일이냐는 듯, 설명을 부탁하는 눈빛을 다정은 회피하기로 했다.

"간다."

"도태인 씨한테 가서 미안하다고나 해."

다정은 한숨을 겨우 참고 의국을 나왔다. 천하의 나쁜 년이 된 느낌이었다.

"관계 쫑 내자고 하는 거잖아. 다시는 보지 말자는 뜻이지."

그때, 다정은 문득 찬형의 말이 떠올랐다. 그럼, 앞으로 도태인은 찾아오지 않을까? 갑자기 다정의 마음 한구석이 싸하게 가라앉았다. 아니다. 그럴 리가. 김찬형은 김찬형이고, 도태인은 도태인이니까 별 문제는 없을 것이다. 무엇보다 김찬형은 연애도 한 번 못 해 본 놈이니까. 그녀는 애써 동기의 말을 부정했다.

잘한 것 하나 없는 안다정이 거지 같은 기분으로 가운 주머니에 손을 찔러 넣고 가는데 멀리서 방송용 카메라를 든 사람이 누군가를 인터뷰하고 있었다. 뭔가 했더니, 인터뷰 대상자가 장민석이었다. 뻣뻣하게 군은 민석은 어색하게 카메라를 바라보며 인터뷰를 하고 있었다.

"환아는 오래된 흉터가 다수 보였고 타박상과……."

아동 학대 관련 이슈는 요즘 들어 꾸준히 제기되었다. 얼마 전에도 뉴스를 떠들썩하게 만든 사건이 있었다. 그 흐름을 타고 매스컴에서 이번 4세 여아 사망 사건도 다루려는 모양이었다.

"신고자에게 불이익이 있을지 걱정되진 않으셨나요?"

"예. 신고자 신원을 비밀로 보장해 주고 또 저희 병원 자체에서도 의료진을 보호하고 있습니다. 당연히 신고는 해야 할 일이었고요."

'얼씨구?'

썩은 표정으로 다정은 멀찌감치에서 민석을 흘겨보았다. 민석은 다정의 시선을 느끼지 못한 척 뻔뻔하게 '정의의 신고자'로서 인터뷰를 하고 있었다. 몸을 사리느라 신고할 생각도 없던 놈이말이다.

'잘났다.'

속으로 동기를 비난하며 다정이 너스 스테이션에 들어가자 간호사들이 하나같이 투덜거렸다.

"장 선생님, 너무 얼굴 두껍다. 그렇죠?"

"무슨 인터뷰예요? 뉴스?"

다정은 시간을 두고 관찰해야 하는 담당 환자의 차트를 정리하며 물었다. 우선미 간호사가 분하다는 듯 빠르게 대답했다.

"아뇨, 시사 프로그램인가 그런데, 이번에 가정 폭력이랑 아동 학대에 대해 방송한대요. 아이 엄마가 자살한 것도 남편의 가정 폭력 때문이라고요."

아이 엄마 이야기는 다정에게도 아픈 부분이었다. 가슴에 바윗덩이가 놓인 양 마음이 무거워졌다. 다정의 기분을 알 리 없는 간호사들이 말을 계속했다.

"차트에는 장 선생님 성함 적혀 있으니까, 장 선생님이 인터뷰한대요. 뻔뻔하지 않아요?"

"진짜, 경찰에 신고한 안 선생님 목소리 다 녹음되었을 텐데 어쩌려고 그러는지."

간호사들은 아이 아빠가 행패를 부릴 적, 다정에게 비아냥거리던 민석의 태도를 기억하고 있었다. 일이 잘못되면 다정에게 책임지라는 식으로 얄밉게 굴던 민석의 태도와 지금, 정의로운 척 인터뷰하는 모습은 지킬 박사와 하이드처럼 180도 정반대였다.

하지만 정작 당사자인 안다정은 개의치 않았다.

"됐어요. 혹시 누가 물어보면 장 선생 지시받고 신고한 거라고 말 좀 맞춰 주세요."

"억울하잖아요!"

선미가 입술을 삐죽거렸다. 다정이 실없는 웃음을 터뜨리고는 대꾸했다.

"이런 걸로 뭐가 억울해요? 그리고 원래 저 눈에 띄는 거 되게 싫어하잖아요. 차라리 이게 나아요."

주목받는 것을 싫어하는 다정으로서는 멀끔하니 반반한 얼굴의 민석이 인터뷰를 하는 편이 낫기도 했다. 물론, 다정도 기분이 좋을 리는 없었다. 당연히 해야 하는 일이었기에 공을 가로채인 느낌은 없었다. 그저 장민석이 의기양양할 게 거슬릴 뿐.

'재수 없어, 장민석.'

다정은 속으로 동기에게 욕을 했다. 왠지 오늘 좋은 일이 별로 없는 기분이었다. 투덜거리는 간호사들 사이에서 다정은 차트 확인을 마치고 신규 환자에게로 향했다.

사건은 또 일어났다.

"거, 아가씨."

오랜만에 치프에게 '아가씨'라고 부르는 보호자가 나타났다. 다정의 주변에 있던 후배들이 잔뜩 겁을 집어먹었다. 다정의 눈동자가 차갑게 굳어졌다. 그것도 모르고 보호자로 온 중년 남자는 계속 다정에게 말을 걸었다.

"언제 치료해?"

그러나 다정은 보호자 쪽을 돌아보지도 않고 담당의를 찾았다.

"누구 담당이야?"

"2, 2년 차 이은민입니다."

지나가다 딱 걸린 후배가 바로 고자질을 했다. 사실 차트만 확인해도 되는 일인데, 기분이 바닥에 처박힌 다정은 차트조차 확인하지 않았다. 그녀는 우뚝 선 채 할 말만 할 뿐이었다.

"이은민 선생, 어디 있어?"

치프의 싸늘한 목소리가 울리자 구석에 있던 2년 차 후배가 꽁지가 빠지게 달려왔다. 다정은 여전히 무표정했다. 이 상황에서 치프의 무표정은 전공의들의 속을 바짝 태우기 충분했다.

"어떻게 대기 중이야?"

자신보다 훨씬 큰 후배 전공의에게 다정이 빠르게 물었다. 보호자가 그제야 당황한 표정을 지었다. 다정의 겉모습만 보고 대단치 않은 사람인 줄 알고 따지기부터 했기 때문이었다.

이런 보호자는 나이 많은 사람들 중에서 가끔 보이는 유형이었다. 젊은 여자는 일단 무시하고 보는 사람들을 다정은 물론 여자 간호사들이 특히 많이 경험했었다.

만약 오늘이 평소와 다름없는 날이었다면, 다정도 이런 일 따위에는 신경 쓰지 않고 넘어갔을 것이다. 하지만 오늘, 안다정은 여러모로 불편했다.

일단 끊임없이 근육통이 이어지고 있었고, 뒤늦게 도태인을 향한 죄책감이 들고, 김찬형은 혼자 빙의해서 날뛰었고, 장민석 좋은 일만 시켜 주었다. 안다정 성격이 무던하고 감정적 동요가 적은 편이라 다행이지, 아니었으면 벌써 큰소리가 나왔을 것이다.

2년 차 전공의는 잔뜩 얼어붙어서 설명을 시작했다.

"호흡이 불편하다고 하셔서요, EKG(Electrocardiography, 심전

도 검사)와 CT 상에서도 문제는 없었고 PFT(Pulmonary function test, 폐기능 검사)에도 이상이 나오지 않는데 계속 숨이 가쁘다고 하서서 일단 내과 콜 했습니다."

환자는 의식도 있고 몸을 움직일 수도 있었지만, 가슴이 답답하고 호흡이 시원하게 되지 않아서 힘들어했다. 보호자는 환자의 남편인 듯 보였는데, 어째 보호자를 향한 환자의 시선이 못마땅한 게 다정은 마음에 걸렸다.

"카디악 엔자임(Cardiac enzyme, 심장 효소 검사)은?"

"아, 모든 수치 전부 정상 범위였습니다."

혹시 심장 문제인가 했는데, 그도 아닌 모양이었다.

"BT(Body temperature, 체온)하고 펄스(맥박)는?"

"둘 다 높지만 정상 범위입니다."

모니터만 봐도 알 수 있는 자잘한 수치를 굳이 캐묻는 건 다정이 후배를 소위 '닦을 때' 사용하는 방법이었다. 2년 차 이은민은 눈앞이 캄캄했다. 여기서 치프가 '그런데 왜 이래?' 하고 묻지만 않기를 바랄 뿐이었다. 식은땀이 은민의 등골을 타고 주르륵 흘렀다.

증상의 원인을 모르니 환자를 조금 더 지켜보거나 전문 분과에 자문해야 했다. 그때, 다정의 입에서 술술 나오는 전문 용어에 보호자가 관심을 보이고 끼어들었다.

"전문의야?"

"응급실 환자는 보통 전공의가 봅니다."

다정이 뭐라고 말하기 전에 은민이 나섰다. 제발 저 보호자가 입 좀 다물어 주기를 바라면서. 물론 보호자는 주절주절 말이 많았다.

"에잉, 전문의도 아닌데 비싼 돈 내고 진료를 봐? 아가…… 가 아니라 그쪽 말고 전문의 오라고 해."

그나마 다행스럽게도 다정을 향한 호칭이 변했다. 표정 변화 없는 다정과 달리 은민은 한시름 놓은 듯 한숨을 소리 없이 뱉었다. 보호자를 등지고 환자를 관찰하던 다정이 무감정하게 말했다.

"곧 내과 선생님 내려오실 겁니다."

그쪽도 전공의지만 말이다. 더 이상 말을 섞고 싶지 않아 다정은 보호자를 지나쳤다. 어차피 환자에게 해 줄 수 있는 것도 없었다. 뒤에서 보호자의 불평이 들렸다.

"사람 숨이 넘어가게 생겼는데 언제?"

"조금만 기다리세요."

"내가, 정말 창피해서…… 이 인간…… 어이구, 노인네! 입 좀 다물어요!"

불편하게 숨을 쉬는 와중에도 환자가 참다못해 남편인 보호자에게 면박을 주었다. 그러거나 말거나 보호자는 여자 의사가 영 못 미덥다며 구시렁거렸다.

하루 종일 엿 같은 기분으로 진료를 본 다정은 퇴근을 앞두고 최종 스테이지에 올랐다. 그러니까 중환자실 저녁 면회 시간이 되자 수지가 찾아온 것이었다.

"저, 선생님."

몇 번이나 박대를 당하고 또 불편한 사실까지 알게 되었음에도 수지는 얼굴이 두꺼운 건지, 아니면 그만큼 제 엄마만을 위하는 건지 다정을 또 찾아왔다. 다정은 수지를 무표정하게 응시했다. 다정의 시선에 슬쩍 움츠러든 수지가 조심스럽게 입을 열었다.

"조금 있으면 저희 저녁 면회 시간인데요……."

그래, 따지자면 이 친구에게는 잘못이 없다. 부모의 불륜으로 태어난 게 수지의 죄는 아니니까. 다정은 수지를 이해해 보고자 노력했다. 엄마에게 좋은 기억만 가지고 있을 수지가 죽음을 앞 둔 엄마의 소망을 들어주려고 애를 쓰는 건 당연해 보였다.

"그쪽 말대로 내가 면회를 간다고 칩시다."

긍정적인 말에 수지의 눈이 반짝였다.

"거기서 내가 무슨 소리를 할 것 같아요?"

하지만 수지가 간과한 건, 다정의 마음이었다. 죽어 가는 엄마 에게 다정이 좋은 소리를 해 줄 거라고 여기나 본데, 엄마를 향한 다정의 마음은 대부분 부정적이었다. 오히려 엄마를 만나지 않 는 게 나을 수도 있었다.

"엄마, 얼른 일어나세요? 보고 싶었어요?"

우습지도 않은 예시를 들먹이며 다정이 섬뜩하게 웃었다. 수지는 난처한 눈빛을 내보이다가 모든 것을 포기한 양 어깨를 축 늘어뜨렸다.

"엄마가…… 사과라도 하게 해 주세요."

사과. 엄마는 아직도 버린 자식에게 용서를 바라는 모양이었다.

이상하게도 쩔쩔매는 수지를 보자 다정은 머리에 스팀이 올랐다. 자신이 꼭 나쁜 사람이 된 것 같았다. 왜 그런 거 있지 않나, 드라마나 영화에서 인간미 넘치는 주인공이 피도 눈물도 없는 냉혈한에게 사정하는 그런 장면.

다정은 간절한 시선을 보내는 수지가 너무 귀찮았다. 엄마도 말이야, 20년 전에 인연을 끊었으면 죽는 소식까지도 알리지 말아야 하는 거 아닌가? 꾸역꾸역 용서를 부탁하는 심보가 참 이기적이었다.

나쁜 년이라고 비난하던 찬형의 목소리가 머릿속에서 괜스레 재생되었다. 오늘 있었던 일들이 도미노처럼 연쇄적으로 다정의 마음을 자극했다.

'내가 뭘 그렇게 잘못했는데?'

성질이 뻗쳐서 다정은 더 이상 참을 수가 없었다.

"알겠습니다."

철옹성 같던 다정이 순순히 승낙하자 수지가 눈을 동그랗게 떴다. 하지만 이번 한 번뿐이었다. 예외는 이제 없을 것이다.

"대신 다음부터는 찾아오지 마세요."

수지는 대답 대신 고개만 자잘하게 끄덕였다. 그런 그녀를 뒤로하고 다정은 중환자실로 향했다. 퇴근 시간이 잠깐 미뤄지게 생겼다.

응급중환자실 간호사들이 다정을 보고 의아한 표정을 지었다.

"어? 안 선생님?"

"면회입니다."

다정이 딱딱하게 용건을 알렸다.

"아……."

이미 응급실 내에 소문이 파다하게 퍼진 바람에 아무도 다정을 제지하지는 않았다. 꽤 불편한 시선이 다정에게 꽂혔다. 그 와중에도 다정은 수지와 한 마디도 말을 섞지 않았다. 자신이 수지와 안으로 들어서면서부터 사정을 아는 의료진들이 계속 흘끔거렸는데, 그 호기심과 기대 어린 눈빛이 싫었다.

다정과 함께 있어서인지 수지는 순번을 기다릴 필요가 없었다. 커튼 뒤에서 다정은 엄마의 차트를 살폈다. 희망이라고는 하나도 보이지 않는 상태였다.

"엄마, 좀 어때?"

수지가 살갑게 물었다. 면회 시간에만 반짝 깨어나는 엄마는 평소에는 마약성 진통제를 맞으며 잤다. 딸의 목소리에 엄마는 무거운 눈꺼풀을 느릿느릿 떴다.

"으응……."

이내 힘없는 목소리가 흘러나왔다.

말기 암 환자들은 고통을 이기지 못해서 마약성 진통제를 달고 산다. 게다가 폐에 암세포가 전이되어 엄마는 인공호흡기에 의존해야 했다.

간단히 말해, 특별한 치료법이 없는 상태라 현상 유지만 하는 셈이다. 이 정도 처치는 다른 병원으로 전원해도 충분히 할 수 있는 건데 비싼 중환자실 비용까지 내면서 눌러앉아 있는 엄마가 다정으로서는 뻔뻔하게만 느껴졌다.

"엄마, 내가 누구 데려왔게?"

수지의 발랄한 목소리는 무거운 분위기가 감도는 중환자실과는 전혀 어울리지 않았다. 수지는 엄마와의 이별을 준비하는 동안 행복한 기억을 남기고 싶어서 애를 쓰고 있었다.

"누······."

엄마의 흐려진 눈동자에 빛이 돌아오자 수지가 다정의 손목을 잡아 끌어당겼다. 커튼 뒤에서 나온 다정을 보자마자 엄마의 눈이 커졌다. 그래도 제 자식이랍시고 바로 알아본 모양이었다.

"다정이······ 구나?"

엄마는 힘없는 목소리로도 다정을 반가워했다. 비쩍 말라 광대뼈가 다 드러나는 엄마의 얼굴은 새카맣게 죽어 있었다. 폐는 물론 간까지 암세포가 전이된 탓이었다. 항암 치료를 그만둔 지도 꽤 되었을 텐데, 아직도 엄마는 모자를 눌러쓰고 있었다.

'이런 사람이었나.'

병색이 완연한 엄마의 모습은 낯설었다. 옆에서 수지가 다정에게 기대 가득한 눈길을 보냈다. 그러나 다정은 엄마에게 아무런 감정이 들지 않았다.

"고맙다. 고마워. 엄마 보러 와 줘서."

다정은 아무 대꾸도 하지 않았다. 하고 싶은 말도, 듣고 싶은 말도 없었다. 20년 전은 아니더라도 10년 전 아버지 장례식 때 보았던 엄마의 모습 역시 현재 남아 있지 않았다. 그래서 더욱 엄마가 타인 같았다.

"그리고 미안해. 우리 딸, 엄마 없는데도 이렇게 훌륭하게 자라서……."

"우리 딸이라고 하지 말아요."

엄마의 말을 도중에 자른 다정이 차갑게 덧붙였다.

"우린 남이니까."

다정은 좋은 소리를 해 주러 엄마를 찾아온 것이 아니었다. 엄마를 향한 그리움은 예전에 이미 실망과 분노로 뒤바뀌었다. 엄마가 울먹이는 목소리로 뻔뻔하게 사과했다.

"미안하다. 미안해, 다정아. 엄마…… 용서해 줄 수 있니?"

용서?

다정은 기가 찬 웃음을 겨우 삼켰다. 사과하기에는 너무 늦지 않았나?

만일 지금 아프지 않고 건강했더라면, 엄마는 20년 전에 버린 딸을 애타게 찾고 용서를 빌었을까? 정말 미안한 마음이 있었다면 딸을 찾아오는 데 10년, 20년씩 걸리지도 않았을 것이다. 연락이 닿지 않는 것도 아니었다. 엄마는 백부들에게도 전화를 돌렸고 다정의 휴대폰으로도 몇 번이고 연락을 시도했으니까.

다정은 죽기 전에 마음 편해지려 자신을 찾아 사과하는 엄마의 태도가 진저리 나게 싫었다.

"왜 이제 와서 미안하다, 용서해 달라 사과하는 겁니까? 난 사과 받고 싶은 생각 하나도 없는데."

다정이 아픈 말을 뱉어 냈다. 엄마는 아무 대꾸 없이 고개를 수그렸다. 더 이상 엄마와 할 이야기가 없어서 다정은 수지에게 고개를 돌렸다.

"됐죠? 이젠 다시 나한테 여기 와 달라고 부탁하지 마세요."

그 말을 끝으로 다정은 망설임 없이 돌아섰다. 그때였다.

"다정아!"

어떻게든 버린 딸을 붙잡아 보려고 엄마가 모기만 한 목소리로 외쳤다. 신기하게도 끊어질 듯한 엄마의 음성이 다정의 발목을 붙잡았다.

"엄마가 미안해. 정말 미안해. 넌 내 아픈 손가락이었어. 엄마가 널 버리고 간 걸 용서해 달라고는 안 할게. 그냥, 그냥 더 이상 엄마 미워하지 말고 행복하게 살았으면, 그랬으면 좋겠어."

숨이 차서 헐떡이면서도 엄마는 진심인지 거짓인지 모를 말을 늘어놓았다. 말이 끝나고 훌쩍이는 울음소리가 이어졌으나 다정은 뒤도 돌아보지 않고 응급중환자실을 나왔다. 누가 들으면 가련하고 희생만 한 엄마인 줄 알겠다.

죽을 거면 조용히, 모르는 데서 죽지.

의료 지식이 있어서 다정은 더욱 괴로웠다. 엄마의 상태는 언제 사망을 해도 이상하지 않을 상황이었다. 사실, 의식을 되찾은 것부터 대단한 일이었다.

엄마는 모르핀에 의존해서 정신을 차리고 대화를 하지만 갑자기 심장이 멎어 죽을 수도 있었다. 심폐 소생술 거부 동의서도 썼다고 하니 오늘이든 내일이든, 아니면 며칠 뒤에 엄마의 생명은 끝이 날 것이다.

안다정 치프가 중환자실에 다녀갔다는 소식이 응급실에 알음알음 퍼졌다. 다정의 등 뒤에 여러 사람의 시선이 닿았다. 다정은 모르는 척, 의국에서 가운을 벗고 가방을 챙겼다. 머리가 복잡하고 근육통 때문에 집에 가서 죽은 듯이 자고 싶었다. 잘 때만큼은 현실을 외면할 수 있으니까.

하지만 다정은 응급실을 나서자마자 피하고 싶었던 사람과 마주쳤다. 아니, 마주친 것도 아니다. 일방적으로 도태인이 기다리고 있었던 것이다.

"선생님."

태인의 음성은 평소와 다르지 않았다. 나직하고 달콤하면서 상냥한 목소리는 안다정이 무척 잘 아는 목소리였다. 그녀는 그를 물끄러미 올려다보았다. 오후에 찬형이 했던 말이 귓가에서 재생되었다.

"관계 좀 내자고 하는 거잖아. 다시는 보지 말자는 뜻이지."

미안하지만 김찬형의 예상은 틀렸다. 안다정의 잔인한 말은
도태인에게 이별의 의미를 갖지 못했다.

예쁘게 웃고 있는 남자를 가만히 보고 있자, 다정은 짜증이 치
밀어 올랐다. 둔해 빠진 김찬형도 안다정의 말이 얼마나 잔인하
고 부당한지 알아들었는데, 정작 당사자인 도태인은 아무 일도
없었다는 양 그녀에게 무한한 호의를 보내왔다. 상처를 받았을
텐데도 괜찮은 척 웃는 그를 보자 괜히 화가 났다.

"자존심도 안 상해요?"

"자존심?"

세상에 존재하지 않는 개념을 들은 듯, 태인이 고개를 기울였
다. 그는 그녀가 왜 자존심이라는 단어를 꺼내는지 알 수 없었지
만 어찌 되었든 도태인이 안다정에게 자존심을 세울 수 있을 리
는 없었다.

그가 웃음 섞인 목소리로 답했다.

"안다정 선생님 앞에서 내 자존심은 아무 의미가 없는데."

자존심 따위를 차릴 거였으면 몇 달 동안 그녀를 따라다니지
도 않았다. 태인에게 중요한 건 제 자존심이 아니라 다정의 관심
이었다. 살아남기 위해서 자존심은 잊은 지 오래였다.

머릿속이 복잡해진 다정은 태인을 멍하니 쳐다보았다. 도대체
제 자존심까지 버릴 정도로 안다정이 도태인에게 왜 중요한지

다정은 이해가 되지 않았다. 그녀는 그의 감정을 알고 싶었다.

"나 좋아해요?"

"이제 알았어요? 내가 매일 노래 부르던 거 아닌가?"

그의 기분 좋은 미소와 달리 그녀는 여전히 무표정했다. 미소 띤 얼굴로 그가 긍정하자 꼭 농담처럼 느껴졌다.

"날 왜 좋아해요?"

"생명의 은인이니까요."

수도 없이 들었던 이유를 다시 듣자 다정은 맥이 탁 풀렸다.

그러니까 그날 자신이 지나가다가 우연히 태인을 도와주지 않았더라면, 도태인이 안다정에게 이렇게까지 매달릴 리가 없다는 뜻이었다. 안다정이 아니라 신채린이 응급 처치를 했으면 그는 채린에게 매달렸을 것 아닌가? 안다정이 그 커플의 다툼을 모르는 척 지나갔으면 두 사람은 만날 일도 없었을 것이다.

"그때, 그냥 지나쳤으면 날 좋아하지도 않았겠네."

안다정의 자리는 다른 사람으로도 충분히 채워질 수 있는 자리였다.

"되게 가볍다."

다정은 태인에게 실망스러웠다. 이 남자에게 기대 같은 건 하지 않겠다고 생각했는데, 내심 기대를 하고 있었나 보다. 그녀는 청개구리 같은 자신의 심보가 싫었다.

한편, 그녀의 말에 그는 미소를 거두고 부정했다.

"가벼운 감정 아니에요."

응급실 건물 벽에 기대어 서 있던 태인은 진심이라는 듯 자세를 바로 했지만, 그의 아픈 사정을 알지 못하는 다정은 그의 말을 믿지 않았다. 그녀는 그의 감정이 언제든지 변하리라고 지레짐작했다.

"사랑해서 결혼하고 애까지 낳아 놓은 주제에 다른 사랑이 생겼다고 떠나. 그렇게 사랑한다던 자식도, 새 사랑에 눈이 멀어서 버렸어."

엄마를 만나서 그런지 그녀의 마음속에는 불신이 가득 자리 잡았다. 이기적인 엄마는 어린 딸을 버리고 제멋대로 20년 정도를 살다가 시한부 인생이 되었다. 죽음을 목전에 두었다고 또 마음이 변해서 한때는 나 몰라라 했던 딸에게 눈물로 용서를 구했다.

정말 미안해. 넌 내 아픈 손가락이었어.

다정은 엄마의 가증스러운 말을 믿지 않았다. 엄마는 무슨 말이라도 해서 자신의 발목을 붙잡고 싶었을 것이다. 아니면 죽기 전, 마음속에 한 줌 정도 남아 있는 죄책감을 덜고 싶었을지도 모른다. 하지만 안다정은 호락호락하지 않았다.

"남녀 간의 사랑도, 자식에 대한 애정도 그렇게 가볍게 변하는데, 내가 도태인 씨 감정은 어떻게 믿어요?"

어느새 다정은 태인에게 엄마의 모습을 투영하고 있었다. 그녀의 앞에서 단 한 번도 보이지 않았던, 딱딱하게 굳은 얼굴로 그가 무겁게 받아쳤다.

"그런 얄팍한 마음이 아니야."

어젯밤 일로 인해 태인은 그녀와 한 걸음 더 가까워졌다고 생각했다. 곁을 잘 내주지 않는 그녀에게 겨우 가까이 다가갔다고 들떴었다. 조금만 인내심을 가지고 기다리면 안다정의 곁에 있는 유일한 사람이 자신이 될 수 있을 것만 같았다.

그러나 그 생각은 착각에 불과했다. 단 몇 시간 만에 안다정은 도태인을 천국에서 지옥으로 내몰았다. 어제 있었던 일은 충동적이었고 그와는 특별한 관계가 되고 싶지 않다고 그녀가 단호하게 잘라 말했을 때, 그는 절망을 경험했다. 무슨 짓을 해도 안다정을 붙잡을 수 없을 것 같아 그는 막막했다.

겉으로는 웃고 있었지만 태인은 초조했다. 다정이 절대 그의 마음을 알아주지 않을 것만 같아서였다. 그런데 이제 그녀는 그의 유일무이한 감정마저 부정하고 있었다. 그게 너무 속이 상했다.

"내가 당신한테 가지고 있는 감정은, 그런 감정이 아니라고."

이 세상에 사랑의 형태는 많지만 목숨은 하나뿐이다. 사랑을 위해 목숨을 버린 누나를 태인은 온전히 이해하지 못했다. 도태인에게는 목숨이 가장 중요했으니까. 그리고 그 목숨을 지키기 위해 그는 안다정이 필요했다. 죽음의 공포에서 자신을 건져 내준 안다정은 도태인에게 신이나 마찬가지였다. 고작 사랑 따위로 정의 내릴 수 없는 무겁고 진득한 감정이 태인의 가슴속에 남아 있었다.

그러나 다정은 태인의 마음을 알지 못했다. 안다정이 보기에 도태인은 가볍고, 생각이 깊지 않은 남자였다. 어쩌다가 도태인이 안다정에게 홀딱 빠져 있지만 그게 얼마나 갈지 그녀로서는 알 수 없었다.

"누구나 다 자기는 특별하다고 생각하겠죠. 남이 보기엔 별것도 아닌……."

"그런 소리 하면 기분 좋아요?"

도태인이 처음으로 울컥 말을 뱉었다. 안다정은 참 잔인하다. 그녀가 자신의 감정을 평가 절하 하는 바람에 태인은 화가 나고 말았다. 이번에는 아까 점심때처럼 아무렇지 않은 척 넘어갈 자신이 없었다.

말이 도중에 끊긴 다정은 입을 그냥 다물어 버렸다. 그 순간 찬형의 목소리가 머릿속을 스쳤다.

"안다정, 진짜 나쁜 년이야."

자신이 어떤 의미로 나쁜 걸까? 상처받은 태인의 얼굴을 보자, 다정은 찬형이 왜 그런 소리를 했는지 알 것도 같았다. 도태인의 기분을 알아주지 못해서 나쁜 게 아니었다. 이기적인 안다정은 미래에 올지도 모르는 아픔을 피하기 위해, 현재 도태인의 가슴을 찢어 놓고 있어서 나쁜 것이다.

"왜 모든 사람의 감정이 그렇게 쉽게 변한다고 단언해? 내 감정이 뭔지 제대로 알기나 해?"

태인의 낮은 음성이 평소보다 훨씬 더 낮고 짙게 깔렸다. 직감적으로 그가 무척 화가 났다는 걸 깨달은 다정은 여전히 아무 말도 하지 못했다.

솔직히 할 말이 없었다. 안다정은 다른 사람에게 깊은 감정을 가져 본 적이 없어서, 그 감정을 어떻게 다루어야 하는지 몰랐다. 눈가가 붉어진 그를 보다 못해 그녀가 시선을 떨구었다.

그때였다.

응급의료센터 출입문 앞에 택시가 서더니 뒷문이 벌컥 열리며 안에서 누군가가 소리를 질렀다.

"비키세요!"

건물 앞에 있던 사람들이 모두 택시 쪽을 바라보았다. 당연히 다정과 태인의 이목도 그쪽으로 쏠렸다.

이내 복부에 과도가 박힌 남자가 택시 기사와 동승인의 부축을 받아 응급실 안으로 향했다. 택시 안에서부터 남자가 지나간 자리마다 피가 뚝뚝 떨어지는 기괴한 광경이 이어졌다. 어둠이 내려앉은 시간임에도 환하게 켜져 있는 불빛 때문에 선혈은 선명하게 보였다. 문제는 도태인이 혈액 공포증을 가지고 있다는 것이다.

한 손으로 입을 막은 태인이 비틀거렸다. 마치 구역질을 참는 듯 미간을 구기던 그가 바닥으로 풀썩 쓰러졌다. 의식을 잃은 그가 머리를 바닥에 박기 전에 다정은 본능적으로 그에게 양손을 뻗었다.

"도태인 씨!"

그녀가 그를 안아 들고 비명을 지르자, 응급실 보안 요원이 후다닥 달려왔다.

응급실 앞에서 실신했지만 응급실 수용 인원이 꽉 차 버린 바람에 VIP인 태인은 특실에 의식을 잃고 누워 있었다. 이번에 다정은 담당의가 아니라 도태인의 보호자 자격으로 그의 곁에 있었다. 그를 하염없이 바라보던 그녀가 한숨을 내쉬었다.

"미안해요."

다정의 목소리는 아무에게도 닿지 않고 허무하게 흩어졌다.

미안한 마음이 배가 되었다. 점심때도 그에게 모진 소리를 했고, 이번에 또 울컥해서 상처를 주고 말았다. 정신을 차리고 나니 그녀는 태인을 볼 낯이 없었다. 따지자면 도태인에게 화풀이를 한 셈이었다. 특히 그에게 엄마를 투영해서 그를 자극했다. 오늘은 좋은 일이 하나도 없어서 기분이 바닥을 쳤는데 결국 사고를 치고 말았다.

눈을 감고 자는 태인을 가만히 쳐다보던 다정은 가방에서 느껴지는 진동에 정신을 차렸다. 진동이 끊이지 않는 걸 보니 전화가 온 모양이었다. 혹여 그를 깨울세라 그녀가 급히 휴대폰을 꺼냈다.

웬일로 채린의 전화였다. 오늘 신채린이 당직이라더니, 응급실에 무슨 일이라도 생긴 건가.

전화를 받기 위해 다정은 병실을 나섰다. 문소리가 크지 않도록, 조심조심 문을 닫고 그녀가 전화를 받았다.

"신 선생?"

—네, 선생님.

채린의 무거운 목소리가 이어졌다. 다정의 마음에 불안이 훅 밀려왔다.

"어…… 왜?"

—집이세요?

"아니, 병원이야."

—그럼, ER 오실 수 있어요?

손이 부족한 걸지도 모르겠다. 근처에서 큰 사고라도 났나? 아니면 당직하는 1년 차 전공의가 쓰러졌나? 또 주취자가 행패를 부리고 있나? 다정의 머릿속에 여러 가지 상황이 단숨에 떠올랐다. 하여튼 다사다난한 응급실이다.

"지금 못 갈 것 같은데, 왜?"

하지만 다정은 특실 문을 쳐다보다가 채린의 부탁을 거절했다. 태인을 혼자 두고 응급실로 갈 수가 없어서였다. 그가 일어나면, 제일 먼저 미안하다고 사과하고 싶었다.

다정의 거절에 채린은 잠시 머뭇거렸다. 일부러 뜸을 들이는 것도 아니고 말을 고르느라 침묵하는 것이라는 것쯤은 다정도 알 수 있었다. 무엇보다 신채린이 이런 적이 별로 없었던 터라 다정은 의아했다.

그때, 무거운 목소리가 마침내 흘러나왔다.

―배연실 환자, 21시 38분에 사망하셨습니다.

"……뭐?"

믿을 수 없는 소식에 다정의 얼굴이 돌처럼 굳어졌다. 마치 못 들을 걸 들은 사람처럼, 그녀의 눈동자마저 차갑게 가라앉았다. 몇 시간 전…… 고작 두 시간 전에도 엄마는 살아 있었다. 자신의 등 뒤에 대고 용서해 달라 빌던 엄마를 야멸차게 외면하고 나온 게 두 시간 전인데…….

'어떻게 이럴 수가.'

뒤늦게 다정이 헛숨을 뱉었다. 목에 막혀 있던 공기가 빠져나왔다. 엄마의 상태가 나쁘다는 건 알고 있었다. 그러나 의식이 없는 혼수상태도 아니고 멀쩡하게 대화를 할 정도로 호전이 된 것도 사실이었다. 이성적으로는 하루아침에도 죽을 수 있겠다 싶었지만 그래도 일주일, 길면 한 달 정도는 엄마가 중환자실에서 살아 있을 줄 알았다.

―갑자기 상태가 안 좋아져서요. 선생님이 싫어하셔서 웬만하면 보고 안 드리려고 했는데…….

다정은 제 손을 가만히 내려다보았다. 도태인은 이 손으로 사람을 살린다고 신기해했지만, 다정은 이 손을 거치고 죽은 환자가 더욱 많은 느낌이었다. 박기성 환자도 자신이 안부차 방문한 다음에 사망했고 엄마 역시, 끈질기게 버티다가 다정을 만난 다음 죽었다.

물론 안다정의 손에서 살아난 사람도 수없이 많았으나, 이제는 얼굴도 기억나지 않는 많은 환자들 역시 응급실에서 죽어 나갔다. 학대 아동의 엄마 역시 수십 분 동안 한 심폐 소생술에도 불구하고 심장 박동이 돌아오지 않아 죽었다. 응급실에서 근무하는 이상, 죽어 가는 사람을 보는 건 일상이었다. 의사는 신이 아니라는 걸 이성적으로는 알지만……

다정의 생각이 이리저리 흩어지는 가운데, 채린의 목소리가 들렸다.

—DNR(심폐 소생술 거부) 동의서 때문에 CPR(심폐 소생술)은……

"그만해. 내가 일일이 보고하지 말라고…… 했잖아."

전과는 달리 힘이 빠진 다정의 말에 채린이 입을 다물었다. 휴대폰을 가운데 두고 정적이 흘렀다. 채린도 아는 것이다. 안다정이 지금 혼란에 빠졌다는 것을.

잠시 뒤, 채린이 조심스럽게 말을 덧붙였다.

—알고 계시는 게 좋겠다고 생각해서요.

어쨌든 안다정은 배연실의 딸이었으니까.

아직까지도 엄마와의 인연이 끊어지지 않았었구나 싶어 다정이 한숨을 길게 내뱉었다. 그러나 비로소 오늘, 엄마와는 완전히 끝이 난 셈이었다. 눈앞이 어지러워서 그녀는 복도 벽을 짚고 애써 냉정하게 말했다.

"끊어. 바쁘잖아."

—네. 쉬세요.

채린은 다정의 기분을 이해라도 하는 양, 더 이상 붙잡지 않고 전화를 끊었다. 다정이 휴대폰 화면을 멍하니 내려다보다가 이마를 벽에 댔다. 서늘하니 벽에서 느껴지는 한기가 복잡한 머리를 식혀 주었다.

한참 동안 그 상태로 가만히 있던 다정은 마음을 가라앉히려 애를 썼다. 엄마라고 생각하니 이렇게 머리가 아픈 것이다. 엄마가 아니라, 배연실이라는 이름의 환자라고 여기자. 어차피 엄마는 20년 전에 죽은 것과 다름이 없으니까.

다정은 특실 문을 살며시 열었다. 가습기에서 뿜어져 나오는 뿌연 기체 사이로, 태인이 상체를 일으켜 문가를 바라보고 있었다. 그녀가 후다닥 그의 침대로 달려갔다.

"깼어요?"

"아, 또……."

그가 미간을 찌푸렸다. 흐릿한 기억이 서서히 또렷해졌다. 바닥에 뚝뚝 떨어지던 선혈 때문에 도태인은 쇼크가 와서 기절했다. 자신의 예민함 때문에 또 입원을 하게 되어서 그는 썩 기분이 좋지 않았다. 그의 일그러진 눈가를 보고 그녀가 피식 웃었다.

"멀리 나가서 싸울 걸 그랬죠?"

웬일로 농담을 하는 그녀를 그가 복잡한 시선으로 바라보았다. 그의 시선을 정면으로 받을 자신이 없어서 그녀가 고개를 돌렸다.

"일단 콜 할게요. 의식 돌아왔으니까."

"지금 몇 시예요?"

"조금 있으면 열 시예요."

시계를 보면서 그녀가 대답했다. 엄마는 고작 12분 전에 세상을 떠났다. 12분 전. 자신이 그를 물끄러미 살펴보고 있던 시간이었다. 괜히 가슴이 무거웠다.

"저녁 먹었어야 하는데."

그가 한숨을 내쉬면서 잔뜩 가라앉은 목소리로 말했다. 그녀는 이 와중에도 저녁 타령을 하는 그가 기가 막혔다.

"나만 보면 밥 생각이 나요?"

"선생님이 잘 안 챙겨 먹는 것 같으니까요."

태인이 힘없이 미소를 지었다. 아무래도 이 남자는 안다정이 마트에서 인스턴트 음식만 담던 모습을 잊지 못한 모양이었다. 그녀는 당직 간호사를 부르려다가 행동을 멈추고 그를 돌아보았다. 그가 깨어나면 꼭 사과를 하고 싶었다.

"아깐 미안했어요."

그가 의미를 모르겠다는 듯이 고개를 기울였다. 그녀는 양손을 잡고 손가락을 꼼지락거리면서 말을 이었다.

"중환자실에서 엄마를 봤었거든요. 그래서 모든 게 다 부정적으로만 보여서…….”

그 순간, 그녀의 얼굴로 그의 손이 뻗어져 왔다. 저도 모르게 흐르던 눈물이 그의 엄지로 닦이자, 그보다 그녀가 훨씬 놀랐다. 타인 앞에서 울어 본 적이 없는 안다정이 하필이면 도태인 앞에서 눈물을 보이다니. 어떻게든 참고 싶었으나 눈물은 멈추지 않았다. 그녀는 눈을 감아 버렸다.

당황한 그가 다급히 물었다.

“무슨 일이에요?”

태인이 다정의 팔을 잡아 제게로 끌어당겼다. 우는 모습을 보여 주고 싶지 않아 그녀가 고개를 푹 숙였다. 눈물이 바닥으로 방울져 떨어졌다. 그가 그녀의 뺨을 손바닥으로 부드럽게 닦아 주고 턱을 잡아 살포시 들었다. 그녀는 한숨을 내쉬고 나서 드디어 감고 있던 눈을 떴다.

도태인은 전에 자신이 했던 소리를 후회했다. 무슨 자신감으로 제 앞에서는 울어도 된다고 말했을까? 그녀의 우는 모습은 너무나도 치명적이었다. 그녀의 눈물에 심장을 죄는 통증이 엄습했다. 소리 내어 울어 본 적 없는 사람처럼, 그녀는 입을 꾹 닫고 눈물만 흘렸다.

“엄마가…….”

젖은 목소리 사이로 참지 못한 흐느낌이 새어 나와, 다정은 도중에 말을 멈추었다. 숨을 들이마시는 소리가 무척 서러웠다. 이상하게도 말이 바로 나오지 않아 그녀는 입술만 몇 번 달싹거리다가 마침내 시선을 떨군 채 천천히 말을 이었다.

"죽었대요."

태인의 눈이 크게 뜨였다. 그의 놀라는 표정에 다정은 다시 눈을 감아 버렸다. 엄마에게 모진 소리를 퍼부었던 게 끝이었다. 오늘 이렇게 가 버릴 줄 알았더라면 만나지 말 걸 그랬다. 머릿속에 엄마의 마지막 모습이 잔상처럼 남았다. 비쩍 말라 광대가 다 드러나는 얼굴은 빛깔도 좋지 않았다. 전남편 장례식장에 때깔 좋게 나타났을 때와 정반대인 모습은 너무 끔찍했다.

차라리 만나지 말았어야 했다. 그러면 적어도 엄마의 모습은 젊고 건강한 시절로만 기억되었을 텐데 말이다.

그가 아무 말도 하지 않자 그녀가 일부러 강한 척 눈물을 참으며 애써 차갑고 침착하게 말을 보탰다.

"잘된 것도 있어요. 날짜 바뀌기 전에 돌아가셨으니 장례 치르기도 편한……."

하지만 밉살스러운 말은 끝까지 이어지지 못했다.

"내 앞에서는 울어도 된다고 했잖아요."

그가 그녀의 턱을 놓아주고 자상하게 말했다. 정곡을 찔린 그녀가 어깨를 움찔 떨었다. 그가 꼭 자신의 마음을 읽은 것만 같았다.

누군가에게 위로를 받아 본 적도, 약한 모습을 보인 적도 거의 없어서, 그녀는 눈물을 보이는 게 어색하고 창피했다. 어떻게든 태연한 척을 하고 싶었는데, 도태인에게는 그런 안다정의 발버

둥이 다 보였나 보다.

다정이 고개를 끄덕이면서 눈을 떴다. 걱정스럽게 자신을 응시하는 태인이 보였다. 그의 눈동자에는 그녀를 향한 연민이 가득 담겨 있었다. 남에게 동정받는 건 자존심 상하고 싫었지만, 적어도 도태인에게 받는 동정은 싫지 않았다. 오히려 그가 자신의 복잡한 심경을 이해해 주는 것 같았다.

"엄마가 죽든 말든 나하고는 상관없다고 생각했는데, 엄만 나한테 이미 죽은 사람이었는데……."

그래서 엄마를 생판 남처럼 대하려고 노력했다. 배연실은 안다정의 엄마가 아니라 노수지의 엄마였고, 노경배라는 남자의 아내일 뿐이라고 여기면서 만나지 않으려고 했다.

"엄마 노릇, 제대로 해 주지도 않은 사람인데 왜 눈물이…… 나는지 모르겠어요."

다정이 젖은 한숨을 뱉었다. 미안한 마음을 띤 엄마의 눈동자가 마음에 무겁게 남았다. 참았던 눈물이 다시 주르륵 흐르자 눈앞이 흐려지고 눈가가 뜨끈해졌다.

엄마를 만나고 싶지 않았다. 엄마의 새 가족이 보고 싶지 않고, 엄마의 그런 비참한 모습을 보고 싶지도 않았다. 엄마가 이렇게 죽었다는 소식도 듣고 싶지 않았다. 엄마는 끝까지 서러운 기억만을 남겨 주고 떠났다.

미워하고 싶었는데.

뺨을 타고 흐르는 눈물이 간지럽다 싶을 무렵, 태인이 다정의 손을 더 가까이 잡아당겼다. 힘없이 이끌려 간 그녀의 몸이 순간 균형을 잃고 그에게 기울어졌다. 그의 품은 외롭게 버텨 온 그녀를 상냥하게 받아 주었다. 신기하게도 불안하게 널뛰던 감정이 그의 체온에 녹아 점점 제자리를 찾아갔다.

그가 그녀를 양팔로 감싸 안았다. 백 마디의 말보다 더욱 진한 위로가 그녀의 마음을 따스하게 적셨다. 그의 가슴에 얼굴을 묻자, 환자복에서 풍기는 소독약 냄새가 그의 체취와 섞여 그녀에게 닿았다. 그녀가 혼잣말처럼 중얼거렸다.

"원망하고 미워하는 게 편한데…… 엄마 마지막 모습이, 너무……."

병색이 완연한 얼굴, 죽음을 앞둔 엄마의 모습이 무척이나 초라해서 다정은 엄마를 이제 더는 미워할 수도 없을 것 같았다.

엄마가 죽었다. 오늘, 자신과 만나고 난 뒤에.

뒤늦게 진정하고 나서 다정은 당직 간호사를 불렀다. 태인의 상태는 전부 정상. VIP 때문에 남은 정신건강의학과 전문의는 말이 통하지 않는 태인 대신 피곤한 낯으로 다정에게 그의 상태를 설명해 주고 말 한마디를 남긴 채 떠났다.

"헤모포비아(Hemophobia, 혈액 공포증) 치료를 좀 받아 보시죠."

태인은 의사의 조언을 들은 척도 하지 않았지만, 다정은 설명을 들으며 고개를 한참 동안 끄덕였다. 언제까지 혈액을 두려워할 수는 없는 노릇이었으니까.

병원에 있기 싫은 태인은 의사가 떠나자마자 침대에서 훌쩍 내려와 그녀의 손을 잡고 눈을 맞추었다.

"집에 갈 거죠?"

다정이 대답 대신 고개를 끄덕였다. 내일도 아침 일찍 출근하려면 집에 들어가야 했다. 한참을 울었더니 머리가 아파 왔다.

"데려다줄게요."

"가까우니까 혼자 갈게요. 조금 더 안정하고……."

"혼자 보내면 불안해서 안 돼."

엄마 품에서 살았던 날이 얼마 되지 않는다고 해도 어쨌든 그녀는 오늘 모친을 여읜 셈이다. 제아무리 이성적이고 똑똑한 안다정이라 할지라도 지금, 제정신일 리가 없었다.

언제 화를 냈었냐는 양, 그는 평소와 다름없는 얼굴로 그녀를 바라보고 있었다. 그녀는 한결같은 그의 모습이 신기하고 한편으로는 고마웠다. 그는 그녀의 마음을 더 이상 복잡하게 만들지 않았다.

"괜찮아요, 정말."

"병원에 혼자 있기도 싫고."

……라고 말하며 그가 아직도 제 팔에 꽂혀 있는 링거를 난처하게 내려다보았다. 바늘을 뽑아 버리고 싶어도 또 피를 봤다가

기절할까 봐 그는 전전긍긍했다. 그가 링거 줄과 그녀를 번갈아 보며 은근슬쩍 빼고 싶다는 내색을 보였으나 그녀는 모르는 척 외면하고 말했다.

"알았어요."

"음?"

"안 갈게요."

병원에서 날밤 지새우는 일은 익숙했다. 정신없는 응급실도 아니고 조용한 특실이니 잠을 못 잘 것도 없고 보호자용 침대도 있었다. 이만하면 당직실보다 나은 환경이었다.

"막 실신했던 사람한테 운전시키고 싶지 않아서요."

활력 징후가 다 안정되었다지만 그의 상태를 몇 시간 정도는 지켜보는 편이 좋았다. 뜻밖의 말에 그가 씨익 웃었다. 기절도 꽤 할 만한 일인 것 같다. 어쩌다가 안다정하고 밤을 같이 보내게 되었으니 말이다. 어젯밤도 그랬는데, 오늘도!

"피곤하면 여기서 자요."

신이 나서 팡팡, 침대 매트리스를 때리는 그의 행동에 그녀가 얼굴을 확 찌푸렸다. 하여튼 저 인간은 틈만 나면 변태로 변한다. 그녀가 제 팔목을 잡고 있는 그의 손을 탈탈 털어 뿌리쳤다.

보호자용 침대에 앉은 다정이 한숨을 길게 내쉬었다. 오늘 밤이야 그렇다고 쳐도, 내일 출근하면 자신에게 쏟아질 관심이 벌써부터 부담스러웠다. 그녀의 모습을 지켜보고 있던 태인이 슬쩍 말을 붙였다.

"근데 컨디션 괜찮아요?"

"무슨 컨디션이요?"

"아니, 어제……."

그녀는 '어제'라는 말만으로도 그에게 안겨 신음하던 기억을 떠올릴 수 있었다. 그녀의 얼굴이 새빨개졌다. 그의 시선이 부끄러워서 그녀는 마음 같아서는 병실 불을 꺼 버리고 빨개진 얼굴을 숨기고 싶었다.

하지만 안다정은 태연한 척을 무척 잘했다. 얼굴이 붉어진 건 숨길 수 없지만, 그래도 대범한 척은 할 수 있었다.

"진통제 먹어서 괜찮아요."

"진통제를 먹을 정도라고요?"

태인의 얼굴이 일그러졌다. 자신이 기억하는 한, 그렇게 격렬한 일은 없었다. 혹시라도 다정이 도중에 멈추라고 할까 봐 그는 최대한 부드럽고 조심스럽게 행동했다. 그녀가 조금만 눈살을 찌푸려도 그는 어쩔 줄 몰라 그녀의 눈치를 살폈다. 그녀가 맨몸을 보이는 걸 창피해할까 봐 이불을 꼭꼭 둘러싸고 그녀를 안았다. 이만큼 상대를 배려한 적은 도태인 인생에서 처음이었다. 그녀의 안에 자신을 묻었을 때에야 조마조마한 마음을 내려놓고 안도의 한숨을 내쉴 수 있을 정도였다.

안 그래도 피곤하고 머리 아픈데 약효도 떨어져 근육통까지 엄습하니, 그녀는 괜스레 짜증이 났다.

"그거야 처음이니까……."

발끈해서 대꾸한 다정이 방정맞은 자신의 입을 콱 막아 버렸지만 뱉은 말은 주워 담을 수 없는 법이었다. 그녀의 벼락같은 소리에 태인의 눈이 놀라서 크게 뜨였다. 입까지 쩍 벌린 것을 보니, 정말 제대로 놀란 모양이었다.

"처······."

사레가 들린 태인이 콜록거렸다. 몇 차례나 기침을 하고 나서 그는 눈초리에 맺힌 눈물을 닦아 냈다. 그때까지도 그는 그녀에게서 시선을 떼지 못했다. 예상치 못한 그의 반응에 그녀가 눈살을 찌푸리고 쏘아붙였다.

"왜요? 서른이나 먹어서 처음인 게 이상해요?"

그가 고개를 절레절레 저었다. 도태인은 안다정이 팥으로 메주를 쑨다고 해도 믿을 것이다. 그는 아무리 이상한 소리라도 믿었다. 아니, 그래야만 했다.

"마, 많이, 많이 힘들었죠?"

"네."

"어떡해."

한 치의 망설임도 없이 다정이 긍정하자 태인이 끙 앓는 소리를 내며 고개를 슬그머니 돌렸다. 차마 그녀를 바라볼 자신이 없어서 그가 눈을 질끈 감았다. 어쩐지 어제 그녀가 무척 버거워 보인다 싶었다. 그저 체격 차이 때문이겠거니, 넘겼는데 바보도 이런 바보가 없었다.

다정은 자책에 빠진 태인을 가늘어진 눈으로 쳐다보았다. 그는 난감한 얼굴로 그녀 쪽을 흘끔 살피다가 눈이 마주치자 깜짝 놀라 또 시선을 돌렸다. 큰 사고를 친 강아지처럼 그는 난처해했다.

미묘한 공기를 참다못한 그녀가 퉁명스레 물었다.

"뭐가 잘못됐어요?"

"아뇨, 그냥…… 내가 너무 한심해서."

말을 마친 그가 한숨을 푹 내쉬었다. 불편한 화제가 싫어서 그녀가 딱 잘라 말했다.

"그 얘긴 그만합시다. 빨리 다시 누워요."

다행히 그는 얌전히 침대에 누웠다. 대화가 끊어지자 병실은 적막했다. 태인은 눈을 감고 오랜만에 이 적막을 즐겼다. 병원에서 이만큼 마음 편히 누워 있을 수 있는 건, 안다정 덕분이었다. 그녀가 이곳에 있기에 그는 안심할 수 있었다.

"병원이 싫었어요."

그의 말이 정적을 찢었다. 보호자용 침대에 피곤한 몸을 누인 그녀는 환자용 침대 쪽으로 몸을 틀었다. 모로 누운 채 그녀는 그의 나직한 목소리를 계속 들었다.

"응급실은 더 싫었고."

"왜요?"

"사람이 죽는 곳이니까."

태인에게 보이지 않겠지만 다정이 고개를 끄덕였다. 동감이었다. 자신의 손을 거쳐 간 환자 중에 죽은 사람도 많았다. 자신에게 의사의 자격이 있는 걸까 싶을 정도로 절망적인 상황도 종종 있었다. 차도에 뛰어든 아이 엄마 같은 케이스가 특히 그랬다. 그 독한 기억은 아마 수십 년 뒤에도 남을 것이다.

"선생님을 만나기 전까지는."

하지만 태인의 말은 다정의 생각과 전혀 다르게 나왔다.

"선생님은 사람을 살리더라고요."

이어지는 말에 그녀는 씁쓸하게 웃었다. 도태인은 안다정이 신이라도 되는 양 대단하게 생각하는 모양이었다. 그가 그녀 쪽으로 몸을 돌렸다. 두 사람은 각자의 침대에서 서로 누운 채 마주 보았다. 그가 희미한 미소를 지었다.

"내가 제일 무서워하는 건 죽음이에요. 죽는 것."

"그건 사람이라면 다들 무서워해요."

삶밖에 모르는 인간은 삶의 끝을 당연히 두려워한다. 죽음에 초연해 보이던 환자라도 눈앞에 삶의 끝이 다가오면 두려움에 떨었다. 심지어 죽음을 숱하게 봐 온 의료진들도 죽음을 허무해할지언정, 무서워하지 않는 건 아니었다.

"누나가…… 손목을 이렇게 세로로 그었잖아요."

그가 왼팔을 수직으로 들어 오른손으로 쭉 선을 그었다. 그녀의 시선이 그의 손을 따라 움직였다. 보통 가로로 긋는 거와 달리 세로로 그은 거라면, 정말 죽을 작정이었던 것이다.

갑자기 변한 화제에 그녀의 표정이 굳어졌다. 그가 죽은 누나의 이야기를 하는 이유가 궁금해졌다. 그가 눈을 내리깔고 말을 이었다.

"욕조를 가득 채운 핏물이 누나의 다리를 지나서 나한테 흘러왔어요."

"설마 첫 발견자가……."

다정이 상체를 벌떡 일으켰다. 태인은 예쁜 눈동자에 절망을 가득 담고 그녀를 바라보았다. 끔찍하고 강렬한 기억에 그의 몸이 떨리기 시작했다. 그녀가 이상을 감지하고 보호자 침대에서 내려와 그에게 다가갔다. 그가 기다렸다는 듯 그녀의 손을 잡아챘다.

"그 뒤로 정신병에 걸린 것 같아요."

몸을 일으킨 태인이 힘없이 웃으며 다정에게 기대었다. 그녀의 체취에 불안한 떨림이 점점 잦아들었다. 그는 그녀의 손을 힘주어 쥐었다. 안다정이 곁에 있으니 마음의 동요가 가라앉았다.

그는 지금까지 몇 년 동안 아무에게도 하지 않았던 말을 입에 올렸다.

"누나가 말을 걸었거든요."

상식적으로 죽은 누나가 말을 걸 수는 없다. 그렇다면 도태인은 환청을 듣고 있던 셈이었다. 다정의 어깨가 바짝 굳었다.

"따라오라고."

어디로 따라오라는 건지는 묻지 않아도 알 수 있었다. 심지어 자기 파괴적인 환청이라니, 그의 상태는 예상보다 심각했다. 사람이 이 정도가 될 때까지 가족들은 뭘 한 거지? 그는 왜 자신의 증상을 숨기고 오랫동안 고통스러워한 걸까?

전에 분명 도태인을 진찰한 정신과 교수는 그에게 치료의 의지가 보이지 않는다고 했다. VIP이기 때문에 강하게 나갈 수가 없어서 뭘 해 줄 수가 없다고 말이다. 아무리 환자들이 거짓말을 밥 먹듯이 하고 자신의 증상을 숨긴다지만 환청을 들을 만큼 구석에 몰려 있을 줄은 몰랐다.

불안해진 그녀가 다급하게 말했다.

"그건 환청이에요. 믿으면 안 됩니다. 알죠?"

"걱정 마요. 죽을 생각은 없으니까."

불신 가득한 그녀의 눈빛을 느끼고 그가 미소 띤 얼굴 그대로 덧붙였다.

"난 죽는 게 제일 무섭다니까요."

도태인은 죽음이 너무 무서워서 안다정 옆에 평생 붙어 있어야만 했다.

"피를 보면…… 뭐라고 할까? 생명이 빠지는 느낌이 들어요. 죽음이요. 죽음이 느껴져요. 누나가 피를 많이 쏟고 죽었으니까."

"그래서 헤모포비아가……."

그제야 다정은 태인에게 혈액 공포증이 생긴 원인을 알 수 있었다. 누나의 자살은 그에게 정신적으로 큰 트라우마(Trauma, 외상)가 되었을 것이다. 게다가 붉은 피로 뒤덮인 장면을 목격까지 했으니, 그에게는 피투성이인 누나가 강렬한 기억으로 남았을

터.

"환각이 보일 때도 있어요. 욕실부터 내 침실, 계단, 거실에 핏물이 가득한 거……."

환청에 환각까지. 다정은 아찔해졌다. 도태인은 정말로 정신 질환자였다. 마음 같아서는 그를 병동에 입원시켜 버리고 싶었지만, 안타깝게도 안다정에게 그럴 권리는 없었다.

"그래서 집이 싫어."

죽음은 도영인 다음으로 데려갈 사람을 찾는 듯 집 안을 헤매고 다녔다. 누나가 남겨 놓고 간 죽음은 대개 태인을 노렸다. 죽음은 누나의 목소리를 빌어 태인을 유혹했다. 만일 도태인이 이 세상에서 죽음을 가장 무서워하지 않았다면 벌써 목숨을 버렸을 것이다.

"나까지 죽어 버릴까 봐."

신음처럼 울리는 그의 목소리에는 오래된 고통이 담겨 있었다. 그녀의 눈가가 일그러졌다.

"왜 치료를 받지 않았어요?"

자신을 환자로 대하는 듯한 상식적인 질문에 그의 눈빛이 흔들렸다. 그는 그녀가 자신을 환자로 대하는 게 싫지만은 않았다. 그녀는 적어도 환자에게는 친절했기에, 그녀의 친절과 관심은 그를 흡족하게 만들었다.

"집도 나오면 그만이잖아요."

"누나한테 미안해서."

다정으로서는 이해할 수 없는 소리였지만 태인은 진지하게 말을 이었다.

"누나를 버리고 나오는 것 같아서."

영인을 배 아파 낳은 모친조차도 누나의 죽음을 부끄러워했다. 집 안에서 도영인의 흔적은 단번에 사라졌다. 원래부터 도영인이 없었던 것처럼 이 세상은 굴러가기 시작했다. 그래서 자신만이라도 누나를 애도하고 싶었다. 누나가 남겨 둔 죽음에 쫓기면서 누나를 기억하기 위해 치료도 거부해 왔다.

잔뜩 꼬여 있는 그의 생각을 어디서부터 풀어야 할지 그녀는 가늠도 할 수 없었다. 그녀의 눈앞이 막막했다.

"그쪽 잘못이 아니잖아요."

그녀의 목소리가 울먹일 때처럼 떨렸다. 그가 고개를 끄덕였다. 맞다. 도영인의 죽음은 도태인 탓이 아니지만, 한편으로는 누나의 자살을 미리 막지 못한 자신이 미웠다.

태인은 다정을 물끄러미 바라보았다. 그녀의 눈빛이 자신에게 닿자 죄책감과 불안한 마음이 단숨에 녹아내렸다. 안다정 곁에 있으면 누나의 죽음을 기억해 내도 고통스럽지 않았다. 아마 이 마음은 평생 계속될 것이다.

그때, 그의 뇌리에 아까 응급실 앞에서 그녀가 뱉은 아픈 말이 생생하게 떠올랐다.

"남녀 간의 사랑도, 자식에 대한 애정도 그렇게 가볍게 변하

는데, 내가 도태인 씨 감정은 어떻게 믿어요?"

암흑 속을 헤치며 정처 없이 떠도는 중에 빛을 발견한 기분을 그녀는 알기나 할까? 물속에 빠져 허우적거리는 도중에 뭍으로 건져 올려진 기분을 그녀는 이해할 수 있을까? 그게 바로 도태인 이 안다정에게 가진 감정이었다. 그가 느릿느릿 말했다.

"선생님은 이해 못 하겠지만…… 내 감정, 가볍지도 않고 변하 지도 않아요."

태인이 다정의 뺨을 부드럽게 쓸었다. 그녀는 그의 손길을 피 하지 않았다. 이렇게 손으로 만질 수 있듯 그녀의 마음을 잡을 수 있으면 얼마나 좋을까. 몸은 닿아 있는데 서로의 마음은 도통 닿지 못하는 느낌이었다. 그는 머리를 열어서라도 그녀에게 자 신의 진심을 보여 주고 싶었다.

"그때도 정말 죽을 것 같이 무섭고 미칠 것 같았는데, 선생님 이 날 살려 줬잖아요."

"대단한 건 아니에요. 그 정도는…….

다정은 자신을 치켜세우는 태인의 말이 항상 부담스러웠다. 그가 자신에게 품은 감정이 도대체 무엇이기에, 그가 그녀를 떠 받드는 건지 도통 알 수가 없었다.

"곁에만 있게 해 달라는 말은 농담이 아니었어요."

그가 나직하게 읊조렸다. 그녀는 그의 말을 귓등으로도 듣지 않는 듯했다. 그녀에게 있어서 변태나 다름없던 그의 진심은 농담이나 장난 정도로만 치부되었다. 하지만 그가 꼭꼭 숨겨 두었던 사정을 알게 되자, 그녀는 드디어 그의 진심을 받아들일 수 있었다.

"이 옆에만 있으면 난 죽지 않을 것 같아."

그가 그녀의 뺨을 양손으로 감싸고 말을 이었다.

"그래서 무섭지도 않고, 불안하지도 않아요."

안다정 곁에 있으면 끔찍한 기억도, 자신을 노리는 죽음도 자취를 감추었다. 어느 순간부터 누나에 대한 미안함보다 살고 싶다는 욕망이 커져 버린 태인은 다정을 놓지 못했다.

"내 감정은 죽기 전까지 변하지 않을 거야."

전혀 가볍지도 않고, 변하지도 않는다는 말을 그녀는 이제 믿을 수 있었다.

"그러니까 내 옆에 있어 줘요. 날 버리지 말고."

힘없이 말한 태인이 다정의 어깨에 이마를 기대었다.

"많은 거 바라지 않을게요. 제발……."

항상 태인은 다정에게 많은 걸 바라지 않는다고 말했다. 그녀에게 부담을 지워 주지 않으려는 뜻이겠지만, 그저 곁에만 있어 달라는 말이 이상하게도 다정은 부족하게 느껴졌다. 그가 더 많은 걸 요구해도 이제는 왠지 들어줄 수 있을 것 같았다.

*　　*　　*

이튿날, 다정은 집에 결국 들르지 못한 채 응급실로 털레털레 향했다. 그나마 특실 침대에서 잠깐 눈을 붙여서 망정이지, 밤을 꼴딱 새웠으면 미쳐 버렸을지도 몰랐다.

비몽사몽이었으나 4년간 쌓은 내공으로 그녀는 케이스 리뷰와 입원 환자 회진을 멀쩡한 척 끝낼 수 있었다.

어제 당직을 서서 이제야 퇴근을 준비하는 채린이 다정에게 의아한 표정으로 물었다.

"선생님, 어제도 그 블라우스 아니었어요?"

역시 신채린. 눈썰미 하나는 대한민국 일등이었다. 진료복으로 갈아입기 직전, 하얀 가운으로 가리고 있었지만 안쪽 푸른 블라우스는 어제와 같은 옷이었다. 당연하지, 집에 못 들어갔는걸. 자신의 옷을 굳이 지적한 후배를 보고 다정이 코끝을 찡그렸다.

"……집에 못 들어가서 그래."

"어제 집에 안 들어가셨어요?"

의외라는 듯 채린이 눈을 동그랗게 떴다. 그러고 보니 어제 전화를 했을 때, 열 시에 가까운 시간이었음에도 치프는 병원이라고 했었다. 병원 어디에서 뭘 했기에 응급실에 와 달라는 말에도 오지 않나, 의심스러웠다.

물론 다정은 채린의 시선을 피했다. 자신이 도태인과 특실에 밤새 함께 있었다는 걸 알게 되면 눈치 빠른 신채린이 무슨 소리를 할지 상상도 되지 않았다.

입을 꾹 다물고 더 이상의 대화를 거부하는 다정을 채린이 살펴보다가 한숨을 내쉬었다. 굳이 치프의 사생활을 캐고 다닐 필요는 없었으니까.

"참, 빈소는 우리 병원 장례식장에 차렸어요."

누구의 빈소냐고 물을 필요는 없었다. 다정은 여전히 무표정했지만 가운 주머니에 찔러 넣은 손이 꽉 오그라졌다. 주먹을 쥔 채로 그녀는 아무렇지 않은 척 되물었다.

"그래서?"

채린의 '보고'에 다정은 날카로운 시선만 보낼 뿐이었다. 더 이상의 보고는 필요 없다고 분명 말했었다. 치프는 한 번 했던 말을 또 반복하는 걸 굉장히 싫어했다. 그런 다정의 성격을 잘 아는 채린은 고개만 까딱 숙여 인사했다.

"전 이만 퇴근하겠습니다."

의국을 나서는 채린의 뒷모습을 가만히 지켜보던 다정이 지친 듯 의자에 털썩 주저앉았다. 엄마가 죽었다. 빈소도 병원 장례식장에 차려졌단다.

어제 채린에게 엄마의 죽음을 전화로 전해 들었을 때에는 허무하고 실감이 나지 않았었다. 그 이후에는 태인의 정신병에 충격을 받아서 엄마의 죽음을 잠시 외면할 수 있었다.

그런데 이제 엄마의 죽음이 현실로 물씬 와 닿았다. 굳이 후배가 장례식장 언급을 한 건, 가 보라는 뜻이겠지. 어찌 되었든 안다정은 고인의 딸이었으니 말이다.

다정이 진료를 준비하면서 의국을 나서자 마침 멀리서 김웅진 교수가 그녀에게 손짓했다.

"다정이 나 좀 잠깐 보자."

"네?"

웅진의 부름에 다정이 쪼르르 그에게 달려갔다. 너스 스테이션에 있는 간호사들이 다정의 기분을 흘끔거리면서 살폈다. 다정은 애써 태연한 척 웅진의 앞에 꼿꼿이 섰다. 웅진이 주변을 둘러보다가 구석진 곳으로 다정을 데려갔다.

"어머니 어제 저녁에 돌아가셨다며?"

아, 역시 이 이야기가 나올 줄 알았다. 오늘 응급실 내 의료진들은 모두 안다정의 기분을 신경 쓰고 있었다. 긍정적으로 보면 고마운 일인데, 한편으로는 오지랖도 넓구나, 싶었다. 거기에 김웅진 교수까지 가세했다. 다정이 한숨을 겨우 삼키고 떨떠름하게 대답했다.

"……신경 쓰지 않으셔도 됩니다."

"나 지금 너한테 오프 주려는 건데, 정말 상관없어?"

오프라는 말에 다정은 솔깃해졌다. 가뜩이나 그저께부터 제대로 잠을 못 잤는데, 꿀 같은 오프가 주어지면 푹 쉴 수 있을 것이다. 안다정도 어쩔 수 없는 전공의인가 보다. 오프라는 단어 하나에 설레다니.

"조문은 하는 게 예의야."

그러나 엄마의 빈소에 가고 싶지 않아 다정이 입을 다물고 바닥만 내려다보았다. 제자가 아무 말도 하지 않자 웅진이 단호하게 말했다.

"대신 일주일이 아니고 이틀이야."

부모의 상을 치를 때, 다른 전공의들은 보통 일주일간의 휴가를 받곤 했다. 다정 역시 오랫동안 연락하지 않았다고 하더라도 엄마는 엄마. 물론 다정의 상황을 고려해서 일주일의 휴가는 이틀로 줄어들었다.

"장례식장 가서 다 털고 와."

다정이 고개를 들자 웅진이 빙그레 웃으면서 말을 이었다.

"요 며칠 동안 너, 내가 아는 안다정 같지가 않았어."

그렇겠지. 다정은 복도에서 수지와 언성을 높이면서 싸우고, 하루 종일 예민해 했다. 후배들이 치프의 눈치를 보느라 쩔쩔매는 걸 느끼면서도 다정은 응급중환자실 쪽만 쳐다보면 기분이 축 가라앉았다. 여유롭게 넘길 일도 꼬치꼬치 따져댔으니 후배들이 무척 불편했을 것이다. 다정이 고개를 수그렸다.

"죄송합니다."

"미워하는 마음도, 서러운 마음도…… 어머니랑 같이 다 보내드리고 씩씩하게 돌아와."

정말 다 보낼 수 있을까? 20년을 쌓아 온 감정이다. 쉽게 흘려보낼 수는 없을 것이다. 그러나 웅진은 언제나처럼 다정을 신뢰하는 눈빛을 내비쳤다.

"이제 3주 남았는데, 끝맺음까지 잘해야지."

웅진의 말이 꼭 격려처럼 들려서 다정은 괜스레 낯간지러워졌다.

출근하자마자 얼마 되지도 않았는데 가방을 챙기는 다정을 보고 찬형이 의아해했다.

"안 치프야, 너 어디가?"

"집. 김 교수님이 오프 주셨어."

"왜? 아……."

그제야 이유를 깨닫고 찬형이 입을 쩍 벌렸다. 안다정 치프의 어머니 이야기는 이미 응급실 내에 파다하게 퍼졌다. 당사자인 다정이 한 마디도 하지 않았는데 어처구니없게 소문이 돌아 다정은 민망했다.

"기운 내."

"걱정 마."

다정이 피식 웃으면서 몸을 돌렸다. 등 뒤로 찬형의 걱정스러운 눈빛이 느껴졌다.

오랜만에 집으로 돌아간 다정은 샤워부터 하고 나왔다. 박기성 환자를 조문하러 갈 적에 입었던 검은 원피스를 꺼낸 그녀는 치맛자락을 만지작거렸다. 엄마의 장례식장에 가는 건 괜찮았다. 문제는 수지를 보고 싶지가 않다는 점이었다.

수지는 다정과 엄마가 무슨 이야기를 나누었는지 아는 유일한 사람이었다. 만일 수지가 엄마의 죽음이 이토록 빨리 다가온 이유를 다정의 탓으로 돌린다면 할 말이 없을 것 같았다. 물론 자신은 잘못한 게 없고, 엄마의 상태는 절망적이었지만 사람 마음이 그리 이성적이지는 않으니까.

"아, 모르겠다."

옷을 갈아입기 전, 다정은 가운 차림으로 흐트러진 침대에서 시트를 빼 세탁기에 집어넣었다. 다 구겨진 이불을 보자 여기서 도태인과 시간을 보냈다는 게 물씬 실감 났다.

그날 일을 상상하는 것만으로도 벅차서 그녀는 고개를 흔들고 집을 재빨리 빠져나갔다.

장례식장에 도착한 다정은 예상과 달리 평온해 보이는 수지와 마주쳤다. 수지는 다정을 반갑게 맞아 주었다.

"엄마는, 언니…… 선생님이 와 주셔서 마음이 좀 편했다고 했어요."

그게 엄마의 마지막 유언이나 다름없었다. 엄마의 상태가 나빠졌다고 병원에서 연락이 와 가족들이 황급히 달려갔지만 이미 엄마는 눈을 감은 뒤였다. 수지는 엄마가 진심으로 다정을 기다렸다고 생각했다.

멀리서 자신을 흘끔거리는 시선이 느껴졌다. 누군가 했더니 이제는 기억도 나지 않는 이모들이었다. 엄마가 아버지와 이혼하고 집을 나간 뒤로 다정은 당연히 이모들과도 연락이 끊어졌었다. 조카를 예뻐하다가 손바닥 뒤집듯 입장을 바꾼 그들에게 다정은 굳이 인사를 하지는 않았다. 그저 빨리 이곳을 뜨고 싶은 마음뿐이었다.

"그리고, 이거……."

주변 눈치를 보던 수지가 다정에게 낡은 통장을 내밀었다. 다정이 받지 않자 수지가 빠르게 덧붙였다.

"언젠가 선생님이 결혼하게 되면 뭐라도 꼭 해 주고 싶었다고 몰래 모아 온 거래요."

다정이 만남을 거부하자 죽음을 앞둔 연실은 수지에게 통장 하나를 맡겼다. 엄마의 마지막 부탁이라면서 맡긴 통장을 수지는 차마 거절하지 못했다. 전남편과 달리 풍족한 집안이라 연실은 남편에게 용돈을 꽤 많이 받았고, 조금씩 떼어 따로 저금을 할 수 있었다.

"엄마 노릇…… 하나도 못 해 줬다고."

수지가 정직하게 건네는 통장을 다정은 받지 않고 내려다보기만 했다. 돈 앞에서 사람들이 어떻게 변하는지, 병원 근무를 하면서 잘 알게 된 다정은 통장으로 선뜻 손이 가지 않았다. 수지에게 '이걸 정말 나한테 주고 싶은 거니?'라고 묻고 싶었지만 다정은 입을 꾹 다물었다.

무엇보다 이 돈을 받아 버리면 엄마를 용서하는 기분이 들 것 같았다. 다정은 엄마의 통장을 받고 싶지 않았다. 이제 엄마와는 연결되고 싶지 않았다.

"됐습니다. 병원비에 보태세요."

"병원비는 괜찮으니까요. 네? 엄마가 꼭 드리고 싶어 했어요."

화환으로 가득 뒤덮인 장례식장엔 손님도 많았다. 지나가듯

들린 얘기로는 남편인 노경배가 대구에서 큰 가게를 하는 모양
이었다. 그러니 외가 쪽 사람들도 엄마의 재혼을 반겼을 것이다.
자신을 보고 이모들이 껄끄러워하는 건 당연한 일이었다.

다정은 통장을 차가운 눈으로 내려다보았다. 돈이 절실했던
시기는 이미 지났다. 만일 10년 전에 엄마가 이 통장을 주었더라
면 고맙게 받았겠지만, 이제 안다정은 돈에 연연할 필요가 없었
다.

"이만 갈게요."

다정이 끝까지 엄마의 통장을 받지 않자, 수지는 어쩔 수 없이
손을 내렸다. 다정의 대쪽 같은 성격을 이미 알고 있었지만, 엄마
의 마지막 부탁조차 거절할 줄은 몰라서 수지는 내심 허탈해졌
다. 엄마의 부탁은 결국 이루어지지 않았다.

다정이 신발장에서 제 구두를 찾아 꺼냈다. 여기는 이방인이
나 다름없는 자신이 있을 곳은 못 되었다. 배연실의 가족들은 안
다정을 껄끄러워했고, 노경배 쪽 가족들은 안다정이 누군지 호
기심을 갖고 살펴보았다.

'빨리 가자.'

구두를 신은 순간, 자신을 부르는 수지의 목소리가 다급히 들
렸다.

"선생님!"

다정이 고개를 돌리자 수지가 조심스레 입을 열었다.

"언젠가 마음이 풀리면……."

다정과 수지의 눈빛이 허공에서 부딪쳤다. 무덤덤한 다정과 다르게 얼마나 울었는지 수지는 빨간 토끼 눈이었다. 엄마로부터 받은 사랑의 크기가 이렇게 차이가 나는구나 싶자, 다정은 씁쓸해졌다.

"언젠가…… 식사라도 같이 할 수 있을까요?"

다정은 수지를 말없이 쳐다보았다. 낯익은 눈매, 분명 어느 정도는 같은 유전자를 공유하는 자매를 응시하던 다정은 대답을 회피했다.

"안녕히 계세요."

수지와 마주 앉아 밥을 먹을 날은 오지 않을 것 같지만, 다정은 구태여 부정하지 않고 걸음을 돌렸다.

다정은 장례식장을 나와 응급실 쪽으로 익숙한 길을 걸었다. 오늘은 오프니까 바로 집에 들어가서 자야지. 빈소를 나서자 긴장 때문에 잠시 잊었던 피로가 쓱 몰려왔다. 그렇게 응급실 앞을 지나칠 때였다.

"집에 들어가요?"

그녀의 발길을 잡는 목소리가 들렸다. 걸음을 멈춘 그녀가 고개를 돌렸다. 태인이 팔짱을 낀 채 벽에 기대어 서 있었다. 그를 보자마자 그녀는 시간을 확인했다. 업무 시간에 편한 차림으로 응급실 앞을 서성인다는 건…….

"오늘 출근 안 했어요?"

"병가."

그가 대답하고 나서 환하게 웃었다. 하긴, 그는 어제 기절을 했었다. 아침 일찍 퇴원을 했으니 병가를 내기 충분했다.

"나도 이틀 오프 받았어요."

태인이 고개를 끄덕였다. 이미 응급실에 갔다가 다정의 사정을 들은 뒤였다. 장례식장에 갔다면 분명 그녀는 이 길로 돌아올 것이다. 이제는 안다정이 다니는 길까지 외운 도태인은 확신을 가지고 응급실 건물 벽에 붙어서 그녀를 기다렸다. 정말 스토커가 따로 없었다.

"기분 전환으로 드라이브라도 할래요?"

그가 차 키를 들어 보이며 물었으나 그녀는 고개를 저었다. 드라이브는커녕, 숨 쉬는 것도 버거울 만큼 피곤했다.

"집에 갈래요."

미련 없이 걸음을 돌리는 그녀를 보고 그가 아쉬운 듯 한쪽 눈가를 찡그렸다. 몇 걸음 앞서 걷던 그녀가 뒤를 돌아보았다. 도태인이 웬일로 옆에 따라붙지 않았나 싶어서였다.

"안 가요?"

"지금 선생님 집에 같이 가자는 거예요?"

태인이 농담처럼 받아쳤지만 다정은 대꾸하지 않고 물끄러미 그를 응시할 뿐이었다.

장례식장은 무척 불편했다. 수지와의 대화도 달갑지 않았고, 자신을 살피는 여러 사람의 시선도 불쾌했다. 가뜩이나 피곤한데, 피로가 겹겹이 쌓이는 기분에 어서 빨리 그곳에서 도망치고 싶었다.

장례식장에서 나와 멍하니 길을 따라 걸으면서도 머릿속은 복잡하고 부정적인 감정으로 가득 찼다. 엄마는 무슨 생각으로 통장을 만든 걸까? 수지의 말에 따르면, 엄마는 다정이 결혼할 때 그 통장을 줄 계획이었을 것이다. 부유한 집 마나님으로 살면서 조금씩 모은 그 돈으로 20년간 쌓인 죄책감을 버릴 생각이었나? 다정의 입장에서는 모든 일이 그저 삐딱하게만 보였다.

또한, 삐뚤어진 자신과 달리 해맑은 수지를 보자 다정은 무척 껄끄러웠다. 노수지는 안다정과 달리 부족함 없는 삶을 살았겠구나, 싶었다. 수지는 진심 어린 표정으로 엄마의 꽤 큰 금액이 들었을 통장을 다정에게 주려고 했고, 언젠가는 만나고 싶다는 마음을 넌지시 내비쳤다. 안다정에겐 있을 수 없는 일이었다.

부정적인 감정은 자기혐오까지 뻗쳐 갔다. 게다가 몸은 피곤하고 아직도 근육통까지 남아 있었다. 이쯤 되면 세상 자체가 싫어질 정도라 그녀는 똥을 씹은 표정으로 걸었다.

그러다가 도태인과 마주쳤다.

집에 가냐는 그의 목소리를 듣는 순간, 부정적인 감정이 자취를 감추었다. 신기한 일이었다. 단지 그와 만나서 그의 목소리를 들었을 뿐인데 단숨에 기분이 좋아졌다. 이런 경험은 처음이었다. 첫 월급을 받았을 때도 이만큼 기분이 좋지는 않았던 것 같다.

도태인을 만나면 근심이 덜어진다. 그와 함께 있는 것만으로

도 기분이 나아지는 느낌이었다. 다정은 이런 감정이 뭔지 알 수 없었다. 분명한 것은 어느 순간부터 이 남자가 편하고, 그의 곁에 있는 게 싫지만은 않다는 점이었다.

말없는 다정을 보자 태인은 자신이 실수를 했나 싶어 자신의 언행을 되짚어 보았다. 가뜩이나 장례식장에 다녀와서 기분도 좋지 않을 텐데 괜히 농담처럼 그녀를 떠본 듯했다.

그녀는 여전히 곁을 쉽게 내주지 않았다. 어쩌면 어제 일 때문에 그를 꺼릴지도 모르겠다. 도태인은 정신병이 있으니까. 그는 그녀가 자신을 부담스러워하면 어떡하나, 걱정이 된 그는 초조해졌다. 그녀의 반응에 따라 조금 거리를 둬야 할지도 모르겠다.

"농······."

그가 애써 미소를 지으며 아무렇지 않게 얼버무릴 때였다. 가만히 서서 그를 응시하던 다정이 어깨에서 힘을 쭉 빼고 입을 열었다.

"이제 솔직해질까 해요."

솔직해져?

그는 그녀의 말이 무슨 뜻인지 바로 이해가 되지 않았다. 대답 대신 고개를 갸웃거리는 그에게 그녀가 손을 내밀었다. 그는 망설임 없이 그녀의 손을 덥석 잡고 성큼 다가왔다. 이는 잘 짜인 각본과도 같이 물 흐르듯 이루어졌다.

"난 사랑을······ 애정을 믿지 않아요."

다정의 입에서 나온 사랑이라는 단어가 무척 생소해서 태인은 그녀의 말이 꼭 외계어처럼 느껴졌다. 그녀가 무슨 말을 할지 몰라서 마음이 불안해진 그는 가슴이 두근거렸다.

"너무 얄팍하고 변덕스러운 감정이라, 가져 봤자 상처만 받을 거라고 생각했어요."

사랑을 거부해 왔기 때문에 안다정은 사랑을 할 줄 몰랐다. 오랫동안 이어진 삶의 방식은 습관이 되었고, 습관적으로 그녀는 웬만한 감정은 전부 외면해 왔다.

"지금도 그렇고."

지금도 변함없다는 다정의 말에 태인은 실망하지 않으려 노력했다. 자신 역시 그녀에게 사랑을 바라는 건 아니라고 생각하며 그는 애써 마음을 진정시켰다. 그녀를 향한 자신의 마음은 흔해 빠진 사랑이 아니라 더욱 무겁고 단단한 감정이었다. 그는 그녀에게 많은 걸 바라지 않았다. 그녀의 곁에서 관심만 받아도 충분하다고 그가 자신을 달랠 때였다.

"그런데 그쪽은 변하지 않을 거라면서요? 죽을 때까지."

예상과 달리 다정이 긍정적인 말을 뱉자, 초조해서 어쩔 줄 모르던 태인이 눈만 깜박거렸다. 대답 없는 그를 빤히 올려다보던 그녀가 재촉하듯 물었다.

"아닌가?"

다정은 태인이 자신에게 품은 감정이 무엇이든 상관없었다. 그저 그가 변하지 않는다는 사실만이 중요했다. 그가 입에 달고 살던 '좋아한다'는 말이면 됐다고 생각했다.

"어……."

태인이 어물거렸다. 오랜 고난 속에서 보상을 받은 느낌이랄까? 이게 꿈이라면 여기서 더는 깨지 않았으면 좋겠다. 그가 헛웃음을 터뜨리면서 다정과 맞잡은 손을 제게로 세게 끌어당기고 신이 나서 떠들었다.

"이제야 좀 내 마음을 알아주네."

굳어 있던 그의 입가가 사르르 풀렸다. 진심으로 그가 밝은 미소를 지었다.

"도태인 씨한테 드는 이 감정이 뭔지는 모르겠어요. 이 마음에 굳이 이름을 붙일 필요는 없겠죠."

그녀가 솔직하게 털어놓자 그가 고개를 끄덕였다. 두 사람 사이에 흐르는 감정이나 두 사람 사이를 정의하는 단어는 필요치 않았다.

"그냥…… 같이 있으면 좋아. 그쪽하고 같이 있으면 정신이 없어서 다른 생각을 못 하게 되거든요."

"칭찬이죠?"

그가 의심스럽게 되묻는 바람에 그녀가 옅게 웃었다. 그와 함께 있으면 서러운 기억이 희미해진다. 덧붙여 나빴던 기분도, 우울한 감정도 모두 자취를 감춘다.

"같이 있으면 좋고, 가끔은 생각이 날 때도 있어요."

다정의 말에 태인은 감격했다. 양쪽 뺨에 한 글자씩 '감격'이라고 적힌 듯한 그의 표정이 우스꽝스러웠다. 곧, 그가 그녀의 손을 잡지 않은 팔을 번쩍 들었다. 이거 왠지 이 변태가 안을 것 같은데……

"선생님!"

역시나 슬픈 예감은 틀리지 않았다.

그녀는 와락 끌어안으려는 그를 피하려고 했으나 단단히 붙잡힌 손 때문에 결국 그에게 안기고 말았다. 아는 사람들이 근처를 지나가지 않기만을 바라며 그녀가 미간을 찡그리고 말을 이었다.

"그래서 자고 싶었나 봐요."

아직 태인은 다정이 진통제까지 먹어야 했다는 사실에 자괴감을 채 떨치지 못했다. 그날 밤, 그녀에게 최선을 다하기는 했지만 그녀가 처음이었다는 걸 알았더라면 더욱더 조심했을 것이다. 그저께 있었던 일을 떠올리자 당황한 그가 입을 벙긋거리다가 한숨을 푹 내쉬었다.

"우리 안다정 선생님…… 엄청 적극적인데?"

"하고 싶고, 갖고 싶은 걸 늘 참아 왔어서…… 어렵네요. 솔직해지는 건."

어쩔 줄 모르는 그와 달리 그녀는 담담했다. 생활 방식을 바꾸는 건 쉽지 않았지만 그녀는 뒤늦게 후회하지 않도록 조금쯤은 충동적으로 살고, 솔직해지고 싶었다. 그녀의 진지한 눈빛에 그는 미소를 되찾았다.

"그거면 됐어요."

항상 도태인은 이렇게 말했다. 안다정에게 많은 걸 바라지 않는다는 듯 말이다. 바라는 것이 더 있음에도 숨기는 게 아닐까 싶어 그녀가 뭐라고 말하려다가 입을 다물었다. 그가 먼저 진심이 가득한 목소리를 냈기 때문이었다.

"정말, 그거면 충분해."

"믿어 볼게요. 그쪽 마음이 진짜 변하지 않는지."

곁에 있어 주기만 하면 된다는 그의 말은 진심이었나 보다. 이 세상 어느 누가 도태인만큼 안다정을 필요로 할까? 다정은 기꺼이 태인의 손을 잡았다. 죽을 때까지 변함이 없을 거라는 그의 말을 한 번만 속는 셈 치고 믿어 보기로 했다.

마음이 후련해졌다.

치료 방법 14.
함께 살기

　8월의 끝이 다가오고 있었다. 이미 3년 차 신채린은 4년 차 안다정에게 의국장이 할 일을 인수인계 받았고, 4년 차들은 홀가분하게 응급실을 휘젓고 다녔다. 이제 3년 차들의 어깨가 무거워질 때였다.

　다정은 오늘도 진료를 위해 가운을 입고 마스크와 청진기, 펜라이트 등을 챙겼다. 부디 오늘부터 9월 1일까지는 위급한 환자가 적기를! 환자가 오지 않는다는 건 불가능하니, 수만이라도 적기를 바라며 그녀가 막 의국 출입문을 열 때였다. 덩치는 곰 같은 찬형이 다정의 앞을 막아섰다.

　"뭐야?"

　"야, 1일부터 식당 업체 바뀐다며? 어딘지 알아?"

예전에 태인이 했던 말이 현실이 되었다. 정말 식당 업체가 바뀌는구나. 워낙 정신이 없어서 깜빡 잊었었는데 세상은 여전히 잘 돌아가고 있었다.

"아…… 어디로?"

"몰라. 그냥 바뀐다고 공지 붙었더라."

비리 때문에 본보기식으로라도 괜찮은 곳으로 선정될 것이다. 조금 억울하긴 하지만 앞으로 남은 시간만이라도 구내식당에 처박혀 볼까? 몇 장 남아 있는 식권을 생각하며 느긋한 생각을 하는 다정과 달리 찬형은 절규했다.

"맛있는 데면 억울해서 어떡해! 내 4년! 아니, 5년!"

"너나 나나."

따지자면 현재 4년 차인 그들이 최대 피해자였다. 아쉽긴 한데 과거를 돌릴 수는 없고, 그깟 밥 때문에 전공의 생활을 지속하고 싶지도 않았다.

찬형을 뒤로하고 나오려던 다정은 동기가 바쳤던 식권을 떠올렸다. 그러고 보니 김찬형이 내과 이미진 선생하고 만났다는 소식을 듣지 못했다. 언제 한 번 스케줄을 바꿔 달라고도 했었는데 그런 부탁 역시 하지 않았다. 염치 불고하고 이미진을 탈탈 털어서 겨우 자리를 마련한 셈인데 다정은 설마 소심한 김찬형이 미적거리는 건가 싶었다.

"참, 너 9월 되기 전에 이미진 선생은 만나야지. 언제 만나?"

"말일에."

"넌 그것도 얘기 안 하냐."

다정의 서운한 목소리에 찬형이 머쓱하게 뒷머리만 긁적였다. 다정은 도로 의국 안으로 들어가 달력에 적힌 스케줄을 살피며 물었다.

"31일? 둘이 오프 맞았어? 바꿔 줘야 해?"

"맞았어. 천생연분인가 봐."

김찬형은 수줍게 혼자 김칫국을 마시고 있었다. 어쨌든 굳이 일정을 바꿔 줄 필요는 없어서 다행이라면 다행이었다.

그때 멀찍이 컴퓨터 앞에 앉아 있던 민석이 다정을 부르면서 일어나 다가왔다.

"안 치프."

"왜?"

민석이 이유 없이 시비를 건 이후로 다정은 이 동기를 가까이하지 않았다. 의국장 감투를 쓰고 있는 다정에게 웬만한 후배들이 철썩 붙어서 민석은 한동안 고립되다시피 했었다. 그나마 찬형이 말을 붙여 주어서 민석은 더 이상 엇나가지 않았다.

그런 민석이 대뜸 사과를 입에 올렸다.

"저번에는 미안했어."

이놈이 사과를 할 줄 아는 놈인지는 몰랐다. 다정이 미간을 찌푸리고 쳐다보자 민석은 그녀의 어깨를 잡고 진지한 표정을 지으며 털어놓았다.

"너 아니었으면 나, 다시 못 합쳤다."

그러니까…… 장민석이 예민하게 피해 의식을 흩뿌리고 다닌 이유는 결혼까지 앞두었던 연인에게 차였기 때문이었는데, 안다정 덕분에 다시 합쳤다는 뜻인가? 정작 당사자인 다정은 무슨 소리인지 몰라 떨떠름한 시선만 보였다.

"다시 붙었어?"

찬형의 질문에 민석이 고개를 끄덕였다.

사실, 저번에 시사 프로그램 인터뷰에서 '정의로운 의사'가 된 민석은 얼마 뒤 헤어진 연인의 전화를 받았다. 민석이 전공의 과정을 마치고 3년간 군 복무를 해야 하는데다가 개원도 힘든 응급 의학과라 미래가 불안했었는데, 그 방송을 보자 불안보다 사랑하는 마음이 더욱 컸음을 깨닫고 연인이 연락한 것이었다.

구구절절한 사정은 생략하고 희미한 미소를 남긴 채 민석이 의국을 나갔다. 기가 막혀서 다정이 투덜거렸다.

"내가 뭘 했다고? 쟤는 혼자 저러고 가면 자기가 멋있는 줄 아나?"

"좀 있어 봐. 내가 살살 물어볼게."

남의 연애사를 들을 생각에 신이 난 찬형이 민석을 따라 의국을 나갔다. 다정도 헛웃음만 터뜨리며 뒤늦게 밖으로 나갔다.

너스 스테이션에서 기존 환자 차트를 확인하는 다정에게 채린이 다가왔다. 후배도 차트 확인을 하려는 건가, 다정이 대수롭지 않게 여길 무렵이었다.

"요 며칠간 선생님…… 태인이 오빠 차 타고 출퇴근하신다면서요?"

"어떻게 알았어? 차 있으니까 편하더라."

눈을 동그랗게 뜬 다정이 솔직하게 대답했다. 일부러 병원 가까이 있는 오피스텔에서 살고 있지만 걸어가는 것보다 차가 훨씬 빠른 건 부정할 수 없었다. 게다가 하루 종일 환자에게 시달려서 잔뜩 지친 그녀에게 그의 차는 휴식처나 다름없었다. 집으로 돌아가는 짧은 시간이지만 쉴 수 있다는 게 이토록 좋은 건지 몰랐다.

"……차만 타시는 것도 아니면서."

하지만 채린은 음흉한 눈빛을 내비쳤다. 이해할 수 없는 말에 다정이 미간을 찡그리며 되물었다.

"차 아니면 또 뭘 타?"

순진한 대꾸에 채린은 그저 히죽 웃고 말았다. 하여튼 비밀 많고 이상한 놈들이 응급의학과에 다 몰려 있다.

─너, 요즘 대체 어디서 뭘 하고 다니는 거야? 집은 꼬박꼬박 들어오던 애가?

아버지의 전화에 태인의 얼굴이 굳어졌다. 태인이 며칠 동안 집을 들어오지 않아 애가 탄 광열은 하나뿐인 아들의 심기를 거스르지 않도록 최대한 감정을 절제했다. 며칠째 집에 들어오지 않는 아들에게 괜히 큰소리를 냈다가 영영 집에 돌아오지 않을까 걱정이 되어서였다.

그러나 태인은 아버지에게 마음을 열지 않았다. 그는 귀찮은 마음을 감추지 않았다.

"잘 지내고, 출근도 잘하고 있으니 전화하지 마세요."

—태인아!

그러나 아버지의 목소리를 듣지 못한 척 태인은 전화를 뚝 끊어 버렸다. 이제 며칠간 아버지는 연락을 하지 않을 것이다. 부모와 연락을 하고 나면 항상 좋았던 기분이 나락으로 떨어졌다.

'하필 지금.'

현재 태인은 주차장에서 다정이 오기를 기다리는 중이었다. 그녀를 기다리는 시간은 무척 즐거웠는데, 아버지의 전화로 방해를 받은 느낌이었다.

그때 누군가가 똑똑, 운전석 창문을 두드렸다. 창문을 내리자 썩 반갑지 않은 얼굴이 보였다.

"흐응……."

"뭐야?"

오라는 다정은 안 오고 신채린 따위나 와서 깝죽거렸다. 태인이 도로 창문을 올릴 무렵, 때를 놓치지 않고 채린이 말을 던졌다.

"오빠, 치프 선생님하고 같이 산다며?"

태인은 내심 놀랐다. 항상 철벽을 두른 듯한 다정이 사생활을 채린에게 털어놓았을 줄은 몰랐다. 신채린이 안다정하고 그만큼 친밀했던가? 히죽거리는 채린을 보며 태인은 일주일 전, 다정과의 대화를 떠올렸다.

다정의 오프가 주말에 겹친 날, 아침부터 늦은 밤까지 태인은 그녀의 곁에 찰싹 달라붙어 있었다. 이제 슬슬 월요일 출근을 준비해야 하는데도 그는 집에 돌아갈 생각을 하지 않았다.

집에 돌아가고 싶지 않아 다정의 집에서 미적거리던 태인은 자신의 앞에 진지한 표정으로 앉은 그녀를 바라보았다. 그녀가 덤덤하게 입을 열었다.

"집에 가기 싫어서 이러고 있는 거죠?"

"네."

그가 솔직하게 대답했다. 안다정 숭배자인 도태인이 그녀에게 거짓말을 할 수 있을 리는 없었다. 이미 병실에서 그의 사정을 알게 된 터라 그녀는 그를 매정하게 쫓아내는 대신, 의사로서 조언을 했다.

"정신병이라고 피하기만 하면 안 돼요. 일단 정확한 진단을 받고 치료를 받으면 나아질 겁니다."

그녀의 목소리는 무척 단호했지만 사실 도태인은 별로 치료받을 생각이 없었다. 안다정 옆에 함께 있는 현 상황도 나쁘지는 않았으니까.

그가 시무룩하게 물었다.

"꼭…… 치료받아야 해요?"

"당연하죠. 평생 무서워하면서 살 거예요?"

"선생님만 옆에 있으면 되는데."

태평한 소리에 다정이 한숨을 푹 내쉬었다. 실제로 태인은 자신의 옆에 있으면 안정을 쉽게 찾았다. 종종 누나와의 추억을 말해도 그는 별로 불편해하지 않았고, 죽음에 대한 공포 같은 건 찾아볼 수도 없었다.

하지만 그녀가 보기에 이는 임시방편에 불과했다. 도태인은 근본적인 치료가 필요했다.

"일단…… 집이 불편하면 오피스텔로 들어와요."

"정말?"

뜻밖의 제안에 태인이 눈을 빛냈다. 다정이 고개를 끄덕이자 그의 입가가 절로 벌어졌다. 그녀가 보기에 그의 치료는 끔찍한 집을 나오는 것부터 시작이었다. 먼저 불안을 만드는 장소를 떠난 다음, 현대 의학의 도움을 받아야 했다.

"대신 상담 치료랑 약물 치료 병행하는 조건으로."

이번에는 안다정이 거래를 제안했다. 무슨 조건이 달리든 간에 꽤 구미가 당기는 제안이었다. 아마 그녀가 다른 조건을 달았더라도 그는 망설임 없이 수락했을 것이다. 그가 바로 대답했다.

"알았어요."

시원한 긍정에 그녀가 그의 손을 잡아 주었다. 그는 제 손을 감싸 쥔 그녀의 자그만 손을 내려다보았다. 중요한 환자를 대하듯 그녀는 그에게 친절했다. 그녀는 진심으로 그의 병을 고쳐 주고 싶은 것이었다.

"누나에게 미안하더라도, 살아 있는 한 사람은 나아져야죠."

"우리 안다정 선생님하고 같이 살 수만 있다면야 뭐든지."

씨익 웃으면서 태인이 다정을 덥석 껴안았다. 지금처럼 예상치 못한 스킨십이 이어지면 그녀는 깜짝깜짝 놀라기는 했으나 그를 밀어낸다거나 화를 내지는 않았다. 뭐랄까? 경계가 심하던 새끼 고양이가 드디어 마음을 열고 가까이 다가오는 느낌이었다.

이제는 그에게 안기는 것도 불편하지 않았다. 그의 품에서 그녀가 말했다.

"필요한 거 챙겨서 나와요. 부모님께도 친구 집에서 당분간 지내겠다고 꼭 말씀드리고요."

"친구?"

마음에 들지 않는 단어에 그가 눈가를 찡그리면서 그녀를 떼어 냈다. 도태인과 안다정이 무슨 사이인지는 모르겠지만 적어도 친구 사이는 아니었다. 같이 자는 사이는 결코 친구라고 볼 수 없었다.

그러나 그녀는 단호했다.

"그럼 여자랑 산다고 할 겁니까? 부모님이 참도 좋아하겠네요."

고맙게도 안다정은 남의 부모 생각까지 해 주었다. 쓸데없는 생각이었다. 일반적으로는 그녀의 말이 맞을지도 모르겠지만…… 알 게 뭐람?

도태인은 부모에게 사정을 설명할 생각은 없었다. 이미 부모와는 감정의 골이 깊게 파여 있어서 다정의 이야기를 하고 싶은 마음도 없었다. 괜히 다정의 존재가 알려져서 좋을 것 없는 집구석이었다.

그 이후, 태인은 다정의 집에 들러붙었다.

월요일 퇴근 이후에 짐을 챙겨 오랬더니, 황당하게도 도태인은 빈손으로 들어왔다. 이유는 간단했다. 굳이 짐을 챙겨 오기도 귀찮고 번거로워서 필요한 물건을 그때그때 사면 되는 거니 말이다. 그의 주장을 들은 그녀의 표정은 꽤 볼 만했다.

오피스텔은 다정 혼자 살기에는 쾌적했지만 태인이 들어오니 단숨에 좁아진 기분이었다. 그래서 태인은 귀찮아하는 다정에게 이사를 갈 생각이 없느냐 물어보았다. 물론 그녀는 뜬금없는 이사 이야기에 황당한 시선이나 보낼 뿐이었다.

그렇게 일주일이 지났다. 그들은 점차 둘만의 생활에 익숙해지고 있었다.

상념에서 빠져나온 태인은 흥미진진한 표정의 채린에게 물었다.

"너한테만 말했어? 아니면 다른 사람들도 알아?"

"진짜 같이 살아?"

그 순간, 태인은 자신이 채린에게 걸려들었음을 깨달았다. 역시, 안다정이 남에게 사생활을 오픈할 리가 없지. 역시 영악한 신채린이 떠본 셈이었다. 태인이 미간을 찡그렸다. 이런 얕은 수에 넘어가다니 자신이 바보 같았다.

태인이 불쾌한 듯 쏘아붙였다.

"왜 남의 뒤를 캐고 다녀?"

"치프 선생님이 걱정되니까 그렇지."

"걱정?"

"오빠같이 정신 이상한 사람한테 걸려서 고생하실까 봐."

"언제는 안다정에게 나밖에 없다며?"

다정이 그녀답지 않게 보호자에게 언성을 높였던 그날, 채린은 분명 이렇게 말했었다. 안다정을 붙잡아 줄 사람은 도태인뿐이라고. 그래 놓고는 이제 정신병자 취급이라니, 그는 기가 막혔다.

"그때는 그때고."

잘생긴 얼굴을 잔뜩 찌푸린 태인과 달리 채린은 생긋 웃었다. 어쩐지 아침마다 같은 차를 타고 출근하고, 저녁마다 같은 차로 퇴근한다 했다. 혹시나 싶어서 찔러 보았는데 역시 예상이 맞았다.

다행스럽게도 채린은 더 이상 태인의 속을 긁지 않고 떠나 주었다. 그는 신채린 따위에게 정신병자 취급을 받아 기분이 나빠졌다. 아무래도 성실하게 치료에 임해야겠다. 뜻밖의 일로 그는 치료 의지를 다졌다. 만약 다정이 이 상황을 지켜보았다면 채린에게 고마워했을 것이 틀림없었다.

얼마 지나지 않아 다정이 주차장에 나타났다. 이제는 익숙한 조수석에 앉은 그녀는 그가 내미는 도시락을 의심 없이 받아 들었다. 여섯 시면 퇴근하는 태인은 저녁을 늦게 먹는 다정을 위해 집에 가서 도시락을 만들어 가져오곤 했다. 집에 돌아가는 시간이 다정의 저녁 식사 시간이었다.

문제는 오늘의 메뉴였다. 시커멓게 생긴 것이…… 먹으면 몸에 해로울 듯했다. 그녀가 젓가락으로 문제의 반찬을 가리켰다.

"이건 뭡…… 니까?"

"장어구이요."

장어라는 말에 다정이 입술을 삐죽거렸다. 신선한 초밥 정도는 먹지만 다정은 사실 비린 음식을 썩 즐겨 먹지 않았다. 그녀가 반찬 투정하는 어린애처럼 투덜거렸다.

"나 비린 거 안 좋아하는데."

"안 비려요."

그러나 생긴 것도 그렇고 장어라니…… 그녀는 작년, 과메기라는 안 좋은 경험을 떠올리고 한숨을 내쉬었다. 그가 핸들을 쥔 채로 그녀를 타일렀다.

"스태미나를 열심히 보충해야지 공부도 할 수 있는 겁니다."

그녀와 같이 살기 시작한 이래로, 그는 요리에 매진하기 시작했다. 바쁜 탓에 끼니를 거르기 일쑤인 그녀에게 어떻게든 음식을 먹이기 위해서였다. 이는 그가 말한 뒷바라지와도 관련이 있었다. 시험 준비에 가장 중요한 요소는 바로 체력이었고, 안다정은 체력이 부족한 편이었다.

그녀가 내키지 않는 표정으로 떨떠름하게 물었다.

"꼭…… 먹어야 해요?"

"이거 내가 먹으면 우리 안다정 선생님, 밤에 큰일 날 텐데."

운전대를 잡은 채 그가 그녀를 곁눈질하며 능글맞게 웃자, 그녀는 장어를 덥석 먹어 버렸다. 그런데 예상했던 것과 맛이 조금 달랐다. 쫀득한 식감은 그렇다 쳐도, 비린 냄새는 나지 않았다. 가끔 초밥 전문점에서 먹은 장어 초밥은 파삭거리는 식감에 비린 맛이 남아 있곤 했는데 같은 재료로 만든 음식이 이렇게 다르다니 신기했다.

"안 비리죠?"

"네, 뭐…… 신기하네. 생긴 건 시커먼데."

"냄새 빼려고 재워 뒀거든요."

'어디에 재워 둬?'

도태인의 입에서 나왔다기에는 생활감이 물씬 느껴지는 대답이라 그녀는 할 말을 잃었다. 재벌 3세에 모델처럼 외모까지 훌륭한 남자를 그저 집 안에서 가정부로 써 먹는 느낌이었다. 사치도 이런 사치가 없었다.

괜히 멋쩍어진 그녀가 헛기침을 했다.

"언제 이런 걸 또 만들었대."

"선생님보다 내가 한 시간 출근을 늦게 하잖아요."

다정의 출근을 도와주고 나서 태인은 도로 집에 돌아와 남는 시간에 음식을 했다. 뭘 배우든 빠르게 습득하는 편이라 그는 요리도 금방 익혔다. 또한 그는 그녀보다 두 시간 일찍 퇴근을 해서, 그 시간에 저녁 도시락을 만들 수 있었다.

한편, 시간을 쪼개어 사는 그를 그녀가 황당하다는 듯 바라보았다. 그는 그녀의 시선을 즐겁게 느끼면서 운전을 계속했다.

"이렇게 뒷바라지해 줄게요."

그는 몇 번이고 그녀가 전문의 시험을 볼 때까지 '남편처럼' 뒷바라지를 하겠다고 자처했다.

남편이라…… 머릿속에 스쳐 지나가는 꿈의 잔상 때문에 마음이 복잡해져서 다정은 말없이 도시락만 우걱우걱 먹었다. 태인의 음식 솜씨는 날이 갈수록 좋아져서, 프라이팬 사용을 어색해하던 도태인이라고는 상상할 수 없는 지경에 이르렀다.

"근데 그쪽…… 부모님이 이러고 다니는 거 알긴 해요?"

태인이 어깨를 으쓱했다. 그럴 리 없다는 뜻이었다. 다정은 이 순간 도태인의 부모님에게 죄송스러워졌다. 열심히 아들을 키워 놨는데 그 아들이 스스로 식모를 자청하는 걸 알면 부모 속이 참도 편하겠다, 싶어서였다.

*　　*　　*

벌써 며칠째 집에 들어오지 않는 아들 때문에 은미는 신경이 날카로웠다. 쓸데없이 넓은 집에는 데면데면한 부부만이 남았다. 자신보다는 그래도 남편이 남자니까 아들과 말이 통하겠거니 여기며 연락을 하라고 성화를 부렸는데 남편은 입만 꾹 다물고 아무 소식도 주지 않았다.

아들은 자신의 전화를 완전히 무시했고, 분명 통화를 했을 남편은 아무런 이야기도 꺼내지 않았다. 결국 참다못한 은미가 광열의 서재로 쳐들어왔다.

"태인이, 뭐 하고 다니는지 좀 알아봤어요?"

"……병원은 빠지지 않고 다닌다고 하니 좀 기다려 봐."

광열은 얼마 전 아들과의 짧은 통화를 떠올리고 힘없이 대답했다. 하지만 두루뭉술한 말 따위를 듣고 싶은 게 아니었던 은미가 눈살을 확 찌푸렸다.

"뭘 기다려 줘요? 우리가 지금 몇 년이나 기다려 줬는데?"

히스테릭한 목소리에 광열이 미간을 좁히고 한숨을 내쉬었다. 젊은 시절부터 아내는 예민한 부분이 있었지만 그래도 선한 사람이었다. 영화배우처럼 예쁜 얼굴에 반해 부모의 반대를 무릅쓰고 속도위반으로 결혼에 성공했으나 아내의 성격은 점점 이상하게 변해 갔다.

아내는 윗동서들을 무척이나 견제했다. 그 시절, 해외 유학까지 다녀온 형수들이 아내를 무시하는 일이 몇 번 있기는 했다. 그때 아내는 화를 내지 않고 순진한 듯 모호한 미소만 지었다.

알고 보니 전부 계산된 행동이었다. 형수들은 아내의 미소를 싫어했다. 그건 은미의 훌륭한 외모 때문이었고, 아내도 그걸 이용해서 윗동서들의 성질을 긁었다.

"아주버님께서 그 여자하고 어서 정리하셔야 할 텐데요. 마음이 많이 아프시겠어요."

이런 식으로 은미는 윗동서들을 긁었다. 광열과 달리 형들은 정략 결혼한 아내를 두고 바깥으로 돌았는데, 은미는 그 점을 무척 고소해했다.

하지만 그렇게 맞서는 것도 잠시, 시간이 지날수록 은미는 이내 부유한 윗동서들에게 채울 수 없는 열등감을 느꼈다. 그녀는 자신의 평범한 친정을 비하하며, 친정에 힘이 없어서 자신의 앞길이 막혔다는 소리를 입에 달고 살았다.

그 열등감과 피해 의식은 이상하게 표출되었다. 아내는 자신의 미모를 유지하기 위해 갖은 애를 썼고, 한편으로는 아이들을 쥐 잡듯 잡았다. 회사 일만으로도 바빠 정신이 없던 광열은 아내의 교육열이 거세다는 정도만 대충 느낄 뿐이었다. 아이들이 지쳐 가는지도 모르고 아내가 어련히 알아서 하리라고 생각했다.

그러다가 사달이 났다. 어여쁜 딸은 꽃다운 나이에 스스로 목숨을 끊어 버렸고 건강했던 아들은 정신병을 얻었다. 아내를 쏙 빼닮은 두 아이는 아내의 자존심과 체면을 차려 줄 좋은 액세서리에 불과했다. 광열이 뒤늦게 후회해 봤자 죽은 딸은 돌아오지 않았고 아들의 마음 또한 열리지 않았다. 그러나 아내는 아직도 자신의 행동이 틀렸다고 생각지 않았다.

"정말 미치겠어요. 이제 못 참겠어."

도톰한 입술을 깨물던 은미가 거칠게 마른세수를 했다. 마음에 들지 않는 일투성이라서 그녀는 요즘 미칠 것만 같았다.

그나마 집에서 밥버러지처럼 시간만 축내던 아들이 병원 일을 시작하며 구겼던 체면이 좀 펴지나 싶었는데 이제는 집에 들어오지를 않았다. 은미는 태인이 집에 들어오지 않는 이유를 제멋대로 만들어 냈다.

"일단은 아버님께 말씀 좀 드려야지. 태인이 그냥 신입으로 계속 내버려 두실 것 같아. 태인이도 마음에 안 드니까 엇나가는 거 아니야. 못해도 팀장 이상 자리는 줘야지. 누구 손잔데…… 왜 아직도 우리 태인이만 저런 데 처박아 두시는 거야, 정말……."

은미가 투덜투덜 불평했다. 어느 순간부터 아내는 모든 일을 자신 위주로만 생각했다. 광열이 보기에 태인이 집에 들어오지 않는 이유는 부모를 향한 분노와 실망 때문인데, 은미는 이를 인정하지 않았다.

"태인이가 알아서 하게 좀 놔둬. 그렇게 극성을 떠니까 애들이 다 당신을 싫어하잖아."

"내가 뭘? 다 내 새끼들 잘되라고 하는 거였어!"

아내는 자신의 행동이 지적당하거나 부정당하는 걸 참지 못했다. 꽥 소리를 친 그녀가 아무 책이나 잡히는 대로 집어던졌다. 광열은 머리가 지끈거려서 한 손으로 이마를 짚었다. 그러거나 말거나 그녀는 계속 못마땅하게 말했다.

"아버님이 태인이 많이 예뻐하셨는데 어쩜 이러실 수가 있어요? 벌써 준혁이는 상무 달고 날아다니는데, 우리 태인이는 아직도 사원이야. 진짜 창피해서 짜증 나."

은미가 눈엣가시인 큰조카를 들먹였다. 준혁은 장손이라는 이유로 도 회장의 신임을 가장 많이 받는 손자였다. 은미로서는 속이 뒤틀릴 일이었다. 태인이 돋보여서 덩달아 은미 자신도 돋보여야 하는데, 뜻대로 되는 것이 없었다. 할 수만 있다면 은미는 준혁을 살해라도 했을 것이다.

하지만 영인의 죽음 이후로 태인은 방구석에 처박혀서 아무것도 하지 않았고 그동안 준혁은 해외에서 착실히 경력을 쌓아 왔다. 광열이 그 점을 지적했다.

"태인이 병원 다닌 지 한 달밖에 안 됐어. 준혁이는 벌써 그 바닥에서 7년을 굴렀고. 비교할 데를 비교해. 양심도 없지."

그 순간, 은미의 얼굴이 악귀처럼 구겨졌다. 은미는 씩씩거리면서 남편의 멱살을 쥐고 소리를 질렀다.

"당신은 태인이 애비야, 준혁이 애비야?"

"그만 좀 해!"

광열이 아내의 손목을 비틀어 밀어내고 호통을 쳤다. 바닥에 볼썽사납게 넘어진 은미가 숨을 거칠게 몰아쉬었다. 그는 엉망진창이 된 집안 꼴을 믿고 싶지 않았지만, 현실은 너무나도 냉혹했다.

"아들 하나 남은 거, 몰아붙이지 마. 태인이도 영인이 짝 나게 만들 거야?"

겨우 화를 내리누른 광열이 아내를 일으켜 서재 밖으로 내쫓았다. 아내가 고분고분해질 때는 이렇게 남편의 힘이 건재함을 느낄 때뿐이었다.

망설일 것도 없이 광열이 서재 문을 닫아 버렸다. 홀로 남겨지자 씩씩거리던 은미는 서재 문에 화분을 집어던지고도 분이 풀리지 않아 소파를 걷어찼다. 서재 입구에 깨진 도자기 파편과 흙이 잔뜩 튀어 있었다.

한참 화를 이기지 못해 씨근덕거리던 은미는 자신의 서재로 향했다. 심플하고 직관적인 광열의 서재와 달리 은미는 서재를 화려하게 꾸며 두었다. 지적 허영심을 채우기 위해 수집한 원어 서적은 한 번도 들춰 보지 않은 게 대부분이었다. 우아한 카펫을 밟고 들어가 수천만 원짜리 의자에 앉은 그녀는 휴대폰을 꺼내 들었다.

"나예요. 뭐 하나만 부탁을 하고 싶은데."

은미의 목소리가 은밀하게 가라앉았다. 이 센터에서 은미는 우수 고객이었다. 주로 사람의 비밀을 캐거나 뒤를 밟는 일을 대행해 주는 심부름센터는 의뢰인의 신원을 철저하게 익명으로 보장했다.

―예, 사모님.

늦은 시간에도 은미 담당 직원은 불쾌한 목소리 하나 없이 공손했다. 은미는 이런 고분고분한 직원이 마음에 들었다.

"우리 아들이 요즘 속을 썩이거든. 집에도 잘 안 들어오고. 얼굴도 잊어버리겠어."

—아드님이요?

태인이 집에 있을 적에도 굳이 얼굴을 보지는 않았지만, 은미는 자애로운 어머니의 모습을 연출해 냈다. 이런 자애롭고 현명한 어머니의 모습 뒤로 은미는 딸의 연인을 어떻게든 음해하려 했었다. 딸의 연인을 모함하는 데에도 역시 이 센터의 도움이 컸다.

물론 영인이 스스로 목숨을 버리는 결과 따위나 만들었지만.

"응, 그래서 말인데 얘가 좀 뭘 하고 다니는지 알아봐 줄 수 있을까?"

이번에 은미는 고작 아들의 뒤를 캐내라고 연락을 했다. 어려운 일은 아니었다. 이미 은미의 의뢰를 듣고 센터에서는 수백 건의 일을 대행해 주었다. 영인의 일을 제외하고서도, 은미는 주로 조카들의 비밀이나 약점을 캐길 원했고 윗동서들의 지저분한 스캔들이 없는지 찝쩍거렸다. 어떻게든 약점을 잡아 그들과의 관계에서 우월한 위치에 서고 싶은 욕심이었다.

하지만 가족의 단점을 찾아내는 데에는 번번이 실패했다. 그럼에도 은미는 미련을 버리지 않고 이 업체와 관계를 유지했다.

"큰 거 한 장? 알았어. 지금 바로 보낼 테니까 빨리 알아봐 줘요."

─으음…… 저희 의뢰가 밀려서 조금 기다리셔야 합니다. 9월 말 정도에나…….

그러나 직원의 말은 끝까지 이어지지 못했다. 성질이 난 듯 은미의 목소리가 날카롭게 그의 말을 끊은 탓이었다.

"9월 말? 그때까지 어떻게 기다려? 반 장 더 보낼 테니까 나부터 해 주고. 응."

쉬운 일임에도 일부러 뜸을 들여 착수금을 더 뜯어낸 센터 직원은 그제야 은미가 원하는 대답을 해 주었다. 사실을 알 리 없는 은미는 흡족하게 전화를 끊고 바로 시아버지에게 연락했다.

특별한 일이 없어도 은미는 집안 내 최고 권력자에게 툭하면 연락을 했다. 어떻게든 시아버지에게 눈도장을 찍어 다른 가족들의 코를 납작하게 눌러 주고 싶어서였다.

─또 무슨 일이냐, 태인 어멈이.

귀찮은 듯한 도 회장의 목소리에도 은미는 아랑곳하지 않았다.

"아버님, 저녁 진지는 드셨어요?"

─그래.

도 회장은 무덤덤하게 긍정했다. 은미는 간드러지는 웃음을 지으면서 슬그머니 말문을 열었다.

"태인이가 너무 바빠서 요즘 얼굴 보기도 힘들어서요."

─태인이가 뭐가 바빠?

"이것저것 많이 배우나 봐요. 병원에서 좋은 일 하고 싶은지."

도 회장은 막내며느리의 속 보이는 소리에 아무 대답도 하지 않았다. 사실 이미 막냇손자와의 대화에서 종철은 태인이 병원 일에 아무런 관심이 없음을 알고 있었다. 태인을 붙잡고 싶은 마음이야 굴뚝같지만 현재 도태인의 모든 관심은 안다정에게 쏠려 있으니, 다정의 결정이 제일 중요한 법이었다.

물론 이런 사정을 모르는 은미는 그저 시아버지에게 아부하기 바빴다.

"그래서 언제 한 번, 태인이 얼굴이나 보러 병원에 가려고요, 그때 아버님 모시고 맛있는……."

그러나 은미의 말은 이어지지 못했다.

―태인 어멈아, 나 지금 바쁘다. 그만 끊자.

"네? 아, 아버님!"

도종철 회장은 시간 낭비를 하고 싶지 않아 은미의 당황한 목소리를 들었음에도 쓸모없는 전화를 끊어 버렸다. 뚝, 전화가 끊기자 은미는 다시금 예쁜 얼굴을 파삭 구겼다. 도 회장은 곧 아흔이 되는 데도 정정하고 머리 회전이 빨랐다.

"노인네, 까탈스럽긴."

괜히 병원 이야기를 꺼냈나 보다. 하지만 조카들 중 의료 재단에 관심을 보이는 사람은 없었다. 은미는 그 재단을 태인이 물려받기를 원했다. 물론 다른 사업체도 같이 물려받아야 하나, 그건 천천히 이루면 될 일이었다.

최대한 많은 유산을 물려받아서 윗동서들의 높은 콧대를 꺾어 버리고 싶었다.

"그리고 다른 건 못 가져도 병원 재단 정도는 좀 양보할 수 있
잖아?"

은미가 탐욕스럽게 중얼거렸다. 다행스럽게도 그녀의 혼잣말
은 아무도 듣지 못했다.

도종철 회장은 막내며느리의 안부 전화를 받은 이튿날, 꽉 짜
인 일정을 변경했다. 비서들은 갑자기 병원에 가자는 오너의 명
령에 당황했지만 능숙하게 일정을 수정했다. 도 회장이 찾은 곳
은 이번에도 응급실이었다.

"안다정 선생."

바쁜 거물이 기꺼이 시간을 내어 찾아왔으니 힘없는 4년 차 전
공의는 얌전히 지시에 따라야 하는 법이었다. 다정의 등 뒤로 호
기심 어린 눈빛이 모였다. 종철은 물론 다정 역시 시선을 모르는
척 대화를 나누었다.

"잠깐 시간 좀 내주었으면 하는데."

"알겠습니다."

다정은 종철을 따라 이사장실로 직행했다. 아직 한가한 때라
자신 하나 빠진다고 해서 응급실 걱정을 할 필요는 없었다. 딱
하나, 이사장의 행차에 김웅진 교수가 게거품을 물고 쓰러지기
직전이라는 것만 빼고 말이다.

종철이 가리키는 자리에 앉은 다정은 마른침을 소리 없이 삼

켰다. 도 회장이 무슨 이야기를 할지 걱정이 되었다. 분명 도태인 관련 이야기이긴 할 텐데, 전에 만났을 때와 지금은 상황이 많이 바뀌어 있었다.

예전의 안다정은 도태인을 귀찮아했다. 그와 얽히는 일이라면 무조건 고개를 저었다. 그 당시 안다정에게 도태인은 자신의 인생을 방해하는 남자였으니까.

하지만 지금은 달랐다. 지금, 자신은 그를 싫어하지 않았다. 가끔 귀찮을 때가 없는 건 아닌데, 그와 함께 있으면 안 좋은 기억을 잊을 수 있어서 좋았다. 그녀는 처음으로 타인의 감정이 변치 않는다는 것을 믿어 보기로 했다.

그뿐만이 아니었다. 현재 안다정은 도태인과 생활을 공유했다. 심지어 자신이 먼저 제안한 동거였다.

다정은 긴장 어린 눈빛으로 도 회장을 응시했다. 존경할 만한 어른인 건 알고 있지만, 도 회장이 무슨 말을 할지 걱정스럽기도 했다.

종철은 단도직입적으로 말했다.

"태인이 말이야, 안 선생하고 같이 사나?"

"같이 산다기보다는……."

어른 앞에서 동거 이야기를 꺼내기 불편해진 다정이 어떻게든 둘러대려다가 이미 사실을 다 안다는 도 회장의 눈빛에 모든 것을 포기하고 사실대로 대답했다.

"예, 도태인 씨랑 같이 살고 있습니다."

의외라는 투로 종철의 눈이 크게 뜨였다. 태인에게 절대 곁을 내줄 것 같지 않던 다정이 제 스스로 동거 사실을 긍정하고 있어서였다.

안다정이 동거 사실을 숨길 리 없다고 예상하긴 했지만, 태인의 이름을 입에 담을 때 다정의 표정은 예전보다 부드러워져 있었다. 두 사람 사이의 변화한 감정은 보고서에 올라오지 않았음에도 도 회장은 다정의 마음이 많이 누그러져 있음을 눈치챌 수 있었다.

"태인이, 귀찮다며?"

"그러게요."

다정이 어쩔 수 없다는 듯 어색하게 웃었다. 절대 태인에게 코 꿰이고 싶지 않다고 생각했었는데 어느새 그에게 물들어 버리고 말았다. 그녀는 난감한 시선을 바닥으로 떨구었다. 다행히 도 회장은 동거에 관해 더 이상 꼬치꼬치 캐묻지 않았다.

"이제 병원 근무는 끝이지?"

"예, 9월부터요."

9월부터 다정은 시험공부에 매진해야 했다. 벌써부터 걱정이 앞섰지만, 지금까지 살아왔던 대로 열심히 하면 잘 될 것이다.

"그래, 앞으로 어떻게 할 건가?"

"앞으로라면……?"

다정은 도 회장이 한 질문의 의미를 이해하지 못했다.

'앞으로 뭘?'

다정의 반문에 도 회장이 인자하게 웃으면서 말을 덧붙였다.

"안다정 선생, 영리하니까 전문의 시험은 한 번에 합격하겠지. 안 그런가?"

그녀의 얼굴이 괜스레 화끈거렸다. 스스로 자기 자신을 믿는 것과, 타인이 믿어 주는 것은 무게감이 달랐다. 그녀가 대답을 하지 못하자 도 회장이 나직하게 웃으면서 계속 말했다.

"솔직히 말하자면, 안 선생이 병원에 계속 남아 주었으면 좋겠어."

도 회장은 다정이 저번에 거절했던 제안을 다시 하고 있었다. 병원에 남으라는 소리는 교수 자리를 보장해 주겠다는 뜻과 일맥상통했다. 긴장 탓에 그녀의 손바닥에 식은땀이 올라와 미끈거렸다.

"그때 안 선생은 태인이한테 미래를 저당 잡히는 게 싫다고 했지. 지금은 어때?"

"……아직 미래를 생각하는 사이는 아닙니다."

잠시 머뭇거리기는 했으나 다정은 솔직하게 말했다. 실제로 태인과의 미래는 그려 본 적이 없었다. 그와의 미래는 상상해 보려고 해도 쉽게 떠오르지 않았다. 아니, 정확히 말하면 선명하게 떠오르는 장면이 있기는 했다. 예전에 꾸었던, 말도 안 되는 꿈의 잔상이었는데, 거기에 독신주의자 안다정은 진저리를 치며 외면해 버렸다.

역시 안다정은 미끼에 쉬이 넘어오는 타입이 아니었다. 도 회장은 그동안 꼭꼭 숨겨 두었던 진실을 입에 담기 시작했다.

"이번에 식당 이중장부 잡은 일, 안 선생 덕분인 거 아나?"

다정도 아는 일이었다. 이미 알고 있다는 그녀의 눈치에 도 회장이 피식 웃었다.

"물론 지나가듯 한 소리겠지."

"예."

4년, 인턴 때까지 합치면 5년 동안 다정은 억울한 밥을 먹었다. 하도 이상해서 태인에게 슬쩍 흘렸을 뿐인데 정말 비리가 딱 잡혔다. 그때, 그녀는 도태인이 안다정과는 다른 차원에 산다는 사실을 어렴풋이 느꼈다.

"그걸 현실로 만드는 게 태인이가 가진 힘이야."

다정은 아무 대답 없이 고개를 숙였다. 그런 도태인을 자신이 가정부처럼 부리고 있으니 도 회장을 볼 낯이 없었다. 그가 좋아서 하는 일이라지만 죄책감이 밀려오는 건 어쩔 수 없었다.

종철은 다정의 속내를 읽으려 애를 썼다. 어린 여자임에도 안다정은 워낙 무덤덤하고 무표정해서 속을 읽기가 힘들었다. 종철은 그냥 직접적으로 부탁했다.

"그래서 나는 안 선생이 병원에 남아 줬으면 해. 태인이를 위해서."

다정 역시 태인이 마음에 계속 걸렸다. 지금, 도태인은 안다정을 필요로 했다. 그녀의 곁에 있어야 불안이 가라앉기 때문이었다. 이번에도 다정이 쉬이 대답하지 못하자 종철이 한숨을 내쉬면서 계속 설득을 시도했다.

"안 선생은 병원에 남는 게 내키지 않겠지만, 그래도…… 난 태인이가 내 핏줄이라 팔이 안으로 굽어."

"아닙니다. 당연한 걸요."

문득 다정은 태인이 부러워졌다. 그의 집안 배경 보다는, 집안 어른에게 아낌없이 내리사랑을 받는 그가 부러웠다. 재계 거물인 도종철 회장이 막냇손자를 아끼는 모습 또한 보기 좋았다.

"내 제안, 잘 생각해 봐."

그녀가 뭐라 대답하기 전, 묵직한 노크 소리와 동시에 중후한 문이 소리 없이 열렸다. 다정과 종철이 동시에 출입문을 돌아보았다. 문을 연 사람은 둘 다 아는 사람이었다.

"저 부르셨…… 어?"

웬일로 할아버지가 병원까지 행차해서 자신을 호출하는 바람에 태인은 오랜만에 이사장실로 향했다. 하지만 아무런 기대 없이 도착한 이사장실에는 선물처럼 안다정이 자리하고 있었다. 그는 다정을 보고 환하게 웃으면서 단숨에 가까이 다가와 그녀를 끌어안았다.

"선생님!"

연세 지긋한 어른의 앞에서 도태인에게 안긴 다정은 난처해졌다. 여기서 그의 팔을 뿌리치려고 하는 꼴도 우스울 테고, 그렇다고 가만히 있는 것도 어째 부끄러워서 그녀는 고민에 빠졌다.

"그만하고 보내 줘."

다행히 도종철 회장은 아량이 넓었다. 흐뭇한 미소를 지은 채 도 회장은 손자를 타일렀다. 물론 도태인이 안다정을 쉽게 놓아 줄 리가 없었다. 결국 종철이 한마디를 덧붙였다.

"바쁜 사람 오래 잡아 두는 거 아니다."

"그럼 전 이만 나가 보겠습니다."

태인에게서 벗어난 다정이 이때다 싶어서 꾸벅 인사하고 도망치듯 이사장실을 나갔다. 아쉬운 눈빛으로 굳게 닫힌 문을 보던 태인이 투덜거렸다.

"일찍 좀 부르시지 그랬어요?"

그러면 안다정하고 좀 더 오래 같이 있을 수 있었는데 말이다. 종철은 진심 어린 태인의 말에 끌끌, 혀를 찼다.

"어차피 집에 돌아가면 볼 사이 아니야?"

태인은 대답 대신 씩 웃기만 했다. 요즘 다정과 함께하는 시간이 늘어서 그는 매우 만족스러운 인생을 보내고 있었다. 막냇손자가 이만큼 즐거워하는 모습이 처음이라 종철도 기분이 좋아졌다. 그래도 지킬 건 지켜야 하는 법.

"안 선생 귀찮게 하지 말고."

"귀찮게 안 합니다. 집안일도 다 제가 한다고요."

전혀 예상하지 못했던 소리라 종철의 눈이 크게 뜨였다. 종철이 믿을 수 없다는 투로 확인차 물었다.

"······네가?"

태인이 고개를 끄덕이고 자랑스럽게 말을 늘어놓았다.

"원래 아침 거르고 출근하던 사람인데 제가 아침도 챙겨 주고, 저녁도…… 아, 오늘 저녁은 뭐 하지?"

종철은 저녁 메뉴를 고민하는 막냇손자를 기가 막힌 듯 쳐다 보았다. 도태인이 요리를 한다. 그것도 제가 먹기 위해서가 아니라, 남에게 해 주는 셈이었다. 현실이 도저히 믿기지 않아 종철이 되물었다.

"네가 요리를 한다고?"

"별로 어렵지 않더라고요."

싱글벙글 웃는 걸 보니 진심이긴 한 모양인데…… 거기까지 생각한 종철은 태인의 음식을 먹어야 하는 다정이 걱정되었다. 먹을 수 있는 걸 만드는 걸까? 아직도 어린애 같은 막냇손자를 망연히 보던 종철이 떨떠름하게 제안했다.

"사람을 쓰지 그러냐?"

"뿌듯한 게 있어요. 그래도 청소는 업체 부르는 게 훨씬 편하더라고요. 별로 넓지 않긴 한데 귀찮아서요."

자신이 신경 써서 만든 음식을 다정이 먹어 주는 데에서 태인은 기뻐했다. 정작 다정은 아무 생각 없이 음식을 먹고 있었지만 말이다.

태인이 가장 아쉬워하는 점은 오피스텔의 크기였다. 다정의 오피스텔은 태인의 침실만 했다. 침실로 쓰는 넓이에 주방과 욕실, 다용도실 등이 꽉꽉 들어차 있으니 답답한 감이 없지 않았다. 물론 평범한 오피스텔 크기이긴 했다. 도태인의 침실이 특이

하게 넓어서 그렇지.

오피스텔에 들어온 그가 조금 더 좋은 환경으로 이사 가자고 넌지시 부탁했으나 그녀는 귀찮다는 이유로 기각했다. 이사를 하면 신경 써야 할 일이 많았고, 바쁜 병원 일과 9월부터 시작할 시험공부 때문에 그녀는 정신이 사나워지는 것을 원치 않았다. 어쩔 수 없이 그는 그녀의 의견에 따랐다.

이제는 가정주부가 다 된 막냇손자를 기가 막힌 눈으로 응시하던 종철이 농담을 던졌다.

"언제 결혼할 거야?"

"그건 제가 결정할 일이 아닙니다."

할 수만 있다면 당장에라도 안다정을 자신의 곁에 묶어 놓고 싶었지만 그럴 만한 명분이 없었다. 다정과 태인 모두 서로를 향한 감정은 애정이라고 생각하지 않았으니 말이다.

이런 사정을 모르는 도 회장은 그저 손자가 부끄러워하는 거겠거니, 멋대로 여기고 나서 오늘 태인을 부른 용건을 입에 담았다.

"태인이, 너."

장난스러운 기운이 단번에 사라지고, 진지한 목소리가 이사장실에 울렸다. 태인은 종철의 말을 기다렸다. 곧 생각지도 못한 말이 이어졌다.

"네 엄마 조심해라."

"네?"

뜬금없는 경고에 태인이 미간을 좁혔다. 종철이 한숨을 길게 내쉬며 설명했다.

"어제 전화로 네 일을 물어보더구나."

순간, 태인의 등골이 오싹해졌다. 어머니가 움직일 거라고는 생각 못 한 터라 그가 얼굴을 굳혔다.

"네 엄마가 워낙 극성이어서 무슨 짓을 할지 모르니 미리 알려 주는 거다."

태인의 안색이 어두워졌다. 그는 어머니가 누나의 연인에게 얼마나 악하게 굴었는지 대강 알고 있었다. 가족을 인질 삼아 협박하기도 하고, 인맥을 통해 직장에 압력을 넣어 제 발로 회사를 그만두게 만들기도 했다. 어머니의 험담에 넘어간 아버지 역시 죄 없는 남자를 무척 못마땅해 하며, 딸에게 그 남자와의 관계를 정리하라고 윽박지르기도 했다.

얼마 뒤 참다못해 영인이 자살하자, 어머니의 히스테리는 극에 다다라 그 남자를 범죄자로 만들려고 온갖 패악을 떨었다. 아버지는 뒤늦게 사실을 알았으나 달라질 것은 없었다.

"무슨 일 생기면 나한테 꼭 말하고."

종철이 단단히 일러 주자 태인이 긴장된 표정으로 고개를 끄덕였다. 손녀의 일은 도와주지 못했지만, 적어도 막냇손자만큼은 쉽게 놓치지 않으리라 종철은 마음을 먹고 있었다.

부모의 말에 순종하던 도영인과 제멋대로 굴던 도태인의 성격 차이도 있으니 어머니가 쉽게 다정에게 손을 뻗치지는 못할 것이다. 그래도 안심할 수는 없는 터라 태인은 주먹을 꼭 쥐었다.

두툼한 전공 서적을 꼼꼼히 읽다가 다정이 한숨을 내쉬었다. 자신의 허리를 꼭 끌어안은 태인 때문이었다. 그는 등 뒤에 찰싹 달라붙어서 그녀를 안고 놓아주지 않았다. 그녀는 기가 막혀서 혼잣말처럼 투덜거렸다.

"날 뒷바라지해 준다는 건지, 아니면 방해하는 건지······."

분명 도태인은 '남편처럼' 안다정을 뒷바라지해 준다고 그랬다. 그런데 뒷바라지는커녕 공부를 하려는데 괴롭히고 있었다.

"선생님, 1일부터 공부하면 안 돼요?"

"그러다 보드 못 따면, 나 먹여 살려 줄 겁니까?"

"그럼요. 나 돈 많은데."

얄밉게도 태인이 싱글벙글 웃으면서 대답했다. 하여튼 말이 안 통한다. 신이 난 그와 달리 그녀는 잔뜩 뿔이 났다. 다정이 눈가를 찡그리고 딱 잘라 말했다.

"난 직업 없는 백수는 아무리 돈이 많아도 싫어요."

"병원 다니고 있잖아요!"

도태인은 안다정의 '싫다'는 말에 예민했다. 그는 그녀가 자신을 싫어할까 봐 늘 전전긍긍했다. 이번에도 백수가 싫다는 그녀의 의견에 그는 자신이 백수가 아님을 당당하게 주장했다. 하지만 그녀는 눈을 가늘게 뜨고 그를 의심스럽게 쳐다보았다.

"제대로 계속 다닐 거예요?"

"뭐…… 그거야……."

태인이 다정의 시선을 피했다. 전문의 시험에 통과한 뒤, 그녀가 누누이 말했던 대로 봉급이 가장 높은 응급실에 입사해서 서울을 떠난다면 자신 역시 눈치껏 병원을 퇴사할 생각이었다. 도태인은 지옥 끝까지라도 안다정을 따라갈 생각이었다. 백수가 된 채로…….

그의 속내를 바로 눈치챈 그녀가 코끝을 찡그렸다.

"이거 봐. 지금 병원 그만둘 생각하고 있잖아."

정곡을 찔린 도태인은 할 말이 없었다.

"벌써 열한 신데 얼른 잡시다. 내일도 여섯 시에 일어나야죠."

딴청을 피우면서 태인이 다정을 안아 올렸다. 이럴 때, 다정은 처음에는 발버둥을 치다가 그의 복부를 몇 번 가격하기도 했다. 하지만 이제는 익숙해졌는지 아니면 체념한 건지 그녀는 얌전했다.

아, 오늘도 공부는 틀렸다. 그에게 안겨 단숨에 침대 위로 이동한 그녀가 그의 어깨를 찰싹 때렸다.

"말 돌리지 말고."

역시 안다정은 가차 없었다. 결국 그가 한탄하듯 서운한 마음을 털어놓았다.

"그럼 어떡해요? 선생님은 자꾸 지방으로 내려가겠다는데. 설마 나 버리고 갈 생각은 아니겠죠?"

비 맞은 강아지처럼 태인이 절실한 시선을 보내자 다정의 마음이 묵직하게 가라앉았다.

지방으로 내려갈 생각이 아예 없는 것은 아니었지만, 적어도 지금은 아니었다. 그의 마음이 변하지 않는다면 조금 덜 벌더라도 옆에 있어 줄 생각이었으니까.

'이 남자가 정말 평생 나를 붙잡고 있을까?'

태인은 제 감정이 변하지 않는다고 확신했으나 사실 다정은 반신반의하고 있었다. 미래는 어떻게 될지 모르는 법이다. 만일 태인의 병이 나아서 더 이상 안다정을 필요로 하지 않는다면 굳이 그가 그녀를 붙잡아야 할 이유는 없었다. 태인의 치료를 시작했기 때문에 다정은 도 회장이 원하는 대답을 주지 못했다.

그래도 그의 치료를 도중에 멈출 수는 없었다. 평생 정신적 트라우마에 시달리며 살아가는 건 불행한 일이었다. 그녀가 덤덤하게 물었다.

"상담은 잘했어요?"

"약이나 먹으라던데요."

상담의 효과는 거의 없었다. 일단 태인은 집안 이미지 때문에 누나의 자살을 사고 정도로만 설명해야 했다. 중요한 부분을 숨기고 이어지는 상담은 썩 효과가 좋지 못했다. 결국 담당 교수는 약물 치료에 치중하기로 결정했다.

"약을 바꾸긴 했는데 이번에는 좀 졸릴지도 모른대요."

그렇게 일주일 동안 먹어 본 약의 효과가 없다고 판단한 정신과 교수는 다른 약을 처방해 주었다.

"그래도 절대 거르지 말고."

그를 격려하기 위해 그녀가 그의 뺨을 양손으로 쓸어 주었다. 따스한 손길이 좋아 그의 얼굴에 미소가 올라왔다. 포근한 침대에서 단둘이 뒹구는 것만큼 즐거운 일도 없었다.

"잘 거니까 건드리지 마요."

"벌써요?"

태인이 불쌍한 척 다정을 물끄러미 응시했으나 그녀는 호락호락하게 넘어가지 않았다. 자신의 팔을 잡고 있는 그를 겨우 떼어낸 후, 그녀가 차갑게 말했다.

"여섯 시에 일어나야 하니까."

그녀는 그가 했던 말을 그대로 뱉었다. 그는 할 말이 없어서 시무룩하게 그녀의 옆에 누웠다. 이럴 때, 도태인은 조금 외로워지곤 했다.

*　　　*　　　*

"뭐야, 이 여자는?"

심부름센터 직원이 몰래 찍은 사진을 넘겨 보면서 은미가 짜증스럽게 말했다. 사진에는 태인과 다정이 응급실 앞에서 이야기를 나누는 모습이 찍혀 있었다.

"병원 의사라던데요."

"나도 그건 아는데."

사진 속 다정은 의사 가운 차림이었다. 은미는 눈을 가늘게 뜨고 물었다.

"그러니까 얘는 뭐야? 태인이 친구? 애인?"

"아마 후자일 겁니다. 이 여자 집에도 들락날락하니까요."

당사자들은 부인하고 있으나, 남들에게 다정과 태인은 연인 사이로 비춰지기 충분했다. 은미가 혀를 쯧쯧 찼다.

"처녀가 남자를 집에 들여? 망신스러워서……."

……라고 말하는 은미 역시 죽은 딸은 속도위반으로 가진 아이였지만 직원은 모르는 척 입을 다물었다. 괜히 사모님의 심기를 거슬러서 좋을 건 없었다.

"어느 집안 아가씨인데?"

순진하기 짝이 없는 은미의 질문을 듣자마자 센터 직원은 너털웃음을 터뜨렸다.

"의사가 집안이 뭐가 중요합니까, 사모님도 참."

"집안이 왜 안 중요해? 우리 태인이 짝으로는 채린이 정도는 되어야 한다고. 그 집도 마음에 안 들지만."

말은 그리해도, 겨우 종합 병원 재단 하나 가진 의사 집안은 은미의 눈에 차지 않았다. 사실 은미에게 의료 재단은 그저 덤이나 마찬가지였다. 그게 꽤 돈이 된다는 건 알고 있지만, 아들이 병원 같은 데 처박히지 말고 그보다 훨씬 큰 사업체를 이끌었으면 싶어서였다.

"별로 특별할 것 없는 여자기는 해요."

은미가 정색하고 말하는 바람에 직원은 최선을 다해서 의뢰인의 기분을 맞춰 주며 서류를 건넸다.

"이게 뭐야?"

은미는 곧장 직원이 내미는 서류를 대강 읽었다. 다정의 신상명세가 적힌 서류였다. 학력과 직업은 마음에 드는데 나머지가 전부 다 은미의 기준에서 불합격이었다. 부모 없는 고아에 심지어 제 몸뚱이 하나 뉘일 집 한 채 없는 여자는 은미가 보기에 빛좋은 개살구였다.

"어우, 머리 아파. 얘는 뭐니? 아버님이 이거 아시면 우리 태인이 밉보이는 거 아니야? 일하라고 보내 놨더니 병원에서 연애질이나 하잖아?"

"원래 청춘 남녀들 만났다 헤어지고 그러는 거니 조금 더 지켜보시다가 큰일 나겠다 싶으면 그때 떼어 놓으세요."

영인의 일을 곁에서 지켜봤던 직원은 이번에는 소극적으로 나섰다.

"아니, 태인이는 집도 절도 없는 여자가 뭐가 좋다고…… 영인이도 그러더니만……."

은미가 얼굴을 잔뜩 찌푸렸다. 아름답고 기품 있는 얼굴이 단번에 흉측하게 일그러졌다.

딸을 떠올리면 은미는 가슴속에서 분노가 차올랐다. 어떻게 엄마의 기대를 저버리고 그렇게 세상을 떠나 버릴 수가 있는지 아직도 딸에게 배신감이 치밀었다. 아무것도 갖지 못한 거지 같

은 남자가 뭐가 좋다고 부모며 가족까지 다 버리고 죽었어야 했
는지 이해가 되지 않았다.

그녀가 한숨을 길게 내쉬고 혼잣말처럼 말했다.

"언제 한 번 가 봐야겠어."

"병원에요?"

센터 직원의 물음에 은미가 대답 대신 고개만 끄덕였다. 그녀
는 스스로 목숨을 버린 딸처럼, 아들마저 망칠 수는 없다고 진심
으로 생각했다.

치료 방법 15.
관계 부정하기

  드디어 4년 차가 전문의 시험공부에 매진해야 하는 9월이 되었다. 9월 1일 자로 다정을 포함한 4년 차 셋은 응급실 근무표에서 이름을 뺐다. 1년 차들이 일에 익숙해지고 2, 3년 차들 역시 더욱 노련해졌으니 4년 차 셋이 빠진다고 해서 큰 문제는 없을 것이다.

  아침 일찍 일어날 필요는 없지만, 인턴 때부터 거의 5년간을 새벽같이 일어나는 습관을 들인 터라 다정은 일찌감치 눈을 떴다. 알람이 울리기도 전에 말이다. 시끄러워지는 게 싫어서 그녀는 휴대폰 알람을 미리 끄고 상체를 일으켜 앉았다.

  '웬일이지?'

  항상 먼저 일어나 달그락달그락 아침을 준비하던 태인이 웬일로 아직까지 일어나지 않았다.

혹시 컨디션이 좋지 않은가 걱정이 된 다정은 그의 이마를 짚어서 체온을 재 보았다. 미열도 없이 따스한 온기뿐이었다.

그녀의 가벼운 터치에도 그는 미동조차 하지 않았다. 즉, 깊이 잠들어 있다는 뜻이었다. 안색도 괜찮고 체온도 정상이니 걱정할 필요는 없었다.

'피곤했나?'

피곤할 법도 한 것이 그는 새벽같이 일어났고, 집안일을 병행하며 병원 협력팀에서 일을 했다.

그뿐만이 아니었다. 적응 기간이 지났다고 판단한 도 회장은 막냇손자를 죽일 작정인지, 병원 업무 이외에도 어마어마한 과제를 떠맡겨 요즘 도태인은 공부하는 안다정 옆에서 늦게까지 일을 하곤 했다.

'일단 씻자.'

잠에서 깨기 위해 그녀는 조심스럽게 침대를 빠져나왔다. 아침에 샤워를 하면 정신이 더욱 말짱해져서 일이든 공부든 집중이 잘 되었다. 그녀는 일어선 채로 그를 가만히 내려다보다가 욕실로 들어갔다.

하지만 씻고 나왔는데도 태인은 숨소리 하나 없이 자고 있었다. 다정은 초조해졌다. 아침을 먹지 못해서는 아니었다. 원래 아침을 챙겨 먹는 편이 아니었으니까. 그보다 이 남자가 어디 아플지도 모른다는 생각에 걱정이 되었다.

정신병이 있을지언정 몸은 건강한 사람이었는데.

'이래서 출근은 할 수 있나?'

응급실 근무에서 열외가 된 자신과 달리, 그는 꼬박꼬박 출근 도장을 찍어야 했다. 그녀는 소리를 죽여 한숨을 뱉고 그를 불렀다.

"도태인 씨?"

보통 태인은 자신의 이름이 안다정에게서 불리면 눈을 반짝반짝 빛내곤 했다. 그러나 웬일인지 오늘 그는 잠에서 깨어나질 못했다. 그녀가 어색하게 그의 어깨를 잡고 흔들었다. 힘없이 흔들리는 그의 몸을 당혹스럽게 보던 그녀가 손을 떼었다.

그의 출근 시간은 그녀보다 늦기 때문에 당장 깨울 필요는 없겠지만, 수험생인 4년 차들끼리 스터디 시간을 여덟 시부터 정해 둔 다정은 지금 병원으로 나가야 했다.

'이따가 전화해야겠다.'

안다정이 황급히 나갈 준비를 마치고 현관문을 열 때까지도 도태인은 일어나지 못했다. 자꾸 뒤를 돌아보게 되고 시선이 침대 쪽으로 향해 마음이 무거웠지만 그녀는 조용히 집 안을 빠져나갔다.

사선을 넘나드는 응급실 진료에서 열외가 된 4년 차들은 표정부터 느긋했다. 다가오는 전문의 시험을 생각하면 초조해지기도 한데, 일단 몸이 편하니 표정도 풀어졌다. 그래도 오늘이 시험 날짜에서 가장 먼 날이니 여유를 가져도 괜찮으리라.

4년 차들은 2층 구석, 연구실이라는 허울 좋은 명패를 단 골방에 처박혀 있었다. 오랜만에 걸어서 병원에 온 다정은 남는 의자 위에 가방을 내려놓고 나서 손부채질을 했다.

너무 더웠다. 여름이 이렇게 더웠던가? 요 근래 태인의 차를 타고 다녀서 더위가 통 익숙하지 않은 다정이 투덜거렸다.

"사람은 간사해."

"뭐? 누가 시비 털었어?"

두꺼운 교재를 쌓아 올려 정리하던 찬형이 다정에게 고개를 홱 돌렸다. 탁상 달력에 일정을 정리하던 민석도 다정에게 관심을 보였다. 연구실이라는 이름의 골방은 시끌벅적한 응급실과 달리 조용한데 혼잣말을 너무 크게 했나 보다.

"아니……."

대강 말을 얼버무린 다정은 한숨을 삼켰다. 아침 식사에 출근까지, 도태인에게 의지하려는 자신이 한심했다. 언제부터 아침을 먹고 차로 출근을 했다고 이런 허탈한 기분이 드는 건지 모르겠다. 역시 인간은 몸이 편해지면 안 되는 모양이다.

이 허탈함은 위를 채우면 되지 않을까? 다행히 에어컨 하나만큼은 빵빵한 골방이라 더위가 조금 가시자 다정이 의자에서 벌떡 일어났다.

"아침 좀 먹으러 가야겠다. 갈래?"

"난 아침 먹어서."

부모님과 함께 사는 덕에 아침부터 든든히 챙겨 먹은 민석은 손을 내저었다. 다정이 찬형 쪽을 돌아보자 찬형이 머리를 긁적이며 물었다.

"어? 안다정, 아침 안 먹었어? 웬일로?"

아침 식사를 꼬박꼬박 챙긴 게 한 달도 되지 않았는데 주변에서도 벌써 이런 반응인 걸 보니 역시 인간은 간사한 게 틀림없다. 다정이 코끝을 찌푸리고 대강 대꾸했다.

"그러게."

"가자, 아침 먹으러. 탄수화물이 들어가야 공부를 하지."

"잘 다녀와라."

연료를 채우고 나면 작동하는 기계처럼 그들은 밥을 먹고 바로 공부만 해야 하는 처지였다. 골방에 민석을 남겨 두고 다정과 찬형은 구내식당으로 걸음을 옮겼다. 응급실 근무를 하지 않아 가운을 걸치지 않아서인지 어깨가 가벼운 느낌이었다.

"요즘은 식당 갈 맛이 나."

다정의 뒤를 따르며 찬형이 중얼거렸다. 식당 업체가 바뀐 데에도 도태인의 공이 컸다. 문득 다정은 태인을 위해 병원에 남아 달라던 도 회장의 부탁을 떠올렸다. 그가 병원에서 계속 일을 한다면 이 같은 일을 몇 번이고 또 해내겠지 싶었다.

하지만 아직 다정은 확실한 대답을 할 수가 없었다. 인생은 어떻게 흘러갈지 모른다. 도태인이라는 남자를 만나서 함께 산다는 것을 몇 달 전의 안다정은 상상도 못 했다. 도종철 회장이 안다정에게 인자하게 관심을 갖는 이유는 그저 막냇손자의 사회

복귀를 위해서였다. 도태인은 평생 자신의 감정이 변할 리 없다 단언했으나, 아무 구속도 의무도 없는 사이라 다정은 그 말을 완전히 믿지는 않았다.

두 사람이 함께하는 건, 단지 같이 있으면 좋다는 이유 하나뿐이었으니까.

식판에 음식을 담고 구석진 자리에 앉은 다정이 맞은편에 자리한 찬형에게 무심하게 입을 열었다.

"아, 맞다. 너 이미진 선생 하고는 잘 돼 가?"

"……잘 모르겠어. 밥이나 먹자."

찬형이 우울하게 대꾸했다. 숟가락으로 밥을 크게 한 술 떠서 입에 가져가는 찬형을 보고 다정은 입을 다물기로 했다. 이쪽 역시 생각만큼 관계 진전이 쉽지 않은가 보다. 다정은 더 이상 동기를 괴롭히지 않았다.

대신 다정은 식당 벽에 걸린 시계를 흘끔 곁눈질했다. 여덟 시가 되기 15분 전이었다.

'조금 있으면 여덟 시네.'

15분 만에 아침을 먹고 여덟 시부터 책상 앞에 앉기 위해 그녀도 숟가락을 들었다. 그나저나 아직까지 도태인은 일어나지 않았을까? 여덟 시에는 꼭 전화를 줘야 할 텐데 말이다.

그 시간, 침대에 누워 눈만 깜박거리던 태인은 화들짝 놀라 몸을 일으켰다.

"몇 시야?"

아담한 오피스텔 안은 고요했고 어디에도 인기척은 없었다. 현재 시간은 여덟 시가 되기 10분 전, 출근 준비만으로도 빠듯한 시간이었다. 그러나 그는 제일 먼저 휴대폰을 들었다. 전화 상대는 당연히 안다정이었다.

"병원 갔어요?"

—어? 일어났네. 왔어요.

느긋한 목소리가 흘러나오자 태인이 저도 모르게 앓는 소리를 냈다.

"왜 안 깨우고?"

—깨웠는데 안 일어났어요.

아무렇지 않은 그녀의 목소리에 그는 안심하면서도 한편으로는 실망도 했다. 그녀를 향한 실망이 아니라 자책 탓이었다. 늦잠을 자다니…….

"미안해요. 너무 피곤했나 봐. 아침은요?"

—지금 구내식당이에요.

아침을 거르는 편이던 그녀가 그래도 끼니를 챙긴다니 다행이었다. 그가 한숨을 길게 내쉬었다. 그녀의 집에 들어온 이상, 그는 그녀가 남부럽지 않은 수험 생활을 하길 바랐다. 10년 동안 모든 일을 혼자서 감내해 온 그녀가 조금은 쉴 수 있기를 바라서였는데, 며칠이나 되었다고 벌써 삐끗하고 말았다.

—정말 괜찮으니까 얼른 출근 준비나 해요. 끊을게요.

태인이 뭐라 대답하기도 전에 다정은 잠깐의 머뭇거림도 없이 전화를 끊었다. 그가 피곤한 듯 마른세수를 하면서 휴대폰을 침대 위에 내던졌다.

요즘 부쩍 많아진 업무 때문에 정신이 없었다. 신입 사원 주제에 팀장급이나 맡을 프로젝트 책임자가 되고 업무 외적으로 할아버지의 과제도 처리해야 해서 과부하 상태였다. 못해도 2, 3년 내로 큼직한 직함을 달아 주고자 할아버지는 막냇손자를 몰아붙이고 있었다.

하지만 아무리 피곤하다고 한들 이토록 정신을 놓고 잔 건 오랜만이었다. 무척 오랜만에 느끼는 편안함과 개운함, 이 모든 것들은 다 안다정 덕분이었다. 불안에 떨면서 악몽을 꾸거나 환청을 듣는 일은 그녀의 곁에서 생활하면서 씻은 듯이 사라졌고 덩달아 정신도 맑아지는 기분이었다.

아침을 먹고 식당에서 돌아오는 길에 다정과 찬형은 김웅진 교수하고 마주쳤다. 응급의료센터 건물 로비였으니 웅진을 만나는 건 이상한 일이 아니었으나, 이런 조언을 들어서 문제였다.

"혼자 공부해서 좋을 거 없어. 같이해. 다정이가 모르는 건 찬형이가 알고, 찬형이가 모르는 건 다정이가 알 거야."

"네."

"열심히 하고."

당연히 그 이유로 스터디를 꾸렸지만 두 사람 모두 구태여 토를 달지는 않았다. 큰 시험을 앞둔 그들에게 교수의 조언과 격려는 내심 부담이었다. 떨떠름하게 서 있는 두 제자를 보다가 웅진이 고개를 갸웃거렸다.

"근데 장민석은?"

"아침 먹었다고 해서 먼저 들어가 있습니다."

"알았다. 커피 한잔하고 다들 힘내서 열심히 해."

웅진이 다시금 부담스러운 격려를 하고 응급실 안으로 들어갔다. 멀어지는 웅진의 뒷모습이 사라질 때까지 가만히 있던 다정이 중얼거렸다.

"부담스러워."

"진짜 보드 떨어지면 개쪽이야."

찬형도 우울하게 맞장구를 쳤다. 다정이 무겁게 고개를 끄덕였다. 전문의 시험은 1년에 한 번뿐이었다. 즉, 떨어지면 내년에 다시 시험을 치러야 하는 건데 이럴 경우 시간 낭비도 시간 낭비지만, 합격률 90퍼센트가 넘는 시험을 통과하지 못했다는 사실이 자존심에 큰 상처를 남길 것이다. 보통 4년 차들이 두려워하는 건 후자였다. 제아무리 모자란 의사라 할지라도 우등생의 길만을 걸어온 터라, 드높은 자존심이 단번에 꺾이는 상황만큼은 피하고 싶었다.

"국시 때보다 더 쫄리는 것 같아."

찬형의 말에 다정이 고개를 끄덕였다. 본과 4학년을 마치고 의사 면허를 발급받는 의사 고시 때보다 지금이 더욱 부담스러워서 아침 먹은 게 얹히는 느낌이었다. 그때, 뒤에서 누군가가 다정의 어깨를 톡톡 두드렸다.

"선생님."

깜짝 놀란 다정이 고개를 돌렸다. 하얀 가운을 걸친 채린이 피곤한 낯으로 서서 다정에게 편의점 봉투를 건넸다.

"이거요."

"이게 뭐야?"

비닐 봉투 안에는 편의점에서 파는 커피가 종류별로 들어 있었다. 다정의 옆에서 찬형도 봉투에 관심을 가지고 슬쩍 안을 들여다보았다. 커피는 눈대중으로 세어도 열 병이 넘었는데, 대부분 달지 않은 커피였다.

"커피요."

"아니, 웬 커피?"

"태인이 오빠가 주고 갔어요. 모자 이렇게 눌러 쓰고요."

태인은 다정과의 통화를 끝내자마자 커피 배달부터 한 모양이었다. 곧 출근 준비를 해야 하니 그녀를 기다릴 수는 없고, 골방의 존재를 모르는 터라 어디에 커피를 맡겨야 할지 모르던 태인은 채린에게 커피를 안겨 주고 떠났다. 그제야 다정이 주머니에서 휴대폰을 꺼냈다. 태인의 부재중 전화와 메시지가 들어와 있었다.

커피, 신채린한테 맡겼어요.

정직한 메시지에 그녀가 혼잣말처럼 중얼거렸다.

"차고 넘치는 게 커피인데……."

귀찮은 듯 투덜거리면서도 다정의 입가가 살포시 풀어졌다.

다정은 채린에게 커피 한 병을 건네주었다. 고맙다는 양 고개를 까딱인 채린이 막 병을 열 무렵이었다. 다정을 물끄러미 보던 찬형이 툭 물었다.

"뭐야? 안다정, 도태인 씨랑 사귀냐?"

"아니?"

하여튼 이 인간들은 무슨 일만 있으면 연애하느냐고 묻는다. 단번에 부정한 다정이 어불성설이라는 투로 눈살을 찌푸렸다. 반면 옆에 서 있던 채린은 무척 놀란 듯 눈을 동그랗게 떴다.

분명, 태인은 다정과 같이 살고 있다고 털어놓았었다. 아무 사이도 아닌 남녀가 동거하는 일은 거의 없었다. 아니면 다정이 태인과의 연애를 숨기는 건가? 그러나 채린이 아는 다정은 사생활을 숨길지언정, 거짓말을 하는 사람은 아니었다. 안다정은 거짓말에 서툴러서 이토록 태연하게 거짓말을 할 리가 없었다.

"어…… 태인이 오빠랑 많이 친해 보이시던데."

채린이 은근슬쩍 떠보자 다정은 무척 평온한 표정으로 대꾸했다.

"친하다고 다 사귀는 건 아니잖아."

"……네?"

똑똑한 신채린은 안다정의 말뜻을 이해하지 못했다. 사정을 다 아는 채린이 당황하는 줄도 모르고 다정은 혼자 평온했다.

"아니, 그럼 사귀는 사이도 아니면서 그, 그런 짓을……."

이번에는 찬형이 문제였다. 영문 모를 소리에 채린이 두 선배를 번갈아 보았다. 전에 의국에서 투닥거릴 때처럼 난처한 처지에 놓인 다정은 순진해 빠진 김찬형의 혼잣말을 무시하고 채린의 등을 떠밀었다.

"신 선생, 들어가. 진료 봐야지."

"아, 네……."

어딘가 미적지근하고 떨떠름했지만 가장 바쁜 3년 차 치프는 응급실로 후다닥 들어갔다. 다정은 찬형의 의미심장한 시선을 모르는 척 계단으로 걸음을 옮겼다. 동기를 뒤따라가며 찬형이 캐묻기 시작했다.

"너 아직도 사과 안 했어?"

"무슨 사과?"

미안하지만 다정은 찬형의 말이 무엇을 뜻하는지 알 길이 없었다. 찬형이 들먹이는 일은 이미 안다정과 도태인 사이에서 끝난 일이었으니까.

김찬형은 뻔뻔하기 그지없는 동기를 흘겨보았다. 두 계단 정도 다정이 위에 있어서 눈높이가 맞았다. 안다정은 무고한 눈빛으로 턱을 빳빳하게 들고 있었다. 이게 바로 '먹고 버린다'는 걸까? 찬형은 다정의 손에 들린 편의점 비닐 봉투를 망연자실하게 보았다.

"와, 진짜……."

이런 여자한테 목을 매는 도태인이 불쌍해졌다. 오해에 빠진 찬형은 기가 막혀서 혼자 헛숨만 내뱉었다. 도통 이해가 가지 않았다. 외모 준수하고 집안 좋은 남자가 왜 이토록 둔해 빠진 여자에게 정성을 쏟는 건지 모르겠다.

"왜? 너도 커피 먹을래?"

한편, 안다정은 이미 도태인에게 사과를 하고 한 걸음 진보한 사이가 된 터라 찬형의 오해 담긴 눈빛을 다르게 받아들였다. 편의점 봉투에서 눈을 떼지 못하는 동기의 모습을 그저 커피가 필요한 것이라 여기고 그녀가 그에게 봉투를 넘겨주었다.

"아니……."

무심한 동기에게 한소리를 하려고 벼르던 찬형은 비닐 봉투를 받고 입을 다물었다.

그래, 자기 팔자는 자기가 꼬는 거다. 어차피 자신은 제삼자였고, 태인이 가진 것의 백분의 일도 갖지 못한 평범한 소시민 김찬형이니 도태인을 동정할 처지는 아닌 것도 같았다. 자신의 일만으로도 머리가 터질 것처럼 복잡한데 남의 일까지 신경 쓸 여유가 없기도 했다. 이미진의 마음을 잡는 일에나 몰두하도록 하자.

마음을 정리한 찬형은 봉투 안을 살피고 고개를 저으며 편의점 봉투를 다정에게 도로 돌려주었다.

"뭐야, 블랙밖에 없네. 난 안 먹을래. 써."

"애도 아니고."

다정이 혀를 쯧쯧 찼다. 물론 태인이 다정의 취향인 블랙커피로만 담았다는 걸 아는 사람은 아무도 없었다.

　겨우 늦지 않게 출근한 태인은 오전부터 정신없이 바빴다. 오전 중에 올려야 할 보고서만 세 개였다. 하나는 팀장에게, 나머지 둘은 할아버지가 대리인으로 내세운 이사에게 보내야 했다. 다정이 커피를 잘 먹고 있다는 메시지를 보내서 혼자 또 30분가량을 실실대느라 시간이 촉박했다.

　그때, 옆에 있던 직원이 수화기를 든 채 태인을 불렀다.

　"태인 씨, MG에서 찾아요."

　거기에 전화까지. 달갑지 않은 전화에 그는 남들 모르게 잠시 미간을 찌푸렸다가 폈다.

　MG투어는 의료 관광 에이전시였다. 주로 서비스업 관련 회사를 운영하고 있는 둘째 백부가 운영하는 그룹에 속해 있는 여행사였다. 백부는 구내식당 운영에서는 쫓겨났지만, 다행히 여행사와 병원은 적극적인 협력 관계를 맺고 있었다.

　"네, 협력팀 도태인입니다."

　태인이 피곤한 낯으로 전화를 받았다. 이내 깔깔 웃는 소리가 전화기 너머로 터져 나왔다.

　─진짜 도태인이 일을 해?

　사촌, 지혜의 목소리에 태인이 수화기를 귓가에서 떼고 얼굴을 구겼다.

영인과 동갑이었던 사촌은 누나와 다르게 왈가닥이었다. 어렸을 적에는 이 사촌 때문에 몇 번이나 골탕을 먹은 적도 있었다. 그녀에게 썩 좋은 기억이 없는 터라 평소의 도태인이라면 당장 전화를 끊어 버렸겠지만, 슬프게도 지금 그는 대외협력팀의 막내 사원일 뿐이었다.

"용건만, 간단히. 바빠서…… 말입니다."

이성과 인내심을 밑바닥에서부터 끌어모은 태인은 겨우겨우 존댓말로 응수했다. 발랄한 음성이 이어졌다.

—네가 이쪽 담당이라며? 이번에 중국 쪽 회사랑 좀 큰 프로젝트 하는데 이것도 네가 담당해?

"아마."

—할아버지가 제대로 키우시려나 보네. 널.

의외라는 투로 지혜가 떠보았으나 태인은 대답하지 않았다. 앞으로 미래가 어떻게 될지는 아무도 몰랐다. 성과가 기준에 미치지 못하면 할아버지는 가차 없이 태인을 잘라 낼 것이다. 그러니 지혜에게 정해지지 않은 이야기를 할 필요는 없었다.

태인이 아무 말도 하지 않자, 신이 나 있던 지혜가 차분하게 화제를 돌렸다.

—다행이야. 영인이도 지금 네 모습 보면 좋아할 텐데.

"용건만."

비록 지혜가 영인과 사이가 좋았다지만, 일터에서 세상을 떠난 누나 이야기를 듣고 싶지는 않았다. 지혜는 차갑게 대꾸하는 태인의 기분을 파악하고 본론으로 들어갔다.

─나 이따가 점심에 병원으로 갈 거야. 점심 먹으면서 이야기 좀 하자.

"선약 있어. 아니, 있습니다."

태인은 겨우 어미를 고쳐서 존댓말로 응수했다. 도태인은 항상 점심 선약이 있었다. 정확히 말하자면 안다정과의 선약인데, 정작 당사자인 안다정은 모른다는 게 흠이었다. 물론 지혜는 태인의 사정을 봐주지 않았다.

─선약은 무슨? 두 시간이면 도착할 거야. 나 지금 제주도거든. 제주 지사 일 다 끝났으니까 바로 김포로 날아갈게.

"점심은 안 된다고."

그가 다시 한 번 신경질적으로 거절했다. 아침도 챙겨 주지 못해서 오늘 다정에게 점심만큼은 보양식을 먹이고 싶었는데…….

─응? 잘 안 들려. 끊어.

그 말을 끝으로 단숨에 전화가 끊어졌다. 천연덕스레 거짓말을 한 지혜 때문에 태인이 미간을 찌푸렸다.

어렸을 적부터 사촌 누이는 사람을 성가시게 만들곤 했다. 지혜는 조용한 편인 영인을 꼬드겨 어린 태인을 지하실에 가둬 두거나, 숨바꼭질을 한다며 태인만 할아버지의 정원 구석에 남겨 두고 도망친다거나, 심지어 억지로 영인의 원피스를 태인에게 입히기까지 했다. 그래서 어머니는 왈가닥인 도지혜를 무척이나 싫어했었다.

괴롭힘을 당한 태인도 지혜를 어렸을 때에는 미워했으나 이제는 담담한 감정만 남아 있었다. 영인의 죽음 이후로 태인의 삶은 완전히 바뀌었기 때문에, 그 이전에 경험했던 일들은 아득할 뿐이었다.

'귀찮아.'

물론 사적인 점심 식사 자리가 아니라 책임자끼리 만나는 일종의 미팅 자리임에도 태인은 지혜의 제안이 달갑지 않았다. 도태인의 낙, 안다정을 볼 기회가 사라졌기 때문이었다. 점심시간은 늘 안다정에게 쏟고 있었는데 방해를 받게 생겼다.

도태인은 어김없이 점심에 안다정을 찾아왔다. 응급의학과 의국이 아니면 도대체 어디에 있는 거냐고 태인이 하도 끈질기게 물어서 2층 연구실, 통칭 골방의 위치를 알려 주었더니 그는 안다정 수색견처럼 바로 찾아왔다.

"선생님, 보고 싶었어요!"

태인이 숨김없이 감정을 표현하자 옆에 있던 찬형이 뜨악한 표정으로 두 사람을 번갈아 보았다. 다정은 익숙한 듯 가만히 있었고, 태인은 남의 눈 따위는 관심 없다는 양 다정을 품에 덥석 끌어안았다.

"이거 안 놔요?"

"아침도 못 해 줬는데……."

등 뒤가 따갑다. 동기들의 시선을 의식한 다정이 고개를 돌리려 했으나, 태인은 다정을 놓아줄 생각이 없는지 팔에서 힘을 풀지 않았다.

눈앞의 상황은 찬형 입장에서는 도저히 이해가 되지 않는 상황이었다. 아무리 봐도 연애하는 사이 같은데, 당사자인 다정은 택도 없다는 투로 부정했었다.

"친하다고 다 사귀는 건 아니잖아."

특유의 무심한 어조로 말이다.

기본적으로 무표정한 안다정은 무심하기 짝이 없는 인간이었다. 그런데 어째서인지 도태인에게 안겨서 곤란해하는 모습이 꼭 부끄러움을 숨기는 것처럼 보이기도 했다.

웬만한 일에 눈 하나 꿈적 않는 안다정이 부끄러워한다? 저래 놓고 연애가 아니라고? 동기로서 오랫동안 다정을 봐 온 찬형은 그녀의 변화에 기가 찼지만 모르는 척 먼저 식당으로 향했다. 찬형의 뒤로 아침 일을 모르는 민석이 키득거리면서 따라붙었다.

비상계단을 뛰어 내려가는 동기들을 태인의 팔 틈새로 곁눈질하던 다정이 그의 품 안에서 겨우 빠져나와 투덜거렸다.

"진짜 쪽팔리게 자꾸 이럴 겁니까?"

그는 대답 대신 빙그레 웃을 뿐이었다. 미소로 넘어가려는 듯한 능글맞은 태도에 그녀가 그의 팔을 찰싹 때렸다. 그러나 도태인은 호락호락하지 않았다. 그는 그녀의 손을 냉큼 잡고 매만지면서 아쉬운 목소리로 말했다.

"오늘 점심은 일 때문에 같이 못 먹어요."

웬일로 도태인이 먼저 바쁘단다. 처음 듣는 소리에 다정이 눈을 동그랗게 떴다. 하긴, 요즘 그는 무척 바빠 보였다. 그 와중에도 아침과 저녁을 챙기던 게 대단한 일이었다. 그가 바빠져서 자신을 귀찮게 하지 않는 건 긍정적인 일이다. 그런데 어딘가 허한 기분이 들었다. 아까 아침에, 구내식당을 갈 때와 비슷한 기분이었다.

그가 그녀의 속내를 읽은 듯 덧붙였다.

"그렇다고 너무 실망하지 말고."

"누, 누가 실망을 했다고. 갈게요!"

속내가 들켜 발끈한 다정이 태인의 손을 뿌리치듯 놓고 비상계단 아래로 소리쳤다.

"김찬형! 같이 가!"

"으잉?"

벌써 1층에 도착한 찬형이 다정의 목소리에 의아한 소리를 내며 난간 사이로 고개를 들이밀었다. 다정은 찬형과 눈이 마주치자마자 다시 태인에게 고개를 돌렸다.

"그럼 이따 봅시다."

찬형을 멈춰 세운 다정이 태인에게 가볍게 인사하고는 후다닥 찬형을 쫓아 내려갔다. 한 점의 미련도 없어 보이는 뒷모습을 태인이 물끄러미 보다가 한숨을 내쉬었다.

조금 더 아쉬워해 주지.

그래도 이만하면 많이 나아진 셈이다. 이 여름이 시작할 즈음
에 다정은 태인을 보고 인상부터 썼으니 말이다. 당장 돌아가라
는 말과 진료 방해를 하지 말라는 말, 할 일도 없느냐며 한심해
하던 그녀의 눈빛까지 그는 생생하게 기억했다.

싫은 기억은 아니었다. 오히려 추억에 가까우면 가까웠다. 그
렇게 자신을 경계하던 그녀가 조금씩 벽을 허물면서 오늘까지
왔다. 태인은 많은 것을 바라지 않기로 했다. 두 사람 사이가 가
까워지고 끈끈해질 때마다 욕심이 나지만, 그는 자신만의 기준
을 정확하게 세워 두었다. 안다정이 도태인의 곁에 있어 주는 것.
그 이상은 바라지도 않았고, 바랄 수도 없었다.

그거면 충분하다고, 그는 세뇌하듯 입 안으로 중얼거렸다.

그때, 태인의 휴대폰으로 전화가 걸려 왔다. 낯선 번호였지만
누군지 알 것 같았다.

"네."

—너 어디야?

점심 즈음 병원에 도착한다던 지혜였다. 이 인간 때문에 안다
정과의 오붓한 점심 식사는 물 건너가 버렸다. 그는 다정이 뛰어
내려갔던 비상계단을 천천히 내려갔다. 철컹, 하고 무거운 철문
이 스스로 닫혔다.

"응급실 앞."

계단을 다 내려오고 나서야 태인이 대답을 주었다. 이내 걱정

을 담은 의아한 목소리가 들렸다.

─웬 응급실? 어디 아파?

"아니."

도태인이 응급실에서 진을 치고 지냈던 나날을 외부인인 도지혜가 알 리는 없었다. 그녀는 대수롭지 않게 여기고 말을 이었다.

─점심, 구내식당에서 먹자. 직원들 가는 식당.

"왜?"

─아버지가 탐색 좀 하고 오라고 특명을 내리셔서.

"탐색?"

입맛이 고급인 도지혜가 병원 구내식당을 탐색한다고? 태인이 미간을 찡그릴 찰나였다. 삼촌이 구내식당 운영권을 다시 노리려는 모양이었다. 하기야, 운영 기간 보장만 되면 무조건 흑자나 다름없는 사업이었으니 이번 일이 뼈아플 것이다.

하지만 지금 들어와 있는 업체와 계약한 기간이 2년이라서 백부는 2년 뒤에나 재도전이 가능했다. 그때까지도 할아버지의 마음이 풀리지 않는다면 거의 불가능할 테고.

─나, 후문 주차장인데 도대체 구내식당이 어디니? 응급실은 좀만 가면 되는데.

"응급실 쪽으로 와."

태인은 귀찮은 듯 바로 전화를 끊고 건물 밖으로 나왔다. 9월인데도 햇볕은 따가웠다. 올해는 유난히 더웠다. 정장 재킷까지 걸치고 있으니 점점 불쾌지수가 높아졌다. 곧 태인을 발견한 지혜가 손을 흔들면서 그에게 가까이 다가왔다.

"와! 너 진짜 오랜만이다."

그러더니 지혜는 태인을 이리저리 살펴보았다. 영인의 장례식에서 본 태인은 수척해서 앳된 얼굴이었는데도 생기가 없어 보였다. 그런 모습만을 기억하고 있던 터라 지혜는 멀쩡해진 사촌 동생이 신기했다.

젊은 나이에 세상을 떠난 망자를 비통하게 여기는 사람들 사이로, 지혜는 핏기 없는 태인의 얼굴을 보았다. 감정이 없어 보이는 표정에 초점이 맞지 않는 눈동자. 누나의 죽음으로 인해 충격을 많이 받았는지, 태인은 발인할 때까지도 눈물 한 방울 흘리지 않았다. 이를 두고 멋모르는 사람들은 아들의 심지가 굳세서 다행이라는 소리를 지껄이곤 했으나 지혜의 눈에 사촌 동생은 너무나도 위태로워 보였다.

그런 태인이 달라졌다. 현실에서 한 발짝 떨어져 있던 사촌 동생은 어느새 떳떳한 사회인으로서 제 몫을 하고 있었다.

지혜는 구내식당을 탐색하겠더니, 도태인을 탐색하고 있었다. 구경거리가 된 기분에 태인이 불쾌한 투로 물었다.

"뭘 봐?"

"어, 내가 지금까지 살면서 너만큼 예쁘장하니 잘생긴 남자는 본 적이 없어서."

거침없이 대답한 지혜가 생긋 웃었다. 대학을 갓 졸업했을 때와 달리, 서른이 넘었다고 태인은 소년 같다기보다 남자다운 느낌이 짙었다. 어렸을 적부터 태인 남매는 외모로 빠지지 않았다 싶었는데, 훌륭하게 자라 줘서 지혜 자신이 다 뿌듯했다.

"근데 그게 하필이면 사촌 동생이라니……."

지혜가 장난스럽게 한탄하자 놀림당한 기분에 태인이 코끝을 찡그렸다. 그의 어깨를 툭 친 그녀가 신이 나서 떠들었다.

"넌 어렸을 때도 네 누나처럼 예쁘긴 했지. 영인이를 딱 남자로 돌리면 너 같은 느낌이긴 했어."

영인의 이름에 태인의 안색이 어두워졌다. 여기까지 찾아와서 왜 영인의 이름을 들먹이는 건지 모르겠다. 그가 지혜에게 차갑게 물었다.

"일 이야기 하러 온 거 아니었어?"

"으음…… 구내식당이 어디야?"

과거 이야기가 썩 내키지 않다는 기색을 태인이 숨기지 않자 지혜는 바로 말을 돌렸다. 태인이 본관 쪽을 가리켰다. 본관 1층 오른쪽에 구내식당이 크게 자리 잡고 있었다. 태인의 안내에 따라 걸으며 지혜가 조잘거렸다.

"식당도 좀 둘러보고, 네 얼굴도 좀 보고, 일도 할 겸, 겸사겸사 온 거야."

힐끔거리는 지혜의 곁눈질에도 그는 대답 대신 묵묵히 걷기만 했다.

구내식당 입구에 도착한 지혜는 식당 벽을 보고 입술을 삐죽였다. 벽에는 아버지 회사의 트레이드 컬러가 지워지지 않은 채였다.

"식당 리모델링은 안 했나 봐?"

태인이 고개를 끄덕였다. 운영 업체 교체가 워낙 빠르게 진행되어서 리모델링을 할 시간은 없었다. 식당 운영이 더욱 안정화되면 업체에서 알아서 인테리어를 교체할 수도 있겠지만 어쨌거나 지금은 인테리어에 변함이 없었다. 그 덕에 업체가 바뀐 것을 모르는 단기 입원 환자나 손님들은 식당 밥맛이 좋아졌다는 정도로만 인식할 뿐이었다.

"아버지, 진짜 속 터지겠네. 죽 쒀서 개 줬구만?"

그래도 팔은 안으로 굽는다고, 지혜가 제 아버지 대신 분통을 터뜨렸다. 그러거나 말거나 태인은 멀리 앉아 있는 사람들에게서 시선을 떼지 못했다. 겨우 감정을 수습하고 나서 태인을 바라본 지혜가 태인의 시선을 따라 눈을 움직였다.

"어딜 그렇게 봐?"

"아니야."

사촌 동생이 지켜보고 있던 것은 남자 둘에 여자 하나가 모여 끊임없이 대화를 하며 식사를 하는 모습이었다. 별로 특별해 보이지 않아서 지혜는 바로 시선을 거두고 물었다.

"식당 분위기 좋아진 거야? 언제? 다들 좋아해?"

"음, 그렇지."

"조 상무님이 제대로 해 먹었나 보다."

지혜는 어깨를 축 늘어뜨렸다. 중간에서 횡령이 있었으니 식자재는 물론 서비스까지 질이 나빴을 것이다. 조 상무는 들키지 않게끔 처음에는 소액만을 횡령하다가 점차 대담해져서 들키기 전에는 무려 절반에 다다르는 액수에 손을 댔다고 들었다. 처음처럼 소액만 횡령했더라면 조 상무 경질만으로 일이 끝났겠지만 여기에 엮인 사람이 주모자인 조 상무를 비롯해 줄줄이 굴비 엮이듯 있었으니, 날벼락도 이런 날벼락이 없었다.

그 비리를 보고한 태인은 지혜의 한탄에 아무런 내색도 하지 않았다. 그가 현재 신경 쓰고 있는 건 오로지 한 사람뿐이었다. 멀리, 창가 쪽에 앉아서 동기들과 대화를 나누는 다정만이 그의 시야에 들어와 있었다.

끈질긴 시선을 보낸 끝에 마침내 태인은 다정과 눈이 마주쳤다. 두 사람의 시선이 맞닿은 순간, 식당 안에 맴도는 소리가 멎은 듯했다. 다정은 눈도 깜박이지 않고 태인을 물끄러미 응시하다가 아무렇지 않게 시선을 돌려 버렸다.

그제야 마법에서 풀려난 것처럼 태인이 정신을 차렸다. 웅성거리는 소리가 점차 귀에 들리기 시작했다.

그리고 지혜의 언짢은 목소리도.

"……듣고 있어?"

"아."

"아? 누나가 말하는데."

꼭 어렸을 때처럼 지혜가 테이블을 가로질러 태인의 어깨를 툭 때렸다. 그의 미간이 찌푸려졌지만 맞을 만도 했다. 업무 관련 이야기를 하는데 들은 척도 하지 않고 혼을 쏙 빼놓고 있으니 말이다.

"최저 80억 규모야, 이번 프로젝트. 그렇게 정신 놓고 있으면 안 된다고."

진지해진 지혜의 목소리에 태인의 시선이 사촌 누이에게로 돌아갔다. 태인이 속으로 혀를 찼다. 80억 규모의 프로젝트 책임자로 신입 사원을 내세우다니, 어떻게든 승진의 발판을 마련하려는 마음을 알겠지만 할아버지도 너무 나갔다.

한편, 안다정은 현재 두 동기의 뜨악한 눈빛을 정면으로 받고 있었다. 숟가락을 든 채로 다정이 눈을 동그랗게 뜨고 동기 둘을 번갈아 보았다.

"왜?"

"아, 아니……."

마음 약한 찬형이 슬그머니 고개를 돌렸다. 대신 민석이 나섰다.

"도대체 무슨 사이야?"

"뭐가?"

다정의 차분한 태도에 속이 타는 쪽은 오히려 동기들이었다. 안다정의 뒤를 졸졸 따라다니던 도태인이 여자와 단둘이 점심 식사를, 그것도 안다정이 버젓이 보는 데서 태연하게 하고 있는 것은 꿈에도 상상하지 못한 상황이었다.

그런데 안다정은 너무나 평온했다. 아무것도 보지 못한 사람 처럼.

"너랑 저 사람."

민석이 턱짓으로 태인을 가리켰다. 흘깃, 다정이 그쪽을 곁눈 질했다.

태인의 맞은편에 앉은 여자는 흔해 빠진 구내식당 음식에 호 들갑을 떨면서 사진까지 찍고 있었다. 얌전히 밥이나 먹지, 여자 는 음식을 먹을 생각이 없는 듯 숟가락도 들지 않고 활짝 웃으면 서 도태인에게 계속 말을 걸었다.

저 여자의 정체가 궁금한데, 궁금한 내색을 하고 싶지는 않다. 솔직히 도태인과 안다정은 특별한 의무로 엮인 관계도 아니었 다. 두 사람 사이에 흐르는 감정은 서로를 향한 호감과 필요뿐이 었다. 도태인은 안다정의 고독을 덜어 주었고, 안다정은 도태인 에게 안정을 주었다. 그 필요성이 사라지는 순간, 이별한다 하더 라도 아무 상관이 없는 사이였다.

그러니 서로의 사생활에 참견을 할 수는 없었다. 마음이 어지 러이 흔들렸지만 다정은 무표정하게 결론을 내렸다.

"아무 사이도 아니라니까 그러네."

"아무 사이도 아니라고?"

다정이 태인과 연인 사이라고 거의 확신하고 있던 민석이 의 외라는 표정을 지어보였다. 다정이 눈을 가늘게 뜨고 단호하게 덧붙였다.

"그러니까 전처럼 시비 털지 마라."

"야, 그건…… 그땐 미안했다니까. 내가 제정신이 아니어서 그랬던 거고."

지난달, 자신의 창피한 언행을 떠올리고 민석이 난처하게 변명했다. 민석의 태도가 바뀐 내막을 뒤늦게 찬형에게 전해 들은 다정은 입술만 씰룩였다.

사랑이란 참 이상한 감정이다. 훌륭한 인격자는 아니라지만 평범하게 사회생활을 잘하던 장민석에게 여유를 앗아 간 것도 사랑이고, 엄마가 제 자식과 남편을 버리게 한 것도 사랑이었다. 김찬형을 전전긍긍하게 만드는 것 역시 사랑이었고, 신채린이 우직하게 연인을 기다리게끔 하는 것도 사랑이었다.

안다정은 사랑이 뭔지 아직도 가늠할 수가 없었다. 세상 사람들 모두가 사랑을 하는데, 자신만 몰랐다. 아니, 정확히는 외면하고 피해 왔다. 사랑이라는 변덕스러운 감정을 믿고 싶지 않았으니까. 심지어 지금도 그녀는 자신에게 그다지 사랑이 필요하다고는 생각하지 않았다.

힐끔힐끔 태인 쪽을 살피던 찬형이 불만스레 말했다.

"되게 친한 사이인가 봐. 신당백한테도 저 정도는 아니었는데."

찬형의 말에 민석도 슬그머니 태인과 이름 모를 여자를 곁눈질했다. 그 와중에도 다정은 고개를 처박고 말없이 맨밥만 입에 쑤셔 넣었다. 이상하게 그쪽을 보고 싶지 않았다. 그녀는 가슴이 답답해지는 이 느낌이 뭔지 알 것 같으면서도 정확히 정의할 수는 없었다. 괜스레 위염에 걸리기 전에 점심을 그만 먹어야겠다.

점심 식사 후, 흡연자인 민석이 자리를 뜨자 찬형이 조심스럽게 눈치를 보며 물었다.

"안 치프…… 아니, 안다정. 말이, 말이 좀 안 되지 않아?"

"뭐가?"

왠지 속이 타서 그녀는 차가운 커피를 벌컥벌컥 마셨다. 오늘 아침, 태인이 사다 준 커피는 다정만 먹었다. 블랙커피를 싫어하는 찬형은 물론, 커피 대신 담배를 즐기는 민석도 편의점 봉투에 들어 있는 커피에 손을 대지 않았다.

쓴 커피가 술술 들어가는 것을 보니 아무래도 음식이 좀 짰던 모양이다. 다정은 커피 한 병을 바로 비웠다. 텅 빈 유리병을 본 찬형이 혀를 내두르다가 속에 감추어 두었던 말을 털어놓았다.

"솔직히 이해가 안 돼. 너랑 깊은 사이잖아, 그 사람."

그런데도 도태인은 낯선 여자와 친밀하게 점심을 먹고, 안다정과는 한 마디도 섞지 않았다. 그게 찬형과 민석이 떨떠름해 하는 이유였다.

다정은 찬형을 빤히 쳐다보았다. 깊은 사이? 무슨 의미인지 모르겠다 싶을 무렵, 찬형의 얼굴이 붉어졌다. 그제야 다정은 찬형의 말뜻을 이해했다. 아, 도태인과 잤다는 말을 이 순진한 동기에게 괜히 했나 보다. 뒤늦게 그녀는 오전에 찬형이 보였던 반응도 이해가 갔다.

하지만 정말, 안다정과 도태인은 아무 사이도 아니었다.

"네 앞길이나 걱정해. 나도 이제 이미진 선생하고 연락 못 하거든?"

찬형의 안색이 언제 붉었냐는 양 창백해졌다. 입을 일자로 다문 찬형은 제 고민에 빠져들었다.

점심때부터 기분이 나빠진 탓에 다정은 오늘 공부를 다 망쳤다. 웅진의 부담스러운 격려가 생각나 그녀는 저도 모르게 한숨을 내쉬었다.

'이러다 떨어지면 진짜 어떡하냐……'

창피해서 얼굴도 못 들 것이다. 오늘, 찬형과 민석은 묵묵히 책장을 넘기고, 의문 생기는 부분을 서로 토론하고, 해외 저널로 최신 정보를 살피며 열심히 공부를 했는데 옆에 있던 다정은 집중하지 못했다.

떠오르는 건 오로지 구내식당에서 자신을 바라보던 태인의 얼굴뿐이었다. 모르는 여자랑 단둘이 친밀하게 대화를 나누던 그는 자신을 보고도 놀란 척조차 하지 않았다. 아무렴, 도태인이 누구를 만나던 안다정과 상관은 없으니까. 그러니까……

'공부나 하자.'

도태인이 안다정의 미래를 책임져 줄 것도 아니니 괜한 곳에 정신력 낭비를 하지 말고 앞일에나 신경을 써야겠다. 아직 시험까지 약 4개월이라는 시간이 남아 있음에도 불안이 파도처럼 밀려왔다. 집에 가서 공부할 계획을 머릿속으로 세울 때였다.

"선생님!"

안다정을 번민에 빠트린 장본인이 활짝 웃으며 나타났다. 오늘따라 도태인이 얄미운 이유는 뭘까?

그는 마치 아무 일도 없었다는 듯 평소와 다름없는 모습이었다. 툭하면 안다정을 귀찮게 만들던 도태인이 오늘은 점심 이후로 연락 한 번 하지 않았다. 점심때부터 그 여자랑 같이 있었던 걸지도 모른다. 누군지는 모르겠지만, 타인과의 관계를 잘 맺지 않던 태인과 친밀해 보였으니 결코 평범한 여자는 아닐 것이다.

다정은 태인을 말없이 올려다보다 입을 열었다.

"점심 때."

"네?"

"……왜 구내식당에서 밥 먹었어요?"

말이 자신도 모르게 저절로 튀어나와 다정은 내심 당황스러우면서도 한편으로는 속이 시원해졌다. 아닌 척, 모르는 척하고 있었지만 반나절 동안 책이 손에 잡히지 않을 정도로 신경이 쓰였던 걸 인정하긴 해야겠다.

다정의 의심스러운 시선에도 태인은 별로 아무렇지 않은 듯 평온하게 대답했다.

"거길 가야 할 일이 있어서? 왜요?"

"아니, 그냥…… 거기서 잘 안 먹잖아요."

자주 가는 곳은 아니라 그가 고개를 끄덕였다. 예전에 도태인이 구내식당에 갔던 것도 바쁜 안다정 때문이었다. 그녀가 아니었다면 식당에 걸음 할 일이 없었을 것이다.

태인은 자연스럽게 주차장으로 향하면서 입을 열었다.

"그 인간이……."

"그 인간?"

떨떠름하게 그녀가 되묻자 그가 솔직하게 설명했다.

"아니, 그…… 사촌 누나거든요. 원래 식당 운영권 갖고 있던 삼촌 딸."

"아……."

사촌…… 그러니까 가족!

다정은 문득 점심부터 지금까지 낭비한, 약 여덟 시간에 가까운 금쪽같은 시간이 아까워졌다. 괜스레 얼굴이 뜨거워지는 느낌이었다. 해가 져서 정말 다행이었다.

"삼촌이 식당 한번 확인하고 오라고 했나 봐요."

그제야 다정은 그 여자가 음식이나 식당 이곳저곳을 사진으로 찍는 이유를 알 수 있었다. 그때는 식당에서 뭐 하는 여자인가 색안경을 쓰고 보았는데, 역시 다들 나름대로의 사정이 있었다. 또 멋대로 남을 재단하고 말았다. 거기에 오늘 공부 계획까지 망쳤다. 최악이었다.

그런 안다정의 기분을 아는지 모르는지 도태인은 운전석에 올라 그녀의 안전벨트를 손수 매 주고 제안했다.

"선생님, 우리 저녁은 나가서 먹어요."

"나가서요?"

"너무 피곤해서 아무것도 못 했거든."

태인이 힘없이 미소를 지었다. 여섯 시에 퇴근해서 저녁을 만들려고 했는데 기운이 없어서 침대 위에 늘어져 있었다. 그는 베개에서 풍기는 다정의 냄새가 밴 베개를 끌어안고 한 시간가량 휴식을 취한 후에야 겨우 그녀를 데리러 온 것이었다.

집에 바로 들어가서 오늘 못 다한 진도를 나가려고 했는데 다정은 가까이서 보이는 그의 기운 빠진 표정에 차마 싫다는 말이 나오지 못했다.

"많이…… 바빴나 봐요?"

"갑자기 일이 쏟아지는 것 같아요."

오늘 태인은 다정에게 짧은 메시지조차 보내지 못할 만큼 바쁘고 정신이 없었다. 절대 야근만큼은 할 수 없다는 의지로 여섯 시 전에 일을 끝냈으나 문제는 피로였다. 개운하게 잤다고 생각했는데, 다시 몸이 무거워졌다.

미간을 살짝 누르고 정신을 차린 태인이 몇 번 눈을 깜박거렸다. 이런 남자를 잠시나마 얄밉다고 생각했다니, 그를 물끄러미 바라보던 다정은 미안해졌다.

"저기, 집안일 같은 건 안 해도 돼요."

"내가 한다고 했으니까."

"식모처럼 부리려고 들어오라 한 거 아니거든요."

그의 부담을 덜어 주고자 그녀가 새침하게 말했다. 그가 전처럼 할 일이 없는 백수가 아닌 이상, 집안일까지 해야 할 필요는 없었다. 운전대를 잡은 그가 고개를 저었다.

"피곤해서 못 하겠다는 말이 아니고…… 아, 설마 약 바꿔서 그런가?"

곰곰이 복약 지시를 상기한 그가 떨떠름하게 말을 이었다.

"졸릴 거라고 했는데."

태평한 태인의 말에 다정이 한숨을 내쉬고 불안한 투로 물었다.

"운전하면 안 되는 거 아니에요?"

"괜찮아요. 운전하지 말라는 말은 없었으니까."

물론 안다정은 쉽게 안심하지 않았다. 그녀는 여전히 불안한 눈으로 펼쳐진 도로를 쳐다보았다. 다행히 차는 똑바로 잘 달리고 있었지만 마음은 편치 않았다. 어두운 도로에서 점점이 빛나는 불빛을 멍하니 보던 그녀가 입술을 떼었다.

"혼자서도 잘 살아왔으니까 굳이 뒷바라지는……."

"해 줄 겁니다."

다정의 말을 도중에 자른 태인이 정지 신호에 차를 세우고 희미한 미소를 띠었다. 못마땅한 그녀의 시선에도 그는 미소를 잃지 않았다.

"아니, 난 괜찮은데……."

"내가 그러고 싶으니까."

그녀의 말이 어떻게 이어질지 그는 잘 알고 있었다. 스무 살부터 서른 살까지, 갓 성인이 되자마자 스스로의 삶을 홀로 책임지다시피 살아온 그녀는 남에게 기대는 일을 어려워했다. 사소한 호의마저도 불편해하는 그녀를 챙겨 주고 싶었다.

"남편처럼."

"쉬라니까……."

말을 끝마치지 못한 다정이 코끝을 찡그리면서 고개를 돌려 버렸다. 하여튼 도태인은 덧붙이지 않아도 될 말을 꼭 덧붙인다. 자신이라면 낯간지러워서 절대 입 밖으로 내지 못할 소리도 척 척 해 대는 남자에게 그녀는 이제 신기함을 넘어서 존경심마저 느껴질 정도였다.

"마음대로 하세요."

그런데 이상하게도 싫지는 않았다. 마음이 말랑말랑 녹아내리는 느낌이었다.

*　　*　　*

다정은 며칠 만에 의국을 찾았다. 워낙 응급실에 밀려드는 환자가 많아 응급의학과 의국은 사람이 거의 없고 조용한 편이었다.

"저도 알아요. 저도 조금만 기다리면 되는 거 아는데!"

그런데 거기서 웬일인지 3년 차 신채린이 격한 목소리로 전화를 받고 있었다. 문고리를 잡은 다정이 머뭇거리면서 슬그머니 출입문을 닫으려던 참이었다. 인기척을 느낀 채린이 다정 쪽으로 고개를 돌렸다.

"……끊을게요."

다정과 눈이 마주치자마자 채린이 황급히 통화를 종료했다. 민망한 기분에 다정이 어색한 미소를 지으면서 안으로 들어왔다.

"누군데 그렇게 전화를 받아?"

"아, 아니에요."

말은 그렇게 해도 채린의 얼굴 표정은 엉망진창이었다. 부루퉁하게 입술을 내밀고 눈가는 붉어진 모습이 꼭 화가 난 어린 소녀 같았다. 다정은 모르는 척 중앙 테이블에 들고 있던 종이 백을 내려놓고 내용물을 하나씩 꺼냈다.

"무슨 케이크가 이렇게 많아요? 다 조각이네?"

다정이 꺼낸 건 개별 포장이 되어 있는 조각 케이크였다. 과일이 얹어진 생크림 케이크, 꾸덕꾸덕한 치즈로 가득 덮인 치즈 케이크, 까만 초콜릿으로 코팅된 초콜릿 케이크 등등 다양한 맛의 케이크였다.

"이거 우리 셋이서는 다 못 먹어서 나눠 먹으라고 가져온 거야."

채린이 제일 가까이 있는 티라미수를 집었다. 시험공부 중인 4년 차 안다정에게 간식을 줄 만한 사람은 단 한 사람뿐이었다.

"아, 태인이 오빠가요?"

다정이 고개를 끄덕이고 오전에 있었던 슬픈 이야기를 털어놓았다.

"종류별로 네 개씩 사 왔는데 김찬형은 초코 케이크 한 조각 먹고 토할 것 같다고 안 먹고, 장민석은 겨우 두 개 먹고 저녁까지 아무것도 못 먹을 것 같다고 두 손 들었어."

3년 동안 지켜봐 온 선배들의 모습이 머릿속에 자동으로 그려져서 채린이 피식 웃었다. 테이블 구석으로 케이크를 밀어 정리하며 채린이 능청스럽게 말했다.

"태인이 오빠가 사다 준 거면, 선생님이 다 먹어야 하는 거 아니에요?"

"내가 먹을 거 빼놓고 가져온 거야. 나눠 먹어. 진짜 다니까 각오하고."

"······좋겠다."

그런데 채린의 입에서는 뜬금없는 말이 튀어나왔다. 케이크를 바라보는 후배의 눈이 오늘따라 유난히 쓸쓸해 보였다. 다정은 신채린을 쓸쓸하게 만들 수 있는 유일한 사람을 떠올리고 물었다.

"전화, 백강우 선생님이야?"

"아······ 네."

채린은 부정하지 않았다. 맛있는 케이크를 두고 힘없이 앉은 채린이 씁쓸하게 웃으면서 말을 이었다.

"떨어져 있는 게 힘드네요, 이럴 땐."

"조금만 더 기다리면 되잖아."

다정의 말은 연인이 했던 위로와 한 치도 다르지 않았다. 기다리는 것이 최선임을 모르지는 않지만, 채린이 속에 담아 두었던 서운한 감정을 꺼냈다.

"그건 저도 아는데, 떨어져 있는 동안 잠깐이라도 시간 나면 만나고 그럴 수도 있잖아요. 우리가 이산가족도 아니고요."

"그러네."

"그런데 치프 달았으면 오프 날에 공부나 하라는 거 있죠?"

"원래 그런 분이잖아, 백강우 선생님."

다정의 평온한 목소리에 채린의 눈시울이 붉어졌다. 이럴 때, 채린은 다정의 성격이 부러웠다. 자신의 연인도 다정처럼 이성적인 편이라 바른 소리를 얄밉게 하곤 했다. 오늘도 주말에 난 오프 때 그를 만나러 내려가겠다고 말했다가 공부나 하라는 말로 거절을 당해 화가 난 참이었다.

"신 선생, 뭐 그런 걸로 울고 그래?"

"저는 화나면 눈물이 나더라고요."

채린이 솔직히 말하고는 가운 소매로 눈가를 찍어 냈다. 다정은 자신의 감정을 솔직하게 표현하는 채린이 신기하기도 하고 귀엽기도 했다. 신채린이 이런 여자니까 차갑기로 유명하던 백강우가 채 가는구나, 싶었다.

"선생님은 태인이 오빠랑 매일 보니까 이런 기분 잘 모르실 거예요."

"응?"

갑자기 나온 태인의 이름에 다정이 눈을 동그랗게 떴다. 다정의 의아한 표정을 보지 못한 채린이 말을 계속했다.

"사랑하는 사람하고 같이 있는 시간이 얼마나 소중한지 너무 늦게 알았어요. 선생님은 매일 보시잖아요."

"뭐?"

사랑하는 사람을 매일 봐? 누가 누구를?

자다가 봉창 두드리는 소리도 유분수지, 다정이 후배에게 기막힌 눈빛을 보냈다. 그제야 고개를 들고 다정을 쳐다본 채린도 덩달아 놀란 얼굴이었다.

"네?"

다정은 테이블 구석을 짚은 채 황당하다는 목소리로 말했다.

"아니…… 신 선생, 아직도 오해하고 있어?"

"네? 뭘요?"

"나랑 도태인 씨, 아무 사이도 아닌데?"

"네에?"

믿을 수 없다는 채린의 시선이 다정에게 닿았다. 오히려 당황한 쪽은 신채린이었다. 아무 사이도 아닌데 동거를 하나?

"아니 가, 같이 사……."

채린은 겨우 도중에 말을 멈추었다. 태인과 다정의 동거는 눈앞의 선배에게 직접 들은 말이 아니었다. 같이 살고 있으면서도 아무 사이가 아니라 단언하다니? 그럼에도 켕기는 구석이 없는

양, 다정은 당당했다. 거짓말에 썩 능숙하지 않은 다정이 한 치의
망설임도 없이 대답한다는 건…… 거짓말이 아니라는 뜻이다.

"같이 뭘?"

"아뇨……."

채린이 슬그머니 눈을 돌렸다. 후배의 태도를 대수롭지 않게
여긴 다정이 케이크 상자를 가리켰다.

"그러니까 괜히 이런 거 부러워하지 말고, 백 선생님하고 잘
풀어."

"……네."

그러면서도 채린은 다정을 의아하게 힐끔거렸다. 같이 살고,
분명 깊은 관계까지 가졌을 법한 사람들이 특별한 사이가 아니
라니?

'이상하네.'

어느 순간, 채린은 연인과의 작은 다툼보다 다정과 태인의 관
계가 궁금해졌다.

"간다."

"들어가세요."

다정은 더 이상 시간을 낭비하지 않고 의국을 나갔다. 채린도
의국을 정리하고 응급실로 돌아가야 했다. 바쁜 응급실은 손 하
나라도 아쉬웠으니까.

다정이 돌아가고 30분 정도 지난 뒤였다. 환자분류소 쪽을 지
나던 채린은 아는 얼굴을 보고 물벼락이라도 맞은 듯 놀랐다. 세

런된 보브컷에 우아한 바지 정장 차림의 중년 여자는 간호사에게 높은 목소리로 거만하게 말하고 있었다.

"여기 응급실에 안다정이라는 의사, 있어요?"

"어떻게 오셨습니까?"

"잠깐 만났으면 하는데."

도태인의 어머니인 추은미 여사가 안다정을 만나러 병원을 찾아왔다! 그 사실만으로도 채린의 등골이 오싹해졌다. 안다정은 도태인과 아무 사이도 아니라고 딱 잡아뗐는데…….

하지만 줄행랑은 너무 늦고 말았다. 타인의 시선에 예민한 은미가 채린의 눈길을 느끼고 고개를 돌린 탓이었다. 말이 통하지 않는 간호사에게서 미련 없이 등을 돌리고 은미는 채린에게 다가왔다.

"어머! 너, 채린이 아니니?"

"아, 안녕하세요. 어쩐 일이세요?"

어색하게나마 인사를 하고 채린은 억지로 미소를 지었다. 채린의 미소에 은미도 웃음으로 화답했다. 확실히 은미의 미모만큼은 길이길이 회자될 정도로 아름다웠다. 은미는 지금도 미인이지만, 젊은 시절에는 분명 눈이 부실만큼 아름다웠을 것이 분명했다.

"누구 좀 만나러 왔지. 응급실에서 일하나 봐?"

"네, 응급의학과요."

"그래? 그럼 안다정이라고 알지?"

채린이 멈칫했다. 은미는 전혀 거리낌 없는 말투로 묻고 있었다. 이미 모든 사실을 알고 왔다는 뜻이다.

"네, 제 선배인데 어쩐 일로……."

"그 아가씨 좀 만나 보고 싶은데, 불러 줄 수 있을까?"

채린이 끼어들 일이 아니라는 듯 은미는 용건을 말하지 않았다. 채린이 난처하게 대답했다.

"으음…… 안 선생님 지금 시험 준비 중이셔서……."

"안 돼?"

마음대로 되지 않자 은미의 눈동자가 기이하게 빛났다. 먹잇감을 앞에 둔 뱀처럼 번들거리는 눈빛에 채린은 왠지 다정을 은미와 만나게 하면 안 될 것 같았다. 채린은 마음을 다잡고 사정이 있는 척 또박또박 말했다.

"저는 잘 모르겠네요. 일단 윗년 차 선배를 제가 오라 가라 하기도 조금…… 곤란하거든요."

채린이 발뺌하자 은미의 눈이 가늘어졌다.

"하실 말씀 있으시면 제가 전해 드릴까요?"

"아니, 됐어. 알았어."

더 이상 채린이 도움이 되지 않을 거라 판단한 은미가 가볍게 손을 저었다. 눈치를 살피며 응급실로 돌아가려던 채린에게 은미는 다시 말을 붙였다.

"그러면, 안다정 선생은 여기서 언제 근무하지?"

"안 하세요. 이제부터 보드…… 전문의 시험 준비하셔야 해서요."

"아니, 대체 그러면 어떻게 만나라는 거야?"

은미가 우아한 목소리로 불만스레 투덜거렸다.

"저는 바빠서 이만. 도움이 못 되어서 죄송합니다."

"아니야. 알았어."

은미는 채린에게 우아하고 아량 넓은 척 입가를 늘어뜨려 웃어 주었으나 번들거리는 눈에는 웃음기가 없었다. 하얀 가운으로 감싸인 채린의 등을 은미가 빤히 지켜보다가 고개를 돌렸다.

한편, 응급실로 들어온 채린은 안절부절못하면서 휴대폰을 들었다.

'이걸 어째야 하나?'

안다정은 도태인과 아무 사이도 아니라고 했는데 왜 도태인의 어머니가 안다정을 찾는지 모르겠다. 채린은 혼란스러워졌다. 다정에게 미리 알려야 할 것 같기는 한데…… 조용한 연구실에서 공부에 매진하고 있을 다정을 생각해서 채린은 전화 대신 메시지를 보내기로 했다.

선생님, 이 메시지 보면 전화 좀 주세요.

은미가 다정과 만나기로 선약을 하고 온 게 아닐 테니 아무래도 당사자에게는 알려야 할 것 같았다.

그 즈음, 아침부터 케이크를 먹었다가 봉변을 당한 찬형이 배를 부여잡고 책상 위에 엎드리며 투덜거렸다.

"아, 나 속 안 좋아. 네 간식 탐내다가 AGE(Acute gastroenteritis, 급성 위장관염) 온 것 같아."

"물이나 마셔."

다정이 찬형에게 생수병을 던져 주었다. 정작 두 배로 먹은 민석도 멀쩡한데 찬형 혼자 앓고 있었다. 찬형이 벌컥벌컥 500밀리리터 생수병을 반쯤 비웠을 때였다. 다정의 가방 속에서 휴대폰 진동 소리가 들렸다.

"안다정한테 뭐 왔나 보다."

귀가 밝은 민석이 가방을 가리켰다. 다정이 메시지를 확인하고 고개를 갸웃거렸다.

"신 선생인데?"

4년 차 세 사람의 시선이 허공에서 부딪쳤다.

"왜? ER(응급실)에 무슨 일 났나?"

아파서 엎드려 있던 찬형이 상체를 세우고 중얼거렸다. 셋 다 각각 여러 가지 응급 상황을 떠올렸다. 대체로 그들이 떠올린 응급 상황은 비슷했다. 갑자기 근처에 큰 화재가 났다거나, 사고가 크게 나는 등의 환자가 밀려들어 오는 상황 정도였다.

응급실 근무에서 예외가 되었다지만 긴급 상황에는 당연히 4년 차들도 투입되기 마련이었다. 가운을 다시 입어야 하는 건가, 걱정 반 호기심 반으로 동기들이 바라보자 다정은 바로 채린에게 전화를 걸었다. 몇 번 신호음이 지나가기도 전에 채린이 바로 전화를 받았다.

"어, 왜?"

―혼자 계세요?

"아니?"

다정이 저도 모르게 찬형과 민석을 돌아보았다. 아무래도 응급 상황은 아닌가 보다. 그녀는 고개를 설레설레 저어서 동기들을 안심시킨 다음, 전화기를 든 채 복도로 나왔다. 사람들이 다니지 않는 복도는 조용했다.

"왜? 복도로 나왔어."

―아까 태인이 오빠 어머니가 선생님 찾으셨어요.

"……뭐?"

안다정이 보기 드물게 당황했다. 그녀는 저도 모르게 마른침을 삼켰다.

"그래서?"

―일단은 불러 드릴 수 없다고 말씀드렸어요. 짐작 가는 일…… 있으세요?

"아니……."

다정은 소리 없이 한숨을 내쉬었다. 도대체 태인의 어머니가 자신을 왜 찾는 건지 도통 가늠할 수가 없었다. 아니, 하나 정도 마음에 걸리는 점이 있기는 했다. 현재 안다정은 도태인과 함께 살고 있었고, 심지어 그를 식모처럼 부리고 있었다. 양심의 가책이 느껴졌다.

─일단 알려 드려야 할 것 같아서요.

"고마워, 신 선생."

그나마 채린이 미리 언질을 주어서 마음의 준비 정도는 할 수 있었다. 하얗게 바랜 안색으로 다정은 연구실이라는 이름의 골방에 다시 들어갔다. 아픈 찬형만큼 안색이 나빠진 다정을 보고 민석이 물었다.

"안색이 왜 그래? ER에 뭔 일 났대?"

"아니야, 그런 건."

다정이 고개를 저으며 복잡한 눈빛으로 대충 대답하고 자리에 앉았다. 책을 내려다보고 있는데 하얀 건 종이고, 검은 건 글자, 컬러풀한 건 그림일 뿐 내용이 눈에 들어올 리가 없었다.

'아, 어떡하지?'

솔직히 도태인을 부려 먹고 사는 이상, 그의 부모를 볼 낯은 없었다. 생각 없는 푼수 같을 때가 많지만 도태인은 분명 재벌가의 일원이었고 그의 부모는 안다정으로서는 만나기 힘든 대단한 사람들일 터였다.

전혀 중요하지 않은 부분에 아무 생각 없이 밑줄을 치던 다정은 책상 위에서 큰 소리로 진동하는 제 휴대폰 때문에 깜짝 놀라 정신을 차렸다. 이번에도 다정은 물론 찬형과 민석이 휴대폰으로 시선을 고정했다.

"오늘 무슨 일 나나?"

응급실 접수처에서 걸려 온 전화에 다정이 휴대폰을 집어 들고 일어났다. 위가 꼬이는 듯한 통증이 사라진 뒤 안색이 한결 밝아진 찬형과 다르게 다정의 얼굴은 훨씬 어두워졌다. 예감이 좋지 않았다.

다시 바깥으로 나가서 다정은 마음을 단단히 붙잡고 전화를 받았다.

"네, 선생님."

—안다정 선생님, 누가 찾고 계시는데요.

이어지는 간호사의 말에 다정은 눈을 길게 감았다 떴다.

"누군데요?"

—누군지 말씀은 안 하시네요. 여자분인데…… 잠깐 내려와 주실 수 있으세요?

"알겠습니다."

바빠 죽겠는데 쓸데없는 일로 귀찮아하는 간호사의 목소리를 차마 거스를 수는 없었다. 전화를 끊은 다정이 숨을 크게 내쉬었다. 마음이 무거워졌다.

출입문을 살짝 열고 그 사이로 다정이 말했다.

"나 잠깐 ER 내려갔다 올게."

"으잉? ER에 무슨 일 났어?"

"그건 아니고."

"안다정 왜 저렇게 바빠?"

찬형의 말을 무시하고 문을 닫은 다정은 머리를 단정하게 다시 묶고 비상계단을 통해 응급실 앞으로 내려갔다. 도태인의 어머니가 누군지 찾아다닐 필요는 없었다. 사람들 사이에서 눈에 띄는 미모의 중년 여성에게 다정의 시선이 단번에 꽂혔다.

보자마자 알겠다. 도태인은 어머니를 닮았다. 태인이 있을 때처럼 지나가던 사람들이 그의 어머니를 흘끔거렸다. 뭐라고 할까? 기품이 흐르는 미인은 꼭 백조처럼 우아한 자세로 서서 안다정을 기다리고 있었다.

다정은 마른 입술을 축이고 은미에게로 다가갔다. 다정의 눈빛을 느낀 은미가 옆으로 고개를 돌렸다. 은미와 눈이 마주친 다정이 손바닥에 맺힌 땀을 옷자락에 닦을 찰나였다.

"안다정 선생?"

"예, 그렇습니다."

꾸벅 고개를 숙이는 다정을 은미가 오만하게 내려다보았다. 아무리 수험생이라고 해도 그렇지 티셔츠에 면바지 차림이라니, 추레하기 그지없는 다정의 몰골에 은미가 미간을 좁혔다. 이런 여자가 뭐가 좋다고 아들이 집에 들어오지 않는 건지 모르겠다.

"내가 누군지 알겠어요?"

"예……."

"말이 빠르겠네."

은미가 혼잣말처럼 피식 웃으며 말하자 다정은 마른침을 삼켰다. 은미의 분위기에 압도당한 다정은 가시방석에 앉은 것처럼 불편했다. 은미가 머리를 귀 뒤로 넘기고 입을 열었다.

"이런 데서 말하기는 싫은데, 이동하지?"

언제까지 복도에 세워 놓으려는 건지, 안다정이라는 의사는 생긴 것만큼이나 센스가 없었다.

"알겠습니다."

다정이 병원에서 운영하는 카페로 은미를 안내했다. 시끄러운 카페가 마음에 들지 않는 듯, 은미는 눈살을 찌푸렸지만 별 불평 없이 구석진 자리에 앉았다.

"의자가 왜 이래?"

딱딱한 철제 의자는 균형이 맞지 않는지 기우뚱했다. 히스테 릭한 은미의 목소리에 다정이 겨우 미소를 지으며 말을 건넸다.

"자리 바꿔 드릴까요?"

"됐어."

시끄럽고 분주한 카페에서 의자를 교체하거나 자리를 바꾸며 시간을 보내느니, 용건을 빨리 끝내고 나가는 게 나았다. 은미는 테이블 위에 클러치를 내려놓고 다정을 똑바로 쳐다보았다. 화 장기 없는 얼굴에 하나로 질끈 묶은 머리, 모난 데 없이 평범한 얼굴. 공부라도 잘했어야 하는 외모라고 은미가 속으로 다정을 비웃었다.

"내가 왜 만나자고 했는지 아나?"

다짜고짜 튀어나온 은미의 하대에 다정의 기분이 가라앉았다. 어른들이 반말하는 거야 한두 번 겪어 본 일은 아니라지만 세상 에 무서울 것 없는 도 회장마저 까마득히 어린 다정을 의사로 존 중해 주었다.

그래도 다정은 불쾌함을 내색하지 않고 공손하게 대답했다.

"도태인 씨 때문이시죠?"

"그래, 내 아들 일 아니었으면 여기까지 오지도 않았지."

우아한 미모와 다르게 태인의 어머니는 싸늘한 구석이 있었다. 뭐랄까, 지금 이 분위기는 통속 드라마에서 부유한 사모님이 가난한 여자에게 물이나 돈을 뿌리는 상황 같았다.

나 참, 이런 사건이 안다정의 인생에 일어날 줄이야.

"단도직입적으로 말할게. 태인이랑 무슨 사이야?"

지긋지긋하게 받았던 질문을 다정은 또 받고 있었다. 그녀는 한 치의 거짓도 없다는 평온한 얼굴로 대답했다.

"아무 사이도 아닙니다."

"그 말을 나보고 믿으라고?"

태인과 꼭 닮은 눈을 일그러뜨리며 은미가 코웃음을 쳤다.

"정말입니다."

"아무 사이도 아닌데 같이 살아?"

솔직히 다정은 은미에게 차마 할 말이 없었다. 여기서 도태인을 가정부로 부리고 있다 말하는 순간 머리 위로 물이 쏟아질지도 모르기 때문이었다.

안다정은 맹랑하게 놀리던 입을 꼭 다물었다. 은미는 다정을 다시 조목조목 뜯어보았으나 도대체 아들이 이 여자에게 왜 목을 매는지 아직도 이해가 되지 않았다. 은미는 아들이 집에 돌아오지도 않고 닭장 같은 오피스텔에서 시간 낭비를 하게끔 만드는 원흉을 빤히 응시했다.

"처녀가 말이야, 창피하지도 않니?"

"창피할 일은 하지 않습니다만."

……라고 말하면서도 다정의 양심이 쿡 찔렸다. 찬형의 경악
도 그렇고, 아무 관계도 아닌데 함께 사는 게 이상하기는 한가
보다. 머리가 복잡해지자 두통이 밀려 왔다.

그때였다.

"부모가 없다더니, 그런 걸 가르쳐 주지도 않았나 보구나?"

부모를 들먹이는 은미의 잔인한 말에 다정의 얼굴이 차갑게
굳어 갔다. 은미는 다정의 약점을 발견하고 한쪽 입가를 끌어 올
렸다.

이럴 때 보통 쥐뿔도 없는 여자들은 파르르 떨면서 화를 내거
나, 눈물을 보이곤 했다. 가끔 자존심 없는 것들은 강자인 은미
가 뭐라고 하든 동조를 하기까지 했다. 부와 권력으로 마음에 안
드는 사람을 짓누르는 쾌감이 상당해서 은미는 무례한 짓을 멈
추기가 쉽지 않았다.

그러나 다정은 은미의 말을 무시하고 마음을 다스리려 애를
썼다. 참는 이유는 단 하나, 도태인의 얼굴을 봐서 그런 거다. 그
의 어머니이기 때문에 무례한 언행을 한 번은 넘어가 주었다. 재
미없는 태도에 김이 샌 은미가 말을 돌렸다.

"의사라고 해서 본인이 태인이랑 어울린다고 생각하는 건가?"

"무슨 말씀이신지?"

"우리 태인이 큰일 할 사람이야."

누가? 도태인이?

헛소리를 들은 양 기가 막힌 다정은 겨우 무표정을 유지했다. 큰일 할 거라는 그 남자는 자신의 집에서 집안일을 도맡아 하고 있었다. 아무리 생각해도 그 남자가 은미의 기대대로 큰일을 할 것 같지는 않지만, 그래도 어머니 앞에서 아들을 깎아내릴 수는 없는 법이었다. 다정이 침묵하자 은미가 거들먹거렸다.

"큰 회사도 물려받아야 하고 말이야. 안 선생처럼 기술 하나 가진 사람하고 격이 안 맞는다고."

기술 하나 가진 사람이라고 은미는 다정의 10년을 무시했다. 그러나 이 기술과 자격을 갖추기 위해 10년 동안 이를 악물고 살아온 다정은 이번에도 감정을 내색하지 않았다. 무시가 일상인 은미 같은 사람과 말이 통하지도 않을 테니까.

"뭔가 오해하시는 것 같은데…… 저랑 도태인 씨는 상상하시는 그런 사이가 아닙니다."

"그래? 그 말이 사실이라면 좋겠네."

어불성설이라는 투로 은미가 다정을 비웃었다. 그런 사이가 아닌데 왜 아들이 이 여자 집에 들어가 산단 말인가? 위기를 모면하기 위한 다정의 거짓말이 뻔뻔하게 느껴졌다. 하지만 슬프게도 안다정은 진심으로 사실만 말하고 있었다.

"그러니까 어머님께 그런 소리 들어야 할 이유도 없고요."

"그러면 태인이, 집으로 돌려보내."

"그건 도태인 씨가 결정해야 하는 거니까."

다정이 말을 한 박자 쉬고 은미를 똑바로 쳐다보았다. 마치 자신을 꿰뚫는 듯한 차갑고 날카로운 눈빛에 은미의 미간이 좁아졌다. 어디서 어른을 똑바로 쳐다보느냐 한마디 하고 싶었으나, 다정이 먼저 말을 이었다.

"저보다는 아드님께 직접 연락을 하시는 게 빠르실 텐데요."

무덤덤한 표정으로 다정이 은미의 아픈 곳을 찔렀다. 은미의 아름다운 얼굴이 파삭 구겨졌다. 태인과 닮은 얼굴이지만 표정과 눈빛만으로도 풍기는 분위기가 무척 달랐다.

다정은 은미가 굳이 자신한테 찾아와서 으름장을 놓는 이유를 대강 알 법도 했다. 얼굴도, 이름도 모르는 타인인 안다정보다 제 아들인 도태인에게 연락하는 편이 빠른데도 은미는 태인이 아니라 다정을 찾아왔다. 그렇다는 건 태인과 연락이 되지 않거나, 태인의 의지가 뚜렷해서 차마 꺾을 수 없다는 뜻이리라.

"맹랑하네, 어디서 감히 고개를 빳빳하게 들고?"

"못 할 말은 아니라고 생각합니다."

은미의 표독스러운 말에도 다정은 지지 않았다. 뭐랄까? 이 정도는 안다정에게 별일도 아니었다. 아까 부모 운운할 때 잠시 멈칫했으나, 응급실에서 온갖 인간군상을 다 겪어본 덕에 은미의 태도는 다정에게 그다지 위협이 되지 못했다.

"너, 내가 누군지 아니?"

"도태인 씨 어머니요?"

다정이 눈을 깜빡이며 대답하자 은미가 가소롭다는 듯 명함을 건넸다. 얼떨결에 다정이 명함을 받아 들었다.

갤러리 마루 대표 추은미

문제는 안다정이 일명 '고급문화'에 관심이 없다는 점이었다.

"갤러리 대표시군요."

그걸로 다정의 감상은 끝이었다. 대한민국에서 손꼽히는 갤러리의 대표를 앞에 두고도 더 이상 치켜세우지 않는 다정의 태도에 은미는 믿을 수 없다는 양 물었다.

"……애, 너 좀 무식하니?"

"무식하면 의사가 될 수는 없습니다만……."

오히려 다정이 은미를 황당한 시선으로 응시했다. 하긴, 의사라고 하면 그래도 대한민국 최고의 지성 집단 중 하나 아닌가. 할 말이 없어진 은미가 입을 다물고 불만스레 다정을 훑어보았다. 다정은 더 이상 은미와 말을 섞고 싶지 않았다.

"하실 말씀은 이게 답니까?"

"뭐라고?"

은미가 헛웃음을 터뜨렸다. 어린 계집애가 맹랑하기도 하지, 어디서 감히 어른 앞에서 저런 불경한 태도를 보이는 건지 모르겠다. 역시 가정 교육이 잘못된 건가?

하지만 은미의 속마음은 입 밖으로 나오지 못했다. 말 잘하던 입술이 이상하게 떨어지지 않았다. 안다정은 종사하는 직업이나 주변 환경 등이 추은미와는 완전히 달랐다. 즉, 자신의 그 어떤 협박도 안다정에게 영향력을 가하지 못한다는 것이다.

"죄송한데, 제가 보드 시험 때문에 바빠서요."

다정이 먼저 일어나자 은미가 들으라는 듯 투덜거렸다.

"공붓벌레는 질색이야."

"예, 뭐 마음대로 생각하세요. 그럼 이만."

은미는 자신의 말을 귓등으로도 듣지 않는 다정을 황당한 시선으로 올려다보았다. 그러나 다정은 보란 듯이 등을 돌렸다.

순간, 무력함 때문에 은미는 굴욕스러워졌다. 세상에 거리낄 것 없어 보이는 안다정을 무릎 꿇리고 싶다는 음험한 마음이 생겨났다.

"태인이는 저렇게 버릇없는 게 뭐가 좋다고."

자신의 등 뒤로 비수처럼 날아드는 은미의 말을 무시하고 다정은 바로 응급실로 향했다. 차갑고 딱딱하게 얼어붙은 다정은 바로 채린을 호출했다.

"신 선생, 나 좀 보자. 잠깐만."

뚝뚝 끊어지는 말이 안다정의 저기압을 드러내고 있었다. 채린에게 후배들의 안쓰러운 시선이 닿았다. 다정이 화가 난 이유를 채린은 어느 정도 알 것도 같아 군말 없이 선배를 따랐다.

다정은 채린을 매점으로 데려가 샌드위치와 커피 등을 사서 안겨 주었다. 머리끝까지 화가 나 있는 모습으로 뜬금없이 간식을 사 주는 다정을 채린이 의아하게 볼 참이었다.

"먹어. 점심시간 뺏는 거니까."

그리고 나서 다정은 매점을 나와 복도 구석 창가에 기대어 섰다. 에어컨이 가동되어서 굳게 닫힌 창문 밖으로는 병에 지친 사람들이 드문드문 걸어가고 있었다. 이런 광경을 지켜보면서 점심을 때워야 하다니, 채린은 우울해졌지만 어쩔 수는 없었다.

"만나셨어요?"

다정이 고개를 끄덕였다. 주어는 필요하지 않았다. 만나고 보니 어땠느냐는 질문은 필요하지 않았다. 안다정의 표정만 봐도 이미 충분히 짐작이 가능했으니까.

"내가 재벌한테 환상이 있었나 봐."

"네?"

"겉보기에는 교양 넘치는 아줌마 같았는데, 식당에 계시는 여사님들보다도 못해."

안다정의 특기라면 특기인 냉소적이고 신랄한 평가에 채린이 어깨를 움찔했다. 꼭 자신이 혼나는 것만 같아 채린은 조심조심 샌드위치 비닐을 벗기며 다정의 눈치를 살피고 자신이 아는 사실을 늘어놓았다.

"그 분하고 대화를 하다 보면…… 조금 깬다 싶을 때가 있어요. 신데렐라가 된 분이라 그렇다고 어른들이 수군대시긴 했어요."

"신데렐라?"

뜻밖의 단어에 다정의 표정이 살짝 풀어졌다. 채린이 씁쓸하게 대답했다.

"아…… 되게 예쁘시잖아요. 뭐…… 그런 거죠."

미모로 부잣집 막내아들을 사로잡은 은미의 일화는 유명했다. 인터넷도 없고 휴대폰도 보급되기 전이었으나 은미는 끈질기게 정보를 수집해서 광열의 눈에 들었고, 부모의 반대에도 광열은 결혼을 감행했다. 그 집념을 징그러워하는 사람들이 은근히 많았으나 아무도 겉으로 내색하지는 않았다.

다정은 아무 말 없이 창밖을 쳐다보았다. 신데렐라에게도 나름대로 고충은 있었겠지만, 그렇다고 해서 무례한 태도가 용납되는 것은 아니었다. 채린이 샌드위치를 반쯤 먹고 나서 물었다.

"뭐 더 궁금한 거 있으세요?"

"남의 이야기 뒤에서 듣는 거 싫지만, 하나만 더 물어보자."

채린이 고개를 끄덕이기 무섭게 다정의 말이 나왔다.

"내가 자기 어머니 만났다는 걸 알면 도태인 씨는 좋아할까, 싫어할까?"

"싫어할걸요."

망설일 것도 없이 채린이 딱 잘라 대답했다. 예상대로였다. 왠지 태인이라면 저런 어머니를 숨기고 싶었을 것 같았다. 그렇다면 오늘 일은 없던 일인 셈 쳐야겠다.

"알았어. 오늘 일은 비밀로 해 줘."

"선생님."

채린이 미간을 좁히고 다정을 불렀다. 비밀로 치부하기에 무게감 있는 일이라 채린은 이번 일을 숨기기보다는 알려야 한다고 생각했다.

"그래도 오빠한테 말은 해야 할 것 같아요."

"싫어할 거라며? 됐어. 그 아줌마, 앞으로 볼 사람도 아니고."

"……네?"

안다정의 결론이 너무나도 명쾌해서 채린은 도무지 이해가 가지 않았다. 앞으로 볼 사람이 아니라니? 다정이 태인과 함께하는 이상, 은미와의 인연은 결코 끊어질 수 없었다.

"하지만 오빠하고 계속 만나실 거잖아요."

"진짜 다들 왜 이러는지 모르겠네."

다정이 한숨을 내쉬었다. 보는 사람마다 다들 안다정과 도태인을 커플로 묶지 못해 안달이었다. 심지어 은미가 다정을 찾아온 이유도 저 오해 때문이었다. 다정이 지겨운 투로 말을 이었다.

"나랑 도태인 씨, 아무 사이도 아니라니까."

"아뇨, 제가 보기엔…… 두 분 연애하는 걸로 보입니다."

"애초에 두 사람 다 사랑하는 감정이 없는데 연애는 무슨?"

다정이 냉정하게 받아치자 충격을 받았는지 채린은 입술만 뻐끔거렸다.

"서로 그냥 필요에 의해 만나는 것뿐이야."

"도대체…… 무슨 필요요?"

그 순간, 말 잘하던 안다정의 말문이 막혔다. 채린의 황당한 시선에 다정은 차마 대답을 하지 못했다. 그렇게 이상해 보이나? 그러나 다정은 마음속 켜켜이 쌓아 둔 감정과 그들만의 사정을 설명할 수가 없었다.

"먹고 들어가."

결국 다정은 채린의 의아한 눈빛을 회피하고 도망치듯이 그 자리를 떠났다.

퇴근 시간, 정확히는 안다정의 그룹 스터디가 끝나는 여덟 시. 태인은 주차장에서 다정을 기다리고 있었다. 그는 그녀를 기다리는 시간마저 행복했다. 분명 그녀는 잔뜩 지친 얼굴로 털레털레 걸어올 것이다.

태인의 예상은 정확히 맞아떨어졌다. 어깨에 가방을 메고 다른 손에는 종이 백 하나를 든 채 다정은 터덜터덜 다가오고 있었다. 영락없는 고등학교 3학년 수험생과 같은 모습이었다. 10년 정도 나이를 더 먹었지만.

짧은 시간을 기다리다 못한 그가 그녀에게 성큼 다가갔다. 단숨에 두 사람 사이의 거리가 좁혀지자, 그녀가 우뚝 멈추어 서서 그를 올려다보았다. 그의 손이 그녀에게로 막 뻗어 갈 무렵이었다.

"케이크 남았어요."

다정은 태인을 보자마자 케이크 이야기를 하며 그의 손에 종이 백 손잡이를 걸어 주었다.

"내가 웬만하면 안 남기는데…… 너무 달았어요."

"단 걸 먹어야 머리 회전에 도움이 된다고 해서 단 걸로만 추천받았는데."

운전석에 앉은 그가 뒷좌석에 짐을 놓고 그녀의 안전벨트를 지익 늘렸다. 그녀는 이런 대접이 이제 익숙했다. 처음에는 그가 손만 뻗어도 깜짝깜짝 놀라곤 했는데, 지금은 눈 하나 깜박이지 않고 그의 행동을 여유롭게 살피기까지 했다.

태인의 차가 주차장을 떠나기 시작했다. 다정은 운전하는 남자를 힐끔 곁눈질했다. 묵묵히 전방을 바라보는 그를 보자, 자신의 아들이 큰일 할 사람이라고 으스대던 은미가 떠올랐다.

'내가 잡고 있는 것도 아닌데.'

은미는 마치 다정을 남자 덕으로 신분 상승을 바라는 신데렐라 콤플렉스 환자처럼 여겼다. 사람들은 자기가 생각하는 대로 세상을 본다더니, 은미가 딱 이 짝이었다. 미안하지만 안다정은 독신주의자였고 비혼을 주장하며 살아왔다. 애초에 결혼이니, 사랑이니 하는 것들에 환상도 없었다.

오늘 일은 생각하는 것만으로도 기분이 나빠져서 태인에게 알리지 않는 편이 확실히 나았다. 다정이 무표정하게 차창 밖으로 시선을 돌렸다. 곧 오피스텔 주차장에 태인의 차가 멈추어 섰다. 그제야 그가 한숨을 내쉬면서 입을 열었다.

"약 다시 바꿨어요. 너무 졸려서."

나가기 위해 안전벨트를 풀던 다정이 태인을 바라보았다. 안다정만큼이나 도태인도 피곤해 보였다.

"그렇게 막 바꿔도 되는 거예요?"

"그건 모르겠지만 전문가가 바꿔 줬으니까 괜찮지 않을까요?"

다정이 고개를 끄덕였다. 태인을 담당하고 있는 의사는 정신건강의학과 과장이었고, 병원 내에서 그만큼 정신 질환 쪽에 권위를 가진 의사도 없었다. 새파란 전공의가 왈가왈부할 일은 아니었다.

차 문을 닫고 나온 다정이 피로를 풀어 보고자 억지로 기지개를 켰다. 오랜 시간을 책상 앞에 앉아 있으니 목이며 어깨가 뻣뻣하게 굳어 있었다. 태인은 뒷자리에서 케이크가 든 종이 백을 들고 차 문을 잠갔다.

둘이 함께 주차장을 빠져나와 오피스텔 현관으로 나란히 걸었다. 몇 번이고 되풀이한 행동인데 왠지 오늘따라 특별하고 생소하게 느껴졌다. 훨씬 더 오랜 시간을 홀로 살아왔는데 이제 그 기억은 머나먼 과거가 되어 뿌옇게 흐려졌다. 안다정은 벌써 도태인에게 익숙해지고 있었다.

"같이 사는 게 이상해 보이겠죠? 결혼도 안 한 사람끼리."

"그런가?"

대수롭지 않게 대꾸한 그는 그녀가 갑자기 입을 다물어 버리자 불안해졌다. 오피스텔 현관 번호 키를 누르던 그가 비밀번호를 누르다 말고 그녀를 돌아보았다.

"선생님, 설마 나 내쫓을 건 아니죠?"

그의 심각한 표정도 그렇지만, 이제 와서 그를 내쫓을 수는 없었다. 도태인만큼이나 안다정도 그를 필요로 하고 있었으니까.

대신 그녀가 떨떠름하게 말했다.

"그러면…… 집세 반만 깎아 주면 안 됩니까?"

"집세를 내고 있었어요?"

"그쪽이 들어온 지 한 달도 안 되었는데, 당연하죠."

그가 화들짝 놀라 되묻자, 그녀가 덤덤하게 대답했다. 아직 한 달도 지나지 않은 일상이 벌써 몸에 익어 버려 큰일이었다. 이러다 이 일상이 끝나면 상실감에 후유증을 꽤 오래 앓을 텐데.

"나한테 좀 더 많은 걸 바라는 게 어때요?"

"왜요?"

"왜냐면……."

무엇이든 해 줄 수 있으니까.

하지만 태인의 말은 끝까지 이어지지 못했다.

"됐습니다. 이러다가 도시락까지 싸 줄 것 같으니까."

피곤해 죽겠는데 도태인은 아직도 1층 현관 번호 키를 누르지 않았다. 답답해진 다정이 그의 말을 자르고 손을 뻗을 참이었다.

"도시락?"

그가 눈을 반짝 빛냈다. 점심 도시락을 바라는 건가? 그러고 보니 안다정에게 점심 도시락만큼은 해 준 적이 없었다. 당연히 점심시간마다 자신이 찾아가기 때문이었다. 그러나 요즘 일이 많이 바빠져서 몇 번 점심시간을 같이 보내지 못했다. 도시락에 안다정만 생각하는 도태인의 마음을 잔뜩 넣어서 만들어 주는 것도 나쁘지는 않겠다 싶었다.

그때, 그의 시야 끝에 무언가가 걸렸다. 그는 기다리지 못하고 번호 키를 누르려는 그녀의 손을 덥석 잡더니 슬쩍 뒤로 고개를 돌렸다.

"……잠깐."

순간, 코너에 드리워졌던 그림자가 슬그머니 사라졌다. 환각도 아니고 피해망상도 아니었다. 분명 사람의 그림자였다.

"네 엄마 조심해라."

할아버지의 경고가 떠오르자 태인의 등골이 오싹해졌다. 평범한 감시의 목적인지, 아니면 해를 끼치려는 건지 지금으로서는 알 길이 없어 불안함이 밀려왔다.

한편, 다정은 자신의 손을 꼭 잡고 있는 태인의 손을 물끄러미 바라보았다. 따뜻하고, 부드럽고, 단단한 남자의 손은 안다정의 인생에서 맞잡을 일이 거의 없었다. 이 남자한테 시도 때도 없이 스킨십을 당하고 있지만 싫지는 않았다. 다정에게는 그 기분이 중요했다.

자신은 필요에 의해 이 남자를 붙잡고 있다. 세상천지에 홀로 남은 느낌을 깨끗하게 지워 주는 남자. 마음은 그에게 기울고 어

느 순간 그에게 의지를 하고 있었다. 하지만 이건 사랑 때문이
아니었다.

'아니, 사랑이 대체 뭔데?'

왜 모든 사람들은 그들 사이에 흐르는 감정이 사랑이라고 정
의 내리는 걸까? 다정은 반발심이 들었다. 사랑보다 무겁고 진하
며 필사적인 감정이 호감의 탈을 쓰고 두 사람 사이를 단단히 묶
어 주고 있었다. 얄팍하고 쉽게 변화하는 사랑은 사절이었다.

"안 들어가요?"

피로를 이기지 못한 그녀가 재촉하자, 그제야 그가 미소를 지
어 보이고는 바로 비밀번호를 눌렀다. 아무것도 보지 못한 양,
그는 그녀에게 그림자에 대해 말하지 않고 얌전히 건물 안으로
들어갔다.

〈다음 권에서 계속〉